I0561975

PERSÖNLICHE
Herausforderungen

— THE *Personal* SERIES —
K.C. WELLS

Persönliche Herausforderungen

Titel der Originalausgabe: Personal Challenges (Personal #4)
Copyright © 2017 K.C. Wells
Ins Deutsche übertragen von Feliz Faber
Cover Design: Meredith Russell
Foto: Copyright 2017 Strangeland Photography
ISBN: 978-1-915861-56-6

Danksagung

Ein dickes Dankeschön an mein wundervolles Team:

Jason, meinem Alpha – der sich klaglos mit langen Skype-Telefonaten und häufigen Facebook-Chats abfindet!

Meinen Betas Helena, Bev, Mardee und Lara – danke, Ladies.

Stevie Montoy und Ed Davies danke ich für ihre Hilfe und ihren Rat.

Ein GANZ, GANZ großes Dankeschön an Trina Lane, die so viele Informationen zu Nathans Geschichte zur Verfügung gestellt hat. Danke, dass du darauf geachtet hast, dass alle Details stimmen und dass das, was ich schreibe, Hand und Fuß hat.

Kapitel 1

Blake Davis blickte von der Couch auf, als die Tür zum Wartezimmer aufging, und lächelte Colin Reynolds und Ed Fellows an. „Wisst ihr eigentlich, wie spät es ist?" Er sprach leise, um Sophie nicht aufzuwecken, die zusammengerollt auf seinem Schoß schlief, ihren geliebten Stoffhasen fest an sich gedrückt. Er wusste, dass dieser friedliche Zustand nicht von langer Dauer sein würde; während der sechs Stunden, seit sie hier im Krankenhaus angekommen waren, war sie immer mal wieder eingedöst. Er schaute auf die Uhr an der Wand. „Ich habe euch schon vor Stunden angerufen."

Ed warf ihm ein verlegenes Grinsen zu. „Wir dachten, ihr habt sowieso jede Menge Leute hier, um ehrlich zu sein." Er sah sich in dem leeren Zimmer um. „Wo sind denn alle?"

Genau in diesem Moment gab Sophie ein niedliches Geräusch von sich, und Colin fand das anscheinend zum Dahinschmelzen. „Oooh. Sie ist ein Schatz."

Ed drehte sich zu seinem Verlobten um und schnaubte. „Ja – wenn sie schläft. Aber wenn sie wach ist... das ist was anderes." Er fing Blakes Blick auf und zwinkerte. „Wir nennen sie nicht umsonst Wirbelsturm Sophie."

Blake versuchte, sein Lachen zu unterdrücken. Ed hatte während der vergangenen zwei Jahre oft genug auf Sophie aufgepasst, und er sah immer gleich aus, wenn

Blake und Will nach Hause kamen – erschöpft. „Rick und Angelo sind schon wieder weg, und Lizzie, Dave und die Kinder auch. Sie wären länger geblieben, aber Molly war quengelig, und Justin brütet anscheinend gerade irgendwas aus, deshalb fanden sie es zu riskant, mit ihm hier im Krankenhaus zu sein."

„Wo ist Will?", fragte Colin und setzte sich ans andere Ende der Couch, ohne Sophie aus den Augen zu lassen. Blake lächelte. „Im Kreißsaal, bei Donna. Er hat gefragt, ob er dabei sein darf, und sie hat ja gesagt." Er war froh, dass wenigstens einer von ihnen miterleben würde, wie ihr kleiner Sohn auf die Welt kam. Will war schon seit Wochen ganz aus dem Häuschen deswegen.

Ed machte große Augen. „Sie liegt immer noch in den Wehen? Wie viele Stunden sind das jetzt?"

Blake fuhr sich mit den Fingern in die Haare und kratzte sich den Kopf. „Sie hatte schon seit einer Stunde Wehen, als ich euch zwei angerufen habe. Wenigstens gibt es diesmal keine Komplikationen."

Sophie regte sich in seinen Armen, und Blake wusste, dass die Ruhe vorbei war. Sie gähnte und machte blinzelnd die Augen auf. „Papa, ist er schon da?", fragte sie schlaftrunken.

Blake streichelte ihr langes, braunes Haar. „Nein, Schatz, noch nicht."

Sie zog einen Flunsch. „Du hast gesagt, er ist da, wenn ich aufwache."

„Daddy ist im Moment bei Donna, und jetzt dauert es bestimmt nicht mehr lange", sagte er und hoffte dabei, dass seine Worte prophetisch waren.

Sophie seufzte und drehte den Kopf. Als sie Colin und Ed entdeckte, war von Müdigkeit keine Rede mehr. „Onkel Ed! Onkel Colin!" Ungeduldig entwand sie sich Blakes Umarmung, kletterte von der Couch und rannte auf Ed zu, wobei sie ihren Hasen mit einer Hand umklammerte.

Ed ging in die Hocke, fing sie auf und schwang sie durch die Luft. Sophie kicherte und kreischte vor Freude. „Wie geht's meinem Lieblingsmädel?"

Blake schnalzte tadelnd mit der Zunge. „Lass das mal bloß nicht Molly hören. Oder Mandy." Eds Nichte Mandy liebte ihren Onkel über alles, das war nicht zu übersehen; bei jedem Familientreffen, an dem Blake und Will teilnahmen, klebte die Fünfjährige an Ed wie eine Klette.

Ed knuddelte Sophie. „Das hier ist mein Lieblingsmädel." Er warf einen Blick auf das Stofftier in ihrer Hand. „Spielst du immer noch mit diesem Hasen?"

Blake hustete. „Mr. Bunny, wenn ich bitten darf. Und er geht mit ihr überall hin. Es ist immer ein Riesendrama, wenn Will ihn in die Waschmaschine schmeißt."

Sophie schlang Ed einen Arm um den Hals. „Daddy gibt ihm eine Betäubungsspritze, und dann schläft er, wenn er gewaschen wird."

Ed biss sich auf die Lippe. „Ach ja, macht er das?" Er wechselte einen Blick mit Blake und grinste.

Blake schüttelte den Kopf. „Du solltest ihn sehen. Er hat eine Spritze, die wir normalerweise dazu benutzen, den Weihnachtskuchen mit Brandy zu tränken."

Colin starrte ihn an. „Echt?"

„Jau. Er gibt Mr. Bunny eine Spritze in die Pfote, damit er nichts spürt, wenn er in der Waschmaschine ist. Du hättest sie sehen sollen, als wir ihn das erste Mal gewaschen haben. Sie hat die ganze Zeit vor der Waschmaschine auf dem Fußboden gesessen, und als die Trommel während des Spülgangs mal stehen geblieben ist, war da Mr. Bunny, die Nase an die Scheibe gepresst..." Er konnte sich noch gut an ihr ängstliches Wehgeschrei erinnern, dass Mr. Bunny ertrinken würde. Das war das letzte Mal gewesen, dass sie sie während des Waschgangs auch nur in die Nähe der Maschine gelassen hatten.

„Ich kriege einen kleinen Bruder", verkündete Sophie strahlend.

„Ach, wirklich?", fragte Ed mit einem breiten Lächeln.

„Ja, aber Papa sagt, dass er in seinem eigenen Zimmer schlafen muss." Sie machte ein finsteres Gesicht. „Ich will aber, dass er in meinem Zimmer schläft."

„Krieg' ich jetzt auch mal eine Umarmung?", fragte Colin von der Couch her, die Arme weit ausgebreitet. Sophies Stirnrunzeln verschwand, und sie streckte die Arme nach ihm aus. Ed reichte sie weiter, und dann saß sie auf Colins Schoß, kuschelte sich an ihn und umklammerte Mr. Bunny.

„Ich weiß noch, als du ein kleines Baby warst", sagte Colin zu ihr. „Du hast manchmal nicht gut geschlafen. Vielleicht wollen Papa und Daddy ja, dass du nachts ruhig schlafen kannst. Ich glaube nämlich, dass die

Sophie ein bisschen quengelig wird, wenn sie nicht genug Schlaf kriegt." Er kitzelte sie, und sie kicherte. Als er aufhörte, wandte sie ihm das Gesicht zu.

„Ich hab' ein Bild von meinem kleinen Bruder. Willst du's sehen?"

Colin runzelte die Stirn. „Ein Bild?"

Sophie streckte die Hand nach Blake aus und machte eine grapschende Handbewegung. Blake zog sein Portemonnaie aus der Tasche und entnahm ihm eine zusammengefaltete Karte. „Das Ultraschallbild aus der zwanzigsten Woche. Sie war so aufgeregt, als wir es ihr gezeigt haben, und wollte es sich so oft anschauen, dass ich es immer bei mir habe." Er reichte ihr die Karte und sie faltete sie mit einem leisen, glücklichen Laut auseinander und hielt sie hoch, um sie Colin zu zeigen.

Ed sah seinen Geliebten voll Zuneigung an. „Bevor du fragst – wir schaffen uns keins an, okay?"

Colin fuhr herum und starrte ihn an. „Wie bitte?"

„Ich seh' doch, wie du bist, wenn du Kinder um dich rum hast, und die Antwort ist nein. Du bist vielleicht noch nicht mal fünfunddreißig, Mister, aber ich bin fast vierzig, und das ist verdammt noch mal zu alt, um eine Familie zu gründen."

Blake räusperte sich und nickte in Richtung Sophie.

Eds Augen weiteten sich. „Ups. 'Tschuldigung." Die Kleine hatte seinen verbalen Ausrutscher anscheinend nicht mitbekommen. Sie starrte immer noch das Ultraschallbild an.

Colin musterte Ed mit heiterer Gelassenheit. „Du verstehst mich falsch. Das Schöne an den Kindern von anderen Leuten ist doch, dass man sie wieder abgeben kann." Er grinste. „Doch, stimmt schon, ich bin unheimlich gern der Onkel von Mandy, Ben und Lucy. Deine Nichten und Neffen sind wunderbar." Colin zwinkerte. „Aber ich lege viel größeren Wert auf mein Leben mit dir. Ich glaube, Kinder zu haben schränkt gewisse... Aktivitäten doch ziemlich ein, wenn du verstehst, was ich meine." Er grinste Blake flüchtig an. „Oder seh' ich das falsch?"

Blake schnaubte. „Hör mir bloß auf." Schon mehrfach waren er und Will mitten im Koitus überrascht worden, wenn ihre Schlafzimmertür aufging und Sophie hereinspaziert kam, weil sie aus einem Alptraum aufgewacht war. Freilich waren diese Vorkommnisse immer mit den seltenen Gelegenheiten zusammengefallen, wenn sie einmal vergessen hatten, das Babyfon anzuschalten, also waren sie jedes Mal selbst schuld gewesen.

Blake liebte seine Tochter über alles, und er konnte es kaum erwarten, seinen Sohn in den Armen zu halten, aber er machte sich keine Illusionen: Ihr Liebesleben würden sie für die nächsten paar Monate auf Eis legen müssen.

Die Tür ging auf, und Will kam herein; er trug grüne OP-Kleidung über seinen Sachen. Er ging auf Blake zu, der aufstand und ihm entgegen kam. „Ist alles okay?", fragte Blake mit leiser Stimme.

Will nickte. „Donna geht's gut, und wir haben einen wunderschönen kleinen Jungen von 3 Kilo und 456 Gramm." Seine Augen leuchteten. „Und er ist so schön,

Babe." Will sah müde aus, aber er strahlte.

Blake nahm seinen Ehemann in die Arme und drückte ihn an sich, Wange an Wange mit ihm. „Ich liebe dich", flüsterte er.

Will legte die Arme um ihn und lehnte sich an ihn. „Ich liebe dich auch." Dann lachte er leise und wich zurück. „Übrigens, Donna lässt ausrichten, sie hofft, dass das unser Letztes ist und dass wir nicht vorhaben, das Davis-Imperium noch weiter zu vergrößern", grinste er. „Ihre Tage als Leihmutter sind vorbei."

Blake runzelte die Stirn. „Ist wirklich alles in Ordnung mit ihr?"

Will nickte langsam. „Sie ist bloß erschöpft. Ich glaube, diese Schwangerschaft war ziemlich anstrengend für sie. Sie sagte, sie sei schließlich fast vierzig."

Blake streichelte Will die Wange. „Du siehst auch müde aus. Dürfen wir das Baby schon sehen?"

„Er ist auf der Wöchnerinnenstation, zusammen mit den ganzen anderen Babys. Wir dürfen ihn durchs Fenster bestaunen." Er schaute sich suchend nach Sophie um. „Und da ist ja mein kleines Mädchen." Will bückte sich und Sophie kletterte von Colins Schoß, rannte zu ihm und schlang ihm die Arme um den Hals. Er nahm sie hoch und drückte sie an sich, wobei er Ed und Colin mit einem warmen Lächeln zunickte.

„Ich bin nicht klein", beharrte sie und wackelte Will mit den Fingern vor dem Gesicht herum. „Ich bin fast vier!"

„Ganz richtig", stimmte Blake zu. „Du bist schon ein

großes Mädchen, nicht?"

„Ich hab' ne Idee", verkündete Ed. „Warum geht ihr euch nicht das Baby angucken, und wenn ihr fertig seid, fahren wir euch bis zu euch nach Hause nach, packen eine Tasche für Sophie, und dann darf sie heute bei mir und ihrem Onkel Colin übernachten."

Wills Stirn furchte sich. „Warum?"

Ed stieß einen geduldigen Seufzer aus. „Weil ihr beide müde seid, und einen ruhigen Abend zu zweit gebrauchen könntet. Und morgen ist Valentinstag, nicht? Warum nicht ein bisschen was davon in Ruhe und Frieden verbringen? Wir können sie später nach Hause bringen, oder hierher, wenn Besuchszeit ist, was euch lieber ist."

„Wird euch das nicht eure eigenen Pläne für einen romantischen Tag vermasseln?", fragte Blake.

Colin schnaubte und stand auf. „Romantisch? Er hat ein Fertigmenü für Zwei bei Marks und Spencer gekauft, und im DVD-Player wartet schon die neue DVD vom Rugby-Weltmeisterschaftsspiel England gegen Wales letztes Jahr."

Will grinste. „Oh, da geht einem ja das Herz auf. Hört sich an, als wären die Flitterwochen vorbei, Jungs."

Ed verdrehte die Augen, und Will lachte. „Meiner Meinung nach kommt vor den Flitterwochen immer noch eine Hochzeit, nicht? Vielleicht schaffen wir das ja irgendwann mal."

Ed sah ihn gespielt finster an. „Halt' bloß die Klappe, du. Wir haben's schließlich nicht eilig, oder?"

Colin beugte sich vor und küsste ihn auf den Mund.

„Ganz und gar nicht." Er richtete sich auf und wandte sich an Will und Blake. „Aber es macht uns wirklich nichts aus, Sophie über Nacht zu nehmen." Er sah das kleine Mädchen in Wills Armen an. „Möchtest du mitkommen und heute bei uns übernachten?"

Sophies Gesicht erhellte sich. „Darf Tigger bei mir im Bett schlafen?"

Ed lachte. „Als ob dieses Katzenvieh je irgendwo anders schlafen würde, wenn du da bist." Er schielte zu Blake. „Siehst du? Kein Problem. Und wir müssen schließlich keinen ewig weiten Umweg machen, wenn wir euch nachfahren, nicht? Ihr wohnt grade mal eine Meile von uns die Straße runter."

Will küsste Blake auf den Mund. „Sag ja, Babe." Er neigte sich zu ihm, und sein Atem streifte kitzelnd Blakes Ohr, als er ihm zuflüsterte: „Und wir können die ganze… Nacht… Liebe… machen."

„Du bist doch müde", protestierte Blake.

Jetzt war es Will, der die Augen verdrehte. „Müde vielleicht, aber nicht tot – und wann hatten wir zum letzten Mal die Chance…" Er warf einen Blick auf Sophie, ehe er weitersprach. „… eine ganze Nacht lang so laut zu sein, wie wir wollen?", schloss er.

Blakes Libido erwachte mit Gebrüll zum Leben. „Abgemacht", sagte er zu Colin und Ed, dann fasste er Will an der Hand. „Und jetzt gehen wir unseren Sohn angucken."

Er ging seinem Ehemann, seiner Tochter und seinen besten Freunden voran aus dem Wartezimmer, das Herz voller Jubel.

Unseren Sohn.

„Gute Nacht, Süße." Blake küsste Sophie auf den Scheitel. „Hast du Mr. Bunny?"

„Hier ist er!", verkündete sie triumphierend und hielt den weichen, leicht vergilbten Stoffhasen hoch, dessen einst weißer Pelz bereits stellenweise schütter wurde. Ohne Mr. Bunny loszulassen, schlang sie Blake die Arme um den Hals. „Nacht, Papa."

Blake atmete ihren Duft ein; sie roch nach Seife, sauberer Baumwolle und einem Hauch von Schokolade. Er kniff die Augen zusammen. „Und was habt ihr da eben in der Küche gemacht, Daddy und du?"

Sophies Augen waren riesengroß. „Woher weißt du denn, dass wir Schokola" – Sie schlug sich rasch eine Hand vor den Mund und blinzelte heftig.

„Sophie Elizabeth Davis!" Will stemmte die Hände in die Hüften und sah sie scharf an. „Hast du mich gerade verpetzt?" Bevor sie reagieren konnte, küsste er sie auf die Wange. „Schon gut, Liebling. Ich bin sicher, Papa weiß längst, dass wir die Schokolade in seinem Geheimversteck gefunden haben."

Sophie kicherte, als Blake theatralisch laut nach Luft schnappte.

Ed, der an der Haustür stand, lachte sich kaputt. „Papa ist selber schuld, wenn er sie nicht besser versteckt." Er streckte die Hand aus. „Okay, Prinzessin, wird Zeit fürs

Bett."

Sophie zog ihren üblichen Flunsch. „Daddy lässt mich länger aufbleiben, weil ich fast vier bin."

Ed lachte schallend auf. „Ja, ja, netter Versuch. Die süße Unterlippe funktioniert vielleicht bei deinen Daddys, aber nicht bei mir und Onkel Colin."

„Das gilt vielleicht für dich", murmelte Colin neben ihm. „Ich wollte sie schon vor dem Schlafengehen noch ein paar Zeichentrickfilme gucken lassen."

Ed zog ein finsteres Gesicht und warf ihm einen warnenden Blick zu, aber es war zu spät. Sophie klatschte in die Hände und hüpfte geradezu den Flur entlang in Colins Arme.

Blake schüttelte den Kopf. „Toll gemacht, *Onkel* Ed." Seine Tochter winkte ihm und Will fröhlich zu, während Colin sie zum Auto trug.

„Tut mir leid, Leute." Ed schaute drein wie ein begossener Pudel.

Will grinste. „Erwartet morgen bloß kein Mitleid von uns, wenn ihr uns erzählt, wie lange ihr gebraucht habt, um sie ins Bett zu kriegen." Als Ed ihn nur einfach weiter anstarrte, lachte Will: „Ach, komm schon, du hast doch schon früher für uns auf sie aufgepasst. Tu doch jetzt nicht so überrascht." Er
kopierte Sophies fröhliches Winken. „Gute Nacht, *Onkel* Ed."

Ed drehte sich um und marschierte hinaus. Dabei brummelte er vor sich hin, dass dies das letzte Mal gewesen sei, dass er etwas Nettes für sie zu tun versucht habe.

Die Haustür schloss sich, und Blake hörte das Auto wegfahren. Er seufzte, als Will ihm die Arme um die Taille schlang und sein Kinn auf Blakes Schulter legte.

„Wir sollten uns wohl für einen Namen entscheiden", sagte Will und gab Blake einen Kuss aufs Ohr.

Er erschauerte. „Jetzt? Muss das unbedingt *jetzt sofort* sein?"

Will lachte leise und küsste sich an Blakes Hals entlang nach unten. „Na ja, mir schweben auch noch ein paar andere Sachen vor." Er streichelte Blakes Bauch in gemächlichen, kreisenden Bewegungen. „Abendessen, zunächst mal."

Blake wollte sich schon beschweren, doch da knurrte sein Magen.

„Siehst du?" Will küsste ihn auf die Wange. „Mach' du mal das Feuer an, und ich hole uns ein paar Sachen, die wir auf der Couch essen können. Nichts zu Schweres. Ich hab' später noch was vor mit dir." Er tätschelte Blake den Hintern und verschwand dann in der Küche.

Blake machte sich an die Arbeit; beim Gedanken an Wills Pläne wurde sein Schwanz steif. Er zündete den Gaskamin an und sah zu, wie die Flammen immer höher schlugen, während er die erforderliche Stufe einstellte. Dabei kam ihm ein Gedanke, den er nicht für sich behalten konnte.

„Hast du es eigentlich noch nie bereut, dass wir uns für Kinder entschieden haben?"

Gleich darauf stand Will an der Wohnzimmertür und starrte ihn an, die Stirn gefurcht. „Ist die Frage ernst gemeint?"

Blake, der auf dem Teppich kniete, richtete sich auf und setzte sich auf die Fersen. „Colin hat mich bloß zum Nachdenken gebracht, das ist alles."

„Was– weil sie keine Kinder wollen, weil das ihr Sexleben ruinieren könnte?" Will lachte kurz auf. „Du hörst dich ja an, als kämen wir überhaupt nie zum Bumsen."

„Nicht so oft wie früher, bevor Sophie da war."

„Und das macht dir zu schaffen?" Will kam ins Zimmer und setzte sich auf die Armlehne der Couch. Er verschränkte die Arme vor der Brust. „Komm schon, Blake, raus damit."

Blake sah seinem Ehemann in die Augen. „Na schön, okay. Es gibt schon Zeiten, da vermisse ich *uns* – einfach den ganzen Tag Liebe machen zu können, wenn uns danach ist, ohne aufpassen zu müssen, dass wir nicht zu laut sind und ohne erst lange überlegen zu müssen, welches Zimmer wir uns dafür aussuchen – aber ob ich es bereue, dass wir unser Leben mit diesem kleinen Mädchen teilen? Nie und nimmer."

„Willst du wissen, was ich denke?" Will lächelte. „Ich finde, dass es diese Momente, die wir ganz für uns haben, nur noch kostbarer macht. Weißt du noch, als wir dieses Haus gerade gekauft hatten und Sophie eine Woche bei Lizzie und Dave war, bis wir alles geregelt hatten?" Sein Lächeln wurde breiter. „Ich glaube, wir haben jedes einzelne Zimmer eingeweiht."

Bei der Erinnerung wurde es Blake ganz warm. „Ganz zu schweigen vom Garten." Dann erschauerte er. „Auch wenn ich mir dabei den Arsch abgefroren habe.

Ich meine, wer macht schon Liebe unter freiem Himmel im *Dezember*, um Gottes willen?"

Will verdrehte die Augen. „Du warst im Whirlpool, Babe. Das kann man wohl kaum ‚unter freiem Himmel' nennen, meine ich."

Blake schniefte. „Ein paar Teile von mir haben die Kälte sehr wohl gespürt, wenn ich mich recht erinnere."

Will stand auf und schlenderte zu Blake, der immer noch auf dem Teppich kniete. Er bückte sich und küsste Blake auf den Mund. Der Kuss war gewollt sinnlich. „Dann sollten wir vielleicht den heutigen Abend so gut wie möglich ausnutzen. Sehr bald wird sich unser Leben nämlich wieder völlig ändern."

„Was schwebt dir denn so vor?", murmelte Blake an seinen Lippen.

„Ich dachte, wir könnten was essen, zusammen duschen und dann miteinander auf die Couch. Zumindest könnten wir da anfangen." Will grinste. „Was meinst du?"

Blake deutete in die Küche. „Ab mit dir und mach' uns was zu essen. Keine Zeit verschwenden."

Will lachte und machte sich wieder auf den Weg in die Küche. „Ja, Sir."

„Was glaubst du, wie viele Stunden haben wir?", rief Blake ihm nach.

„Keine Ahnung, ist mir auch egal, solange wir möglichst viele davon nackt verbringen", rief Will zurück.

Mit diesem Plan konnte Blake sich durchaus anfreunden.

Als Will ins Schlafzimmer geschlendert kam, erwischte er Blake gerade noch dabei, wie er seinen nackten Körper im Spiegel an der Schranktür betrachtete, während er sich nach dem Duschen abtrocknete. Will grinste. „Na, *den* Body würde ich nicht aus dem Bett schubsen, das ist mal sicher."

Blake drehte den Kopf und warf ihm einen scharfen Blick zu. „Wehe, wenn. Ich kenne Leute." Er ließ sein Handtuch auf den Teppich fallen.

Will gab ein theatralisches Aufkeuchen von sich. „Hast du mich etwa eben bedroht?"

Blake nickte langsam. „Also sei nett zu mir, dann mach' ich die Anrufe vielleicht nicht."

Will lachte leise, kam quer durchs Zimmer und stellte sich hinter seinen Ehemann. Er betrachtete Blakes Spiegelbild, legte die Arme um ihn und streichelte ihm träge über Brust und Bauch, wobei er absichtlich seinen Schwanz ignorierte. „Das ist mal ein sexy Mann." Er küsste Blake auf den Nacken und genoss das Erschauern, das durch den Körper seines Ehemanns ging. Will spielte mit Blakes Nippeln und freute sich über die Gänsehaut, die er ihm damit verschaffte. Blakes Blick hing unverwandt an seinem Spiegelbild.

Will leckte eine Spur an seinem Hals entlang nach oben, schnappte nach Blakes Ohrläppchen und hielt es mit den Zähnen fest. Er zog sanft daran und zwickte zugleich in die steif werdenden Brustwarzen. „Ja, du schaust uns gern im Spiegel zu, nicht?" Er packte Blake an den Haaren und riss seinen Kopf zurück, sodass Blake sie beide anstarrte. „Guck dir diesen sexy Body an." Mit der anderen Hand streichelte er zärtlich Blakes straffen Bauch. „Der Abend damals ist jetzt mehr als zehn Jahre her, und du bist immer noch so schlank und hart wie an deinem dreißigsten Geburtstag."

Blake lachte in sich hinein. „Oh, dafür kann ich nichts. Das Alter und die Schwerkraft werden sich schon irgendwann durchsetzen."

Will küsste ihn auf den Hals; er wusste nur zu gut, wie sehr das Blake anturnte. „Ja, aber du passt auf dich auf." Blake legte den Kopf in den Nacken und lehnte sich an Wills Schulter. Ein leises Stöhnen entfuhr ihm, als Will ihn noch fester in die Brustwarzen zwickte. Will flüsterte ihm ins Ohr: „Ich habe nicht vergessen, wie schön du es findest, wenn ich das Kommando übernehme." Er rieb seinen harten Schwanz kräftig an Blakes Hintern, und seine Atmung beschleunigte sich ebenfalls, als Blake sich ihm entgegendrängte und die Arme nach hinten streckte, um Wills Flanken zu streicheln. „Schau zu, Liebster. Sieh zu, wie meine Hände deinen Körper streicheln. Schau, wie dein Schwanz sich aufrichtet, wie er schon trieft."

„Das überrascht dich?", keuchte Blake. Seine Hüften begannen zu kreisen, und er versuchte, Will ruhig zu halten, während er seinen Hintern an Wills heißem Schaft rieb.

Will ließ die Hände weiter nach unten zu Blakes Oberschenkeln gleiten und streichelte seine

Leistenbeugen. „Schau. Siehst du, wie schön du bist? Siehst du diese prachtvollen Oberschenkel? Weißt du, was ich machen werde? Ich werde sie spreizen, und dann ficke ich dich, tief und langsam und hart."

Ein lautes Stöhnen drang aus Blakes Kehle. „Scheiße, ja. Das will ich."

Will strich über die warme Haut und packte Blakes Hintern, drückte die festen Backen und zog sie auseinander. „Der gehört heute mir."

Schauer durchrannen Blake. „Ja. Gott, ja. Alles deins."

Will presste seinen Ständer zwischen Blakes Arschbacken und wiegte sich in den Hüften; sein Schwanz glitt in der heißen Spalte auf und ab, während er den Geräuschen lauschte, die über Blakes Lippen strömten, die von Begehren, Verlangen und Lust sprachen. Er fand es toll, dass sie beide sexuell versatil waren, aber er wusste auch, wie sehr Blake es liebte, wenn Will eine dominantere Rolle übernahm. Schließlich waren nicht ohne Grund an allen vier Pfosten ihres Himmelbetts Stahlringe befestigt.

Er packte Blake an der Kehle und riss ihm den Kopf zurück, um ihn auf den Hals zu küssen. Diesmal saugte er an der duftenden Haut dort, in dem Wissen, dass er Spuren hinterlassen würde. *Mein Zeichen auf seiner Haut.* Verdammt, das turnte ihn an.

„Berühr' mich", flüsterte Blake.

Will lachte leise an seinem Hals. „Ich berühre dich doch."

Blakes Antwort war ein leises, grollendes Knurren. „Du weißt, was ich meine, du Mistkerl. Berühr' meinen

Schwanz."

Will schnalzte missbilligend mit der Zunge. „Sieh an, sieh an, wie ordinär. Bin ich froh, dass du solche schmutzigen Wörter nicht in Gegenwart unserer Tochter benutzt." Er rieb Blake mit kräftigen, kreisförmigen Bewegungen den Bauch, mied aber weiterhin seinen Ständer, der sich nach oben bog, solide und verführerisch.

Blake neigte den Kopf und küsste Will auf den Hals, murmelte von Küssen unterbrochen: „Bitte, Will. Bitte. Berühr mich."

Will ließ eine Hand über diesen straffen Oberkörper nach unten gleiten und fasste Blakes Penis an der Basis. Den anderen Arm schlang er ihm um die Schultern und um die Brust, um ihn festzuhalten. „Sie haben einen Steifen, Mr. Davis, und das turnt mich an. Fuck, ich will jetzt unbedingt sofort in dir sein."

„Will ich auch", flüsterte Blake. „Will deinen Schwanz in meinem Arsch."

Will rieb schneller über Blakes Schaft. „Schau dir diesen wunderschönen Schwanz an." Blakes Stöhnen, seine leisen Schreie waren Musik in seinen Ohren. Er schubste Blake unsanft bis ganz dicht an den Spiegel, trat ihm dann mit dem Fuß die Beine auseinander und ging hinter ihm auf die Knie. Will spreizte diesen prachtvollen Arsch und vergrub sein Gesicht zwischen den behaarten Backen, um die enge Rosette zu lecken, die dort auf ihn wartete.

Blake reagierte beinahe augenblicklich. Er drückte das Kreuz durch und streckte den Hintern raus, die Hände flach an den Spiegel gedrückt. „Scheiße, ja. Mehr."

Will kicherte und machte sich daran, Blake verdammt gründlich um den Verstand zu bringen.

Es dauerte nicht lange. Er fickte ihn noch keine zwei Minuten lang mit der Zunge, da bettelte Blake schon.

„Bitte, Will. Jetzt. Bitte. Bitte!"

Nicht, dass Will das Unvermeidliche weiter hinausschieben wollte. Er zog Blake auf die Couch am Fußende ihres Bettes zu und setzte sich. „Komm. Reite mich." Gewöhnlich hätte er seinen Schwanz jetzt in Blakes begabtem Mund haben wollen, aber sie waren beide zu sehr erregt. Er sehnte sich danach, seine Ladung in Blakes Hintern abzuspritzen. Will hielt seinen Schaft ruhig, und während Blake das Gleitgel aus einer Schublade neben dem Bett holte, vibrierte Will vor Verlangen.

Blake bestrich Wills Glied mit dem glitschigen Gel und setzte sich dann rittlings auf ihn, brachte ihn in Position. Er sank auf den heißen, unverhüllten

Schwanz herab, und beide stöhnten auf. Kaum war Will in diesem engen Tunnel vergraben, begann Blake sich auf und ab zu bewegen, wobei er sich mit beiden Händen an der Rücklehne der Couch festhielt.

„Du bist so wunderschön", keuchte Will. Blake ritt ihn hart und schnell, rammte sich wieder und wieder seinen Schwanz in den Leib. Will stieß nach oben in Blakes Wärme und fickte ihn, und Blake begegnete seinen Stößen unter Stöhnen und lauten Schreien, bettelte Will an, ihn zu ficken, ihn verdammt noch mal zu nehmen.

„Gut so, Babe", schrie Will auf und stieß erneut zu.

„Lass mich dich hören."

Blake stöhnte, legte Will die Hände auf die Brust und beugte sich vor, um ihn zu küssen. Ihre Münder trafen sich, prallten voll Leidenschaft aufeinander, nährten sich gegenseitig mit ihrem lustvollen Seufzen und Stöhnen.

„Verdammt, ich bin gleich soweit", stieß Blake atemlos hervor.

„Noch nicht", gab Will zurück. „Ich will nicht, dass du jetzt schon kommst." Er umschlang Blake mit den Armen und zog ihn in einen ausgedehnten Kuss. Blake wiegte sich langsam auf seinem Schwanz und keuchte ihm sein dringendes Verlangen in den Mund. Will umfasste Blakes Kinn und hielt seinen Blick fest. „Auf den Rücken, Babe."

Blake nickte und rutschte von Wills Schwanz runter. Er legte sich auf der Couch auf den Rücken, zog die Beine an und entblößte seinen feucht glitzernden Anus. Will kniete sich vor ihn, drückte ihm die Knie auseinander und drang bis zum Anschlag in ihn ein, rammte ihn rückwärts in die Sitzpolster. Er fickte Blake mit schnellen, harten Hüftbewegungen, dass sein Körper bei jedem Stoß an Blakes Hintern klatschte; seine Hand hielt Blakes Schwanz umfasst und bewegte sich im Einklang mit seinem Schwanz.

„Oh ja, genau so", brüllte Blake, umklammerte seine Knie und krümmte sich umso enger zusammen, je schneller und fester Wills Stöße wurden. Ihre Schreie wurden laut und harsch, und innerhalb von Minuten brach Blake aus wie ein Vulkan. Er erschauerte, ein

Ruck ging durch seinen Körper, und die Muskeln um Wills Erektion strafften sich. Das war genug, und er füllte Blakes Hintern mit seinem Sperma. Will beugte sich vor und küsste seinen Ehemann. Er atmete rau, sein Herz hämmerte und sein Schwanz war immer noch in Blake verkeilt.

Blake hielt Wills Gesicht in den Händen. „Zehn Jahre zusammen, und du stellst immer noch meine Welt auf den Kopf."

Will küsste ihn und lachte leise. Er war noch nicht bereit, sich aus Blake zurückzuziehen und ihre Verbindung zu trennen. „Zehn Jahre zusammen, und meine Knie beschweren sich, weil ich sie mir auf dem Teppich aufgescheuert habe."

Blake lachte gackernd. „Muss ich etwa Knieschoner bestellen?"

Will schnaubte. „So alt bin ich nun doch nicht." Behutsam zog er seinen erschlafften Penis aus Blakes Körper. „Und wenn du Sperma auf die Couch kleckerst, machst du sie auch wieder sauber."

Blake brach in Gelächter aus. „Oh, da fühl' ich mich aber echt geliebt."

Will küsste ihn erneut, diesmal langsam und zärtlich. „Wie schnell kannst du wieder einen hochkriegen? Der Abend ist nämlich noch nicht vorbei."

Blake grinste. „Falls dein schöner Arsch mein Anreiz ist, dann geht das viel schneller als du vielleicht denkst."

Dem Zucken von Wills Schwanz nach zu schließen würde das ein sehr, sehr langer Abend werden.

Er war Colin und Ed echt einen Riesengefallen

schuldig.

Kapitel 2

„Ooh, das sind ja tolle Neuigkeiten! Danke fürs Bescheid sagen. Wir wären ja noch länger im Krankenhaus geblieben, aber Angelo erwartete einen Anruf." Der Gedanke daran reichte fast, um Rick die gute Laune zu verderben, daher schob er das beiseite. „Eine Frage habe ich aber doch. Wieso verkündest du uns diese Nachricht und nicht die stolzen Väter?"

Ed lachte leise in sich hinein. „Sagen wir mal, die haben wahrscheinlich, äh… grade was anderes im Kopf. Wir haben den Wirbelwind über Nacht hier." Im Hintergrund nahm Rick Sophies Kichern wahr.

Jetzt kapierte er. „Alles klar. Ich hoffe, ihr habt die Schotten dicht gemacht."

Ed kicherte. „Im Moment kuschelt sie mit Colin auf der Couch, und die Zwei gucken zusammen Muppet Show."

„Kommt das etwa wieder im Fernsehen?"

Ed hustete, und im Hintergrund prustete Colin. „Na los, Ed", rief er. „Sag Rick, wer von uns beiden sämtliche Folgen auf DVD besitzt."

„Und du kannst die Klappe halten und alles", knurrte Ed.

Rick verkniff sich das Lachen. „Die Muppets, eh? Also, da wäre ich nie drauf gekommen."

„Wenn ich mitkriege, dass du im Büro auch nur einen Ton davon sagst…", fing Ed an, doch er wurde unterbrochen.

„Onkel Ed, beeil' dich, jetzt kommt Kermit!"

„Ja, und du weißt ja, wie *sehr* du Kermit liebst", ergänzte Colin laut.

Diesmal konnte Rick sich nicht zurückhalten. Er gab ein lautes Prusten von sich. „Wir stehen wohl auf Frösche, was?"

„Na warte bloß bis Montag, du kleiner Scheißer. Grüß' Angelo von mir." Die Verbindung brach ab.

Rick war nicht allzu besorgt. Er wusste, dass Ed bis Montag wieder okay sein würde. Ein viel vordringlicheres Problem war das Gespräch, das gerade in der Küche stattfand.

Angelo telefonierte mit Elena, und heutzutage war das nie was Gutes.

Rick steckte den Kopf in die Küche. Angelo stand mit dem Rücken zu ihm, doch was Rick von ihm sehen konnte, war genug, um seine Befürchtungen zu bestätigen. Angelos Schultern waren hochgezogen, seine Stimme eintönig. Und so wie es sich anhörte, erledigte das Reden sowieso seine Mutter.

Also keine Veränderung.

Er zog sich so leise wie möglich zurück und ging wieder ins Wohnzimmer, wo er sein Handy gelassen hatte. *Da kann ich genauso gut Mom anrufen.* Es sah nicht so aus, als ob seine Pläne für einen gemütlichen Abend auf der Couch mit einer Flasche Wein und einer DVD sich verwirklichen lassen würden. Selbst wenn das Telefonat mit Elena erst mal vorbei war, würde Rick mit den Nachwehen fertig werden müssen.

Schwiegermütter sind einem guten Sexleben nicht zuträglich.

Und dabei war sie gar nicht seine Schwiegermutter, noch nicht, und die Möglichkeit, dass es vielleicht noch schlimmer werden würde, wenn sie erst verheiratet waren, reichte, um ihm das Mark in den Knochen gefrieren zu lassen. Nicht, dass er sie nicht gemocht hätte– er hatte sie während der letzten neun Jahre liebgewonnen – aber seit sie ihre Hochzeitsplanung übernommen hatte, war sie zu einem festen Bestandteil ihres täglichen Lebens geworden. *Wird sie locker lassen, wenn es endlich vorbei ist und wir verheiratet sind? Wird sie ihr Baby loslassen?* Angelo war zwar nicht das jüngste ihrer fünf Kinder – das war seine Schwester Maria – aber er war der jüngste Sohn, und Rick war klar, dass er einen besonderen Platz in ihrem Herzen einnahm.

Rick streckte sich auf der Couch aus, die Füße auf der Armlehne, und rief seine Mutter an.

„Hey, Schatz." Rick hörte den Fernseher im Hintergrund. „Gutes Timing."

Er lachte leise. „Wie kann es gutes Timing sein, wenn ihr gerade Fernsehen schaut?"

Die Hintergrundgeräusche wurden leiser, und er hörte das leise Klicken, mit dem eine Tür geschlossen wurde.

„Du hast mich vor dieser echt langweiligen Serie über den Zweiten Weltkrieg bewahrt, von der dein Vater seit Wochen schwärmt."

Rick konnte nicht widerstehen. „Ooooh, das ist doch nicht zu viel verlangt, oder? Dass du dabeisitzt, wenn er das guckt, und interessiert tust? Geht es in der Ehe nicht genau darum?"

Sie stöhnte auf. „Gott, ich dachte, ich hätte das hinter

mir, als du ausgezogen bist. Ich kann mich noch gut an die Abende erinnern, wenn diese dämliche Autosendung kam, die ihr so gern geguckt habt, dein Vater und du. Ihr habt beide vor dem Fernseher geklebt, und ich musste immer mindestens drei- oder viermal rufen, dass ihr zum Abendessen kommen sollt." Rick lachte schallend. „Oh, komm schon, ich war sechzehn! Welcher sechzehnjährige Junge interessiert sich nicht für Autos?"

„Okay, kann sein. Gott sei Dank hat sich dein Geschmack geändert." Seine Mum lachte leise. „Als du dann angefangen hast, diese Schöner-Wohnen-Sendung zu gucken, da wussten wir endgültig, dass du schwul bist."

„Hallo? Könnten wir die Klischees mal beiseite lassen, bitte?" Er lachte.

„Also, was verschafft mir die Ehre? Es ist doch bestimmt schon zwei Wochen her, seit du mich zum letzten Mal angerufen hast."

Rick seufzte ins Telefon. „Als du und Dad beschlossen habt, zu heiraten, haben Oma und Opa da auch ständig ihren Senf dazugegeben? Oder durftet ihr eure Hochzeit so planen, wie *ihr* es wolltet?"

Es gab eine Pause. „Mischt Elena sich immer noch ein?"

Rick unterdrückte ein Stöhnen. „Es ist eigentlich kein Einmischen. Sie will uns bei der Planung helfen, das ist alles."

„Rick, du und Angelo, ihr wart sechs Jahre zusammen, ehe er dir einen Antrag gemacht hat. Ihr wart beide glücklich. Ich sage das, weil ich mich daran erinnere, Liebling. Aber seit ihr vor zwei Jahren angekündigt habt, dass ihr diese Hochzeit planen wollt, seid ihr nur noch unglücklich. Und, so leid es mir tut, die Schuld dafür muss ich allein Elena in die Schuhe schieben."

Er wusste, dass sie Recht hatte. Kaum hatte Angelo seinen Eltern mitgeteilt, dass sie heiraten wollten, hatte Angelos Mutter sich erboten, die Oberaufsicht über das gesamte Ereignis zu übernehmen. Nur hatten weder er noch Angelo je damit gerechnet, dass der ganze Prozess so lange dauern würde.

„Sie kommt immer wieder mit neuen Ideen daher, und die ganze Sache entwickelt sich allmählich zur Lawine. Aber das ist nicht der beunruhigende Teil. Sie hat sich mit der ganzen Verwandtschaft in Sizilien in Verbindung gesetzt und allen von der Hochzeit erzählt, und sie möchte *alle* einladen. Hast du eine Ahnung, wie riesig seine Familie ist? Nicht, dass viele davon wirklich zur Hochzeit kommen werden. Ich habe einige von ihnen kennengelernt, und die waren sehr nett, aber im Großen und Ganzen sind sie… sehr traditionell eingestellt."

„Ist das eine höfliche Umschreibung dafür, dass vielleicht nicht alle von ihnen glücklich über eine Schwulen-Hochzeit sind?"

Er schnaubte. „Das ist milde ausgedrückt. Wir haben ihr zu sagen versucht, dass diese ganze Planung nichts weiter als eine teure Zeitverschwendung ist, wenn keiner kommt. Aber es ist, als ob sie nur hört, was sie hören will."

Seine Mutter gab einen tröstenden Laut von sich. „Es ist nicht so, als ob Vittorio noch da wäre, um die Bremsen anzuziehen." Angelos Vater war vor sechs Monaten unerwartet an einem Herzinfarkt gestorben.

„Und das ist noch so eine Sache. Ich glaube, deshalb scheut Angelo davor zurück, irgendwas zu sagen, worüber sie sich aufregen könnte. Weil sie erst vor Kurzem ihren Mann verloren hat."

„Aber sie zu verhätscheln schafft euch nur Probleme." Sie seufzte ins Telefon. „*Das* ist der Grund, warum ich nicht mit dir über eure Hochzeit rede. Warum *ich* mich da raushalte, euch keine Hilfe anbiete. Ich kann mir vorstellen, dass ihr mit Elena schon genug am Hals habt."

Die Küchentür ging auf und Angelo kam ins Wohnzimmer, Telefon in der Hand. Ein Blick auf sein müdes Gesicht reichte, um Rick zu sagen, dass sein Verlobter ihn brauchte.

„Hör mal, Mum, kann ich dich ein andermal zurückrufen?"

„Angelo ist grade reingekommen, nicht?"

Mum kann man eben nichts vormachen. „Ja, stimmt." Angelo brauchte nicht zu wissen, dass Rick hinter seinem Rücken über ihn geredet hatte.

„Klar. Ruf mich nächste Woche an. Und sag Angelo liebe Grüße von mir."

„Mach' ich." Rick verabschiedete sich und legte auf. Er richtete sich auf und sah Angelo an. „Hey", sagte er leise. „Brauchst du eine Umarmung?"

Mit einem Seufzer ließ Angelo sich neben ihm auf die

Couch plumpsen. „Ist das so offensichtlich?"

Rick rückte näher, bis er an Angelo gedrückt dasaß, einen Arm um seine Taille und den Kopf auf seiner Schulter. Angelo legte den Arm um ihn und zog ihn noch enger an sich. Für einen Moment saßen sie schweigend da. Rick genoss den würzigen Duft von Angelos Rasierwasser, ein Duft, der immer seine Sinne weckte.

„Liebe Grüße von Mum."

„Das ist nett", sagte Angelo abwesend. Seine Finger strichen Rick übers Haar.

Ein paar Minuten lang sagte Rick nichts; stattdessen rieb er Angelo lieber kräftig den Bauch. Als klar wurde, dass Angelo nicht die Absicht hatte, sich ihm anzuvertrauen, legte er den Kopf in den Nacken und küsste ihn auf sein Stoppelkinn. „Du brauchst eine Rasur, Mister."

Angelo lachte leise. „Ich dachte, dir gefällt mein Bartschatten. Ich dachte, der lässt mich… gefährlich aussehen."

Rick lachte. „Ich hab' nie was von gefährlich gesagt. Ich hab' nur gesagt, dass du damit aussiehst wie ein Mafioso." Er umfasste Angelos Wange. „Du brauchst mir nicht zu sagen, was sie wollte. Ich kann's mir denken."

Angelos tiefer Seufzer zerriss ihm das Herz. „Wenn ich den Mumm dazu hätte, würde ich ihr sagen, dass wir zusammen durchbrennen und heimlich heiraten werden."

Rick riss die Augen auf. „Oh nein, das machst du nicht.

Ich habe Freunde und Verwandte, die uns umbringen würden, wenn wir das machen würden. Meine Seite der Kirche wird am Ende wahrscheinlich längst nicht so voll sein wie deine, aber es gibt jede Menge Leute, mit denen ich diesen Tag teilen will. Denen werden wir das doch nicht vorenthalten, nur weil deine Mum so einen Affenzirkus veranstalten will."

Angelos inbrünstiges Aufstöhnen klang fast wie ein Grollen. „Sag das nicht. Ich will das genausowenig wie du." Rick nahm den Anflug von Schmerz in seiner Stimme wahr, und er kannte auch dessen Ursprung, obwohl Angelo es nicht offen aussprach.

Er schob sich erneut herum, bis er rittlings auf Angelos Schoß saß und sein Gesicht in den Händen hielt. Rick schaute in diese kohlschwarzen Augen. „Ich weiß, dass du ihn vermisst." Während der letzten vier Jahre oder so war Vittorio sichtlich aufgetaut, womit keiner von ihnen gerechnet hatte. Vielleicht hatte es erst soweit kommen müssen, dass er durch Schwulenhass fast seinen Sohn verloren hätte, um die Anfänge einer Veränderung in ihm herbeizuführen. Was auch immer der Grund war, die beide Männer waren während Vittorios letzten Lebensjahres sehr viel besser miteinander ausgekommen.

„Ich dachte, er würde bei der Hochzeit dabei sein", flüsterte Angelo mit leicht brüchiger Stimme. „Ich kann's immer noch nicht glauben, dass er nicht mehr da ist. Ich hätte gern mehr Zeit mit ihm gehabt."

Rick nickte, ohne den Blickkontakt zu unterbrechen. „Ich weiß, Babe. Und ein Teil von mir glaubt fest daran, dass er an dem Tag zuschauen wird, wenn du vor den Altar trittst – wann auch immer das ist."

Angelo schniefte. „Falls es überhaupt einen Altar gibt. Und bei dem Tempo, das wir vorlegen, werde ich wahrscheinlich in einem elektrischen Rollstuhl daher gezockelt kommen."

Rick prustete. „Ernsthaft? Wenn ich gewusst hätte, dass du zu so schamlosen Übertreibungen neigst…" Er grinste. „Jetzt ist mir auch klar, warum du mir bei unserem ersten Treffen erzählt hast, dass dein Schwanz achtundzwanzig Zentimeter lang ist."

Angelo riss die Augen auf. „Das hab' ich *nie* gesagt. Du…" Er klappte den Mund zu, als er Rick lachen sah. „Das hast du mit Absicht gemacht, nicht?"

Rick warf ihm den unschuldigsten Blick zu, den er hinbekam. „*Vielleicht.*" Er beugte sich vor und küsste Angelo auf den Mund, genoss die Wärme seiner Lippen. Als Angelo sich unter ihm entspannte, beendete Rick den Kuss und setzte sich auf, immer noch rittlings auf Angelos Schoß. „Um einen von den Lieblingsfilmen deiner Mutter zu zitieren: ,Am Ende wird alles gut. Wenn also nicht alles gut ist, ist es noch nicht das Ende'."

„Siehst du bei all dem etwa ein Ende?", fragte Angelo ungläubig.

„Noch nicht", gab Rick zu. „Vielleicht müssen wir erst zu drastischen Maßnahmen greifen, um die Sache in die von uns gewünschten Bahnen zu lenken, aber wir werden es schaffen. Das verspreche ich dir", flüsterte er, dann küsste er Angelo erneut.

Angelo seufzte in den Kuss. Seine Arme umfingen Rick, hielten ihn, seine Hände glitten an seinem Rücken auf und ab. Rick summte vor Glück. Das war *sein* Angelo, sein Mann.

Angelo murmelte an seinen Lippen: „Wie lange ist es her?"

Rick wusste sofort, was er meinte. „Seit wir uns geliebt haben? Eine Woche." Eine lange, lange Woche.

„Tut mir leid." Angelo umfasste Ricks Wange mit der gewölbten Hand. „Ich hab' mich von allem ziemlich unterkriegen lassen, nicht?"

„Na ja, das können wir bald ändern." Rick lächelte. „Du könntest mich unter dich kriegen."

Angelo wurde still. „Willst du, dass ich dich reite?"

Ricks Herz pochte bei der Vorstellung. Angelo toppte lieber, und Rick hatte damit kein Problem. Aber hin und wieder tauschten sie auch mal gern die Rollen, und das Resultat war immer höchst angenehm.

Er nickte rasch. „Du reitest mich, ich ficke dich, das ist mir alles recht. Hier oder im Bett?"

Angelos einzige Antwort bestand darin, Rick die Hände um die Taille zu legen und sie unter seinen Pullover zu schieben. Ricks Bauchmuskeln zogen sich zusammen, als sanfte Finger eine Spur auf seiner Haut zogen, sich langsam höher schoben. „Du fühlst dich immer gut an", murmelte Angelo. „Deine Haut ist hier so weich."

Rick erschauerte, als Finger seine Nippel reizten. „Das g-gehört alles zu meinem Plan. Damit du nie genug von mir kriegst." Ein weiteres Erschauern. „Nenn' mich einfach Kleopatra."

Die flinken Finger hielten still und Angelo zog fragend die Augenbrauen zusammen. „Hä?"

Rick grinste. „Ich bade viermal am Tag in Eselsmilch, wenn du nicht zu Hause bist. Was glaubst du, wie ich es schaffe, meine Haut so weich zu halten?"

Angelo lachte leise und zog Rick in einen Kuss. „Ah, das hatte ich mich schon gefragt." Er wechselte die Position, legte sich auf die Couch und nahm Rick mit. Ihre Küsse waren zärtlich. Angelos Arme hielten ihn umfangen, beide gaben leise Laute von sich, summten vor Befriedigung. Als Rick sich breitbeinig über Angelos Oberschenkel schob, sich an ihm zu reiben begann, änderte sich das Tempo. Angelos Atem stockte und er blickte mit geweiteten Augen zu Rick auf. „Gott, ja", flüsterte er.

Rick nickte und wiegte sich heftiger, rieb seinen steif werdenden Schaft an den festen Muskeln. Er senkte den Kopf und küsste Angelo auf den Hals, bewegte sich weiter nach unten, als Angelo leise stöhnte, die Hüften in Bewegung. Rick war im Himmel. Er konnte sich gar nicht mehr daran erinnern, wann sie das letzte Mal so rumgemacht hatten, und er verlor sich in den Küssen und Zärtlichkeiten, im langsamen Rock 'n' Roll ihrer Körper. Ihre Küsse wurden inniger und dann schienen ihre Hände überall zu sein, und Rick ritt Angelos Schenkel. Er versuchte sich zu bremsen, doch

sobald seine Lippen auf Angelos Kehle trafen, gab er der wachsenden, drängenden Leidenschaft nach und saugte an Angelos Haut, genoss sein heftiger werdendes Stöhnen. Dann war er es, der stöhnte, als Angelo sein

Ohr küsste, sanft in die zarte Ohrmuschel biss und daran zog, bis Rick sich auf ihm wand. Sein Schwanz, inzwischen noch steifer, schmerzte, als er auf Angelos ebenso harten Schaft stieß.

Ihre Blicke trafen sich und beide atmeten tief ein.

„Ich will, dass das hier dauert", sagte Angelo leidenschaftlich und streichelte mit einer Hand Ricks Rücken, mit der anderen seine Brust.

„Ich auch", bestätigte Rick. Er ließ seine Hände unter die weiche Wolle von Angelos Pulli gleiten und seufzte vor Wonne, als er die vertraute Haarmatte fühlte, die seinen Geliebten bedeckte. „Denk' bloß nie, nie dran, das alles abzurasieren, hörst du?"

Angelo lachte leise. „Ich würde meinen, das wäre ein Scheidungsgrund."

„Allerdings." Rick meinte das ernst. Er liebte Angelos Körperbehaarung, liebte die Textur, vor allem, wenn er sein Gesicht daran rieb.

Es war nicht genug.

„Ich brauch' mehr Haut", presste er mit zusammengebissenen Zähnen hervor, dann zerrte er an dem störenden Kleidungsstück, zog es hoch und über Angelos Kopf. Gleich darauf lag er wieder in Angelos Armen und seine Finger kneteten die festen, pelzigen Brustmuskeln und streiften die stolz aufgerichteten, straffen Knospen.

„Ich bin dran." Angelo packte Ricks Pullover und zog ihm den mit einer einzigen Bewegung aus. Als sich ihre nackten Oberkörper trafen, gab das den Anstoß zu einer weiteren Flut von Küssen und Berührungen. Rick konnte von Angelos Küssen nicht genug kriegen. Inzwischen waren es Angelos Jeans, die ihn nervten. Rick knöpfte Angelo die Hose auf und zog sie ihm grob über die Hüften, ließ aber die Unterhose an.

Jedoch nicht lange. Der Anblick der feuchten Baumwolle, die an Angelos sehr steifem Schwanz klebte, war zu viel, und Rick streifte sie ab. Seine Nüstern blähten sich, als er den schweren, unverfälschten Duft seines Geliebten wahrnahm. Angelos Glied stand stramm, bettelte um Aufmerksamkeit, und Rick gab sie bereitwillig. Er leckte langsam eine Linie von Angelos Eiern bis zu seinem Schlitz und genoss Angelos Erschauern.

Rick hielt in seiner erotischen Aufgabe inne und sah Angelo in die Augen. „Verdammt, ich liebe deinen Schwanz." Er nahm ihn tief in den Mund, ließ seine Lippen daran entlang gleiten bis zur Wurzel. Angelos lustvolles Ächzen durchhallte ihn, und Rick grinste um seinen Schwanz und brachte seine Hand ins Spiel, bearbeitete den soliden Schaft. Die Haut glitt wie heiße Seide über einen Kern aus Granit. Als Angelo nach Ricks Reißverschluss griff, unter Stöhnen und Seufzen ungeduldig daran zerrte, wusste Rick, dass sein Geliebter ihn in sich haben wollte – nein, brauchte.

Angelo setzte sich auf. Er war nackt, und Rick stützte sich mit einer Hand auf der Rückenlehne der Couch ab, während Angelo ihn auszog. Dann fand er sich in eine sitzende Position geschubst, während Angelo auf dem Bauch lag, den Mund dicht über Ricks Schwanz, der schon begierig ruckte und zuckte.

Rick stieß den Atem aus, als Angelo ihn tief in den Mund nahm. Sobald er wieder genug Luft dazu hatte, stöhnte er leise auf. „Das ist es. Mach' ihn schön hart und nass."

Angelo stöhnte mit vollem Mund und wurde immer lauter, als Rick sich vorbeugte, die Finger zwischen Angelos pelzige Arschbacken schob und ihm mit dem Daumen die Rosette massierte. Angelo streckte den Hintern hoch – er wollte eindeutig mehr.

Rick lachte leise. „Konzentrier' du dich auf deinen Job. Mach meinen Schwanz steinhart, damit er in diesen engen Arsch schlüpfen kann." Als Angelo laut aufstöhnte, rieb Rick ihm den Rücken, auf diese festen, runden Backen zu. „Ja, du magst es, wenn ich versaute Sachen sage, stimmt's?" Zehn Jahre zusammen zu sein bedeutete, dass er Angelos sämtliche Schwachpunkte kannte.

Angelo summte um seinen Schwanz herum und begann, seinen Kopf schneller auf und ab zu bewegen. Hin und wieder machte er eine Pause und saugte an dem steifen Schaft und bearbeitete ihn mit den Fingern, oder umfasste und drückte sanft Ricks Eier. Rick vergaß ganz, Angelos Rosette zu verwöhnen. Er warf den Kopf nach hinten in das Sitzpolster, Augen geschlossen, und stieß nach oben in diesen wundervollen Mund. Als sein Verlangen heiß glühte,
zog er Angelo in eine kniende Position und küsste ihn, drang mit der Zunge tief ein.

„Jetzt", keuchte Angelo, als Rick zum Luftholen auftauchte. „Fick mich jetzt."

Rick kicherte an seinen Lippen. „Gleitgel?"

Angelo lächelte. „Die Flasche in der Kaffeetisch-Schublade war fast leer, deshalb hab' ich heute Morgen eine neue "

Rick stand auf und kniete sich hinter ihm auf die Couch. Er bog seinen Körper über Angelos Rücken, drückte ihm seinen steinharten Schwanz in die Ritze und küsste ihn auf den Nacken, in dem Wissen, dass das seinen Geliebten verrückt machen würde. „Einen Mann, der vorausdenkt, muss man einfach lieben." Er lachte leise an der warmen Haut. „Oder sollte ich sagen, einen Mann, der mit seinem Kopf denkt? Mit einem davon, jedenfalls."

Angelo senkte den Kopf und stöhnte auf. „Kannst du dich mal gefälligst beeilen und mich verdammt noch mal ficken?" Er streckte die Hand nach dem Kaffeetisch aus, holte das Gleitgel und drückte es Rick in die Hand. „Hier. Okay?" Er öffnete es mit einer Hand. „Und Finger sind nicht nötig, ich will das Brennen spüren."

Rick lachte und wiegte sich heftiger; Angelos Körper bewegte sich mit ihm. Er hielt lange genug still, um sein unverhülltes Glied zu glitschig zu machen, dann drückte er langsam die Spitze gegen Angelos geiles Loch und schob den dicken Schaft in den engen Kanal, ließ sich viel Zeit dabei. Als er ganz drin war, sein Schwanz bis zum Anschlag in Angelos Körper vergraben, stieß Rick einen tief empfundenen Seufzer aus. Es war schon viel zu lange her.

Angelo fasste nach Ricks Hand, zog sie an die Lippen

und küsste seine Fingerspitzen. „Ich liebe dich", flüsterte er.

„Ich liebe dich auch", antwortete Rick, dann begann er sich gemächlich zu bewegen, zog sich fast vollständig aus Angelo zurück und ließ dann seinen Schwanz wieder in ihn hineingleiten, als hätten sie alle Zeit der Welt.

„Oh Gott ja, genau so", stöhnte Angelo. „Fuck, Rick, das ist…"

Rick sagte nichts, aber er küsste Angelos Schultern und Rücken, während er sich langsam in den Hüften wiegte, ihn liebte. „Das ist genau das, was wir beide gebraucht haben", flüsterte er. „Langsam und zärtlich Liebe machen. Harte, schnelle Ficks heben wir uns für ein andermal auf." Gott, er war umschlungen von Angelos Körper, und in ihm war es wie im Paradies, in einem heißen, engen Paradies, das Ricks Schaft umfasst hielt und ihn einsaugte.

Angelo verdrehte sich, um Rick das Gesicht zuzuwenden, und sie küssten sich. Ricks Zunge bewegte sich in demselben gemütlichen Tempo wie sein Schwanz. Angelo seufzte in den Kuss, dann senkte er den Kopf auf das Kissen und streckte den Hintern hoch, wie um sich Rick anzubieten.

Rick wusste, was das bedeutete. Er bedeckte Angelos Körper mit seinem und küsste ihn auf den Hals, während er allmählich fester und tiefer zustieß und sein Unterleib in einem neuen, schnelleren Rhythmus an Angelos straffen Hintern klatschte. Er schlang die Arme um Angelo und hielt ihn eng an sich gedrückt, während er seinen Schwanz in ihn hineintrieb. Ihre Lippen trafen sich in Küssen, die immer leidenschaftlicher wurden.

„Oh ja." Angelo drehte sich auf die Seite und Rick glitt hinter ihn, an seinen Rücken geschmiegt. Er hakte einen Arm unter Angelos Knie und streichelte seine Brust; ihre Lippen fanden sich erneut, als er weiter in diesen engen Hintern hineinstieß. Als er die Finger um Angelos steifen Schwanz legte, reagierte Angelo sofort, indem er Ricks Faust fickte. Sein Schaft war glitschig von dem steten Strom der Lusttropfen, die aus seinem Schlitz quollen.

Ihre Blicke trafen sich. „Ich liebe dich so sehr." Die Worte drückten nicht einmal annähernd aus, was Rick wirklich empfand, aber sie würden reichen müssen.

„Lieb' dich", japste Angelo, rollte sich auf den Rücken und zog die Beine an, um sie um Ricks Taille zu schlingen. Rick kannte die Anzeichen; das war ihre Lieblingsstellung für den Orgasmus.

Angelo umfasste Ricks Hinterkopf und küsste ihn, während Rick immer härter zustieß, seinen Schwanz wie einen Kolben in Angelo hineinrammte, bei jedem hämmernden Stoß ganz in ihn eindrang.

„Hör nicht auf", bettelte Angelo; seine Hand bearbeitete seinen Schwanz immer heftiger, und er zitterte am ganzen Körper.

„Ich hör erst auf, wenn wir beide kommen", keuchte Rick und wurde noch schneller.

Sekunden später wölbte Angelo sich hoch, den Mund zu einem stummen Schrei aufgerissen. Sperma spritzte über seinen Bauch. Angelo, vom Orgasmus überwältigt

– für einen Moment verlor Rick sich in seiner Schönheit, doch dann umklammerten Angelos innere Muskeln seinen Schwanz, und er spritzte ebenfalls ab.

„Ich liebe dieses Gefühl", stammelte Angelo, „wie dein Schwanz pulsiert, wenn du in mir kommst. Davon werde ich nie genug kriegen."

Rick rang nach Luft; Welle um Welle der Lust rauschte über ihn hinweg und rüttelte ihn durch, pulsierte in ihm und ließ ihn erschauern. Er lag auf Angelo, streichelte ihm Schultern und Gesicht und küsste ihn, nicht bereit, ihre Verbindung zu unterbrechen. Als sich sein Herzschlag schließlich annähernd wieder normalisiert hatte, hob er den Kopf und sah Angelo in die Augen.

„Und ich werde nie davon genug kriegen, mit dir Liebe zu machen." Er küsste Angelo auf die Stirn. Beide seufzten, als er seinen erschlaffenden Penis behutsam aus Angelo herauszog und ihm den Kopf auf die Schulter legte. So blieben sie einige Minuten lang liegen. Nur das Ticken der Uhr war zu hören.

„Den Abend heute hatte ich mir eigentlich ein bisschen anders vorgestellt", murmelte Rick an Angelos Brust, während seine Finger sanft an den üppigen Haaren dort zupften.

Angelo kicherte. „Ach? Was hattest du denn geplant?"

„Dass wir uns auf die Couch setzen, Wein trinken und eine DVD gucken."

Angelo lachte in sich hinein. „Na ja, auf der Couch sind wir doch, oder?"

Darüber musste Rick lachen. „Jau. Und wenigstens sind wir zum Rummachen gekommen, was Ed und Colin heute Abend bestimmt nicht hinkriegen werden." Plötzlich fiel ihm etwas ein. „Mist! Das hatte ich ganz vergessen. Ich wollte dir doch sagen, dass das Baby sich endlich blicken lassen hat."

Angelo brach in Gelächter aus. „Und das erfahre ich erst jetzt?"

„Was erwartest du denn? Du lenkst mich eben ab. Jedenfalls ist alles wunderbar, das Baby ist gesund, Donna geht's gut, und Ed und Colin haben Sophie über Nacht behalten, sodass Will und Blake eine Nacht für sich haben können." Er kuschelte sich in Angelos Arme. „Siehst du? Ich wusste doch, dass wir genau zur rechten Zeit gegangen sind. Wenn wir im Krankenhaus geblieben wären, hätte vielleicht einer von uns vorgeschlagen, auf sie aufzupassen, und dann hätten wir das hier nicht tun können."

„*Das hier*", sagte Angelo und küsste ihn auf den Scheitel, „war wundervoll. Ich weiß bloß nicht, ob ich Lust zum Fernsehen gucken habe."

Rick schob eine Hand zwischen ihre klebrigen Leiber und umfasste Angelos schlaffen Penis. „Na gut, wie wär's, wenn wir uns unter die Bettdecke kuscheln würden? Uns fällt doch bestimmt *irgendwas* anderes ein, da bin ich sicher."

Angelos Erschauern sagte ihm alles, was er wissen musste.

Kapitel 3

„Colin, da ist ein Anruf für dich. Ich habe ihm gesagt, dass du in der Mittagspause bist, aber er ist ziemlich hartnäckig."

Colin warf einen Blick auf seine Pilzsuppe und seufzte. „Hat *er* einen Namen?" Er hatte einen arbeitsreichen Vormittag hinter sich. Zwei von den Architekten saßen ihm im Nacken und nervten ihn ständig mit Nachfragen, warum ihre Entwürfe denn *immer noch nicht* in ihrem Posteingang seien. Die Antwort – dass er schließlich nicht hexen könne – hatte ihm schon auf der *Zunge* gelegen… Nicht einmal er konnte CAD-Modelle herbeizaubern, wenn er die Entwürfe erst seit drei Stunden hatte. Glücklicherweise war er jemand, der immer erst sein Hirn einschaltete, ehe er den Mund aufmachte. Er hatte sein Bestes getan, um ihre anspruchsvollen Gemüter zu besänftigen, aber auch direkt nach Ende des Telefongesprächs eine E-Mail an die Seniorpartner zusammengestellt.

Colins Meinung nach war es immer gut, sich abzusichern. Vor allem, wenn es um Primadonnen ging. Marion lachte. „Tut mir leid, das hätte ich als Erstes sagen sollen. Irgendwie bin ich heute mit den Gedanken ganz woanders."

„Hmm. Warum wohl?" Colin lächelte in sich hinein. Die Rezeptionistin war gleich zu Arbeitsbeginn heute Morgen voller Begeisterung damit herausgeplatzt, dass ihr Freund ihr gestern einen Heiratsantrag gemacht habe.

Nun ja, er hat sich den richtigen Tag dafür ausgesucht. Colin hatte den Großteil des Valentinstags damit verbracht, mit einer Vierjährigen zu spielen. Nicht dass ihm das was ausgemacht hätte. Nur dass er jetzt besser verstand, warum Ed Sophie immer „Hurrikan" nannte. Sie schien über grenzenlose Energie zu verfügen und hinterließ in jedem noch so ordentlichen Zimmer eine Verwüstung wie nach einem Atombombeneinschlag.

Kein Wunder, dass Ed nach dem Babysitten immer zu müde für Sex war.

Marions Kichern holte ihn in die Gegenwart zurück. „Jedenfalls heißt er Ray Tranter."

Für einen Moment war Colin verwirrt. *Ihr Verlobter heißt Ray Tranter? Komischer Zufall.* Colins erster fester Freund hatte so geheißen. Dann fiel der Groschen, und er war sprachlos vor Überraschung. *Ray? Ray ruft mich an? Was zum Teufel…?*

Es musste an die dreizehn Jahre her sein, seit sie zum letzten Mal miteinander gesprochen hatten.

„Colin? Bist du noch dran?"

Er nahm sich zusammen. „Ja, entschuldige bitte. Klar, stell ihn durch." Colin dachte rasch zurück. In den letzten paar Jahren hatten sie kaum Kontakt gehabt, abgesehen von den Grußkarten, die sie sich jedes Jahr zu Weihnachten schickten – und selbst da schrieben sie sich selten mehr als ein, zwei Zeilen. Colin schloss aus den Briefmarken, dass Ray immer noch in Edinburgh Vorlesungen hielt, wofür er vor all den Jahren Manchester verlassen hatte.

Ein paar Zeilen jeden Dezember. Nicht viel nach drei gemeinsam verbrachten Jahren, doch nach der Art, wie Ray sich von ihm getrennt hatte, war Colin dankbar, überhaupt etwas zu bekommen.

Ob er sich wohl sehr verändert hat? Dreizehn Jahre waren keine so lange Zeit, aber andererseits erkannte Colin manchmal sein eigenes Spiegelbild kaum. Dank Rugby hatte er heute viel mehr Muskeln als damals an der Uni.

„Colin?" Rays Stimme war tiefer, heiserer, als rauchte er ein ganzes Päckchen Zigaretten pro Tag, aber immer noch unverkennbar. Diese raue Stimme war in Colins Gedächtnis eingebrannt. *Ich hätte ihm damals stundenlang nur zuhören können.*

„Hey, wow. Das ist ja eine Überraschung."

Ray lachte leise. „Ja, aber wohl eher so was wie ein Schock nach so langer Zeit, würde ich meinen."

Das stimmte. „Wie hast du diese Nummer rausgefunden?" Vor acht Jahren, als Colin seinen derzeitigen Job angenommen hatte, hatte er ihm von seinem Umzug nach London erzählt, aber keine Details erwähnt. Er war sich nicht mal sicher, ob er Rays Telefonnummer hatte. Ray hatte seine ganz bestimmt nicht. *Und es ist ja nicht so, als ob er mich je darum gebeten hätte.* Seinem Ex nach so langer Zeit noch Postkarten zu schreiben war schon merkwürdig genug.

„War nicht einfach. Ich habe fast sechs Monate lang online gesucht. Erfolg hatte ich erst letzten Monat, als ich auf ein Foto von deiner Firma gestoßen bin. Ihr hattet irgendeine Auszeichnung bekommen."

„Oh, als wir letztes Jahr den RIBA Regional Award

gewonnen haben?" Den Preis des *Royal Institute of British Architects* zu gewinnen war die krönende Leistung der Firma gewesen. „Ja, das war toll." Er hielt für einen Moment inne. „Gibt es einen bestimmten Grund, warum du mich sprechen wolltest? Ich meine, es ist schon eine ganze Weile her." Er lachte leise. „Außer, wenn es was ist, was du nicht in eine Weihnachtskarte schreiben kannst."

„Ich habe gestern an dich gedacht." Rays Stimme wurde sanfter.

„Ach?" Es dauerte einen Moment, bis Colin der Grund dafür klar wurde. „Oh. Stimmt." Sie hatten ihr erstes Date am Valentinstag 2000 gehabt.

„Dann erinnerst du dich also."

Colin lächelte. „Das war ein ziemlich unvergessliches erstes Date." Ray hatte ihn ins „Curry Mile" in Rusholme eingeladen, ein beliebtes indisches Restaurant.

Ray schnaubte. „Milde ausgedrückt. Wie viele Vorlesungstage hast du wegen der Lebensmittelvergiftung noch gleich verpasst? Ich staune immer noch, dass du danach überhaupt noch mal mit mir ausgegangen bist."

„Es wird dich nicht überraschen, wenn ich dir sage, dass ich dieses Gericht seither nie wieder gegessen habe."

Ray lachte, brach aber abrupt ab und begann zu husten, ein tiefes, trockenes Husten, das mehrere Sekunden lang anhielt.

„Oh, das klingt aber nicht gut." Colin wusste, dass gerade eine üble Grippewelle umging.

„Ja, stimmt. Aber das wird schon wieder."

Rays Bemerkung von vorhin ging Colin nicht aus dem Kopf. „Du hast gesagt, du hättest sechs Monate lang versucht, meine Telefonnummer rauszufinden? Warum hast du mir nicht geschrieben und mich einfach danach gefragt? Du weißt schließlich, wo ich wohne."

„Ich wollte dich überraschen."

„Na, das ist dir eindeutig gelungen. Hältst du immer noch Vorlesungen?"

Ray räusperte sich. „Nein, ich habe mich vorzeitig pensionieren lassen."

„Oh, dann bist du Frührentner. Schön. Und was fängst du jetzt so mit deiner vielen freien Zeit an?"

Die Pause, die Colins Frage folgte, dehnte sich auf mehr als zehn Sekunden. „Ray? Bist du noch dran?"

„Sorry, ich war kurz abgelenkt. Hör mal, mir ist eben was dazwischen gekommen, ich muss auflegen. Ein andermal?"

„Klar." Colin hatte ein ungutes Gefühl im Bauch und wusste nicht warum. „Pass auf, ich gebe dir mal meine Handynummer."

„Gute Idee. Könnte ich vielleicht – nur wenn es dir nichts ausmacht, natürlich – deine E-Mail-Adresse auch haben?"

„Klar. Kein Problem." Er rasselte seine Handynummer und E-Mail-Adresse herunter und
wiederholte dann beides noch mal. „Danke für den Anruf."

„Es war schön, nach der ganzen Zeit deine Stimme mal wieder zu hören" Rays Worte klangen aufrichtig.

Colins Magen krampfte sich zusammen. „Gleichfalls. Und sieh zu, dass du diesen Husten loswirst."

Ray lachte leise. „Du hast dich kein bisschen verändert. Immer noch so fürsorglich." Ehe Colin antworten konnte, hatte Ray schon aufgelegt.

Colin legte das Telefon auf den Schreibtisch und starrte es an. *Okay, das war… merkwürdig.* Er konnte nicht genau sagen, was, aber irgendwas kam ihm komisch vor. Erst, als er schon auf dem Weg zur Personalküche war, um sich seine Suppe warm zu machen, wurde ihm bewusst, dass Ray ihm seine Nummer nicht gegeben hatte. *Ich hätte ihn danach fragen sollen.* Dann besann er sich. *Warum sollte ich ihn anrufen wollen?* Ihre Beziehung war schon lange vorbei, und er war sich nicht sicher, ob es wirklich so gut war, die Vergangenheit wieder aufzuwärmen.

Vor allem angesichts seiner Reaktion auf den Anruf vorhin. Er hatte nur wenige Minuten lang mit Ray gesprochen, und schon drehte sich ihm der Magen um.

Bis Colin das Geschirr gespült und abgetrocknet hatte, war Ed zu einem Entschluss gekommen. Er konnte den Abend nicht weiter laufen lassen, ohne was zu sagen.

„Also, kannst du mir mal sagen, was dich bedrückt?" Kaum hatte er die Frage ausgesprochen, tadelte er sich bereits für ihre Taktlosigkeit. Wobei Colin ihm oft sagte, wie liebenswert er es fand, dass Ed seine

Gedanken meist ungefiltert aussprach.

Damit meint er, dass ich ungehobelt bin. Nicht, dass Ed vorgehabt hätte, sich zu ändern. Dafür war er einfach zu alt.

Colin zog lediglich eine Augenbraue hoch. „Wie kommst du darauf, dass mich was bedrückt?" Er schenkte sich ein weiteres Glas Wein ein.

Ed deutete auf die Flasche und schnaubte. „Erstens, ich kenn' dich, und zweitens, seit wann trinkst du mehr als zwei Glas Wein an einem Abend?"

Colin lächelte. „Mir war nicht klar, dass ich so ein Gewohnheitstier bin." Er hielt die Flasche hoch. „Möchtest du den Rest?"

Ed grinste. „Dachte schon, du fragst nie."

Colin schenkte ihm den letzten Schluck Wein ein und reichte ihm das Glas. Ed folgte ihm ins Wohnzimmer und setzte sich zu ihm auf die Couch. Dabei verdrängte er Tigger, der von der Couch sprang und in die Küche spazierte, vermutlich auf der Suche nach etwas Essbarem. *Dieses Katzenvieh wird allmählich ganz schön fett.* Doch dann bemerkte er Colins leicht gerunzelte Stirn, seine verkrampften Wangenmuskeln, und widmete ihm seine volle Aufmerksamkeit. „Okay, raus damit."

Colin trank einen Schluck Wein und seufzte. „Es ist wahrscheinlich gar nichts."

„Lass mich das entscheiden." Die Anspannung, die Ed während der letzten ein, zwei Stunden empfunden hatte, löste sich bei Colins Worten. *So ist's recht. Sag's mir, Liebster.* Doch er drängte nicht. Es reichte schon, dass Colin bereit war, über das zu reden, was seine

Gedanken so in Anspruch nahm.

„Weiß du noch, unser erstes gemeinsames Weihnachten? Als ich von jemandem namens Ray eine Karte gekriegt habe und du mich gefragt hast, wer das ist?"

Ed runzelte die Stirn. „Ja. Ein ehemaliger Kumpel von dir von der Uni, nicht? Er schickt dir jedes Jahr eine Karte."

Colin nickte. „Na ja, heute hat er mich im Büro angerufen. Aus heiterem Himmel."

Als nichts weiter kam, stellte Ed sein Weinglas weg und sah seinen Geliebten an. „Und? Warum machst du da so ein Riesen-Trara drum?"

Colin lachte leise, genau die Reaktion, die Ed hatte provozieren wollen. „Du hast eine nette Ausdrucksweise, weißt du das?"

Ed warf sich in die Brust, wohl wissend, dass das Colin zum Lächeln bringen würde. „Jau. Gehört zu meinem Charme. Jetzt rede mit mir."

Colin trank einen weiteren Schluck und stellte sein Glas weg. „Was ich dir von Ray erzählt habe, entsprach nicht ganz der Wahrheit. Ja, wir haben uns auf der Uni kennengelernt, aber…" Er sah Ed in die Augen. „Er war mein Erster."

„Und er schickt dir immer noch Weihnachtskarten? Netter Kerl." Ed störte das nicht. Er wusste mit absoluter Sicherheit, dass die Liebe zwischen ihm und Colin durch nichts zu erschüttern war.

Colin lachte. „So kann man's wohl auch nennen, nehm' ich an. Ich wundere mich immer noch, dass er jedes Jahr wieder eine schickt, um ehrlich zu sein. Aber solange er das tut, schicke ich ihm eine zurück." Er schaute auf seine Hände, die in seinem Schoß gefaltet waren. „Die Sache ist die – wir waren kein normales Paar."

Das weckte Eds Aufmerksamkeit. „Ach? Lass hören." Besonders neugierig machte ihn die Tatsache, dass Colin ihm nicht in die Augen schauen konnte. Wer genau ist dieser Ray?

Colin räusperte sich. „Er war... einer von den Dozenten."

Ed machte große Augen. „Du hast es mit 'nem Dozenten getrieben? Du dreckiges, kleines Luder."

Colin hob ruckartig den Kopf. „Wie bitte?" Ihm blieb der Mund offen stehen.

Ed kicherte. „Nein, ernsthaft, ich bin beeindruckt. Wie alt warst du? Achtzehn, neunzehn?" Er wackelte mit den Augenbrauen. „Stehst wohl auf ältere Typen, was? Wobei ich das grad' sagen muss. Bin schließlich ein alter Knacker im Vergleich zu dir."

Colin warf ihm einen belustigten Blick zu. „Ich bin nur fünf Jahre jünger als du, Mister."

Ed lachte. „Na schön, jetzt mach schon weiter! Erzähl mir von dir und Ray. Wie habt ihr's geschafft, das geheim zu halten? Weil ich mir nämlich nicht vorstellen kann, dass es ihm recht gewesen wär', wenn sich das rumgesprochen hätte, weißt du?" Er zwinkerte.

Colin stöhnte auf. „Du machst dir keine Vorstellung. Es war hilfreich, dass er keiner von meinen Dozenten war."

Ed zuckte die Achseln. „Okay. Dann war's ja nicht ganz

so schlimm, schätz' ich mal. Ich hatte mir schon ausgemalt, wie sich im voll besetzten Hörsaal eure Blicke treffen, wie ihr euch gegenseitig heimlich Zettelchen zusteckt, all so was eben." Es war eine Seite an Colin, die er nicht erwartet hatte.

Colin lachte. „War nicht ganz so romantisch. Ich habe ihn zufällig in einer Schwulenbar in der Nähe der Canal Street getroffen. Ich hatte ihn vorher schon auf dem Campus gesehen, also wusste ich gleich, wer er war. Wir haben uns ein paarmal getroffen, ehe er mich zum ersten Date eingeladen hat."

„Wie lang wart ihr zusammen?"

„Etwas über drei Jahre. Als ich im letzten Studienjahr war, hat ihm die Uni Edinburgh eine Stelle angeboten. Eine solche Gelegenheit konnte er sich nicht entgehen lassen. Am Ende des Sommers ist er abgereist, und seither habe ich ihn nicht mehr gesehen."

„Habt ihr euch im Guten getrennt?" Es war Ed nicht entgangen, dass Colin ganz wehmütig dreinschaute. Offensichtlich hatte Ray ihm viel bedeutet.

Es gab eine Pause, dann nickte Colin. „Was wir hatten, war gut, aber du weißt ja, wie man so sagt. Alles Gute hat einmal sein Ende. Obwohl er mir vermutlich den Spaß an anderen Männern verdorben hat. Von denen, die nach ihm gekommen sind, kam einfach keiner an ihn ran. Erst vier Jahre später habe ich jemanden kennengelernt, der ein Teil meines Lebens wurde, und von dem weißt du schon."

Ed dachte zurück an die Anfänge ihrer Beziehung. „Ach ja, Matt." Der kleine Scheißer, der versucht hatte, wieder mit Colin zusammen zu kommen. Er schob den Gedanken beiseite. Das war längst Geschichte. „Dann hat er dich also angerufen? Warum?"

Colin seufzte und griff nach seinem Weinglas. „Das ist es ja grade, was mir Kopfzerbrechen macht. Ich weiß es nicht. Ich hatte so den Eindruck, dass er eigentlich mehr sagen wollte, aber die Nerven verloren hat. Ich weiß nur, dass er den Anruf ziemlich abrupt beendet hat. Allerdings wollte er meine Telefonnummer und E-Mail-Adresse haben." Er zuckte die Achseln. „Vielleicht meldet er sich ja noch mal."

Ed rückte näher, bis sich ihre Oberschenkel berührten. „So", begann er mit sanfterer Stimme, „er war also dein Erster, ja?"

Colin drehte langsam den Kopf. „Ich kenne diesen Ton. Deine Stimme wird ganz tief und verführerisch, wenn du anfängst, mit dem Schwanz zu denken."

Ed schnappte theatralisch nach Luft. „Keine Ahnung, wovon du redest." Er grinste. „Ich musste nur grade an unser erstes Mal denken, das ist alles."

Colin lachte. „Glaub' mir, diese beiden Erlebnisse hatten nichts gemeinsam." Er streichelte Eds Oberschenkel. „Ich musste dich mit Alkohol traktieren, um dich dazu zu kriegen, dich zu entspannen. Und du hattest Herzklopfen wie ein verängstigtes Kaninchen, bis ich dich endlich ein bisschen beruhigt hatte."

Ed schnaubte. „Beruhigt? Du hast mich geleckt, bis ich fast gekommen wär'." Colin brach in Gelächter aus, und Ed stimmte ein. „Danach war ich Wachs in deinen Händen." Er legte den Kopf schräg. „Also, wie war dein erstes Mal da so anders?"

Colin kicherte. „Ray und ich waren beide spitz wie Nachbars Lumpi, haben uns gegenseitig die Klamotten vom Leib gerissen. Ich konnte es kaum erwarten, in ihm zu sein, und als er kurz davor war, hat er mich rausziehen lassen, sich ein Kondom übergestreift und mich gefickt."

„Was – ihr habt euch abgewechselt? Beim ersten Mal?" Colin zog die Augenbrauen hoch. „Versuch mir nicht weiszumachen, dass du noch nie was von einem Flip-Fick gehört hast, Mr. Fellows. Ich hab' deine Browser-History gesehen, schon vergessen?"

Ed warf ihm einen scharfen Blick zu. „An Pornos gibt's nichts auszusetzen." Er grinste. „Wir hatten schon sehr viel Spaß, nachdem ich mir da, wie soll ich sagen, ‚Inspiration' geholt hatte, nicht?" Schon der Gedanke daran, sich mit Colin beim Toppen abzuwechseln, ließ ihn hart werden. Sehr hart.

„Das bestreite ich nicht für einen Augenblick", erwiderte Colin rasch. „Ich wollte nur betonen, dass deine Überraschung reine Schauspielerei ist." Beiläufig griff er dorthin, wo Eds Erektion sich deutlich bemerkbar machte, und legte eine Hand über die Beule. „Und das hier sagt mir, dass wir was Besseres zu tun haben, als über meinen Ex zu reden."

Für einen kurzen Moment überlegte Ed, ob Colin einem Gespräch über Ray auswich. Aber der Gedanke verweilte nicht lang, nicht, während Colin seinem steifen Schwanz so willkommene Aufmerksamkeit widmete.

„Dann lass uns mal nicht länger rumtrödeln", stieß er hervor. „Schaff deinen süßen kleinen Arsch ins Schlafzimmer."

Er hatte Pläne für diesen Arsch.

„Ich könnte dich die ganze Nacht küssen", murmelte Ed an Colins Lippen, die Hände um das Gesicht gelegt, dass er mit jeder Zelle, jedem Nerv und jeder Faser seines Wesens liebte. Unter ihm seufzte Colin, schlang die Beine fester um Eds Taille und zog ihn noch enger an sich.

So nah, dass sich unsere Seelen berühren.

Der Gedanke erschütterte Ed. Tiefgründige Überlegungen waren eigentlich nicht so sein Ding, aber mit Colin zusammen zu sein hatte ihn verändert. Nach einer langen Reihe von erfolglosen Dates mit Frauen, eins unbefriedigender als das andere, war schließlich ein Mann in sein Leben getreten und hatte ihm gezeigt, was Liebe wirklich war. Ed hätte keine Sekunde ihres gemeinsamen Lebens missen wollen.

„Das ist nicht alles, was du heute Nacht tun könntest", sagte Colin mit einem leisen Lachen.

Ed starrte ihn an. „Und was heißt das?"

Colin hob die Hand und legte sie an Eds Wange. „Weißt du, was ich an dir liebe? Dein Stehvermögen. Ich weiß gar nicht mehr, wie oft wir uns schon stundenlang geliebt haben, ohne dass du gekommen bist. Es ist eigentlich unglaublich. Ich weiß nicht, wie du das machst."

„Du lachst mich bloß aus, wenn ich dir das sage."

„Lass mich raten. Du stellst dir deine Eltern beim Sex vor." Colin grinste.

Ed lachte. „Ooh. Knapp daneben ist auch vorbei. Nein, ich stell' mir *deine* Eltern beim Sex vor."

„Iiiih. Das ist einfach… bäh."

Ed zog die Augenbrauen hoch und rollte von Colin runter, sodass er neben ihm lag. „Warum? Ich hab' sie nie kennengelernt. Hast du 'ne Vorstellung, wie ich mich konzentrieren muss, um mir zwei Leute vorzustellen, die wie du aussehen? Hält den Grips beschäftigt, sag' ich dir." Er rieb Colins Bauch. „Soso, dann magst du also meine Ausdauer, ja?"

Colin bedeckte Eds Hand mit seiner. „Ich liebe sie. Weißt du noch vorhin, als wir von Ray geredet haben? Der Mann hat nie länger als eine halbe Stunde durchgehalten. Im Vergleich dazu bist *du* ein Gott."

Ed lachte leise. „Und du, du alter Schmeichler, bist auf irgendwas aus."

Colins Augen funkelten. „Verdammt. Du hast meinen heimtückischen Plan durchschaut." Langsam rollte er sich auf den Bauch und spreizte träge die Beine weit, drückte den Hintern hoch. Sein Atem wurde schneller. Als ob Ed sich je die Gelegenheit für einen Zungenfick entgehen lassen würde.

Er richtete sich neben Colin zum Knien auf und streichelte die straffen Hinterbacken. „Schau dich an", flüsterte er. „Liegst da und wartest bloß auf mich."

Colin packte seine Arschbacken mit beiden Händen und zog sie auseinander. „Gefällt dir, was du siehst?"

Ed grinste. „Hoch mit dir, auf Hände und Knie. Ich will diesen Arsch verwöhnen."

Colin gehorchte, und Ed beugte sich vor. Er zog mit der Zunge eine feuchte Spur durch die Ritze und blies sanft über Colins Rosette, um zu sehen, wie sie sich zusammenzog. Er lächelte vor sich hin. „Du liebst es, wenn ich das mache."

„Gott, ja." Das Kissen erstickte Colins Antwort beinahe, doch Ed hörte sie. Er drückte das Gesicht zwischen Colins Hinterbacken und rieb sein Stoppelkinn über die Hautfalten um den Anus. Colins leises Stöhnen schickte einen Schwall von Blut in seinen Schwanz, ließ ihn prall und voll werden.

Er zog die Backen weiter auseinander, dehnte Colins Anus. Der Anblick war so verführerisch, dass er nicht widerstehen konnte. Er steckte seine Zunge in den gelockerten Muskelring, dann küsste er die Öffnung und leckte langsam drüber, fühlte die Schauer, die durch Colins Körper rannen. Ed fuhr mit der Zunge die Spalte entlang, die mit dunkelblondem Haar bewachsen war, so dunkel, dass es fast braun war. Er liebte dieses Dickicht aus längeren Haaren um die Öffnung herum, das Rosa der zarten Haut, wenn er sie dehnte, wie sie von seinem Speichel glitzerte. Er rieb mit dem Daumen drüber, dann hielt er kurz inne und schob ihn rein, nur um gleich wieder rauszuziehen und mit dem Lecken und Saugen weiterzumachen.

„Fuck." Colins Stimme war durch das Kissen gedämpft,

aber dennoch voller Ehrfurcht.

„Später", sagte Ed mit einem glucksenden Lachen. „Ich hab' grade viel zu viel Spaß dran, dich mit der Zunge zum Tanzen zu bringen. Mein Schwanz darf nachher ran." Er gab Colin einen Klaps auf den Hintern, dass es klatschte. „Gott, ich liebe deinen Arsch. Du hast einen Arsch wie ein viel jüngerer Mann, weißt du."

Colin hob den Kopf von seinem Nest aus Kissen und starrte ihn über die Schulter hinweg an. „Und wie viele Ärsche von jüngeren Männern hast du in letzter Zeit gesehen?" Bevor Ed mit einer schlagfertigen Antwort kontern konnte, stöhnte Colin auf. „Und schon sind wir wieder bei Pornos."

Ed gab ihm noch einen Klaps. „Klappe. Ich genieße, Mann." Erneut zog er Colins Anus auseinander und drang mit der Zunge in ihn ein, so tief er konnte. Als alles von Speichel triefte, schob er Colin langsam einen Finger tief in den Hintern, bewunderte die Hitze, die er dort spürte, die Weichheit im Innern, die ihn einsaugte, die Art, wie Colin sich ihm entgegen stemmte, um mehr von ihm in sich aufzunehmen. Dann zog er den Finger wieder raus und presste sein Gesicht in die Spalte, bewegte den Kopf auf und ab, um sich an Colins Anus zu reiben, atmete den kräftigen, männlichen Duft ein und strich mit den Fingerspitzen über die warme Haut von Colins Hintern.

Colin stöhnte und richtete sich auf. „Leg dich auf den Rücken", knurrte er.

Ed zögerte nicht. Er legte sich hin und Colin hockte sich über sein Gesicht, spreizte seine Arschbacken, um

Ed seinen Preis zu zeigen. Ed zog ihn weiter runter und begann ihn ernsthaft mit der Zunge zu ficken, bis Colin sich über ihm krümmte und wand. Leise Schreie und Seufzer entströmten ihm. Ed grub ihm die Finger in die Hüften und hielt ihn ruhig, während er ihm wieder und wieder die Zunge in den Hintern bohrte. Als er die warmen Spritzer auf Bauch und Brust fühlte, lachte Eds Herz. Colin beugte sich vor und fuhr mit der Hand durch die Pfütze. Er schmierte sein Sperma auf Eds steifen Schwanz, dann rutschte er nach unten und führte ihn sich ein.

Ed stieß nach oben, füllte diesen heißen Hintern in einem einzigen, langen, gleitenden Stoß. Der Anblick, wie sein dicker Schaft in Colins Körper ein und aus glitt, war prickelnd; ein elektrischer Schlag rann an seinem Rückgrat entlang und fuhr ihm direkt in die Eier.

„Sorry, Col", keuchte er. „Das wird heute… kein solcher Abend…wo ich dich stundenlang ficke."

Colin drehte sich um, Eds Schwanz immer noch in sich, und küsste ihn, streichelte mit beiden Händen Eds behaarte Brust. „Ist mir egal", flüsterte er. „Ich will nur spüren, wie du in mir kommst."

Ed nickte und machte sich daran, ihn zu ficken, stemmte sich bei jedem Stoß vom Bett hoch. Sie küssten sich, seufzten, keuchten und ächzten sich gegenseitig in den Mund. Colin stöhnte jedes Mal auf, wenn Eds Eichel über seine Prostata glitt, und die Laute brachten seine Gier und sein Verlangen nur noch mehr zum Kochen. Er schlang die Arme um Colin und hielt ihn fest an sich gedrückt, pumpte seinen Schwanz wie einen Kolben durch diese enge Öffnung und fühlte dabei, wie straff Colins Muskeln ihn umschlossen.

Als er kam, wölbte er sich hoch und spritzte tief in Colin ab, bis zum Anschlag in ihm vergraben. Colin erschauerte über ihm; jedes Pulsieren von Eds Schwanz, jeder Schwall, mit dem er ihn füllte, widerhallte in Colins Körper. Es dauerte nicht lange, bis er ebenfalls kam, sich warm auf Eds Bauch ergoss. Ed klammerte sich an ihm fest, bis sein Herz aufhörte zu hämmern und Colin in seinen Armen lag. Beide waren schweißgebadet, eingehüllt vom Geruch nach Sex und Sperma, ihre Schwänze schlaff und klebrig.

„Allemal viel besser als Pornos", sagte Ed und streichelte Colin mit den Fingern durchs Haar.

Colin hob den Kopf und lächelte. „Ganz deiner Meinung." Er küsste Ed leicht auf die Lippen. „Und du bist immer noch genauso sexy wie beim ersten Mal, weißt du das?"

Ed starrte in hellblaue Augen. „Du kannst grade reden! Bist der heißeste Typ, den ich je getroffen hab'." Er küsste ihn, ließ sich Zeit dabei, genoss es, wie Colin unter dem Kuss dahinschmolz. „Und ich könnt' dich *immer noch* die ganze Nacht küssen."

Colin rutschte auf ihm herum und schnitt eine Grimasse. „Vielleicht *nachdem* wir geduscht haben?"

Ed kicherte. „Abgemacht. Reinlichkeit kommt gleich nach Gottesfurcht und all so was. Und ich *bin* schließlich ein Gott. Hast du selber gesagt." Mit einem selbstzufriedenen Grinsen sprang er aus dem Bett. Colin war ihm dicht auf den Fersen.

Ich liebe mein Leben.

Kapitel 4

Will machte die Haustür auf und strahlte, als er sah, wer davorstand. „Hey, wir dachten schon, ihr kommt gar nicht." Er trat beiseite, um Dave, Lizzie und ihre beiden Kinder hereinzulassen. Ein kurzer Blick auf die Einfahrt und die Straße vor dem Haus verriet ihm, dass Parkplätze knapp waren. *Unsere neuen Nachbarn werden ganz schön sauer sein.* Er überschlug im Kopf rasch die Anzahl der Gäste und überlegte, wer – wenn überhaupt – noch zu erwarten war.

„Ja, tut mir leid, dass wir so spät dran sind", sagte Dave ernsthaft. „Aber *jemand* konnte eben seinen Stoffhund nicht finden, und ohne den konnten wir das Haus nicht verlassen."

Ehe Will antworten konnte, schlang Justin ihm die Arme um die Hüften und umarmte ihn so fest, dass er fast auf dem Flurteppich umgefallen wäre. „Onkel Will!"

Will bückte sich und nahm seinen Patensohn auf den Arm. „Hey, du bist ja schon wieder gewachsen! Wie alt bist du jetzt, vier?" Er grinste und zählte im Stillen auf drei, bis Justins Augen sich weiteten und er den Mund zum Protest aufriss.

„Ich bin fünf, Onkel Will! Ich geh' jetzt mit Molly in die Schule."

„Ja, und er ist eine Nervensäge." Molly war eine

außergewöhnliche Siebenjährige und dem Vernehmen nach hochintelligent. Sie umklammerte ein in buntes Papier gewickeltes Päckchen. „Ist Nathan da?"

Will lächelte. „Natürlich ist er da. Das ist seine Willkommensparty." Nun ja, es war teils ein ,Kommt und seht euch Nathan an' – Treffen und teils eine ,Okay, dann schmeißen wir jetzt halt endlich eine Einweihungsparty' – Feier. Sie hatten das Haus kurz vor Weihnachten gekauft und seither zu viel damit zu tun gehabt, alles rechtzeitig vor Nathans Geburt so hinzukriegen, wie sie es haben wollten. Die Einweihungsfeier war in all dem Trubel untergegangen.

„Ist das ein Geschenk für Nathan?"

Molly strahlte. „Ja. Hab' ich selbst ausgesucht."

„Also dann, wenn du da hinter mir durch die Tür gehst, findest du Onkel Blake. Sophie und Nathan sind auch dort."

„Juhu!" Molly flitzte davon.

Justin fuchtelte mit einem struppigen braunen Stoffdackel unter Wills Nase herum. „Und siehst du? Ich hab' Nounou gefunden. Er hatte sich die ganze Zeit unterm Bett versteckt."

Lizzie seufzte. „Ja, stell' dir vor." Sie warf ihrem Ehemann ein halbes Lächeln zu. „Und weil Daddy so lieb ist, ist er drunter gekrochen und hat Nounou gefangen, nicht?"

Will biss sich auf die Lippe. „Ich hoffe, da waren nicht so viele Staubmäuse drunter." Justin, den er immer noch in den Armen hatte, schlang ihm einen Arm um den Hals und sah Dave bewundernd an. Will lachte in sich hinein. „Denn wir wissen ja alle, wer das Haus putzt, wenn Mummy bei der Arbeit ist." Lizzie hatte erst vor Kurzem wieder angefangen, Vollzeit bei Trinity zu arbeiten – jetzt, wo beide Kinder in die Schule gingen – und Dave hatte mehr vom Haushalt übernommen. Unter anderem ging er einkaufen und holte die Kinder ab.

Dave machte ein finsteres Gesicht. „Genug, dass ich innerhalb von Sekunden einen Niesanfall hatte", grummelte er. Doch nur für einen Moment, dann streckte er die Hand aus und zerzauste Justins widerspenstige Locken und warf einen hoffnungsvollen Blick Richtung Wohnzimmer. „Sag mir, dass es da drinnen Alkohol gibt."

Will lachte und sah Lizzie an. „Wie ich sehe, hast du heute den Kürzeren gezogen, Frau Chauffeuse."

„Nicht direkt." Ihr belgischer Akzent war nicht mehr so stark wie vor zehn Jahren, als Will bei Trinity Publishing angefangen hatte. Etwas an Lizzies Lächeln und dem Funkeln in ihren Augen erregte sein Interesse, und er musterte sie eingehend. Lizzie wurde rot. „Ich trinke nicht, weil das nicht gut für das Baby ist."

Will setzte Justin ab und breitete die Arme aus, um sie zu umarmen. „Oh, das sind ja wundervolle Neuigkeiten! Glückwunsch!" Er drückte sie behutsam an sich und küsste sie auf die Wangen. „Wann ist es soweit?"

„Im September. Ich war gestern bei der Ärztin, und die hat es bestätigt. Ich wollte nach dem Wochenende mit Ed reden." Lizzie lächelte. „Das kann ich jetzt wohl von meiner Liste streichen."

Will ließ sie los und schüttelte Dave die Hand. „Das gehört alles zum Plan, nicht? Hast du schon die Nase voll vom Hausmann-Dasein?" Er rechnete kurz nach, wie alt Lizzie war. Ungefähr so alt wie Donna. Für einen Moment stieg Besorgnis in ihm hoch. „War das geplant?"

Dave schüttelte den Kopf. „Um ehrlich zu sein, war es eine ziemliche Überraschung. Aber als wir uns erst mal von dem Schock erholt hatten, haben wir uns gefreut. Und die Kids, naja, die sind begeistert."

„Bevor du fragst: Das ist jetzt das Letzte", sagte Lizzie leise. „Das war eins von den Dingen, die wir mit der Ärztin besprochen haben. Sie hat uns sehr deutlich darauf hingewiesen, dass Schwangerschaften in meinem Alter riskant sind." Sie sah Will tief in die Augen. „Und versuch mir nicht weiszumachen, dass du das nicht gedacht hast. Ich kenne dich zu gut, Will Davis."

Will lächelte. „Wenn ihr beide glücklich seid, ist das die Hauptsache. Du kannst es mir nicht übel nehmen, dass ich mir ein bisschen Sorgen mache, oder?"

Lizzie küsste ihn impulsiv auf die Wange. „Du bist ein Schatz."

„Gebt mir eure Jacken, und dann geht nur rein." Er half ihnen aus den Jacken und führte sie dann in das große Wohnzimmer, wo die meisten anderen Gäste bereits versammelt waren. Nachdem er die Jacken in der Garderobe deponiert hatte, folgte er Dave, Lizzie und Justin.

Leise Musik erfüllte den Raum, eine Mischung aus Gesang und Klavierspiel. Die Party hatte etwas von einer Familienfeier, was, wie Will fand, der Wahrheit ziemlich nahe kam. Die meisten der Gäste arbeiteten bei Trinity Publishing, und das bereits seit der Zeit, als Will dort angefangen hatte. Donna war auch da, zusammen mit ihren beiden Kindern. Sie saß auf der Couch, neben Blake, der Nathan in den Armen hielt. Sophie, Justin und Molly standen um ihn herum und lächelten das Baby an. Molly hielt einen weichen Teddybären hoch und wedelte Nathan damit vor dem Gesicht herum.

Darüber musste Will lächeln. Nathans Zimmer war bereits voll mit allen möglichen Plüschtieren. Sophie hatte es sich in den Kopf gesetzt, dass Nathan sich dort einsam fühlen würde, so ganz allein, also hatte sie ihre sämtlichen alten Spielsachen hineingetragen und sie um Nathans Bettchen herum arrangiert.

Will machte im Raum die Runde, füllte Gläser auf und wies alle auf den Tisch mit den Schüsseln und Tellern voller Partyhäppchen hin. Blake fing seinen Blick auf und deutete mit dem Kopf auf das leere Glas auf dem Tischchen neben ihm. Will lächelte und beeilte sich, ihm Orangensaft nachzuschenken. Er blickte auf ihren Sohn hinab, der friedlich schlief und von dem Lärm und Trubel um ihn herum nichts mitbekam.

Blake lachte leise. „Das wird mal ein ganz Eigenwilliger. Das hier verschläft er, aber nachts kann er anscheinend keine zwei Stunden am Stück
schlafen?"

Will bückte sich und küsste Blake auf den Mund. „Du weißt doch, dass ich das nicht immer so sein wird.

Weißt du noch, wie Sophie war?"

„Sophie hat mehr geschlafen, da bin ich sicher", grummelte Blake.

„Ich füll' nur mal eben noch Häppchen nach, dann kann ich ihn mal für eine Weile nehmen." Er deutete auf Lizzie, die gerade begeistert von Beth umarmt wurde. „Und du musst mit Dave und Lizzie reden."

Blake runzelte für einen Moment die Stirn, dann weiteten sich seine Augen. „Wenn ich mir Beths Gesicht so anschaue, weiß ich glaube ich schon, was sie mir sagen wollen." Er schüttelte den Kopf und sah Nathan an. „Sieht so aus, als kommt da demnächst noch ein Spielkamerad für dich", flüsterte er.

„Ja, und Ed wird stinksauer sein. Schließlich hat er sie eben erst in der Firma zurückgekriegt." Will richtete sich auf. „Bin gleich wieder da." Er vergewisserte sich mit einem kurzen Blick in die Runde, dass gerade nichts dringend gebraucht wurde, dann ging er in die Küche und begann, zugedeckte Schüsseln aus dem Kühlschrank zu holen.

„Und, kommt ihr zwei überhaupt noch zum Schlafen?" Ed stand an der Küchentür, ein Glas Wein in der Hand. Will schnaubte. „Ja, klar. Wenn wir nicht rechtzeitig aufwachen, um ihn zu füttern, weckt er uns mit seinem Geschrei. Ich glaube, keiner von uns beiden hat mehr eine Nacht durchgeschlafen, seit wir ihn aus dem Krankenhaus geholt haben." Er seufzte. „Gott sei Dank dauern die schlaflosen Nächte nicht ewig. Blake hat Recht. Ich glaube mich zu erinnern, dass ich nach Sophies Geburt mehr Schlaf gekriegt habe."

„Dann wär's wohl voll für'n Arsch, dich zu fragen, ob du in letzter Zeit was geschrieben hast", sagte Ed kichernd.

Will hustete. „Pass auf, was du sagst, *Onkel* Ed. Kleine Ohren hören alles, sogar auf diese Entfernung, glaub mir. Ich werde nie den Tag vergessen, als Sophie ihrer Kindergärtnerin erzählt hat, dass sie es nicht mag, wenn Daddy und Papa im Schlafzimmer ‚Brummbär' spielen. Oder als sie ihrer Kindergartenfreundin erzählt hat, dass sie gesehen hätte, wie Daddy und Papa ‚Kuscheln und Hüpfen' machen."

Ed verschluckte sich an seinem Wein. „Ups. Hatte da wer vergessen, die Tür abzuschließen?"

Will verzog das Gesicht. „Damals hatte die Tür noch kein Schloss. Du darfst mir glauben, dass sie jetzt eins hat. Aber mein Gott, Ed, was sie manchmal sagt. Ich mein's ernst, sie hört wirklich *alles*. Blake hat einmal sein Gehänge erwähnt, als er dachte, dass sie außer Hörweite ist. Die Sache ist nur die, dass er sich auch in den Schritt gefasst hat. Also kannst du dir vorstellen, wie ich mich gefühlt hab, als sie mich eines Morgens beim Frühstück gefragt hat, ob Papa mit ‚Gehänge' seinen Ast und die zwei Pflaumen meint."

Ed starrte ihn mit großen Augen an. „Oh mein Gott. Und was hast du gesagt?"

Will warf ihm ein süßes Lächeln zu. „An dem Tag hat Sophie gelernt, dass die korrekte Bezeichnung ‚Penis und Hoden' lautet. Wir dachten, es wäre am besten, sie wie eine Erwachsene zu behandeln. Nur dass der Schuss natürlich nach hinten losging. Letzten Sommer waren wir mal auf dem Land spazieren, und da ist ein Pferd an uns vorbeigetrabt. Und Sophie hat drauf gedeutet und mit dieser lauten Stimme, die anscheinend alle Kinder haben, wenn sie ihre Eltern gründlich blamieren, gesagt: ‚Oh, Daddy, guck mal, was das Pferd für einen großen Penis hat!' Ich wusste nicht, wo ich hinschauen sollte."

Inzwischen lachte Ed so laut, dass er beinahe sein Weinglas fallen ließ. Will wartete, bis er sich wieder unter Kontrolle hatte, und hielt dabei ein wachsames Auge auf das Glas.

„Denk' bloß nicht, ich hätt' nicht gemerkt, dass du der Frage nach deiner Schreiberei ausgewichen bist", sagte Ed schließlich.

Will verdrehte die Augen. „Na ja, unter diesen Umständen war das auch eine dumme Frage. Ich meine, komm schon. Ein Neugeborenes im Haus? Wann, glaubst du, sollte ich da die Zeit zum Schreiben finden?"

„Okay, hast ja recht, krieg' dich wieder ein. Kann ich dir was helfen?" Ed grinste. „Oder ich könnte dir Col zum Helfen schicken. Der ist gut dressiert."

Will zog die Augenbrauen hoch. „Du Glückspilz. Und nein, ich mach' das schon, danke. Ich muss nur die zwei Teller hier reinbringen." Ed machte ihm Platz, und Will ging wieder ins Wohnzimmer und steuerte aufs Buffet zu. Er nahm die leeren Teller weg und brachte sie in die Küche. Bei seiner Rückkehr fand er Ed und Colin vor, die nebeneinander standen, ganz auf Blake, Sophie und das Baby konzentriert.

Will folgte ihrem Blick, und als er seinen Mann, seine

Tochter und seinen Sohn ansah, ging ihm das Herz auf vor Liebe. „Schau sie dir an, Ed", sagte er leise. „Meine Familie."

„Was ich dich schon immer mal fragen wollte", sagte Ed mit gedämpfter Stimme. „Ich kenn' ja deine Vorgeschichte, dass du als Teenager zu Hause rausgeflogen bist, wie du gelebt hast, wie dir dieser Richard ein Zuhause gegeben hat... Wieso habt ihr euch für Leihmutterschaft entschieden und nicht für Adoption? Ich hätt' ja eher gedacht, du willst vielleicht so einem armen Kind ein Zuhause geben, so wie Richard dir damals. Du weißt schon, 'n bisschen was zurückgeben."

Will wandte ihm das Gesicht zu. Zu seiner Überraschung traten ihm die heißen Tränen in die Augen, und er wischte sie rasch mit dem Handrücken weg. „Aus genau diesem Grund geht ein dicker Batzen von meinen Tantiemen an Einrichtungen wie die, in der ich gelebt habe. So gebe ich zurück. Aber wir haben tatsächlich darüber gesprochen, schon vor Jahren. Es war von Anfang an klar, dass unsere Kinder genau das sein sollten – unsere Kinder. Wobei Blake eigentlich für beide Möglichkeiten offen war. Ich war derjenige, der auf eine Leihmutter gedrängt hat."

In diesem Moment hob Blake den Kopf, und ihre Blicke trafen sich. *Übernimmst du?* formte er stumm mit den Lippen.

Will nickte. Er tätschelte Ed den Arm und lächelte Colin flüchtig zu. „Wenn ihr mich bitte entschuldigt?"

Colin erwiderte das Lächeln. „Als wüsste ich nicht, was

du vorhast."

Will lachte und ging zur Couch. „Ich dachte schon, du fragst nie."

Blake stand vorsichtig auf und ließ Nathan sanft in Wills wartende Arme gleiten. Er stellte sich neben Will, und beide schauten auf den kleinen Jungen hinab, der unglaublicherweise immer noch fest schlief. „Ist er nicht wunderschön?"

Will gab Blake einen Kuss auf die Wange. „Fast so schön wie sein Papa. Jetzt geh und misch dich unters Volk." Er setzte sich behutsam hin, seine kostbare Last fest in den Armen. Donna neigte sich zu ihm.

„Blake hat Recht, weißt du. Er ist ein umwerfend schönes Baby, und wenn du meine Zwei in dem Alter gesehen hättest, wüsstest du, dass das nicht nur so sage." Zärtlich streichelte sie den Flaum auf Nathans Kopf. „Er ist absolut perfekt."

Will sah seinen Sohn liebevoll an. Dann hob er den Kopf und grinste. „Wie schade, dass sie erwachsen werden müssen, was?"

Sie schnaubte. „Du sagst es. Meine sind gerade mal im Teenageralter. Weißt du, was meine Mutter zu mir gesagt hat, als mein Ältester, Jeremy, auf die Welt gekommen ist? Sie sagte: ‚Man sollte alle Babys in ein Fass stecken, bis sie groß sind, nur mit einem Loch drin zum Füttern. Aber wenn sie erst mal Teenager sind? Dann stopft man am besten das Loch zu'."

Will schnappte nach Luft. „Sie scheint ja ein echter Spaßvogel zu sein."

In diesem Moment begann Nathan sich zu rühren und

öffnete blinzelnd die Augen. Will fuhr seine warme Wange mit dem Finger nach, und sein Herz schmolz bei diesem Anblick.

Du wirst so viel Liebe haben, kleiner Mann.

 *

Es war schon viel zu lange her, seit sie eine Party gegeben hatten, fand Blake. Die hier schien ein voller Erfolg zu sein. Die Gäste wirkten entspannt und zufrieden, es war reichlich zu trinken da, mit Alkohol oder ohne, und er und Will sorgten am Buffet stetig für Nachschub. Nachdem erst mal jeder mit Nathan geturtelt hatte, brachte Blake ihn nach oben in sein Bettchen, und der Baby-Monitor wurde angeschaltet.

Sophie fing gegen neun an zu gähnen. Will hatte ihr versprochen, dass sie so lange aufbleiben durfte, wie sie wach bleiben konnte. Doch Blake wusste, dass sein kleines Mädchen sich bald auf der Couch zusammenrollen würde. Allerdings konnte sie manchmal genauso stur sein wie Will, und offensichtlich bemühte sie sich tapfer, die Augen offen zu halten.

Als er sich umblickte, stellte er fest, dass ein paar von den Gästen fehlten. Blake schlüpfte unauffällig aus dem Wohnzimmer und ging den Flur entlang auf das Zimmer zu, das er als Büro nutzte und in das Will sich zum Schreiben zurückzog. Schwaches Stimmengemurmel hinter der angelehnten Tür verriet ihm, dass er Rick und Angelo gefunden hatte. Er stieß die Tür auf und steckte den Kopf ins Zimmer.

Angelo starrte die Fotodrucke an, die Dave vor all den Jahren für Blake gemacht hatte. Nur dass jetzt der von Will und ihm ebenfalls dort hing und die ganze Wand von den fünf Leinwänden eingenommen wurde. Allerdings schien Angelo meilenweit weg zu sein. Rick saß hinter ihm in Wills bequemem Stuhl und blickte auf seine gefalteten Hände hinab.

„Ich dachte, bei den besten Partys sind am Ende alle in der Küche", scherzte Blake beim Betreten des Zimmers.

Beide Männer fuhren herum.

„Entschuldige, Blake", sagte Rick. „Willst du uns hier raus haben?"

„Gott, nein." Blake machte die Tür hinter sich zu und setzte sich an seinen Schreibtisch. „Ich wollte euch nur fragen, ob alles okay ist. Ihr habt so ernst gewirkt, als ich reingeschaut habe."

Angelo seufzte, und Rick griff nach ihm und zog ihn an sich. „Wir haben nur ein ruhiges Plätzchen zum Reden gebraucht, das war alles."

Blake schaute von Rick zu Angelo. „Was ist los?" Er sprach weiterhin mit gedämpfter Stimme; Nathans Zimmer war direkt über dem Büro.

Angelo schnaubte. „Die Hochzeit, was sonst?"

Blake verschränkte die Arme vor der Brust. „Ich wollte euch schon lange mal anrufen und über das alles reden, aber in letzter Zeit scheint der Tag nie genug Stunden zu haben. Habt ihr eigentlich schon ein Datum festgesetzt?"

Rick stöhnte leise auf. „Nein." Angelo fasste nach Ricks Hand und drückte sie fest.

Blake starrte die beiden an. „Was zum Teufel…?"

„Es ist alles meine Schuld", sagte Angelo schließlich. „Ich hab' das viel zu lange einfach laufen lassen."

„Deine Mutter. Wir reden von deiner Mutter, oder?"

Angelo nickte. „Wir schlagen ein Datum vor, und sie findet tausendundeine Ausrede, warum es gerade da nicht passt. Normalerweise deshalb, weil irgendeiner von der italienischen Verwandtschaft da nicht nach England kommen kann." Rick sagte nichts, aber sein unglückliches Gesicht, seine hängenden Schultern und sein leerer Blick sprachen Bände.

„Diese italienischen Verwandten, sind das enge Verwandte?"

Ein weiteres Schnauben. Angelo sagte finster: „Einige von denen kenne ich nicht mal."

Blake räusperte sich. „Okay, ich will dir ja nicht zu nahe treten, Angelo, aber wer zum Teufel heiratet hier eigentlich? Es ist *eure* Hochzeit, Leute. Letztendlich habt ihr zu entscheiden, wer eingeladen wird, okay?" Sein Tonfall wurde sanfter. „Ich weiß, dass deine Mutter nach dem Tod deines Vaters eine schwere Zeit durchgemacht hat, aber das heißt nicht, dass ihr zwei einfach den Kopf einziehen und machen sollt, was sie sagt. Das ist euer großer Tag, von dem wir hier reden, ein Tag, an den ihr euch für den Rest eures Lebens erinnern wollt. Ladet die Leute ein, mit denen ihr ihn teilen wollt. Ich weiß, dass du dich verpflichtet fühlst, deine Familie dabei zu haben, Angelo. Aber ich weiß aus ein paar Gesprächen, die ich mit angehört habe, dass deine Familie riesig ist. Du kannst unmöglich alle einladen. Und selbst wenn, du richtest dich mit dem Datum doch nicht danach, welche Verwandten kommen können und welche nicht." Er warf den beiden einen strengen Blick zu. „Der Schwanz wedelt nicht mit dem Hund, ist das klar? Ich finde, langsam wird es wirklich Zeit, dass ihr gemeinsam ein Machtwort sprecht."

Angelo starrte ihn mit offenem Mund an, und für einen Moment war Blake sich sicher, zu weit gegangen zu sein. „Tut mir leid, das war unhöflich von mir. Ich habe mich angehört wie dein Vater, nicht? Das sollte nicht als Kritik an euch rüberkommen."

Zu seiner Erleichterung sackte Angelo auf der Ledercouch zusammen, die unter den Bildern stand, und vergrub das Gesicht in den Händen. Rick war sofort an seiner Seite, den Arm um Angelos Schultern. Er hob den Kopf und sah Blake in die Augen.

„Du hast ja nichts gesagt, was wir nicht bereits gedacht haben. Und du hast natürlich Recht. Wir müssen was unternehmen." Er zog Angelo enger an sich. „Eh, Babe?"

Blake ging vor Angelo in die Hocke. „Vor ein paar Jahren hättest du fast deinen zukünftigen Ehemann verloren, nur weil du es deiner Familie recht machen wolltest, weißt du noch? Ich will nicht, dass dir das deinen Tag ruiniert, oder dein zukünftiges Glück. Ich weiß ja, dass du nur versuchst, alle glücklich zu machen." Er sah Angelo in die dunklen Augen. „Entscheidet selbst, was ihr wollt, und dann gebt nicht nach. Das heißt nicht, dass ihr nicht auch mal Kompromisse eingehen könnt, aber ihr müsst ihr ganz klar machen, dass es *eure* Hochzeit ist." Er lächelte. „Wisst ihr was? Ich an eurer Stelle würde fürs Erste einfach mal ein Datum festsetzen, damit sie sich an den Gedanken gewöhnen kann."

Angelo starrte ihn eine Zeitlang schweigend an, dann nickte er langsam. „Du hast recht", sagte er einfach. Er wandte sich an Rick. „Vielleicht sollten wir da morgen drüber reden, wenn wir zum Mittagessen bei Mum sind."

Rick nickte, den Blick auf Angelo geheftet. „Was auch immer du willst. Ich will dich nur nicht mehr so unglücklich sehen."

Angelo stieß einen leisen Seufzer aus, umfasste Ricks Wange und zog ihn in einen zärtlichen Kuss.

Blake richtete sich auf und überließ sie sich selbst.

Er hatte seine gute Tat für heute erledigt – hoffte er jedenfalls.

Will fand Blake genau da, wo er ihn vermutet hatte – er stand am Fußende von Nathans Bettchen und blickte auf ihr schlafendes Kind hinab. Das Zimmer war in leuchtendem Sonnengelb gestrichen; über dem Bettchen hing ein Musik-Mobile mit Winnie the Pooh, und von einem Regal darüber starrten Sophies sämtliche Stofftiere darauf herab.

Will erschauerte. „Ich weiß nicht, wie's dir geht", flüsterte er Blake zu, „aber wenn ich aufwachen und diese ganzen glasigen Augen auf mich gerichtet finden würde? Ich hätte Alpträume."

Blake kicherte leise. „Dann geht das nur dir so. Ich bin sicher, dass Nathan sie lieben wird. Denk nur mal an all die Liebe, mit der Sophie sie im Laufe der Jahre überschüttet hat. Es ist viel Liebe hier in diesem kleinen Zimmer."

Das gefiel Will. Er grinste. „Unsere kleine Tochter kann sehr eigensinnig sein, weißt du. Sie hat steif und fest darauf beharrt, dass wir kein neues Mobile für Nathan kaufen müssen, wo wir doch noch Winnie the Pooh aus ihrer Babyzeit haben. Und obwohl ich gesagt habe, dass er ein neues Mobile verdient hätte, hat sie die Arme verschränkt und ist standhaft geblieben."

Blake biss sich auf die Lippe. „Hmm. Soso, dann ist Sophie also eigensinnig. Von wem sie das wohl hat." Seine Augen funkelten.

Will sah ihn mit zusammengekniffenen Augen an. „Oh, alles klar. *Jetzt* kommt's raus. Ich bin eigensinnig, was?"

Blake legte den Finger an die Lippen. „Schscht. Wir wollen Nathan doch nicht aufwecken, oder?"

Will zog die Augenbrauen hoch. „Pass auf, was du sagst, oder ich ändere meine Pläne für heute Abend." Er sah Nathan an, seine kleinen, zu Fäustchen geballten Hände, wie ruhig und gleichmäßig er atmete. Sophie war nach einer schwierigen Geburt in ihr Leben getreten, aber bei Nathan war alles ganz glatt gegangen. Ihr perfekter kleiner Junge.

Als er Blake einen Blick zuwarf, stellte er amüsiert fest, dass sein Ehemann ihren Sohn ganz genauso anstarrte. *Gott, wir sind vielleicht ein Paar.*

Er griff nach Blakes Hand. „Ich weiß, du könntest den ganzen Abend so dastehen und ihm beim Schlafen zuschauen, aber ich hab' eine andere Beschäftigung für dich. Pläne, schon vergessen?"

Blake zog die Augenbrauen hoch. „Ach?"

Will grinste. „Die Gäste sind weg. Sophie ist endlich eingeschlafen. Alles ist aufgeräumt. Auf dem Bett sind Handtücher ausgebreitet, und eine Flasche Massageöl steht im warmen Wasserbad."

Der zufriedene Seufzer, den Blake ausstieß, als er Will aus dem Zimmer folgte, war Antwort genug.

Kapitel 5

„Was du heute kannst besorgen…", flüsterte Rick, als Angelo das Tablett mit Kaffeekanne, Zuckerdose und Milchkännchen ins Esszimmer brachte und auf den Tisch stellte.

Angelo warf ihm einen strengen Blick zu. „Hetz' mich nicht", sagte er mit zusammengebissenen Zähnen.

Am Abend zuvor darüber zu reden war die eine Sache gewesen – da schien es ein vernünftiger Vorschlag zu sein – aber heute, im kalten Licht eines gleichermaßen kalten März-Sonntags?

Angelo war so nervös wie eine Katze in einem Zimmer voller Schaukelpferde.

„Danke, *tesoro*", murmelte Mum, als er die Kaffeekanne herumreichte.

„Schleimer", flüsterte Luca grinsend. Unbemerkt von seiner Mutter zeigte Angelo ihm den Stinkefinger. Luca lachte nur leise. Seine Frau Rachel, die neben ihm saß, beobachtete das Zwischenspiel mit einem schwachen Lächeln. Nach all den Jahren, die sie nun schon verheiratet waren, war sie längst daran gewöhnt, wie es in Angelos Familie zuging.

Mum schien die Bemerkung ihres Sohnes nicht mitbekommen zu haben. „Ich bin ja so froh, dass ihr zwei heute zum Essen zu uns kommen konntet."

„Ich nicht", maulte Vincente. „Das hieß, dass wir anderen weniger von den guten Sachen gekriegt haben, die Mum gekocht hat."

Angelo fasste den Bauch seines Bruders ins Auge, der ihm bereits über den Gürtel hing. Rick, der neben ihm saß, legte ihm unter dem Tisch eine Hand auf den Oberschenkel, und man brauchte kein Genie zu sein, um draufzukommen, was die Geste bedeuten sollte. *Sag nichts.* Aber Gott, es war verlockend. Sein Bruder war achtundvierzig, und er war fett geworden. Kein Wunder, dass Mum ihn gebeten hatte, an Weihnachten *Babbo Natale* zu spielen. Das rote Weihnachtsmannkostüm hatte ihm perfekt gepasst.

Dann traf es ihn wie ein Schlag. Rick kennt mich wirklich gut. Es war, als hätte er gespürt, dass Angelo eine Bemerkung auf der Zunge lag.

Paolo schnaubte. „Du meinst, mehr Essen für dich, du Fettsack." Er fing Angelos Blick auf und zwinkerte. Offensichtlich hatte Paolo keine Skrupel, seine Meinung zu sagen.

Mum schnappte nach Luft und durchbohrte Paolo mit einem bösen Blick. „Du solltest vor deinen Kindern nicht solche Ausdrücke benutzen."

Paolos Frau Tina prustete los. „Du machst *Witze*, oder? Sie sind Teenager. Hast du mal gehört, mit was für Ausdrücken sie ankommen? Ich gebe die Schuld daran dem Fernsehen und dem Internet."

Besagte Teenager saßen nicht mehr am Tisch, sondern waren im Wohnzimmer und spielten mit der PlayStation 4, die sie mitgebracht hatten. Ihrem Gelächter nach zu schließen hatten sie deutlich mehr Spaß als die Erwachsenen.

Mum schürzte die Lippen, sagte aber nichts, sondern

verteilte Kaffeetassen und Dessertteller.

Maria brachte aus der Küche einen großen Teller mit einem Schokoladenkuchen, der Angelo das Wasser im Mund zusammenlaufen ließ. Er versuchte, Rick zu ignorieren, der ihm einen Klaps auf den Schenkel gab.

Leider bekam Maria das mit und brach in Gelächter aus. „Einen Moment im Mund, ein Leben lang auf den Hüften, Bruderherz, denk dran! Vor allem, wenn du in deinen Hochzeitsanzug passen willst."

Angelo stöhnte auf und Luca gackerte: „Toll gemacht, Schwesterchen. Du hast das Wort mit H gesagt." Er stieß Angelo mit dem Ellbogen in die Rippen. „Denn es ist ja bestimmt schon, was, eine ganze Stunde her, seit es zum letzten Mal gefallen ist, stimmt's?" Sein Grinsen war pure Boshaftigkeit.

Mum nickte eifrig. „Aber wir müssen das besprechen. Es gibt so viel zu tun, so viel zu…"

„Mum?" Als Angelo sich ihrer Aufmerksamkeit sicher war, lächelte er, obwohl sich ihm der Magen umdrehte und ihm alle Haare im Genick zu Berge standen. „Mum, setz dich hin, bitte. Wir müssen reden."

„Habe ich das nicht eben gesagt?" Ihr Gesichtsausdruck zeigte reine Verwirrung.

Angelo nickte. „Ja, aber Rick und ich haben dir was mitzuteilen."

Sämtliche Brüder und Schwägerinnen am Tisch lachten in sich hinein. Maria jedoch nicht. Sie sah Angelo in die Augen und nickte. *Gott sei Dank dafür.* Sie hatten eine Verbündete. Er hätte wissen müssen, dass Maria auf ihrer Seite sein würde.

Mum setzte sich hin und schenkte sich eine Tasse Kaffee ein. „Na schön, ich höre." Ihr Rücken war so steif wie ihre Miene, und Angelo stöhnte innerlich auf bei dem Anblick.

Das wird nicht einfach werden.

Angelo faltete auf dem weißen Tischtuch die Hände, doch Rick ergriff eine davon und verschränkte ihre Finger miteinander. Angelo warf ihm einen dankbaren Blick zu und konzentrierte sich dann auf Mum.

„Rick und ich haben miteinander gesprochen, und wir haben eine Entscheidung getroffen." Er machte eine Pause und holte tief Luft, in dem Bewusstsein, dass aller Augen auf ihn gerichtet waren und dass alle den Atem anzuhalten schienen. Rick fasste einfach seine Hand fester.

Angelo fühlte sich wie Indiana Jones unmittelbar vor dem Schritt in den Abgrund.

„Wir werden einen Termin im August festsetzen, und wir werden uns selbst um die Zeremonie kümmern."

Da. Er hatte die Worte rausgebracht.

Mum fiel der Unterkiefer runter, und was in diesen dunklen Augen lag, konnte man nur als Schmerz bezeichnen. Sie starrte ihn und Rick an und schluckte ein paar Mal. Dann hustete sie. „*Ihr...* wollt die Hochzeit organisieren?"

Angelo nickte mit pochendem Herzen. „Ja. Du brauchst dich nicht mehr damit zu befassen. Überlass' die ganze Mühe einfach mir und Rick." Er hatte angenommen, dass es den Schlag etwas mildern würde, wenn er es so hinzustellen versuchte, als täten sie ihr einen Gefallen.

Offenbar nicht. Ihrem Gesicht nach zu urteilen hätte alle Welt meinen können, Angelo hätte sie wirklich geschlagen.

„Im August?" Sie runzelte die Stirn. „Aber das ist doch bestimmt zu kurzfristig. Ihr werdet nie eine Kirche finden, die noch frei ist. Heutzutage sind die Kirchen so schnell ausgebucht."

„Wer sagt denn, dass es in einer Kirche sein muss?"", platzte Rick heraus.

Fuck.

Mum zischte, und Angelo war sich sicher – hätte sie ein Kruzifix bei der Hand gehabt, dann hätte sie sich das jetzt vorgehalten. „Aber... es muss in einer Kirche sein."

„Mum, es kann überall sein", sagte Maria in besänftigendem Ton. „Heutzutage heiraten die Leute im Freien, am Strand, in Schlössern, in Hotels, such's dir aus."

„Und wer würde euch trauen? Irgendein Beamter, wo es doch ein Priester sein sollte. Schließlich werdet ihr im Angesicht Gottes miteinander vereint." Sie beugte das Knie.

Angelo hielt das nicht für den richtigen Moment, Ricks Glaubensvorstellungen zu erwähnen. Er hatte kein Problem damit, an Gott zu glauben. Aber was ein paar von den Arschlöchern betraf, die behaupteten, in Seinem Namen zu sprechen? Das war eine ganz andere Sache.

„Kein Problem." Marias Stimme drang durch seine

abschweifenden Gedanken. Angelo sah sie fragend an, und sie lächelte. „Ich kenne da jemanden, der sehr gerne bereit wäre, die Zeremonie zu vollziehen."

Er brauchte eine Minute, um zu begreifen, dass er denjenigen auch kannte. „Franco?" Er und Rick tauschten schon seit den Anfängen ihrer Beziehungen Weihnachtskarten mit dem Priester aus.

Mum kannte den Namen anscheinend. „Dein Bekannter? Der, der Priester ist?"

Maria nickte. „Bloß, dass er inzwischen Gefängniskaplan ist. Er kann aber trotzdem noch Trauungen durchführen, glaube ich. Ich bin sicher, dass er begeistert wäre, daran beteiligt zu sein."

Das war eine großartige Idee. „Vielleicht sollten wir uns mit ihm treffen und das besprechen", sagte Angelo langsam. Rick nickte zustimmend.

Mum biss sich auf die Lippe. „Aber damit wäre immer noch nicht geklärt, wo ihr heiraten wollt."

„Warum überläßt du das nicht uns?", schlug Rick mit einem warmen Lächeln vor. „Eine Sorge weniger für dich."

Angelo nickte. „Und das soll ja nicht heißen, dass wir deine Hilfe nicht wollen." Rick neben ihm nickte ebenfalls. Das hatten sie gestern Abend auch besprochen. „Was die Hochzeitsfeier betrifft, hätten wir schon gerne deinen Rat."

Ihre Augen leuchteten auf. „Wirklich?"

„Natürlich. Denk' drüber nach. Die Trauung an sich wird ziemlich schnell vorbei sein. Die Feier ist ein viel größeres Ereignis." Im Moment würde er alles sagen, um sie zum Lächeln zu bringen. Mum hatte – verständlicherweise – in den letzten sechs Monaten wenig gelächelt.

Seine Worte schienen die gewünschte Wirkung zu haben. Mum nickte, und ihre Augen strahlten. „Das stimmt. Ich kann helfen, die Sitzordnung zu planen, die Menüfolge, die Musik für den Abend…"

„Hey, wir können doch alle Ideen für die Hochzeitsfeier beisteuern", mischte Luca sich ein. „Ich hätte da ein paar innovative Einfälle, Sachen, die eure Party einmalig machen werden." Rund um den Tisch erhob sich zustimmendes Gemurmel; ganz offensichtlich waren seine Geschwister derselben Ansicht.

Oh Gott.

Angelo verzog keine Miene. „Oh? Was denn, zum Beispiel?"

„Wie wär's denn mit Nonna als Blumenmädchen?", schlug Paolo mit seinem gewohnten boshaften Grinsen. „Das würde sie liebend gern machen."

Irgendwie konnte Angelo sich nicht vorstellen, wie sich seine neunzigjährige Großmutter mit ihrem Rollator Zentimeter für Zentimeter den Mittelgang entlang schob und dabei überall Rosenblätter herumstreute.

Paolos Vorschlag ließ die Dämme brechen, und alle begannen gleichzeitig zu reden.

„Ihr könntet doch ein Suchworträtsel auf die Servietten drucken lassen. Gebt den Gästen was zu tun, wenn's langweilig wird. Natürlich, so wie man euch zwei kennt, würden wir die erst auf Herz und Nieren prüfen müssen. Wir wollen ja die italienische

Verwandtschaft nicht schockieren, stimmt's?"

„Kater-Sets! An jeden Platz kommt eine Tasche mit einem Kater-Set, bestehend aus einer Flasche Gatorade, zwei Aspirin und einem Coupon für McDonalds."

„Was haltet ihr von einem Food-Truck vor Ort? Das ist doch eine tolle Idee!"

„Und jeder Gast kriegt einen Anstecker – Team Angelo oder Team Rick."

„Wie wär's, wenn ihr was ganz Besonderes für euren ersten Tanz planen würdet? Ihr könntet ganz langweilig anfangen, ihr wisst schon, mit einem langsamen Song, und dann wechselt die Musik und ihr zwei legt mit so einer choreografierten Nummer los, die an die zehn Minuten dauert?"

„Wie wär's mit einem Feuerwerk zum Abschluss?"

„Ihr braucht Unterhaltung. Ich hab' da diese fantastische Vorführung gesehen, wo so Seidenseile von der Decke kommen, und da hängen dann diese Tänzerinnen dran."

Rick musste zugeben, Angelo hatte länger durchgehalten als erwartet. Als er jedoch den Kopf in einem langsamen, gleichmäßigen Rhythmus auf den Tisch zu hauen begann, wusste Rick, dass es Zeit war, einzuschreiten.

„Tolle Vorschläge, Leute. Ihr habt uns, äh, allemal was zum Nachdenken gegeben."

Angelo richtete sich ruckartig auf, die Augen weit aufgerissen. „Toll? Willst du mich *verarschen*, verdammt noch mal?"

Das brachte ihm augenblicklich einen finsteren Blick von Elena ein.

Nicht, dass Angelo das mitbekommen hätte. Er deutete auf Tina. „Nein. Keine Anstecker. Wir sind hier verdammt noch mal nicht bei Twilight, okay?" Dann Paolo. „*Nonna*? Als Blumenmädchen? Ernsthaft?" Er richtete seinen Zeigefinger auf Vincente. „Eine Tanznummer? Also, das wär ja echt toll, abgesehen von einem klitze-klitzekleinen Problemchen – ich kann nicht tanzen und Rick hat zwei linke Füße."

Rick tat sein Bestes, um nicht zu reagieren. Er hatte nicht vor, ihnen zu erzählen, dass er und Angelo sich in einem Schwulenclub kennengelernt hatten und dass Angelo auf der Tanzfläche einen hinreißenden Anblick bot. *Nichts liegt mir ferner, als ihn zu stoppen, wenn er voll in Fahrt ist.*

Angelo war noch nicht fertig. „Seidenseil-Akrobaten? Bei der Hochzeitsfeier?" Er verdrehte die Augen. „Als Nächstes schlägst du noch Clowns vor."

Luca grinste. „Och, komm schon. Jeder liebt Clowns. Na ja, abgesehen von diesem grusligen Mörder-Heini bei Stephen King." Er erschauerte. „Von diesen Zähnen hatte ich wochenlang Alpträume."

Rick ignorierte Luca und legte Angelo eine Hand auf den Arm. „Wir können die Hochzeitsfeier besprechen, wenn wir wissen, wo sie stattfindet, oder? Einen Ort zu finden steht ganz oben auf der Liste."

Elena wirkte ziemlich verwirrt über die Geschehnisse, was Rick ihr nicht verübeln konnte.

Angelo gab ein Knurren von sich. „Ihr habt alle einen an der Waffel, wisst ihr das?"

„Kusch", murmelte Rick und drückte Angelos Arm sanft. „Sei lieb."

Angelo atmete einmal tief durch und sackte auf seinem Stuhl zusammen. „Rick hat Recht. Wir können das besprechen, wenn wir erst mal wissen, wo die Hochzeit stattfindet."

„Dann solltet ihr euch aber ranhalten", sagte Vincente stirnrunzelnd. „Wir haben schließlich schon März, Herrgott noch mal. Wenn ihr wirklich im August heiraten wollt, bleibt euch nicht mehr viel Zeit."

Rick überlegte, ob sie nicht vielleicht den Mund ein bisschen zu voll genommen hatte, aber jetzt gab es kein Zurück mehr. *Wir wollten die Kontrolle über die Hochzeit, und jetzt haben wir sie. Himmel hilf.*

Es würde entweder die tollste Hochzeit aller Zeiten werden – oder der Riesenzirkus, den er vor ein paar Wochen prophezeit hatte.

Als sie Teller und Tassen vom Tisch abräumten, flüsterte Angelo Rick zu: „Es hat keinen Zweck. Wir müssen ihr ein paar Dinge ins rechte Licht rücken."

„Und da liegt der Hund begraben", murmelte Rick. „Sie sieht die Dinge in einem *ganz* anderen Licht als wir."

Sie gingen in die Küche, und Rick machte die Tür hinter ihnen zu. Angelo ging zu seiner Mutter und nahm ihre Hand.

„Lass das Kaffeegeschirr mal für einen Moment stehen, Mum. Wir müssen mit dir reden."

Sie versteifte sich. „Was, noch mal? Habt ihr da drin noch nicht genug gesagt?"

Angelo zog einen Stuhl unter dem Küchentisch hervor und bedeutete ihr, sich hinzusetzen, dann nahm er ebenfalls Platz. „Mum", begann er mit sanfter Stimme, „du weißt doch bestimmt, dass wir unmöglich in einer Kirche heiraten können, oder?"

Ihre Augen weiteten sich. „Natürlich könnt ihr das! Wie kommt ihr den darauf?"

Angelo stieß einen tiefen Seufzer aus. „Weil wir schwul sind?"

Sie verengte die Augen. „Ich bin nicht dumm. Das weiß ich. Und Schwule können heutzutage heiraten."

„Aber nicht in einer katholischen Kirche." Er legte den Kopf schief. „Das weißt du doch, oder?"

Sie starrte ihn an, und ihre Unterlippe zitterte. Schließlich seufzte sie ebenfalls. „Ich weiß nicht, was ich mir dabei gedacht habe."

„Ich schon", sagte er ruhig. „Du wolltest eine große, traditionelle italienische Hochzeit für deinen Jüngsten. Aber traditionell bedeutet nun mal katholisch, und schwul und katholisch passen einfach nicht zusammen." Er lächelte sie an. „Was hattest du denn vor? Uns warten zu lassen, bis der Papst verkündet, dass er gleichgeschlechtliche Ehen okay findet? Denn da hättest du lange warten können. Und was unsere ganzen Verwandten betrifft, die du so gerne einladen möchtest – wie viele von denen würden wohl zu einer

Schwulenhochzeit kommen? Hmm?"

„Ich kenne ein paar, die das tun würden", warf Rick ein. „Als wir drüben waren, habe ich ein paar Cousinen und Cousins von dir kennengelernt, und die hatten kein Problem mit uns. Die würden sofort kommen."

Angelo drehte sich zu ihm um und nickte zustimmend. „Und die kommen ganz oben auf die Liste." Er wandte sich wieder an Elena. „Glaub mir, auf dieser Hochzeit werden jede Menge Leute sein, Leute, die genauso unsere Familie sind, als wären sie unser Fleisch und Blut. Leute, die uns lieben und akzeptieren, so wie du."

Ihre Lippe zitterte immer noch. „Aber wenn Franco ein Priester ist, kann er euch doch bestimmt auch nicht trauen. Die Kirche würde das nicht erlauben."

„Wenn er immer noch ein Priester mit einer eigenen Gemeinde wäre, wahrscheinlich nicht. Aber er kann uns segnen, oder? Solange jemand dabei ist, der uns legal trauen kann, ist alles gut."

Sie nickte langsam. „Das leuchtet mir ein, glaube ich." Angelo küsste sie auf die Wange und sie lächelte. „Du bist ein guter Junge. Du hast das alles zu mir gesagt, ohne das der Rest der Familie es gehört hat."

„Niemand nimmt dir übel, dass du das Beste für uns wolltest", sagte er zu ihr. „Du kannst nichts dafür, dass du das Leben durch eine rosarote Brille siehst. Aber jetzt, wo du die Dinge siehst, wie sie wirklich sind – verstehst du jetzt, warum wir die Hochzeit organisieren sollten?"

„Ja, *tesoro*. In dieser Sache weißt du es am besten." Ihre Augen funkelten. „In *dieser* Sache."

Angelo lachte. „Soll heißen, in allen anderen Dingen weiß Mama es am besten?"

„Natürlich!"

Angelo zog sie auf die Füße, nahm sie in die Arme und drückte sie fest.

Rick schüttelte den Kopf.

Mütter.

„Hey, schön, von dir zu hören." Es war schon eine Weile her, seit sie zum letzten Mal miteinander gesprochen hatten, aber Angelo erinnerte sich an diese Stimme.

„Maria hat gesagt, ich soll dich anrufen."

Angelo lächelte. „Sie hat keine Zeit verschwendet." In der anderen Ecke des Zimmers blickte Rick von seinem Laptop auf und sah ihn fragend an. *Franco*, formte Angelo stumm mit den Lippen. Rick nickte einmal und wandte sich dann wieder seinen E-Mails zu.

„Wenn das stimmt, was sie mir gesagt hat, habt ihr wirklich keine Zeit zu verschwenden. Ihr möchtet also, dass ich die Zeremonie durchführe? Na ja, einen Segen spreche, jedenfalls."

Angelo mochte Francos Art, direkt zum Thema zu kommen. „Ja, wenn du einen Termin für uns frei hättest."

„Ich weiß nicht, ob Maria es euch erzählt hat, aber bei mir hat sich in letzter Zeit einiges geändert. Ich habe keine eigene Gemeinde mehr."

„Ja, sie sagte was davon, dass du jetzt Gefängniskaplan bist? Das ist schon ein ziemlicher Umbruch."

Es gab eine kurze Pause. „Sagen wir mal, es kam einfach ganz viel zusammen, und da fand ich einen Wechsel angebracht. Ich arbeite seit sechs Monaten mit der Strafvollzugsbehörde zusammen."

„In welchem Gefängnis arbeitest du?" Angelo fand es merkwürdig, dass Franco in seiner letzten Weihnachtskarte nichts davon erwähnt hatte.

„Belmarsh."

„Wow." Angelo wusste, welche Art von Gefangenen die Mauern von Belmarsh beherbergten. „Das klingt, als könnte es gelegentlich ein hartes Stück Arbeit sein."

„Manchmal, ja. Aber darüber können wir uns ausführlicher unterhalten, wenn wir uns treffen. Ich nehme doch an, dass ihr das gern hättet? Ein Treffen, um die Hochzeit zu besprechen? Da Zeit ein Faktor ist."

Kein langes Rumgerede mit Franco. Es war eine wohltuende Abwechslung. „Das wäre gut. Wann passt es dir denn?"

„Abends kann ich immer am besten. Ich könnte morgen Abend kommen, wenn euch das recht ist? Je eher, desto besser, wirklich."

„Perfekt." Angelo fühlte sich schon besser. *Endlich kommen wir voran.*

„Eins sollte ich an dieser Stelle noch sagen. Maria sagt, ihr habt für die Hochzeitsfeier noch nichts gebucht."

„Das stimmt." Es war die nächste Hürde, die es zu überwinden galt und die ihm Kopfschmerzen bereitete.

„Da könnte ich euch vielleicht helfen. Überlasst es mir. Ich sage euch morgen Bescheid, ob ich Erfolg hatte."

„Oh wow, das wäre echt toll." Angelo konnte so viel Glück kaum fassen.

Franco lachte leise. „Keine Versprechungen, wohlgemerkt. Betet einfach, dass alles sich zum Besten fügt, okay?"

Das konnte Angelo machen. „Dann also bis morgen. Möchtest du zum Abendessen kommen?"

„Tut mir leid, ich hab' schon was vor. Aber danke für die Einladung. Ich könnte um acht Uhr dreißig da sein, wenn das okay ist?" Angelo versicherte ihm, dass das in Ordnung ging, und sie beendeten das Telefonat.

„Das klang doch sehr positiv", sagte Rick mit einem Lächeln.

Angelo legte das Telefon auf den Kaffeetisch und breitete den Arm aus. „Was machst du eigentlich ganz da drüben?"

Rick lachte leise und klappte seinen Laptop zu. Er legte ihn beiseite und stand von seinem Sessel auf, um sich neben Angelo auf die Couch zu setzen. Angelo legte den Arm um ihn und zog ihn an sich.

„Du hast Recht, es war sehr positiv. Franco kommt morgen Abend um acht Uhr dreißig vorbei. Und halt dich fest – er sagt, dass er uns vielleicht helfen könnte, einen Ort für die Zeremonie zu finden."

„Oh, toll!"

Angelo lachte. „Warten wir erst mal ab, womit er ankommt, bevor wir das sagen, okay?" Er liebte es, so ineinander verschlungen mit Rick dazusitzen. Es war ein Gefühl, das nie langweilig wurde.

Rick rechte den Hals und blickte zu ihm auf. „Außer dass wir jedes Weihnachten eine Karte von ihm bekommen weiß ich nicht viel über Franco. Nur, dass er dein Freund ist."

Angelo seufzte und drückte Rick fester an sich. „Er ist der Grund dafür, dass ich damals bei Trinity aufgetaucht bin, bewaffnet mit einem Schallschraubenzieher." Er lachte in sich hinein bei der Erinnerung an Ed, wie er Rick mit geballten Fäusten so entschlossen beschützt hatte. *Dem Herrn sei Dank für Blakes ruhiges Auftreten.* Ohne ihn wäre Angelo damals nicht an Karens Schreibtisch am Empfang vorbeigekommen.

Ricks Augen weiteten sich. „Franco? Das hast du mir nie erzählt."

Angelo nickte. „Er hat zu mir gesagt, ich hätte zwei Möglichkeiten – meinem Vater zu gehorchen und wahrscheinlich für den Rest meines Lebens unglücklich zu sein, oder selbst zu entscheiden, wem ich mein Herz schenken will."

„Wow. Und das von einem katholischen Priester? Seit wann billigt die katholische Kirche Homosexualität?" Rick kniff die Augen zusammen. „Ah, ich verstehe. Er ist schwul."

„Das wollte er weder bestätigen noch bestreiten. Er sagte, das sei nicht von Bedeutung, weil er ein Gelübde abgelegt habe, ein Leben im Zölibat zu führen."

Rick schnaubte. „So wie die ganzen schwulen Priester, von denen man in den Medien so liest."

Angelo umfasste Ricks Kinn. „Ich will dir nur klar machen, dass Franco ein guter Mensch ist. Er ist der Grund dafür, dass wir jetzt zusammen sind. Er hat mich zur Vernunft gebracht. Also, ganz gleich, wie du zu organisierter Religion stehst – und das weiß ich ja nach all den Jahren sehr genau – er ist jemand, der unsere Aufmerksamkeit verdient."

Rick legte den Kopf an Angelos Schulter. „Ich hab' nie was gesagt, aber als deine Mum beschlossen hat, die Hochzeit zu organisieren, da war ich… nicht glücklich."

Angelo erstarrte. „Was?"

Rick seufzte. „Ich wusste, dass sie eine große Hochzeit in der Kirche wollen würde, und bei dem Gedanken war mir nicht wohl. Aber ich dachte mir, dass wir letztendlich in einer Kirche der Unitarier oder sonst einer Konfession heiraten würden, die nicht denkt, dass alle Schwulen geradewegs zur Hölle fahren. Du weißt, dass ich kein Kirchen-Fan bin, aber umgekehrt weiß ich genausogut, dass du so aufgewachsen bist. Es war dir wichtig, also habe ich… nichts gesagt."

Angelo war sprachlos. Er hatte ein bedrückendes Gefühl in der Magengrube. „Und du hättest es durchgezogen, nicht wahr, obwohl es nicht das war, was du wolltest?"

Rick nickte. „Wenn es dich glücklich gemacht hätte, dann ja."

Angelo packte ihn und zog ihn rittlings auf seinen Schoß. „Mach das nie wieder." Sein Herz pochte, als er Rick in die Augen sah. „Ich mein' das ernst, Rick. Das ist unsere Hochzeit. Unsere. Verheimliche mir deine

Gefühle nicht. Das ist keine Basis für eine Ehe."

Rick schluckte. „Von jetzt an sage ich dir alles. Versprochen."

Angelo starrte ihn an. Sein Herz schmerzte vor Liebe zu diesem Mann, der seine ganze Welt war. Er umfasste Ricks Hinterkopf und zog ihn langsam in einen Kuss. Er war sanft, zärtlich und voller Liebe.

So blieb er natürlich nicht.

Hände wanderten, streichelten und liebkosten. Lippen und Zungen kamen ins Spiel. Und als Rick schweigend von seinem Schoß kletterte und vor ihm stand, die Hand ausgestreckt, um ihn ins Bett zu führen, kam Angelo nur zu gerne mit.

Kapitel 6

„Colin, hätten Sie mal einen Moment Zeit für mich?"
Beim Klang von Simon Wilsons Stimme blickte Colin überrascht auf. Es kam selten vor, dass der Seniorpartner unangekündigt auftauchte. Und doch stand er jetzt an der Tür zu Colins Büro.

Irgendwas ist im Busch.

„Klar. In Ihrem Büro?"
Zu seiner noch größeren Überraschung kam Simon herein und machte die Tür hinter sich zu.

Oh, das ist nicht gut.

Er wartete, bis Simon auf dem Stuhl vor seinem Schreibtisch Platz genommen hatte. „Ich wollte mir gerade einen Kaffee einschenken. Möchten Sie einen? Oder vielleicht einen Tee?"

Simon lächelte. „Nein danke. Und ich bleibe nicht lange. Ich wollte nur kurz mit Ihnen reden, nichts weiter."

Colin hatte sich immer für einen positiv denkenden Menschen gehalten. Doch zu seiner Bestürzung pochte sein Herz jetzt wie wild, und er hatte nur einen einzigen Gedanken im Kopf: *Was habe ich gemacht?*

Simon beugte sich vor und faltete die Hände auf der Tischplatte. „Ich möchte direkt zum Punkt kommen. Wir sind sehr zufrieden mit dem, was Sie geleistet haben, seit Sie bei Wilson & Beckett arbeiten. Sie sind pünktlich, effektiv und Sie liefern durchweg hervorragende Ergebnisse."

Meine Güte. Colin fehlten die Worte. Er schluckte und rückte seinen Kugelschreiber auf dem Schreibtisch gerade.

Simon schmunzelte. „Ich glaube, jetzt sind Sie zum ersten Mal sprachlos." Er neigte den Kopf zur Seite und warf Colin einen scharfen Blick zu. „Lassen Sie mich raten. Sie haben sich eben das Hirn zermartert und überlegt, was Sie verbockt haben."

„So was in der Art", gab Colin zu.

Simon lachte. „Gott, nein. Obwohl ich heute Morgen schon einige solcher Gespräche geführt habe. Es ist schön, zur Abwechslung mal was Positives zu sagen zu haben." Er richtete sich auf und legte die Hände auf die Knie. „Hauptthema dieses Gesprächs sollte die Frage sein, ob Sie es sich zutrauen würden, die CAD-Abteilung zu leiten." Er sah Colin unverwandt an.

Colin blinzelte. „Aber... ich meine... das ist Emily Parsons Job."

Simon nickte. „Emily wird uns verlassen. Das sage ich Ihnen im Vertrauen, wohlgemerkt. Sie hielt es für erforderlich, näher bei ihrer Tochter in den West Midlands zu sein. Ich will nicht weiter auf ihre Gründe für den Umzug eingehen. Als wir uns überlegt haben, wer sie künftig ersetzen soll, stand Ihr Name selbstverständlich ganz oben auf unserer Liste."

„Sie... Sie wollen die Stelle nicht ausschreiben?" Als Simon die Augenbrauen hochzog, stellte Colin hastig klar: „Nicht, dass ich mich nicht geschmeichelt fühlen würde, verstehen Sie mich nicht falsch. Ich bin nur... überrascht."

„Ich verstehe. Und nein, wenn wir überhaupt jemanden einstellen, dann wären das junge Designer. Berufsanfänger, die wir nach unseren Bedürfnissen ausbilden können. Wir wollen jemanden am Ruder haben, auf den wir uns verlassen können, in dessen Arbeit wir unser vollstes Vertrauen setzen." Er lächelte. „Sie sind dafür genau der Richtige. Also… können wir dann Ihre Beförderung bekannt geben?"

Colin grinste. „Als ob ich ein solches Angebot ablehnen könnte. Ja, und vielen Dank für das Vertrauen, das Sie in mich setzen."

„Ich danke Ihnen", sagte Simon, stand auf und streckte Colin die Hand entgegen. „Ihre Arbeit hat uns schließlich geholfen, den RIBA zu gewinnen. Da ist es nur recht und billig, wenn wir Ihren Beitrag anerkennen." Sie schüttelten sich die Hände. „Wir werden die Belegschaft noch heute per E-Mail informieren. Meinen Glückwunsch, Colin." Simon ging zur Tür.

Colin hatte so das Gefühl, dass ihm heute Abend das Gesicht wehtun würde vor lauter Lächeln. „Danke", sagte er, als Simon an der Türschwelle stehen blieb. Sobald sich die Tür geschlossen hatte, sank Colin in seinem Stuhl zusammen. Wärme breitete sich in ihm aus.

Warte nur, bis ich das Ed erzähle.

Er hütete sich, ihn bei der Arbeit anzurufen. In den Anfangstagen ihrer Beziehung war das was anderes gewesen – sie hatten es mehr als einmal fertig gebracht, sich Telefonsex zu gönnen – aber jetzt war

Ed Geschäftsführer. Außerdem neigte Ed dazu, sich Sorgen zu machen, wenn Colin ihn bei der Arbeit anrief. *Das kann warten bis heute Abend.* Colin hatte vor, auf dem Heimweg im Supermarkt vorbeizugehen und eine Flasche Champagner zu kaufen. Denn das musste eindeutig begossen werden.

Erst eine gute Stunde vor Büroschluss kam die E-Mail schließlich durch.

Das Flattern im Bauch war wieder da, als er seinen Namen auf dem Monitor sah. Irgendwie machte das alles nur noch umso realer. Während er die Mitteilung las, kündigte sein Handy mit einem „Ping" eine neue E-Mail in seinem privaten Account an. Immer noch lächelnd klickte er das Verzeichnis an – und hielt inne, als er Rays Namen sah.

Seit seinem Anruf vor drei Wochen hatte Ray nichts mehr von sich hören lassen, daher hatte Colin angenommen, dass es nicht allzu wichtig gewesen sein konnte. Er öffnete die mit *„Neuigkeiten"* betitelte E-Mail und begann zu lesen.

Kälte breitete sich von irgendwo tief in seinem Innern in ihm aus, und seine Hände wurden klamm. *Oh mein Gott.* Er starrte auf den Monitor, als würde das irgendwas an den Worten ändern, die sich auf der virtuellen Seite zu bewegen schienen. Kopfschüttelnd umklammerte er das Handy und las die lange Botschaft erneut durch, in der verzweifelten Hoffnung, irgendwas missverstanden zu haben.

Obwohl er bereits wusste – irgendwie – dass das alles nur zu real war.

Colin,

Tut mir leid, dass ich neulich bei unserem Telefonat so plötzlich aufgelegt habe. Um ehrlich zu sein, ich dachte, ich schaffe das telefonisch. Aber als es dann darauf ankam, habe ich die Nerven verloren. Telefongespräche sind so unmittelbar, nicht? Man sagt was, und dann ist es raus, und man kann es nicht zurücknehmen, anders formulieren… Eine E-Mail zu verfassen und noch mal zu ändern ist viel einfacher.

Das Schwierige ist dann nur, auf „Abschicken" zu klicken.

Okay, ich will es kurz machen. Ich bin nun schon seit einigen Jahren HIV-positiv, und leider scheint meine Zeit abgelaufen zu sein. Jetzt habe ich AIDS, und ich bin im Endstadium, oder ziemlich kurz davor.

Warum erzähle ich dir das?

Vielleicht, weil es mir immer noch so vorkommt, als hätte das zwischen dir und mir zu früh geendet. Warum auch immer, aber du warst einer der wichtigsten Menschen in meinem Leben. Vielleicht bin ich deshalb all die Jahre mit dir in Kontakt geblieben. Ich wollte dich nicht verlieren.

Ich weiß nicht, wie lange ich noch habe. Ich will übrigens kein Mitleid von dir. Das alles hier ist ganz allein meine Schuld. Ich habe in meiner Jugend ein paar falsche Entscheidungen getroffen, für die ich jetzt den Preis bezahle. Also ja, ich trage die volle Verantwortung.

Ich nehme an, ich habe irgendwie das Gefühl, dir Unrecht getan zu haben. Ob du derselben Meinung bist oder nicht, jedenfalls bitte ich dich um Verzeihung für die Art, wie ich dich verlassen habe. Abschiede waren noch nie meine Stärke.

Danke für die gemeinsamen Jahre. Du warst wunderbar. Ich werde mich immer geehrt fühlen, dass ich derjenige war, der dir zeigen durfte, wie schön es sein kann, einen anderen Mann zu lieben. Das einzige Mal in meinem Leben, dass ich für jemanden der Erste war. Und glaub' mir, du hast die Messlatte ganz schön hoch gelegt.

Ich liebe dich, Colin.

Ray.

Es wurde beim zweiten Mal Lesen nicht besser. Auch nicht beim dritten Mal. Nicht mal beim vierten.
Irgendwann schreckte Colin auf und stellte fest, dass es im Büro ruhiger geworden war. Ein Blick auf die Uhr auf seinem Schreibtisch sagte ihm, warum – eine Stunde war vergangen, und es war Zeit, nach Hause zu gehen. Langsam stand er auf, schaltete automatisch seinen Monitor und die Schreibtischlampe aus und nahm dann seine Jacke von der Stuhllehne.
Er fühlte sich nur noch taub.

Ed war bestimmt nicht der Geduldigste, das gab er auch gerne zu, aber er versuchte sein Möglichstes, wenn es um Colin ging. Es verblüffte ihn immer wieder, wie sehr er sich in den vier Jahren, seit Colin in
sein Leben getreten war, verändert hatte. Abgesehen

von der offensichtlichen Tatsache, dass er die Seiten gewechselt hatte, natürlich.

Ed bildete sich gerne ein, dass Colin das Beste an ihm zum Vorschein brachte. Er liebte es, wie Colin immer das Positive in allem sah – normalerweise, nachdem Ed gerade mit was Negativem rausgeplatzt war.

Wir passen eben zusammen, nicht? Gegensätze ziehen sich an und all so was.

Deshalb hatte er auch nichts gesagt, als Colin eindeutig in gedrückter Stimmung zur Haustür reingekommen war. Er nahm an, dass es das Einfachste war, zu warten, bis Colin bereit war, ihm von seinem offensichtlich beschissenen Tag zu erzählen.

Doch nachdem Colin geduscht, bei der Zubereitung und beim Auftragen des Abendessens geholfen und die ganze Zeit kaum was gesagt hatte, nahm Ed an, dass sein Liebster einen sanften Schubs in die richtige Richtung brauchte.

Bloß, dass Ed niemand war, der eine Feder benutzen würde, wenn was mit einem Schmiedehammer viel schneller zu erledigen war.

Er hielt mitten beim Essen inne und räusperte sich. „Also, was ist heute bei der Arbeit passiert, dass du so sauer bist?"

Colin hob ruckartig den Kopf, die Stirn gefurcht. „Nichts. Warum?"

Er schnaubte. „Warum? Weil du kaum zwei Worte gesagt hast, seit du nach Hause gekommen bist."

Colin legte seine Gabel weg. „Also eigentlich ist heute schon was passiert, aber es war was Gutes. Ich bin befördert worden." Er lächelte.

Ed hätte fast geglaubt, er hätte sich verhört. Bloß, dass Colins Lächeln es nicht bis in seine Augen schaffte.

Was – Moment mal – wie war das eben?

Ed legte Messer und Gabel weg. „Soll das etwa heißen, du bist schon seit *zwei Stunden* zu Hause und sagst mir das erst *jetzt?*" Er versuchte, den aufflammenden Schmerz in seiner Brust zu ignorieren und die Tatsache, dass sein Magen plötzlich steinhart war. *Irgendwas stimmt hier ganz und gar nicht.*

Colins Gesicht wirkte plötzlich angespannt. „Tut mir leid. Ich wollte dich nicht im Büro anrufen, weil ich weiß, wie viel du tagsüber immer um die Ohren hast. Und ich wollte Champagner besorgen, weil ich deswegen total aus dem Häuschen war. Aber dann ist was anderes passiert, was meiner Begeisterung einen Dämpfer verpasst hat, und *die* Laune konnte ich dann nicht einfach abschütteln, nehm' ich an."

Der Knoten der Anspannung in Eds Bauch wand sich wie ein wirres Durcheinander von Schlangen.

„Okay. Auf deine Laune komm' ich gleich zurück. Wozu bist du befördert worden?"

„Du siehst hier den neuen Leiter der CAD-Abteilung vor dir."

Ed nickte. „Super. Und jetzt sag mir, was so schlimm war, dass du nicht am Feiern bist. Weil, so wie ich das seh', hättest du singend und tanzend da durch die Tür kommen sollen."

Colin schob seinen halb vollen Teller von sich. „Ich habe eine E-Mail gekriegt, weiter nichts."

„Das muss ja 'ne heftige E-Mail gewesen sein, wenn sie dich von so 'ner tollen Beförderung ablenkt." Etwas klickte in seinem Hirn. Da hatte doch jemand nach Colins E-Mail-Adresse gefragt. Ed riss die Augen auf. „Die E-Mail war von Ray, nicht?"

Die Art, wie Colin sich versteifte, reichte Ed als Antwort. Worte waren überflüssig.

„Noch so' ne Sache, die du nicht erwähnt hast. Warum eigentlich?"

Colin starrte auf die Überreste seines Abendessens. „Ich hätte dir schon noch davon erzählt. Aber erst musste ich mir darüber klar werden, was ich empfinde. Ich bin immer noch am Verarbeiten."

„War's was Schlimmes?"

Colin zuckte zusammen. „Nicht für mich."

Ed schnaufte. „Willst du mir nich' sagen, was er geschrieben hat?"

Langsam hob Colin den Kopf. „Ist nicht so wichtig." Seine Stimme war monoton.

Ed gab sich die größte Mühe, ruhig zu bleiben. „Wie kannst du sagen, dass es nicht so wichtig ist? Wenn's dich betrifft, betrifft's mich auch."

Colin zog die Augenbrauen hoch. „Sieh mal, ich weiß ja, dass du dir Sorgen machst, aber bitte, spring nicht gleich mit beiden Füßen rein. Es würde alles nur noch schlimmer machen, wenn ich dir sage, was Ray geschrieben hat. Außerdem habe ich Recht. Es betrifft dich nicht. Er ist ein Teil meiner Vergangenheit."

Eine Welle von Kälte rollte über Ed hinweg. „Na und? Deine Vergangenheit interessiert mich auch." Sie hatten schon öfter Meinungsverschiedenheiten gehabt, aber so teilnahmslos, so hoffnungslos hatte Colin noch nie geklungen. Sein Tonfall allein jagte Ed kalte Schauer über den Rücken.

Colin stieß einen matten Seufzer aus. „Ed, dir zu sagen, was er mir geschrieben hat, würde es kein bisschen leichter machen, glaub mir. Aber ich erzähl dir alles, sobald ich es erst mal selbst richtig verstanden habe, das verspreche ich dir. Es ist kein Geheimnis, es ist bloß… ein bisschen überwältigend."

Etwas an seinem Tonfall drang Ed ins Bewusstsein, und endlich begriff er. Colin litt, und das zu wissen brach ihm das Herz.

„Na schön", sagte er. „Dann lass' ich das mal. Aber ich bin hier, falls du mich brauchst, okay?"

Ed deutete auf Colins Teller. „Und das hier mach' ich dir jetzt warm. Du lässt nicht dein Abendessen stehen."

Als er danach griff, hielt Colin seine Hand fest.

„Du weißt, dass ich dich liebe, oder?"

Ed lächelte. „Wenn's eins gibt, wo ich mir verdammt sicher bin, dann ist es das." Er beugte sich vor und küsste Colin auf die Lippen, dann ging er in die Küche.

Während er wartete, bis die Mikrowelle fertig war, tat er sein Bestes, nicht an diese E-Mail zu denken.

Er wird's mir sagen, wenn soweit ist.

Ed konnte bis dahin warten. Hoffte er.

Ed starrte an die Decke. Sie waren seit mehr als einer halben Stunde im Bett, und an Colins Atemgeräuschen war zu erkennen, dass er nicht schlief. Ed legte sich auf die Seite und rutschte über die Matratze, um sich an Colin zu kuscheln.

Kaum hatte seine Brust Colins breiten Rücken berührt, wurde Colin steif wie ein Brett. „Heute nicht, Ed, in Ordnung?"

Aus irgendeinem Grund kränkte ihn die Unterstellung zutiefst. „Ich wollte dich bloß in den Arm nehmen. Ich dachte, du brauchst vielleicht jetzt eine Umarmung." Ed rollte von ihm weg und legte sich auf die andere Seite, sodass er Colin den Rücken zukehrte. Ihm drehte sich der Magen um. Das war nicht Colins Art.

Das Bettzeug raschelte hinter ihm, und dann umfingen ihn Colins warme Arme. „Tut mir leid", flüsterte Colin. „Ich hatte kein Recht, so mit dir zu reden."

Ed knipste die Nachttischlampe an, dann drehte er sich um und sah ihm in die Augen. „Um Himmels willen, Colin, was ist denn? Kann ich dir nicht helfen?" Er wusste, was wirklich an ihm nagte, und er konnte es nicht länger zurückhalten. „Warum kannst du mir nicht sagen, was Ray geschrieben hat? War's was Persönliches? Weil, in dem Fall weiß ich nicht, was ich sagen soll. Ich dachte, wir hätten keine Geheimnisse voreinander." Er hoffte mit jeder Faser seines Herzens, dass das nicht der Fall war. Ihm wurde übel bei dem Gedanken, dass Colin glaubte, ihm etwas nicht sagen zu können.

Bitte Col… rede einfach mit mir.

Colin stöhnte auf. „Gott, ich schwöre, so ist es nicht, es ist bloß…" Er seufzte. „Ich weiß, das hört sich bestimmt verrückt an, aber… es kommt mir so vor, als ob es laut auszusprechen das alles irgendwie real machen würde, und verdammt, ich will nicht, dass es wahr ist. Ich will morgen früh aufwachen und feststellen, dass das alles nur ein böser Traum war, dass Ray in Wirklichkeit gar nicht stirbt…" Er schluckte krampfhaft.

Ed riss Mund und Augen auf. „Was?" In seinem Kopf drehte sich alles. *Ray stirbt? Was zum Teufel…?*

Colin seufzte erneut. „Siehst du? Ich hab' dir doch gesagt, dass es keinen Sinn ergibt." Für einen Moment musterte er Ed schweigend, dann streckte er die Hand nach dem Nachttisch aus, wo sein Handy lag. Er scrollte durch, dann gab er es Ed. „Hier", sagte er schlicht. „Lies selbst."

Ed überflog die E-Mail, und sein Herz sank. Es brauchte zwei Anläufe, bis die Worte richtig bei ihm ankamen, und als sie es dann taten, wurde ihm die Kehle eng und seine Brust schmerzte, als ihm klar wurde, was Colin durchgemacht hatte. „Oh wow." Er hob den Blick und starrte Colin an. „Oh, Liebster, es tut mir ja so leid. Ich weiß, dass ihr euch nahe gestanden habt."

„Ich kann's immer noch nicht glauben, um ehrlich zu sein." Colin wirkte so müde. „Und ich werde einfach das Gefühl nicht los, dass ich was tun muss."

„Was denn?"

Colin zögerte, dann antwortete er: „Ich möchte ihn sehen. Noch nicht, vielleicht, aber irgendwann."

Ed gab ihm das Handy zurück. „Unerledigte Angelegenheiten?"

„So was in der Art."

„Was hat er gemeint mit der Art, wie er dich verlassen hätte?"

Colin setzte sich auf und stopfte sich Kissen in den Rücken. „Weißt du noch, als ich gesagt habe, er hätte ein Jobangebot in Edinburgh gekriegt? Na ja, davon hab' ich erfahren, als ich eines Abends von der Arbeit nach Hause gekommen bin – ich hab' damals den Sommer über in einem Restaurant gearbeitet – und eine SMS bekommen habe, in der er mir von dem Job erzählt hat und dass er schon unterwegs nach Schottland ist. Ich hab' ihm zurückgesimst und ihn gefragt, warum er vorher nichts gesagt hat. Ich hab' das als Antwort gekriegt, was du hier siehst: Dass er Abschiede hasst."

„Das muss wehgetan haben." Ed konnte sich den Schmerz vorstellen, den Colin durchgemacht haben musste. Drei Jahre seines Lebens mit jemandem zu verbringen, nur um so einfach weggeworfen zu werden. „Oh ja, das hat es, verdammt weh sogar. Deshalb war ich ja so überrascht, als damals diese erste Weihnachtskarte kam. Ich hatte gedacht, er wollte jeden Kontakt abbrechen. Aber anscheinend nicht. Und die Karten sind weiterhin gekommen und haben wenig über sein Leben in Edinburgh preisgegeben." Colin schluckte. „Wie's scheint, hat er mir ganz schön viel verschwiegen."

„Und du willst ihn sehen und dir ein paar Antworten holen. Das versteh' ich." Ed streckte die Hand aus und streichelte Colins Oberschenkel, der von den weichen Laken bedeckt war. „Nimm dir Zeit, bevor du Pläne machst, einfach loszurennen, okay? Es ist, wie du gesagt hast – du brauchst Zeit, um das alles zu verarbeiten. Und wer weiß, vielleicht will er ja gar keine Besucher."

„Da ist was dran."

Colins gequälter, starrer Blick war zu viel für Ed. „Hör mal, warum machen wir nicht das Licht aus, und dann halt' ich dich in den Armen, bis du einschläfst? Ich weiß, du glaubst jetzt wahrscheinlich nicht, dass du überhaupt schlafen kannst, aber schaden kann's ja nicht." Er streichelte den kräftigen Schenkel. „Ich will dich bloß festhalten."

Colin lächelte. „Im Moment ist das genau das, was ich brauche."

Ed machte schnell das Licht aus und legte sich hin, eng an Colin gekuschelt, einen Arm um seine Taille gelegt und die Hand beschützend über seinem Herzen. *Nicht, dass ihm das den Schmerz nehmen könnte.* Er lag in der Dunkelheit und lauschte auf Colins Atemzüge.

Ed hatte sich noch nie in seinem ganzen Leben so nutzlos gefühlt.

Kapitel 7

Rick vergewisserte sich mit einem letzten Blick durch die Wohnung, dass alles sauber und ordentlich war, bevor Franco kam.

Angelo kam von hinten auf ihn zu, legte ihm die Arme um die Taille und das Kinn auf die Schulter. Er lachte leise. „Ja, sieht großartig aus."

„Ha!" Rick drehte den Kopf und küsste Angelo fest auf die Wange. „Wenn ich dir das überlassen hätte, würden wir knietief im Dreck waten."

Angelo ließ ihn los und trat zurück, die Augen in geheuchelter Unschuld weit aufgerissen. „Ich hab' keine Ahnung, wovon du redest."

Rick gab ein lautes Schnauben von sich. „Das kannst du deiner Großmutter erzählen. Ich staune immer, wie tipptopp ordentlich du die Werkstatt hältst. Dort hat jedes Ding seinen Platz und alles ist da, wo es hingehört, und – "

„Hey, das ist bloß vernünftig. Wir reden hier von Meißeln, Hämmern, Sägen…"

Rick nickte grinsend. „Und was spricht dann dagegen, dieselben Manieren auf unsere Wohnung auszuweiten? Ich meine, was ist mit deinen Zeitschriften, die du stapelweise überall rumliegen lässt, den Ordnern mit deinen Skizzen für Werkstücke, deinen Schuhen – mein Gott, ich hab' hier zehn Paar von deinen Schuhen aufgeklaubt. Zehn! Ich glaube nicht, dass ich überhaupt zehn Paar Schuhe besitze."

Angelo musterte ihn mit zusammengekniffenen Augen. „Im Grunde willst du damit also andeuten, dass ich ein Chaot bin."

„Andeuten? Was heißt hier andeuten?"

Angelo stieß einen langgezogenen Seufzer aus. „Hach ja, sieht aus, als wären die Flitterwochen vorbei."

Rick lachte leise. „Ist es nicht üblich, dass die Flitterwochen erst *nach* der Hochzeit anfangen?" Er trat näher und schlang die Arme um Angelo. „Ich bin mir ziemlich sicher, dass ich dich von deiner Schlampigkeit kurieren kann. Vielleicht brauche ich den Rest unseres gemeinsamen Lebens dafür, aber irgendwann kriege ich dich dazu. Ich kann ganz schön stur sein. Auch wenn es dauert, bis du über achtzig bist, aber ich schaff das."

„Sturheit ist eine gute Eigenschaft für einen Ehemann", sagte Angelo leise und rieb mit dem Daumen an Ricks Unterkiefer entlang. „Die Fähigkeit, an etwas festzuhalten, ist immer gut."

Rick kannte diesen Ton. Der bildete normalerweise den Auftakt zu Sex. „Gibt's da was, woran ich festhalten sollte?", fragte er mit einem Lächeln.

Angelo nickte bedächtig, ein Funkeln in den Augen. „Meine Schultern, wenn ich dich hochhebe und beim Ficken an die Schlafzimmerwand drücke."

Rick stöhnte auf und ließ Angelo los, um seinen Ständer zurechtzurücken. „Das ist nicht fair. Nicht, wenn unser Besuch jeden Moment kommen kann. Vor allem, da es ein Priester ist." Er deutete auf die Beule in seiner Jeans. „Ich meine, was soll ich jetzt dagegen unternehmen?"

Die Türsprechanlage summte, und beide fuhren erschrocken zusammen.

„Dürfte ich ein Kissen vorschlagen?", sagte Angelo, während er in Richtung Wohnungstür ging. „Strategisch platziert." Rick konnte ihn auf dem ganzen Weg die Treppe runter bis in die Werkstatt lachen hören.

Er schüttelte den Kopf. Angelos Libido war wirklich erstaunlich. Rick warf einen Blick nach unten auf seine sichtbare Erektion und stöhnte leise. *Verdammter Angelo.* Er hatte gerade noch Zeit, sich auf die Couch zu setzen und hastig ein Kissen auf den Schoß zu nehmen, da ging auch schon die Tür auf und Angelo kam herein, gefolgt von einem bärtigen, bebrillten Typen schätzungsweise Ende vierzig in einer schwarzen Motorradlederjacke über einem engen T-Shirt, Jeans und schweren Stiefeln. Rick blinzelte.

Franco lachte. „Du musst Rick sein. Lass mich raten – ich seh' kein bisschen wie ein Priester aus."

Angelo neben ihm kicherte. „Siehst du? Ich bin nicht der Einzige. Niemand erwartet einen Priester mit Muskeln in Lederklamotten."

Rick wollte schon aufstehen, aber Franco winkte ab und setzte sich neben ihn. „Schön, dich endlich kennenzulernen."

„Ja, es sind ja erst, was, zehn Jahre?", bemerkte Angelo kichernd.

„Ich hab' Weihnachtskarten geschickt, was willst du mehr?" Franco grinste. „Und da ich wahrscheinlich eine Weile hier sein werde, könnte ich vielleicht was zu trinken haben? Ohne Alkohol – ich bin mit der Harley da."

„Du fährst eine Harley?" Rick schüttelte erneut den Kopf. „Nee. Eindeutig nicht das, was ich erwartet hatte. Und wir müssen dich bei der Hochzeit unbedingt Ed vorstellen."

„Ed?"

Angelo lächelte. „Fährt eine Harley." Er ließ sie allein und ging in die Küche.

„Ah ja." Franco beugte sich vor und zog seine Jacke aus. Er legte sie über die Armlehne der Couch, dann lehnte er sich zurück und musterte Rick, die kräftigen Arme vor der Brust verschränkt. „Du arbeitest also bei einem Verlagshaus?"

Rick nickte. „Trinity." Er begegnete Francos nachdenklichem Blick. „Und du arbeitest mit knallharten Sträflingen."

„Schuldig im Sinne der Anklage." Er zwinkerte. „Entschuldige das Wortspiel."

„Und was machst du da so den ganzen Tag? Ich meine, wenn du erst mal am Sonntag Gottesdienst gehalten hast, was bleibt denn dann noch?"

Franco lachte glucksend. „Du wärst überrascht. Die Seelsorgestelle ist ein wichtiger Teil des Gefängnisses. Zum Beispiel muss sich jeder neue Gefangene innerhalb vierundzwanzig Stunden nach seiner Einlieferung mit jemandem aus dem Team treffen."

„Wirklich?" Rick zog die Beine hoch und schlug die Füße unter. „Wozu?"

„Wir laden sie ein, ihre Religionszugehörigkeit registrieren zu lassen, wobei sie die jederzeit ändern können. Wir machen auch Sachen, die du vielleicht nicht erwarten würdest, wie zum Beispiel Radios, Musikinstrumente oder Schreibmaschinen verleihen."

„Wenn man dir so zuhört, könnte man meinen, dein Job wäre ein Kinderspiel, aber ich weiß es besser", sagte Angelo, der gerade wieder ins Wohnzimmer kam, ein Tablett mit drei Gläsern Saft in der Hand. „Belmarsh kümmert sich um Gefangene der Kategorie A, stimmt's? Um die, die das größte potenzielle Risiko darstellen?"

Franco nickte, und seine Miene wurde ernst. „Ich bin noch nicht allzu lange dort, aber nach dem, was ich von meinen Mitkaplanen erfahren habe, hat sich zweifellos manches sehr verändert."

„Inwiefern?" Rick setzte sich auf und rieb sich kräftig die Unterarme, auf denen sich eine Gänsehaut gebildet hatte.

„So ungefähr jeder fünfte Gefangene konvertiert zum Islam, aber wir reden hier von denen, die dem moslemischen Extremismus folgen."

„War es nicht Belmarsh, wo dieser berühmte muslimische Geistliche inhaftiert war? Dieser Hassprediger?", fragte Rick.

Franco schnaubte. „*Berüchtigt* trifft es wohl eher. Der ist inzwischen nicht mehr da, aber was er zurückgelassen hat…" Er schüttelte den Kopf. „Hier kommen die muslimischen Kaplane – die Imame – ins
Spiel. Sie beteiligen sich am täglichen Kampf gegen die dschihadistische Auslegung des Islams, indem sie Programme organisieren, die die islamistische

Rechtfertigung für Terrorismus angreifen." Francos Gesicht war traurig. „Wir machen uns keine Illusionen. Es ist eine gewaltige Aufgabe, aber wir sind fest entschlossen, diesen Männern zu zeigen, dass es einen anderen Weg gibt und dass ihre Ideologie falsch ist."

„Funktioniert es?", fragte Angelo und reichte Franco ein Glas.

„Wenn ich Gedanken lesen könnte, dann könnte ich diese Frage beantworten. Wir können nur hoffen, dass wir sie durch unsere Bemühungen und durch das Gebet von ihrem selbst gewählten Weg abbringen und auf den Weg der Selbstbesserung führen können." Er trank einen Schluck Saft. „Aber genug von mir. Reden wir über Hochzeiten. Deshalb bin ich schließlich hier."

Rick unterdrückte den Drang zu erschauern. „Jetzt *klingst* du wie ein Priester."

Franco warf ihm ein flüchtiges Lächeln zu. „Lass dich nicht abschrecken, weil ich vom Beten rede. Im Grunde bin ich sonst ganz okay." Er zwinkerte.

Rick musste lachen. Er sah schon, warum Angelo diesen Mann mochte.

„Du hast gesagt, dass du vielleicht was wüsstest, wo wir die Feier veranstalten könnten", sagte Angelo.

Francos Gesicht erhellte sich. „Was, wenn ich euch sagen würde, dass ich etwas gefunden habe, wo ihr sowohl die Party als auch die Hochzeitszeremonie abhalten könnt? Einen Ort, der sogar deiner Mutter gefallen würde?"

Rick starrte ihn an. „Wow. Wenn du das alles hinkriegst, glaube ich in Zukunft an Wunder."

Franco trank einen größeren Schluck und stellte sein Glas auf dem Kaffeetisch ab. „Hever Castle liegt ungefähr fünfunddreißig Meilen außerhalb von London, etwas nördlich von Turnbridge Wells. Dort ist Anne Boleyn aufgewachsen, und das Schloss ist atemberaubend, umgeben von wunderschönen Gärten und einem Burggraben. Ich war schon einige Male dort, und ich schwöre euch, es wird jedes Mal besser. Es wird gewerblich als Touristenattraktion betrieben und bietet auch *sehr* hochklassige Übernachtungen mit Frühstück an." Er machte eine Pause und lächelte. „Und... ich kenne zufällig den Mann, der den ganzen Betrieb leitet."

„Ihn zu *kennen* ist die eine Sache", warf Angelo ein. „Aber es ist wohl ein bisschen spät, um zu hoffen, dass dort noch ein Termin frei ist."

Franco nickte, ohne eine Miene zu verziehen. „Da hast du natürlich Recht. Soll das heißen, es würde euch nicht interessieren, dass Freitag, der neunzehnte August zurzeit auf euren Namen gebucht ist? Einschließlich Unterkunft für die Hochzeitsnacht?" Er warf ihnen ein breites Grinsen zu.

Rick riss Mund und Augen auf. „Und was hast du dem Obermufti dort versprechen müssen, um *das* hinzukriegen? Dass du mit ihm schläfst?" Erst als Angelo heftig zu husten begann, fiel ihm Francos Beruf wieder ein. „Oh Shit. Ups, tut mir leid. Ich meine, wow, das ist fantastisch."

„Deine große Klappe bringt dich doch immer in Schwierigkeiten", brummte Angelo, gefolgt von einem heiseren Kichern.

Zu Ricks Überraschung lachte Franco nicht. Für einen kurzen Moment wurde er kreidebleich und starrte Rick mit großen Augen an. Dann gewann er die Fassung wieder und räusperte sich. „Passt euch das Datum?"

Ricks Brust schnürte sich zusammen. *Ich habe ihn aus der Fassung gebracht.* Im Geiste trat er sich selbst in den Hintern. *Seit wann fragt man einen Priester, ob er mit einem Kerl schläft?* Kein Wunder, dass Franco schockiert gewirkt hatte. „Ich… lass uns mal im Terminplaner nachgucken, okay?" Er warf Angelo einen scharfen Blick zu, und sein Verlobter schoss vom Sessel hoch und quer durchs Zimmer zu seinem Handy.

Franco schien seinen Schock überwunden zu haben. „Während Angelo den Kalender checkt, könntest du's dir doch mal online angucken. Du kannst die Gärten sehen, das Haus und sogar die Zimmer."

Rick nickte und schnappte sich seinen Laptop vom Kaffeetisch. „Hever Castle, hast du gesagt?" Es dauerte nicht lange, bis er die Website aufgerufen hatte und –

„Oh mein Gott, Angelo. *Bitte* sag mir, dass dieser Termin frei ist." Er starrte ungläubig die Bilder an und wandte sich dann an Franco. „Ernsthaft? Wir können dort heiraten?"

Angelo trat zu ihm und spähte nach dem Monitor. „Warum? Sieht's gut aus? Ist es…" Seine Augen weiteten sich.

Franco gab ein leises, kollerndes Lachen von sich. „Anscheinend gefällt euch, was ihr seht."

„Gefallen?" Rick schüttelte verwundert den Kopf. „Es ist wunderschön."

„Mum kriegt Zustände, wenn sie das sieht", murmelte Angelo, offenbar unfähig, den Blick vom Monitor loszureißen.

Rick zupfte ihn ungeduldig am Ärmel. „Und? Heißt das, bei dir sind für diesen Tag keine Jobs vorgemerkt?" Er wusste, dass Ed mit so ziemlich jedem Termin einverstanden sein würde, den sie aussuchten. Höchstwahrscheinlich würde Trinity an dem Tag sowieso geschlossen sein, weil das gesamte Personal bei ihrer Hochzeit war. Aber Angelo hatte einige Projekte in seinen Geschäftsbüchern.

Angelos Lächeln wärmte Rick innerlich. „Alles frei bisher." Er wandte sich an Franco. „Und der neunzehnte August ist wirklich schon fest für uns gebucht?"

Franco hob die Hand. „Ich habe vorläufig gesagt. Aber eine Anzahlung reicht schon, und die Buchung ist endgültig. Obwohl ihr euch ranhalten müsst, um das Catering zu organisieren. Anthony hat gemeint, er könnte euch da auch helfen, falls nötig. Sie haben viele Hochzeiten dort, und er hat Kontakte in der Catering-Szene."

„Anthony. Ist das der Verantwortliche dort?", fragte Rick. Angelo saß inzwischen auf dem Boden vor dem Kaffeetisch und klickte sich durch die Website.

Franco nickte. „Eigentlich kennen wir uns schon ziemlich lange. Auf der Uni waren wir miteinander befreundet, ehe ich Priester wurde. Seit ungefähr einem Jahr stehen wir wieder miteinander in Verbindung. Maria hat erwähnt, dass ihr einen Ort braucht, wo ihr die Hochzeitsfeier abhalten könnt. Als ich mir überlegt habe, wen ich anrufen könnte, ist er mir als Erster eingefallen. Wir haben uns heute Abend zum Essen getroffen, um das zu besprechen. Dabei hatte ich nicht mal die Möglichkeit in Betracht gezogen, die Hochzeit dort abzuhalten – der Vorschlag kam von Anthony."

„Oh wow."

Angelos leiser Ausruf unterbrach ihr Gespräch. Er drehte sich um und starrte Rick über die Schulter hinweg an. Seine Augen glänzten.

Als Rick auf den Bildschirm des Laptops schaute, fiel ihm der Unterkiefer runter. „Ist das die Unterkunft, von der du uns erzählt hast?"

„Ja. Dort gibt's mehrere Zimmer und Suiten."

„Guck dir das Himmelbett an." In Angelos Stimme schwang Ehrfurcht mit. „Und diese traumhaften Holzschnitzereien an der Decke und die ganze Holzvertäfelung. Einfach herrlich."

Rick küsste ihn auf den Scheitel. „*Das* ist doch mal ein perfektes Zimmer für eine Hochzeitsnacht." Grinsend wandte er sich wieder an Franco. „Wo sollen wir unterschreiben?"

Franco griff nach seiner Jacke und fischte sein Handy aus der Tasche. Gleich darauf lächelte er. „Hey." Er lachte. „Ja, ich weiß, dass ich eben erst losgefahren bin. Ich bin gerade bei Rick und Angelo." Er machte eine Pause. „Oh, auf jeden Fall. Sie sind begeistert. Tatsächlich suchen sie sich wohl gerade ein Zimmer für ihre Hochzeitsnacht aus, glaube ich." Er hörte aufmerksam zu. „Okay. Das gebe ich weiter. Oh, und sie müssen auch noch das Catering für die Feier regeln. Ja, wir müssen die ganze Sache so schnell wie möglich in Gang bringen." Eine weitere Pause. „Und danke noch mal. Du hast ihnen wirklich den Tag gerettet." Sein Lächeln wurde breiter. „Ja, lass uns das machen." Er verabschiedete sich und legte auf.

„Anthony sagt, ihr sollt den Kontakt-Link auf der Homepage benutzen. Sobald er eure Nachricht sieht, wird er euch die Einzelheiten der Buchung mailen. Außerdem schlägt er vor, dass ihr das Schloss mal vorab besucht und euch umschaut. Dann könnt ihr festlegen, wo genau ihr die Feier abhalten wollt, und euch ein Zimmer aussuchen."

„Das ist eine tolle Idee." Rick schäumte fast über vor Begeisterung. „Können wir das am nächsten Wochenende machen?"

Sowohl Angelo als auch Franco lachten laut.

„Manchmal bist du echt ein großes Kind." Angelo sah ihn liebevoll an.

Rick durchbohrte ihn mit einem Blick. „Hey, komm schon, *du* hast ja schließlich den August aus dem Nichts gegriffen. Wir haben keine Zeit zu verschwenden, oder, Franco?"

Franco hob beide Hände. „Hey, lass mich da raus. Ich werde mich hüten, mich zwischen ein angehendes Ehepaar zu stellen." Er zog einen Notizblock aus seiner Jackentasche. „Können wir jetzt über die Zeremonie reden?" Er grinste. „*Deshalb* bin ich ja hier, oder?"

Angelo klappte den Laptop zu und setzte sich neben Franco auf die Couch. „Ganz richtig."

„Müssen wir uns vorher standesamtlich trauen lassen?", fragte Rick. „Bevor du die Ehe segnest, meine ich?"

„Ich wünschte, du könntest die ganze Zeremonie abhalten", sagte Angelo leise. „Aber wir wissen, dass das nicht möglich ist. Wir haben meiner Mutter schon erklärt, dass die katholische Kirche unsere Ehe nicht anerkennen würde."

Franco musterte ihn eine Zeit lang schweigend, dann legte er seinen Notizblock auf den Boden und lehnte sich zurück. „Ich nehme an, ich muss ehrlich zu euch sein."

Rick richtete sich auf. Aus unerfindlichen Gründen bekam er Gänsehaut auf den Armen.

Franco faltete die Hände und starrte sie an. „Was ich euch erzählt habe, ist wahr. Ich bin Kaplan im Belmarsh-Gefängnis. Eins habe ich euch allerdings nicht gesagt, nämlich dass ich nicht der katholische Kaplan bin."

Angelo blinzelte. „Was?"

„Ich bin kein katholischer Priester mehr. Die Kirche und ich haben uns vor sechs Monaten voneinander getrennt. Ich predige immer noch, aber für die unitarische Kirche."

Angelo wirkte wie vor den Kopf geschlagen. „Bei unserem letzten Gespräch warst du doch anscheinend noch völlig zufrieden. Was ist passiert?"

Franco zuckte die Achseln. „Ich nehme an, es lief auf ideologische Differenzen hinaus. Ich war nicht bereit, etwas zu vertreten, was gegen meine Überzeugung war. Also habe ich mich entschieden, die Kirche zu verlassen." Er seufzte. „Es war keine einfache Entscheidung, durchaus nicht. Aber ich bin glücklich, da, wo ich jetzt bin. Und vorhin, als du davon geredet hast, dass ich gar nicht aussehe wie ein Priester, da dachte ich... ich könnte mich rausreden, einfach gar nichts sagen. Aber das konnte ich nicht."

„So wie sich das anhört, muss das ja was ganz Gewaltiges gewesen sein, um dich zu so einem Schritt zu bewegen." Rick beobachtete ihn scharf. Franco sagte nichts, und Rick wurde klar, dass er seine Beweggründe für diese Veränderung für sich behalten würde.

Angelos Miene hellte sich auf. „Bedeutet das, dass du die Zeremonie trotzdem durchführen kannst?", fragte er.

Franco seufzte. „Was ich bin, wird als Bevollmächtigter bezeichnet. Das bedeutet, dass die Zeremonie legal wäre, aber das gilt *ausschließlich* dann, wenn sie in der unitarischen Kapelle durchgeführt wird. Und hier sollte ich betonen, dass mein Status dort noch ziemlich neu ist. Bisher habe ich noch keine Trauungen durchgeführt. Bei eurer Hochzeit müsste trotzdem noch ein Standesbeamter anwesend sein und diese entscheidenden zwei Sätze hören, die es legal machen."

„Zwei?" Rick war fasziniert. „Soll das heißen, die ganze Sache könnte in ein paar Minuten erledigt sein? Hast du eine Ahnung, wie viele langweilige Hochzeiten ich absitzen musste? Mir kam's immer vor, als würden die Stunden dauern."

Angelo schnaubte. „Versuch's mal mit einer

katholischen Hochzeit. Die ist wie eine Trauung und eine Messe in einem." Er klopfte Franco leicht auf den Oberschenkel. „Aber jetzt hast du mich ins Grübeln gebracht. Welche zwei Sätze?"

„Den, mit dem ihr erklärt, dass es keinen rechtmäßigen Grund gegen eure Heirat gibt, und den anderen, wo ihr sagt, dass ihr euren Partner zu eurem rechtmäßig angetrauten was-auch-immer nehmt." Er grinste. „Ihr wärt meine erste gleichgeschlechtliche Trauung." Zum ersten Mal seit seinem Geständnis schien Franco sich zu entspannen. „Also, was muss ich über euch wissen, um das Ganze ein bisschen persönlicher zu machen?" Er wackelte mit den Augenbrauen. „Nach zehn Jahren habt ihr sicher beide so einiges über eure Beziehung zu erzählen."

Rick hustete und Angelo kicherte: „Manche Sachen sollte man auf keinen Fall weitergeben, schon gar nicht an *meine* Familie."

Franco grinste. „Alles klar." Er bückte sich und hob seinen Notizblock auf. „Dann fangen wir mal an."

Kapitel 8

„Herein." Ed blickte von seinem Schreibtisch auf und lächelte, als er seine persönliche Assistentin sah. „Oh Mandy, ich liebe dich."

Sie kicherte und stellte ihm einen großen Becher Kaffee hin. „Ja, ja. Das kenn' ich schon. Und wir wissen beide, dass du bloß meinen Kaffee liebst."

Ed lachte. „Na ja, was denn sonst?" Er scherzte oft, dass Mandy den Job nur gekriegt hätte, weil sie guten Kaffee machte. „Du hast halt einen großen Nachteil."

Mandy grinste. „Wir haben das besprochen. Ich kann nichts dafür, dass deine Schwester ihre kleine Tochter Mandy genannt hat, okay? Meine Eltern waren vorher da."

„Ja, okay." Ed schnupperte an dem aromatischen Getränk. „Woher hast du gewusst, dass ich jetzt einen Kaffee gebrauchen kann?"

Sie lachte laut auf. „Oh, ich weiß nicht. Vielleicht, weil heute ein Tag mit *t* ist?"

Ed runzelte die Stirn. „Hm? Es gibt keinen Tag ohne…" Er brach ab und warf ihr einen strengen Blick zu. „Oh, sehr witzig. Raus."

Immer noch lachend verließ Mandy sein Büro und schloss die Tür hinter sich. Ed ignorierte den Lockruf des Kaffees und starrte auf seinen Monitor. Blake musste jetzt jede Minute zu ihrem monatlichen

Meeting eintreffen, und Ed wollte alle Fakten greifbar haben. Nicht dass er besorgt war: Die Geschäfte liefen gut, so erstaunlich das im momentanen Klima auch war. *Na ja, jedenfalls lief bis gestern alles gut.* Blake würde mit Sicherheit über die Neuigkeiten reden wollen, die am gestrigen Abend die Verlagswelt erschüttert hatten.

Er warf einen Blick auf die gerahmten Fotos auf seinem Schreibtisch. Eins war von ihm und Colin, aufgenommen im Restaurant an dem Abend, als Colin ihm den Heiratsantrag gemacht hatte. Colin hatte Schrammen und Blutergüsse im Gesicht, die Folgen eines Zwischenfalls nach einem Fußballspiel, der Ed letztendlich für ein paar Stunden in eine Arrestzelle der Polizei gebracht hatte. Ein weiteres Foto von Colin hatte Ed im vorigen Sommer gemacht. Die Sonne schien ihm ins Gesicht, und er wirkte entspannt und glücklich. Es war Eds Lieblingsfoto, nicht nur, weil Colin wunderbar aussah, sondern auch wegen der Erinnerungen, die es in ihm wachrief. Sie hatten eine Woche an der Südküste verbracht – nachdem Colin Blake eingespannt hatte, um dafür zu sorgen, dass Ed Urlaub nahm.

Er hatte sich als guten Vorsatz fürs neue Jahr vorgenommen, weniger Zeit im Büro zu verbringen. Doch schon jetzt sah es so aus, als würde das ein großer Reinfall werden.

Seine Gegensprechanlage summte. „Ed? Blake ist hier. Und er ist nicht allein."

Mandys begeisterter Tonfall sagte ihm sofort, wer außer Blake sonst noch mitgekommen war. Er stand auf und ging zur Tür. Schon von hier aus konnte er die *Ooohs* und *Aaahs* seiner weiblichen Angestellten hören.

„Lenken Sie mir schon wieder mein Personal ab, Mr. Davis?", sagte er laut und mit einem Grinsen, während er den Flur entlang in Richtung Empfangsbereich marschierte. Und tatsächlich standen Blake und Will vor Karens Schreibtisch; Will trug Nathan in einer Art grauen Schlinge eingewickelt vor der Brust. „Meine Güte, was sind wir doch trendy." Beth, Karen und Mandy starrten das Baby an und gaben niedliche Geräusche von sich, nicht dass Nathan etwas davon mitbekommen hätte – er schlief tief und fest.

Will hob den Kopf und lächelte. „Diese Babytragetücher sind schwer in Mode. Es ist sogar ganz bequem."

Ed schnaubte. „Zu meiner Zeit hat man Babys in Tragetaschen mitgenommen."

Karen schaute ihn an. „Ja, aber das war damals, als die Erde noch am Abkühlen war." Ihre Augen funkelten vor Belustigung.

Blake lachte. „Wie ich sehe, hat sich hier nichts geändert. Immer noch dieselben respektvollen Arbeitsbeziehungen, an die ich mich so gern zurückerinnere." Er sah Ed in die Augen. „Wie wär's, wenn wir beide jetzt Will bei Nathans Fanclub lassen und in dein Büro gehen würden?"

Ed nickte erfreut. Es war schön, zu sehen, dass Blake als Geschäftsmann immer noch so effizient war wie eh und je. „Mandy, kannst du bitte einen Kaffee für *Mr. Davis* reinbringen?" Er grinste.

„Kein Problem."

Als Blake ihm den Flur entlang folgte, wurden die Geräusche hinter ihnen kein bisschen leiser. Blake schloss die Tür. „Ich nehme an, du hast mit Lizzie geredet?"

„Ja." Eds gute Laune verschwand flüchtig unter einer dunklen Wolke. „Versteh mich nicht falsch. Ich freu' mich wirklich für sie, aber ich hatte sie eben erst dazu gekriegt, halbtags zu arbeiten. Wir müssen mal gucken, ob Thomas zurückkommen und wieder ganztags für uns arbeiten kann. Der kennt sich hier wenigstens mit allem aus." Thomas hatte die Übersetzungsabteilung geleitet, nachdem Lizzie Vollzeit-Mutter geworden war.

„Gute Idee." Blake setzte sich auf den Stuhl gegenüber von Eds Schreibtisch. „Hast du gestern die Nachrichten gesehen?"

Ed hatte gewusst, dass es nicht lange dauern würde. „Du meinst, dass Real Romance den Bach runtergegangen ist?", fragte er mit finsterem Blick. „Angie hat mir gestern Abend eine E-Mail geschickt. Eine Vorwarnung wär' nett gewesen." Der Online-Shop verkaufte E-Books und hatte völlig unerwartet seine Schließung bekannt gegeben. „Ich geb' grade Mitteilungen raus, dass Leser, die unsere Titel über die Seite gekauft und daraufhin verloren haben, uns einfach eine Kopie ihrer Quittung schicken können und dann ersetzen wir die Bücher. Ist das Mindeste, was wir tun können." Er hatte noch nicht mal angefangen, die möglichen Auswirkungen auf die Tantiemen der Autoren auszurechnen.

Blake seufzte. „Zeit, um sich nach Alternativen umzuschauen, denke ich. Das hatte ich für unsere Besprechung heute Morgen ganz oben auf meiner Liste. Ganz bestimmt wird es dem Geschäft schaden. Unser Job ist es jetzt, die Ruhe zu bewahren und die Firma am Laufen zu halten." Er holte sein Tablet aus der Aktentasche. „Okay. Schauen wir mal, was wir mit diesem Schlamassel machen können."

Ed nickte. In Zeiten wie diesen war er froh, dass Blake da war.

Die Besprechung dauerte eine Stunde, und bis sie fertig waren, hatte Ed Kopfschmerzen. Er erlebte gerade wahrscheinlich seine härteste Bewährungsprobe, seit er die Leitung des Verlags übernommen hatte. Aber er wusste, Blake hätte ihn nicht mit der Aufgabe betraut, wenn er nicht geglaubt hätte, dass Ed ihr gewachsen sein würde.

Blake stand auf und streckte sich. „Und jetzt gehe ich mal besser nachschauen, was mein Ehemann so treibt", sagte er augenzwinkernd.

„Hat sich zu Hause schon alles eingependelt?"

Blake blieb an der Tür stehen. „Nathan ist ganz anders, als Sophie als Baby war. Sie hat ständig gebrabbelt, diese niedlichen kleinen Laute von sich gegeben, weißt du noch? Nathan ist im Vergleich dazu richtig still. Er ist so ein friedliches Baby."

Ed schnaubte. „Um Himmels willen, sag das doch nicht, als wär's was Schlechtes! Genieß' den Frieden, solang du ihn hast. Irgendwann kommt nämlich die Zeit, da beschwerst du dich drüber, wie viel Krach er

und seine ganzen Freunde in seinem Zimmer machen."
Blake lachte, doch dann wurde sein Gesicht wieder
ernst. „Sag' das nicht mal im Scherz. Ich denke an
Sophie und wie schnell die letzten vier Jahre verflogen
sind. Lass mich Nathan als Baby behalten, solange ich
kann."

Gemeinsam verließen sie das Büro und machten sich
auf die Suche nach Will und Nathan. Sie fanden Will in
Ricks Büro; die beiden waren ins Gespräch vertieft. So
wie es sich anhörte, drehte sich die Unterhaltung um die
Hochzeit, nicht dass *das* irgendwie überraschend
gewesen wäre. Nathan lag auf einem Haufen Kissen, die
Ed sofort erkannte.

„Entschuldigung? Die sind von meiner Couch!", sagte
er und deutete auf die Kissen.

Rick sah ihn stirnrunzelnd an. „Pssst, nicht so laut. Du
weckst noch Nathan auf. Und soll das etwa heißen, du
gönnst diesem süßen kleinen Baby nicht mal ein paar
mickrige Kissen?" Aus seinen Augen blitzte der Schalk.

Ed kniff die Augen zusammen. „Manchmal kannst du
einem richtig auf den Sack gehen." Er warf einen Blick
zu Nathan, aber das Baby schlief immer noch tief und
fest. „Gott, der Kleine hat echt einen gesegneten
Schlaf."

Will zog die Augenbrauen hoch. „Lass dich nicht
täuschen. Wir wissen immer, wann er hungrig oder
müde ist, und natürlich auch, wann es Zeit ist, dass
Blake ihm die Windeln wechselt." Sein Blick richtete
sich auf Blake, und Ed unterdrückte ein Kichern. Will
liebt es, seinen Ehemann zu hänseln.

„Hält er euch immer noch nachts wach?", fragte Ed.

„Inzwischen weniger." Will sah Blake fragend an. „Alles erledigt?"

Blake nickte. „Zeit, den jungen Mann hier nach Hause zu bringen, bevor er aufwacht und uns lautstark zu verstehen gibt, dass es Zeit für sein Mittagessen ist."

Ed konnte nicht widerstehen. „Musst du immer noch die Schokopudding-Becher vor Will verstecken?" Als Sophie noch ganz klein gewesen war, hatte sich das ganze Büro immer über Wills Sucht nach Baby-Schokoladenpudding amüsiert.

Blake schnaubte. „Oh, inzwischen sind wir schon weiter. *Jetzt* ist es Zwieback. Ich finde ständig welche auf seinem Schreibtisch versteckt, wo er denkt, dass ich sie nicht sehen kann."

Will machte ein finsteres Gesicht. „Die sind gut zum Knabbern, während ich schreibe." Auffallend war jedoch, dass es keine Spur von Groll gab, als Blake ihm half, Nathans schlafende Gestalt in das graue Tragetuch zu hüllen und es um Wills Schultern und Rücken zu befestigen, während Will ihren kleinen Sohn an sich gedrückt hielt. Ed wurde es nie müde, seine Freunde zusammen zu beobachten, ihre Liebe zu sehen.

„Hast du wegen des nächsten Wochenendes schon was zu Ed gesagt?", erkundigte sich Will, der Nathan in den Armen trug. „Rick sagt, er ist dabei, und dass er Angelo solange bearbeiten wird, bis er auch mitkommt." Seine Augen funkelten.

„Was ist nächstes Wochenende?" Ed streifte Blake mit einem scharfen Blick. „Hast du da was vergessen zu erwähnen?"

„Hättet ihr vielleicht Lust, übers Wochenende zu uns zu kommen? Wir geben eine… Gartenparty."

Ed zog die Augenbrauen hoch. „Ich weiß, heute ist der erste Frühlingstag, aber eine *Gartenparty*? Wo's draußen noch scheißkalt ist!"

Rick schnaubte. „Die Art von Party ist es nicht. Zum einen müsstest du Gummistiefel und eine warme Jacke mitbringen."

Ed starrte Blake an, der nur die Achseln zuckte. „Wir haben beschlossen, dass es Zeit ist, mit der Gartenarbeit anzufangen. Wir haben seit unserem Einzug nichts gemacht, und da gibt's eine Menge freizuräumen. Also…"

„Also habt ihr euch gedacht, ihr könntet doch eure Freunde als billige Arbeitskräfte nutzen", warf Ed grinsend ein.

„Das hab' ich gleich als Erstes gesagt, als er damit angekommen ist", meldete Will sich zu Wort.

Nach einem strengen Blick zu seinem Ehemann wandte Blake seine Aufmerksamkeit wieder Ed zu. „Uns ist eure Meinung zu unseren Plänen für den Garten wichtig. Und ihr kriegt auch was Gutes zu essen, das kann ich garantieren. Vor allem dachten wir, es wäre doch schön, das Wochenende mit euch vier zu verbringen."

Das hörte sich gut an, fand Ed. „Lass mich erst mit Colin reden und hören, was er meint, bevor ich mich zu was verpflichte."

„Natürlich. Sag uns einfach Bescheid, so oder so."

Blake beugte sich vor und küsste Will auf die Wange. „Komm, gehen wir nach Hause." Er wandte sich noch mal an Ed. „Und *du* machst einen tollen Job. Ich weiß, dass du's im Moment nicht einfach hast."

Ed winkte ab. „Pfft. Wir schaffen das schon. Gut zu wissen, dass du da bist, falls wir dich brauchen."

„Immer." Blakes durchdringende blaue Augen konzentrierten sich auf ihn. „Du brauchst es nur zu sagen."

„Freut mich, dass es bezüglich der Hochzeit endlich vorangeht ", sagte Will lächelnd zu Rick. „Ich geh' gleich online und schau' mir die Örtlichkeiten mal an, wenn wir nach Hause kommen." Als Blake große Augen machte, grinste Will. „Nein, Blake Davis, du wirst ihm jetzt *keine* Fragen stellen. Ich erzähle dir alles auf dem Weg nach Hause. Ich weiß, wie du bist, wenn du erst mal ins Reden kommst. Du kannst manchmal eine richtige Plaudertasche sein." Leise in sich hineinlachend verließ er Ricks Büro.

„Der lebt gern gefährlich, was?", meinte Ed zu Blake und nickte mit dem Kopf in Richtung der Tür, durch die Will eben hinausgegangen war.

Blake warf ihm ein boshaftes Grinsen zu. „Mal sehen, ob er immer noch so eine große Klappe hat, wenn ich Nathan erst mal gefüttert und ins Bett gebracht habe." Er folgte Will.

Ed schüttelte den Kopf. Er wechselte einen Blick mit Rick. „Ich würd' heut' Nacht nicht Will sein wollen."

Rick wackelte mit den Augenbrauen. „Ha! Ich habe kein Mitleid. Wenn du mich fragst, weiß Will ganz genau, was er tut."

Da hatte er vermutlich nicht ganz Unrecht.

Ed ging zurück in sein Büro und machte die Tür hinter sich zu. Er holte sein Handy aus der Tasche und rang mit sich, ob er Colin in der Mittagspause anrufen sollte. Es war eine Woche her, seit er Rays E-Mail bekommen hatte, und er hatte zwar nichts gesagt, aber Ed wusste, dass sie ihm seither nicht aus dem Kopf gegangen war. Colin war stiller und nachdenklicher gewesen, und obwohl Ed sich alle Mühe gab, geduldig zu sein, brannte er darauf, etwas zu sagen – irgendwas – das vielleicht helfen könnte.

Als das Vibrieren seines Handys ihn aus seiner Träumerei weckte, war er nicht überrascht, Colins Namen auf dem Display zu sehen. Das passierte häufig, fast als könnten sie gegenseitig ihre Gedanken lesen.

„Hi. Hast du gerade Mittagspause?"

„Ja, Gott sei Dank. Heute Morgen war ziemlich viel los. Ich habe Marion strikt verboten, irgendwelche Anrufe durchzustellen."

„Dann fühl' ich mich geehrt." Ed wartete, aber von Colin kam keine Antwort. „Bist du okay, Col?"

„Ich hab' nachgedacht."

„Oh, Vorsicht! Dein Hirn läuft noch heiß." Als kein Lachen, noch nicht mal ein Kichern folgte, stieß er einen Seufzer aus. „Lass mich raten. Ray?"

„Ja."

„Willst du ihn immer noch sehen?"

Colins Atem stockte. „Warum – meinst du, ich sollte das lieber nicht tun?"

„Ich glaube", sagte Ed bedächtig, „dass du tun musst, was du für richtig hältst. Ray hat dich in seiner E-Mail gebeten, ihm zu verzeihen. Musst du ihn sehen, um das zu tun?"

„Es ist, wie du gesagt hast. Unerledigte Dinge."

„Und vielleicht möchtest du ihn ja ein letztes Mal sehen. Ihr wart euch mal nahe." Ed verstand das. „Also, was jetzt? Rufst du ihn an?"

„Ich glaube schon. Dann sehen wir ja, was passiert." Colin klang so niedergeschlagen, dass es Ed das Herz zerriss.

„Hör zu, ich hab' ne Idee. Wie wär's, wenn ich auf dem Heimweg bei unserem Lieblings-Inder vorbeigehen und uns was zum Abendessen holen würde? Dann braucht keiner zu kochen, und nach dem Essen können wir auf der Couch kuscheln und einen Film gucken."

„Im Moment klingt das absolut wundervoll." Dabei schwang ein Hauch von echter Freude in Colins Stimme mit, und es tat Ed gut, das zu hören.

„In dem Fall schmeiß ich jetzt den Knochen weg und seh' zu, dass ich heute Abend nicht zu spät rauskomme."

Colin lachte leise. „Knochen, soso. Und ich dachte, ich hätte dir diese Cockney-Ausdrücke alle abgewöhnt."

Ed schnaubte. „Du hast was? Ich bin aus Hackney. Du kriegst zwar den Mann aus dem East End raus – "

„ – aber nie das East End aus dem Mann, ja, ja, ich weiß", beendete Colin den Satz für ihn. „Und anders wollte ich es gar nicht haben, mein kleiner Cockney-Spatz." Ein weiteres leises Lachen.

„Hey! Wen nennst du hier klein?" In diesem Moment fühlte Ed sich ganz leicht, ihm war fast schwindlig vor Erleichterung. „Jetzt geh' aber aus der Leitung, bevor ich beschließe, dir heute Abend dafür den Hintern zu versohlen."

„Du und welche Armee?", scherzte Colin. „Also dann, bis heute Abend." Er beendete das Gespräch.

Ed legte sein Handy auf den Schreibtisch und starrte es an, ohne es zu sehen. *Wenigstens hab' ich ihn zum Lachen gebracht.*

Etwas, woran in letzter Zeit Mangel geherrscht hatte.

Colin setzte sich mit einer frischen Tasse Kaffee wieder an seinen Schreibtisch. Er rief auf seinem Smartphone Rays E-Mail auf und schickte eine kurze Antwort.

Können wir reden? Ich habe deine Telefonnummer nicht.

Dann lehnte er sich zurück und trank seinen Kaffee. Als nach dreißig Minuten immer noch keine Antwort gekommen war, begann er sich Gründe zu überlegen, warum Ray sich nicht sofort bei ihm gemeldet hatte.

Er kann nicht auf seine E-Mails zugreifen.

Er ist beschäftigt.

Er versuchte, den einen Grund zu ignorieren, der ihm die Brust zusammenschnürte. *Er will nicht mit mir reden.*

Ein „Ping" zeigte die Ankunft einer E-Mail an, und er stürzte sich auf sein Handy.

Ich war mir nicht sicher, ob du reden willst, vor allem, weil ich nach der E-Mail vierzehn Tage lang nichts gehört habe. Ich hatte mich damit abgefunden, nie wieder was von dir zu hören. Soll ich dich anrufen? Oder falls es dir jetzt nicht passt, hier ist meine Nummer.

Colin starrte auf den Bildschirm, und sein Magen krampfte sich zusammen. *Das hier wolltest du doch, schon vergessen?* Nur dass er jetzt, wo er im Begriff war, Ray anzurufen, keinen Schimmer hatte, was er sagen sollte. Seit diesem letzten Telefongespräch hatte sich alles verändert. *Jetzt weiß ich, dass er bald sterben wird. Was zum Teufel soll ich zu ihm sagen?*

Wichtiger noch, konnte er reden, ohne dass ihm dieses Wissen die Stimme brechen ließ? Ohne von einer Fülle von Emotionen überwältigt zu werden?

Es gab nur einen Weg, das herauszufinden.

Colin tippte die Nummer ein und wartete. Ray meldete sich nach dem zweiten Läuten. „Hi."

„Hi." Für einen Moment war er ratlos. *Was sag' ich als Nächstes? Wie geht's dir? Tut mir leid, dass du stirbst?* Colin gab sich mental einen Klaps. „Ich hab' dich doch nicht etwa in einem ungünstigen Moment erwischt, oder?"

Ray lachte leise. „Ich habe gerade gedöst, als deine E-Mail kam, aber ich schlafe viel. Es ist schön, deine Stimme wieder mal zu hören, vor allem, weil ich... na ja, das habe ich dir ja eben schon geschrieben, nicht?" Er machte eine Pause. „Aber ich bin *wirklich* froh, dass du angerufen hast."

Colin musste einfach was sagen. „Hat mir leidgetan, das von dir zu hören."

„Ja, naja. Es ist, wie es ist. Ich hab' hin und her überlegt, ob ich dich kontaktieren soll, aber wie gesagt…" Eine weitere Pause. „Herrgott, das ist genauso schwer wie beim letzten Mal. Ich dachte, es wird einfacher, nachdem ich's dir gesagt habe, aber…"

„Kann ich dich sehen?", platzte Colin heraus.

Schweigen.

„Ray?"

Ray räusperte sich. „Entschuldige, du hast mich eben irgendwie auf dem falschen Fuß erwischt. Willst du mich wirklich sehen?"

Darüber hatte Colin sehr gründlich nachgedacht. „Ja. Ich kann nicht alles, was mir im Kopf rumgeht, in eine E-Mail packen, und mit dir am Telefon drüber zu reden kommt mir einfach falsch vor. Also… ich würde gern raufkommen nach Edinburgh und dich besuchen. Falls dir das recht ist."

„Wann… wann wolltest du denn kommen?"

Das klang hoffnungsvoll. „Vielleicht in zwei Wochen? Nur übers Wochenende. Ich könnte mit dem Flugzeug kommen. Das geht am schnellsten." Er würde am Freitag vielleicht früher Schluss machen müssen, aber die Partner würden ihm bestimmt ein paar freie Stunden gönnen.

„Kommst du allein?"

Das brachte ihn für ein, zwei Sekunden ins Stocken. „Ja." Er hatte kein einziges Mal die Möglichkeit in Betracht gezogen, Ed mitzunehmen. Ed hatte auch so schon genug am Hals, da brauchte Colin ihm nicht auch noch seine Probleme aufzuladen. Als Ray erneut verstummte, begann Colins Herz schneller zu schlagen.

Erst in diesem Moment wurde ihm klar, wie dringend er sich das hier wünschte. Ich brauche das, um mit allem abschließen zu können. Ich muss mich von ihm verabschieden.

„Ray?"

„Okay, du kannst auf Besuch kommen. Bloß... sei nicht zu schockiert, wenn du mich siehst, okay? Ich bin im Moment nicht unbedingt hübsch."

Colin konnte dem Drang nicht widerstehen, das Gespräch aufzulockern. „Wann warst du jemals hübsch?"

„Du Biest." Ray lachte. „Okay. Sag mir Bescheid, wann dein Flieger landen soll, sobald du Genaueres weißt. Ich freue mich drauf, dich zu sehen. Auf diesem Foto von deiner Firma sieht es so aus, als wärst du... größer geworden." Er kicherte. „Muskulöse Männer mochte ich schon immer."

Das war ein pikantes kleines Detail, das Colin nicht mit Ed teilen würde. „Das kommt eben davon, wenn man Rugby spielt. Ich schick' dir meine Reiseunterlagen per E-Mail, sobald ich sie habe." Er machte eine Pause. „Pass auf dich auf, Ray."

„Ich tu' mein Bestes, aber ich glaube, der Zug ist abgefahren." Ehe Colin antworten konnte, preschte Colin voran. „Also dann, bis bald. Bye, Colin." Er legte auf.

Das blinkende Licht an seinem Schreibtischtelefon hielt Colin davon ab, das Gespräch im Geiste wieder und wieder ablaufen zu lassen. Denn jetzt musste er wieder an die Arbeit.

Um sich Rays Worte wieder ins Gedächtnis zu rufen, war mitten in der Nacht noch Zeit genug, wenn er nicht schlafen konnte. Er schlief schon seit der Ankunft der E-Mail nicht mehr gut.

Eds sanfte Fußmassage ließ ihn zu einer Pfütze Glibber dahinschmelzen. Worauf Ed es wahrscheinlich anlegte. „Du kannst das wirklich gut, weißt du das?" Colin war angenehm abgefüllt mit Chicken Korma, Lamm Tikka Masala, Pilaw-Reis und süßem Naan-Brot. Er hatte einen netten Schwips von dem Bier, das Ed mitgebracht hatte. Ein entspannter, absolut perfekter Abschluss seines Tages.

Ed grub die Daumen in Colins linke Fußsohle. „Ich hab' noch nie viel von diesem Reflexzonen-Quatsch gehalten, aber vielleicht ist da ja doch was dran." Er machte eine Pause. „Und, magst du mir davon erzählen?"

„Weißt du, wir könnten auf der Bühne ein Vermögen machen, falls wir je beschließen sollten, als Gedankenleser aufzutreten", scherzte Colin.

Ed lachte leise und massierte Colins Fußballen mit langsamen, kreisförmigen Bewegungen seiner Daumen. „Wir kennen uns eben, das ist alles. Als du heute Abend reingekommen bist, hab' ich gleich gewusst, dass dir was im Kopf rumgeht. Aber ich wollte dich nicht drängen." Er sah Colin in die Augen. „Ich wusste, dass du's mir früher oder später sowieso erzählst. Und außerdem versuch' ich hier grade, nicht immer gleich mit der Tür ins Haus zu fallen." Er grinste.

Colin lächelte. „Okay, wo ist Ed? Was hast du mit ihm gemacht?"

Ed hörte mit seiner Massage auf und rutschte auf der Couch weiter nach oben, bis er neben Colin saß. Er beugte sich langsam vor und küsste ihn auf die Lippen. „Ich halt' dich eben bloß gern auf Trab." Er lehnte sich wieder zurück und sah Colin unverwandt an. „Also?"

Colin berichtete ihm von dem Gespräch mit Ray. „Ich wollte am ersten Wochenende im April hinfliegen. Das ist schon in zwei Wochen."

„Soll ich mitkommen?"

Colin blinzelte. „Ray hat mich auch gefragt, ob ich alleine kommen will." Er überlegte, wie er seine Antwort am besten formulieren sollte. „Vielleicht lieber nicht. Es ist schließlich nur für zwei Nächte."

„Und vielleicht wär's dir peinlich, mich dabei zu haben. Wo Ray doch dein Ex ist und so."

Ist es das? Colin dachte über Eds Hinweis nach. „Du weißt, dass ich keine Geheimnisse vor dir habe", fing er an, aber Ed unterbrach ihn, indem er ihm einen Finger auf die Lippen legte. Als er den Finger langsam wieder wegnahm, waren seine Augen freundlich.

„Hör zu, es ist verständlich, in Ordnung? Hier geht's schließlich um deinen allerersten Freund. Du und Ray, ihr habt euch einiges zu sagen, und da brauchst du mich nicht dabei. Ich wollte bloß wissen, ob du vielleicht moralische Unterstützung haben möchtest."

„Und das weiß ich zu schätzen, wirklich." Colin griff nach Eds Hand und drückte sie. „Zu wissen, dass du hier bist, dass du zu Hause auf mich wartest – das bedeutet mir sehr viel."

„Hast du bei dir auf der Arbeit schon Bescheid gegeben? Musst du dir frei nehmen?"

„Ich hab' noch nicht nach Flügen geschaut – das wollte ich heute Abend machen – aber da dürfte es kein Problem geben."

Ed lachte leise. „Gut, dass du ihm nicht versprochen hast, dieses Wochenende zu kommen. Da werden wir nämlich ein bisschen beschäftigt sein."

„Werden wir das?" Colin zermarterte sich das Hirn. „Ich wüsste nicht, dass wir etwas geplant hätten."

Ed stand auf und streckte die Hand aus. „Ich erzähl's dir gleich – im Bett." Er zog Colin auf die Füße.

Lächelnd folgte Colin ihm aus dem Wohnzimmer. So wie er seinen Ed kannte, würde das Gespräch nicht lange dauern.

Kapitel 9

„Okay, die Mittagspause ist vorbei, zurück an die Arbeit." Will schnalzte mit der Peitsche, ließ sie laut und scharf durch die Luft knallen. Er lachte, als alle fünf Männer zusammenzuckten, die Köpfe ruckartig in seine Richtung drehten und die Münder aufsperrten.

„Woher zum Teufel hast du die denn?", schrie Ed, sprang von seinem Gartenstuhl auf und kam mit großen Schritten auf Will zu, der neben der Glastür stand, die Peitsche jetzt locker in der herabhängenden Hand. „Andererseits – muss ich überhaupt fragen? Ich hab' schon immer gewusst, dass du 'n perverses Arschloch bist."

Blake hustete laut. „Wie gut, dass Sophie gerade im Bad ist, denn –"

„Ja, ja, tut mir leid, aber das ist alles Wills Schuld", protestierte Ed. „Ich meine, guckt euch das Ding bloß an!"

Will rollte die Peitsche zusammen und legte sie auf den Terrassentisch. „So was kann manchmal ganz nützlich sein, um Ehemänner zu bändigen", sagte er mit einem Grinsen. Blake zog lediglich die Augenbrauen hoch. „Aber wenn ihr alle meine wunderbare Lasagne zum Abendessen wollt, dann müsst ihr euch jetzt ein bisschen ranhalten."

Angelo schüttelte den Kopf. „Du bist ein strenger

Zuchtmeister. Schau dir nur an, was wir alles an einem Morgen schon geschafft haben!"

Will konnte nicht abstreiten, dass sie zu sechst bereits sehr gut mit der Arbeit vorangekommen waren. Ed und Colin hatten den ganzen Schutt weggeräumt, der oben im Garten liegen geblieben war, und die Mulde, die Blake gemietet hatte, war fast voll. Angelo und Rick hatten die Schmetterlingssträucher zurückgeschnitten, die sich massenhaft im ganzen Garten selbst ausgesät hatten. Will und Blake hatten kannenweise Kaffee und Tee für ihre Belegschaft gekocht, Sophies Begeisterung für das Umgraben der Blumenbeete im Zaum zu halten versucht und Nathan im Auge behalten, der in seinem Buggy lag, warm eingepackt gegen jede plötzliche Kälte und unter einem riesigen Sonnenschirm vor der Sonne geschützt. Bisher war das Wetter freundlich gewesen, und es war ein milder, sonniger Tag.

„Also, was steht für heute Nachmittag auf dem Plan?", fragte Rick und sammelte dabei die Tassen ein.

„Und pack' das Ding da weg", befahl Blake mit einem Kopfnicken zu der Peitsche. „Ich will nicht, dass Sophie die in die Finger kriegt."

„Wohl wahr." Will nahm die Peitsche, brachte sie ins Haus und stopfte sie in die nächstbeste Schublade. Als er zurückkam, standen die Männer neben dem Tisch und begutachteten den Garten.

„Ich wollte ihnen gerade erklären, was wir wegen unserer Pläne für den Garten besprochen hatten", sagte Blake zu ihm. „Vielleicht eine Pergola am oberen Ende, wo die meiste Sonne hinkommt. Darunter könnten wir pflastern und sie als Essecke benutzen."

„Keine Teiche", ergänzte Will. „Nicht mit den Kindern. Das ist zu gefährlich."

Ed nickte. „Ja, das kann ich euch nicht verdenken." Er erschauerte. „Man hört ja so viele Horrorstorys von Kindern, die in Teichen ertrin –"

„Kann ich schon ein paar Blumen pflanzen?", fragte Sophie mit ihrer klaren Stimme.

Will lächelte sie an. In ihrer Latzhose, die sie über einem hellblauen Pulli trug, Sonnenhut und geblümten Gummistiefeln sah sie wirklich hinreißend aus. „Wir haben ihr versprochen, dass sie etwas pflanzen darf", erklärte er den anderen.

„Hey, Prinzessin, warum suchst du mir nicht ein hübsches Plätzchen für den da?" Ed hielt den eingetopften Strauch hoch, den er und Colin mitgebracht hatten ‚als Starthilfe', wie er gesagt hatte.

Will wechselte einen Blick mit Blake. „Den kann sie doch sicher einpflanzen. Vielleicht kommt er ja woanders hin, wenn wir die Gartengestaltung fertig ausgearbeitet haben, aber bis dahin ist er in der Erde besser aufgehoben als in seinem Topf."

„Gute Idee." Blake griff nach einer Handschaufel. „Hier, Sophie. Benutz die. Onkel Ed hilft dir."

Will sah zu, wie Ed und Sophie langsam durch den Garten gingen und nach einer guten Stelle zum Einpflanzen suchten. Er fand es wunderbar, dass ihre Freunde so in ihre Tochter vernarrt waren und so eindeutig gern Zeit mit ihr verbrachten.

„Wisst ihr, vielleicht solltet ihr euch überlegen, einen

Landschaftsgestalter zu engagieren", schlug Angelo vor. „Wie groß ist dieser Garten? Fünfundzwanzig auf ungefähr achtzehn Meter? Ich weiß, das ist durchaus nicht groß, aber es ist Platz genug, dass ihr eine Menge damit anfangen könnt."

„Ja. Ich habe von einem Gartenarchitekten gelesen, der einen sechzig Meter langen Garten in verschiedene ‚Räume' aufgeteilt hat", fügte Rick hinzu. „Ein Pfad verband alle Räume miteinander, aber sie sahen allen verschieden aus, mit unterschiedlichen Pflanzen." Er grinste. „Wohlgemerkt, wenn Blake *den* engagieren wollte, müsste er dafür eine Menge bezahlen. Travis McConnell ist berühmt. Die Berühmten kosten immer ein Vermögen."

Will lachte leise. „Ich glaube, wir kommen mit unserem bescheidenen kleinen Garten alleine klar, besten Dank auch."

Er trat zu Nathans Buggy und ging daneben in die Hocke. Nathan schlief. Seine Händchen steckten in Fäustlingen, die Lizzie gestrickt hatte. Schon in ein paar Monaten würde er auf einer Decke im Sonnenschein herumkrabbeln. *Wenn* er denn krabbelte; Sophie hatte das nicht getan. Ihre frühreife Tochter war im Alter von neun Monaten bereits gelaufen.

Blake kam zu ihm und blickte auf Nathan hinab. „Er ist so ein braves Baby."

Da musste Will zustimmen. Mit seinen sechs Wochen schlief er die Nächte durch und wachte nur auf, wenn seine Windel gewechselt werden musste oder er hungrig war.

Ein spitzer Schrei ertönte, und Will schrak zusammen und hob ruckartig den Kopf. „Was ist passiert?", rief er, sprang auf und rannte zu Sophie, die sich zitternd an Eds Beine klammerte.

Ed lächelte. „Gar nichts ist passiert. Sophie hat bloß eine große Spinne gesehen, das ist alles." Er streichelte ihr den Kopf. „Schon okay, Prinzessin. Die tut dir nichts. Und Spinnen sind unsere Freunde."

Will verbiss sich das Lachen bei Sophies entsetzter Miene. „Iiiih. Ich will keine Spinne als Freund. Spinnen sind eklig. Und haben zu viele Beine."

Er lächelte. „Spinnen mögen es, wenn du sie in Ruhe lässt", riet er ihr.

„Will."

Blakes Ruf klang so eindringlich, dass Will sich sofort umdrehte. Blake kniete neben dem Buggy. Ein Blick auf sein Gesicht reichte, um Will wieder zu ihm eilen zu lassen. „Was gibt's? Was ist los?"

Blake deutete mit einer Kopfbewegung auf Nathan, der immer noch so dalag wie vorhin, die Augen geschlossen.

Will runzelte die Stirn. „Was?"

Blake hob den Kopf und sah ihm in die Augen. „Sophies Schrei hat ihn nicht geweckt. Findest du das nicht ein bisschen merkwürdig?" Er sprach mit verhaltener Stimme.

Will setzte schon zu einer verneinenden Antwort an, hielt aber inne. Seine Nackenhaare stellten sich auf. „Jetzt, wo du's sagst – ja, doch." Er kniete sich ebenfalls neben den Buggy, gegenüber von Blake, und nahm Nathans Hand in seine. Er rieb sie sanft, und das Baby öffnete blinzelnd die Augen. „Hey, mein Hübscher", sagte Will zärtlich.

„Ich möchte mal was ausprobieren", sagte Blake leise. Er richtete sich auf und blickte sich suchend im Garten um. Schließlich hob er zwei Pflanzschaufeln vom Boden auf und trat hinter den Kinderwagen, stellte sich so, dass Nathan ihn nicht sehen konnte. „Beobachte ihn", wies er Will an, immer noch mit derselben Eindringlichkeit in der Stimme wie zuvor.

Will konzentrierte sich auf Nathan. Er zuckte erschrocken zusammen, als Blake die Schaufeln mit einem lauten Scheppern aneinander schlug.

Nathan reagierte nicht. Überhaupt nicht.

„Und?", fragte Blake.

„Mach's noch mal", drängte Will. Blake wiederholte das Ganze, und Will beobachtete Nathan ganz genau, wartete auf irgendein Anzeichen, selbst das kleinste Zucken.

Will schluckte. „Nichts. Keine Reaktion." Blakes Gesicht war plötzlich aschfahl. „Blake, komm näher und mach's noch ein letztes Mal."

Blake trat vor, bis er direkt hinter dem Sonnenschirm stand und die Schaufeln so nah an Nathans Kopf hielt wie nur möglich. Als er sie aneinanderschlug, hallte das Scheppern laut durch den jetzt stillen Garten. Inzwischen kamen die anderen auf sie zu, und in der Gruppe waren alle Gespräche verstummt.

„Was ist los, Jungs?", rief Ed, der Sophie in den Armen trug. Ihr Arm war um seinen Hals geschlungen.

Will ignorierte ihn und sagte mit leiser Stimme zu Blake: „Jetzt hat er reagiert, aber ich kann nicht sagen, ob es das Geräusch war oder die Vibration. Die konnte ich auch fühlen."

„Blake?" Rick stand neben Blake und sah ihn an, eindeutig verwundert über die Schaufeln in seinen Händen.

Blake wechselte einen Blick mit Will, und das Aufblitzen von Schmerz war nur allzu real, ebenso wie die unausgesprochenen Worte. *Nicht jetzt.*

„Wir sagen's euch später, okay?" Will wollte vor Sophie nicht darüber reden. Herrgott, er wollte gar nicht darüber reden, als ob allein das Aussprechen der schrecklichen Worte, die ihm auf dem Herzen lagen, sie irgendwie wahr werden lassen könnte.

Blakes Gesichtsausdruck sagte genug.

Ist unser kleiner Sohn taub?

Beim Abendessen war die Stimmung gedrückt, da keiner viel redete. Ihre Freunde waren nicht dumm; Blake wusste, dass sie die stumme Zwiesprache zwischen ihm und Will mitgekriegt hatten. Als Will Sophie nach oben ins Bett brachte – nach ausgiebigen Umarmungen – ging Blake an den Barschrank und öffnete die Klappe. „Möchte jemand was trinken?" Er fühlte sich wie betäubt.

Es kann nicht wahr sein. Wir irren uns bestimmt. Wir reagieren über.

„Wie wär's, wenn du uns erst mal sagen würdest, was los ist?", meinte Ed.

„Wenn Will wieder unten ist", versicherte Blake. Er schenkte sich einen großen Scotch ein, dann wandte er sich ihnen zu. „Möchte sonst noch jemand was?" Vier grimmige Gesichter blickten ihm entgegen, und Blake nahm fünf weitere Gläser vom Regal. „Es dauert bestimmt nicht lange. Sie hat schon die ganze letzte halbe Stunde über gegähnt wie ein Scheunentor." Er schenkte die rauchig aussehende Flüssigkeit aus und reichte die Gläser herum. Das Letzte stellte er neben die Couch, wo Will mit Sophie auf dem Schoß gesessen hatte.

„Du machst mir Angst", sagte Rick. Sein Gesicht war angespannt, seine Finger mit denen von Angelo verschränkt, dessen Miene gleichermaßen beunruhigt wirkte.

„Ach ja? Willkommen im Club", sagte Blake unbekümmert und trank dann einen großen Schluck Scotch, der ihm in der Kehle brannte. Die Tatsache, dass Nathan eine leichte Reaktion gezeigt hatte, gab ihm Hoffnung, dass sie sich vielleicht doch getäuscht hatten. Er setzte sich auf die Couch, und erst da wurde ihm bewusst, dass rundum betretenes Schweigen herrschte.

„Tut mir leid", sagte er leise. „Ich bin bloß ein bisschen erschüttert. Und wahrscheinlich sehen Will und ich hier das alles nur wieder viel zu dramatisch."

„Das meinst auch bloß du, *Schatz*", sagte Will von der

Tür her. Er machte sie zu und vergewisserte sich, dass der Babymonitor an der Wand an war. Blake klopfte auf das Sitzkissen neben sich, und Will ließ sich auf die Couch plumpsen, legte den Kopf zurück und schloss die Augen.

„Sagt ihr uns jetzt vielleicht endlich, was zum Teufel eigentlich hier los ist?", verlangte Ed. „Weil's mir langsam so vorkommt, als wär' jemand gestorben."

Will machte die Augen auf und warf Blake einen fragenden Blick zu. Blake nickte. „Sag's ihnen." Er nahm einen Schluck aus seinem Glas, während Will ihnen von ihrer Beobachtung erzählte.

„Moment mal – ihr denkt, dass er taub ist?" Rick setzte sich aufrecht hin. „Es gibt unzählige mögliche Gründe für Hörstörungen bei Kindern – falls er denn wirklich eine hat."

„Was zum Beispiel?" Blake richtete sich auf, und sein Puls beschleunigte sich ein bisschen. Er hatte ein Flattern im Magen und atmete schneller. Er klammerte sich an Ricks Worte. *Vielleicht ist es nicht Taubheit.*

„Vielleicht sind seine Ohren mit Ohrenschmalz verstopft oder so?", meinte Rick.

„Manchmal ist das Mittelohr verklebt. Paukenerguss", ergänzte Angelo. „Mein Cousin hatte das, als er noch ganz klein war. Es wurde operiert, und dann war alles wieder in Ordnung."

„Operiert?", fragte Will.

„Man hat ihm so kleine Plastikröhrchen – Paukenröhrchen heißen die, glaube ich – in die Ohren eingesetzt. Die sorgen dafür, dass sich keine Flüssigkeit mehr ansammeln kann."

„Warte mal einen Moment." Colin richtete sich auf, beugte sich vor und stützte die Ellbogen auf die Knie. „Erstens, ich dachte, ein Paukenerguss tritt nur nach so was wie einer schweren Erkältung auf, und Nathan hatte doch keine, oder?" Er sah Blake an, der den Kopf schüttelte. „Und zweitens, falls es wirklich ein Paukenerguss ist, wird euch der Arzt mit Sicherheit raten, erst mal abzuwarten, ob es sich nicht von selbst wieder gibt. Was sehr wohl der Fall sein kann. Und ‚abwarten' kann alles Mögliche heißen, von drei Monaten bis zu einem Jahr."

Ed wandte Colin das Gesicht zu, die Augen weit aufgerissen. „Woher weißt du denn das alles?"

Colin lächelte. „Erstaunlich, was man in einer Personalküche so alles aufschnappt, was? Einer meiner Kollegen hat über seine kleine Tochter gesprochen." Er wandte seine Aufmerksamkeit wieder Blake und Will zu. „Selbst wenn bei Nathan ein verklebter Paukenerguss diagnostiziert wird, wartet man erst mal ab, ob sich das nicht von selber wieder gibt. Das hat meinen Kollegen Dan ja so frustriert. Er hat sich beklagt, weil die Bildung und die Sprachentwicklung seiner Tochter darunter leiden, während sie einfach abwarten sollen. Zugegeben, sie ist älter als Nathan, also ist das im Moment keine so große Sorge. Aber Rick hat Recht. Vielleicht ist es ja gar nicht so schlimm, wie ihr denkt."

„Am Montag gehen wir gleich morgens mit ihm zum Kinderarzt", sagte Will in resolutem Ton.

„Was ich nicht verstehe ist, wie schnell sich das entwickelt hat", sagte Blake und starrte in sein Glas. „Er wurde bei der Geburt getestet, und da war alles normal. Und er war völlig gesund."

Wills Hand umfasste seine. „Sich Sorgen zu machen führt zu nichts; dabei verschwenden wir bloß unsere Energie. Warten wir erst mal ab und sehen wir, was der Arzt sagt, okay? Hoffen wir das Beste." Er lächelte halb. „Und machen wir nicht gleich aus allem ein Drama."

„Sollen wir lieber gehen?", fragte Ed.

Blakes Augen weiteten sich. „Gott, nein. Im Moment können wir gute Gesellschaft gebrauchen. Oder?" Er sah Will nach Bestätigung suchend an.

Will nickte. „Und bitte denkt nicht, dass ihr morgen früh gleich verschwinden müsst. Bleibt im Bett, solange ihr wollt, und dann brunchen wir alle gemütlich zusammen. Wir wollten uns einen ruhigen Sonntag machen, und wir hatten gehofft, dass ihr den mit uns verbringt."

Rick sah Angelo an, der nickte. „Wir können bis nachmittags bleiben. Dann müssen wir zu meiner Mutter." Angelo lächelte. „Hochzeitsvorbereitungen."

„Besser du als ich, Kumpel", kicherte Ed hämisch. Er schielte zu Blake. „Und was genau versteht ihr unter ‚ruhig'? Weiter im Garten aufräumen?"

Blake lächelte. „Ich hatte eigentlich eher an einen Spaziergang am Fluss nach dem Brunch gedacht, Sophie beim Entenfüttern zu helfen, gar nicht zu reden von den Eichhörnchen im Park, so was in der Art."

Colin stieß einen leisen Seufzer aus. „Klingt nach einer wunderbaren Art, einen Sonntag zu verbringen." Er drückte Eds Schenkel. „Wann warst du zum letzten Mal Entenfüttern?"

Ed lachte schallend. „Noch nie. Ich füttere die blöden Viecher nicht, ich ess' die. Am liebsten knusprig gebraten, mit diesen kleinen Pfannkuchen." Colin verdrehte die Augen und gab ihm einen Klaps auf den Schenkel.

Will sah ihn zornig an. „Das sagst du *nicht*, wenn Sophie auch nur in der Nähe ist, verstanden?"

Ed erwiderte mit gequälter Miene: „Natürlich nicht." Er blickte sich unter den Männern um, die auf den drei U-förmig vor dem Kamin angeordneten Sofas saßen. „Wisst ihr, was wir jetzt brauchen? Eine Ablenkung. Irgendwas, was uns vom Nachgrübeln über Sachen abhält, die wir sowieso nicht ändern können." Er sah Will an. „Habt ihr Spielkarten da?"

Blake zog die Augenbrauen hoch. „Spielkarten? Ernsthaft?"

„Hey, Strip-Poker! Das ist mal 'ne Idee." Rick kicherte boshaft.

Blake schüttelte den Kopf. „Nein. Das wäre der Super-GAU: Wir sind alle nackt oder halbnackt, und dann kommt Sophie reingestolpert, Mr. Bunny im Arm, und jammert, dass sie nicht schlafen kann."

Will lachte in sich hinein. „Würdest du nicht gern Mäuschen spielen, wenn sie das ihrer Kindergartentante erzählt?" Er stand auf und ging zu den Schubladen unter dem Bücherregal. Als er zurückkam, stellte er drei schwarze Schachteln auf den Tisch. „Wie wär's mit Cards Against Humanity?"

„Das hab' ich noch nie gespielt." Colin musterte die Schachteln.

„Ich schon", grinste Will. „Letztes Jahr war ich auf einer Buchmesse in Chicago, und eines Abends hat ein anderer Autor vorgeschlagen, das hier zu spielen. Wir waren ungefähr zu acht oder zu zehnt in der Bar, und es war zum Totlachen. Allerdings ist das nichts für schwache Nerven, das sag' ich gleich." Er ging zu Blake und kniete sich neben ihn. „Ed hat Recht. Eine kleine Ablenkung schadet doch nicht, oder?", sagte er mit leiser Stimme, die Blick auf Blakes Gesicht geheftet. Will schluckte. „Ich möchte im Moment nämlich nicht über Worst-Case-Szenarios nachdenken."

Blake kannte das Gefühl nur allzu gut.

Will schlug die Bettdecke zurück und stieg ins Bett. Sofort kuschelte er sich an Blake und schmiegte sich an seinen Rücken. Er küsste ihn auf Nacken und Schultern. „Alles ruhig. Ich habe eben bei Sophie und Nathan reingeschaut. Die schlafen beide tief und fest." Blake drehte sich in seinen Armen um und sah ihn an. „Wer hat den Kürzeren gezogen und muss auf dem Bettsofa schlafen?"

Will lächelte. „Rick und Angelo, wobei es eher so war, dass sie das selbst vorgeschlagen haben. Rick meinte, dass Ed und Colin das Kingsize-Bett nehmen sollten. Sie bräuchten den Platz."

Blake lachte leise. „Eines Tages treibt Rick es bei Ed noch mal zu weit mit einer von seinen Bemerkungen, und dann geht besser alles in Deckung." Er streichelte Will zärtlich die Brust. „Machen wir uns zu viele Gedanken?"

Die eiserne Faust, die Will das Herz zusammenpresste und die er den ganzen Abend über nach besten Kräften ignoriert hatte, war sofort wieder da. „Ich muss dauernd daran denken, wie still er ist. Keine niedlichen leisen Laute, wie Sophie sie immer gemacht hat, kein Lallen, nichts. Wenn du das dazu nimmst, was wir heute gesehen haben…" Er erschauerte. „Das vorhin war mein Ernst. Ich will nicht darüber nachgrübeln, was alles sein *könnte*, bevor wir nicht alle Fakten haben. Wir gehen zum Arzt und lassen sein Gehör noch mal testen, und dann wissen wir, wo wir stehen."

„Was mir einfach keine Ruhe lässt, ist der Gedanke, dass wir das irgendwie übersehen haben. Wir haben die Anzeichen nicht bemerkt."

Will konnte nicht überhören, wie schmerzerfüllt Blakes Stimme klang. „Jetzt hör auf. Im Moment wissen wir noch gar nicht, ob wir überhaupt was übersehen haben, oder? Warten wir doch erst mal ab, okay, Babe?" Will küsste ihn auf die Lippen, die Hände auf der warmen Haut von Blakes Rücken. „Ist es falsch, dass ich das alles einfach für eine Weile verdrängen will? Ich habe das schon so oft hin und her überlegt, dass ich einfach nicht mehr normal denken kann."

Blake küsste ihn auf die Nasenspitze. „Ich hab'
Neuigkeiten für dich, Blake Davis. Du konntest noch
nie normal denken. Schwul, schon vergessen?"

Nicht mal Blakes Versuch, Humor einzusetzen, drang
durch die Ängste und Befürchtungen, die ihn umgaben.
Will packte ihn und rollte sich auf den Rücken, wobei
er Blake mitnahm. Er griff nach Blakes Kopf, umfasste
sein Gesicht mit beiden Händen und schaute in diese
azurblauen Augen, die er so sehr liebte. „Mach, dass die
Welt für eine Weile verschwindet, ja? Bitte, Babe." Er
schluckte. „Ich brauch' dich."

Blake nickte langsam. „Ich brauch' dich auch."

Will schlang die Beine um Blakes Taille und
umklammerte ihn. „Zeig's mir", flüsterte er. „Zeig mir,
wie sehr du mich brauchst."

Und genau das tat Blake dann auch, mit Lippen, Zunge,
Fingern und Schwanz, und eine kurze Zeit lang wiegten
sie sich gemeinsam in einer Seifenblase der Sinnlichkeit,
die Will mit sich davontrug.

Eine kurzlebige Blase, die platzte, als er in Blakes
Armen erwachte und seine Ängste erneut über ihn
hereinbrachen.

Kapitel 10

Angelo starrte bestürzt auf die Din-A-4-Seite in seiner Hand. *Hat sie uns denn überhaupt nicht zugehört?* Das Blatt war in ihrer ordentlichen, kleinen Handschrift beschrieben – *Gott sei Dank ist es bloß eine Seite* – und enthielt eine Liste.

Eine sehr, sehr lange Liste.

„Mum", begann er, nachdem er einen gequälten Blick mit Rick gewechselt hatte, „Wir können die nicht alle einladen." Da standen mindestens dreihundert Namen, und die meisten davon kannte er nicht einmal.

„Warum nicht?" Mum saß ihnen gegenüber am Esstisch, die Lippen zusammengepresst, die Kiefermuskeln angespannt. „Da, wo ihr feiern wollt, ist genug Platz. Ich habe es mir auf Marias Laptop angeschaut. Und ich habe gelesen, was dort steht. Die sind auf große Hochzeiten eingerichtet." Sie versteifte sich. „Ich weiß, dass ihr das organisiert habt, aber ich bin davon ausgegangen, dass ich dafür aufkommen werde. Denkt ihr, ich kann es mir nicht leisten, so viele Gäste einzuladen? Ist es das?"

Moment mal. Was?

„Mum, wer hat denn was davon gesagt, dass du hier irgendwas bezahlen sollst?" Angelo sah Rick an, der genauso verdutzt dreinschaute, wie er sich fühlte. „Du hast weder Vincentes noch Paolos Hochzeit bezahlt. Wie kommst du denn darauf, dass du meine bezahlen musst?"

„Ihre Hochzeiten wurden von der Familie der Braut bezahlt, und du bist..." Sie verstummte und biss sich auf die Lippe.

Angelo zog die Augenbrauen hoch. „Seh' ich für dich etwa wie eine Braut aus?"

Rick kicherte. „Ich sag's ja, es wird höchste Zeit, diese langen Locken loszuwerden."

Angelo sah ihn mit zusammengekniffenen Augen an und grummelte: „Du bist mir keine Hilfe." Er wandte seine Aufmerksamkeit wieder seiner Mutter zu. „Ganz im Ernst, Mum, wir erwarten nicht von dir, für unsere Hochzeit aufzukommen. Rick und ich haben beide ein gutes Einkommen, wir können das schon selbst übernehmen." Er warf ihn ein, wie er hoffte, freundliches Lächeln zu.

Mum seufzte. „Diese Hochzeit macht mich ganz konfus." Sie starrte auf die lackierte Tischplatte.

Das war neu. „In welcher Hinsicht?"

Sie hob den Kopf und begegnete seinem fragenden Blick. „Wird Ricks Vater ihn zum Altar bringen und dir zuführen? Oder soll er dich am Altar erwarten, und du gehst ihm entgegen?"

Der Groschen fiel. „Das ist es, was dich durcheinanderbringt? Dass es zwei Bräutigame gibt?"

„Ja!", klagte sie. „Ich habe keine Ahnung, wer was macht!" Erneut senkte sie den Blick auf den Tisch.

Angelo warf einen schnellen Blick zu Rick, der sich ein Taschentuch in den Mund gestopft hatte. Lachtränen funkelten in seinen Augen. Dass er genau wusste, was Rick gerade dachte, machte es auch nicht besser.

Das kann man auf so *viele Arten verstehen.*

Angelo gewann die Fassung wieder. „Okay. Ja, es wird so was wie einen Traualtar geben, und wir werden davor treten – gemeinsam. Niemand wird irgendwem zugeführt. Und zum Abschluss der Zeremonie wird Franco uns zu Lebenspartnern erklären. Mr. und Mr. … und so weiter."

Rick grinste. „Mir hat ‚Hiermit erkläre ich euch für glücklich und verliebt' ganz gut gefallen."

Wärme erfüllte ihn. „Das fand ich auch gut." Sie hatten sich ein paar Mal gekringelt vor Lachen, als sie mit Franco über Ehegelöbnisse gesprochen hatten. Angelo räusperte sich. „Wie auch immer, zurück zu dir. Ist es okay für dich, wenn wir bezahlen, Mum?"

Sie bedachte ihn mit einem strengen Blick. „Würde es eine Rolle spielen, wenn ich was dagegen hätte? Du machst doch sowieso, was du willst. *Ganz* wie dein Vater."

Angelo wusste nicht, ob er über diese Bemerkung entsetzt sein oder sich geschmeichelt fühlen sollte. Er klopfte mit dem Finger auf das Blatt Papier. „Kommen wir noch mal auf diese Liste zurück. Von der Hälfte der Leute hier habe ich noch nie was gehört. Wer sind die alle?"

„Verwandtschaft."

Angelo zog die Augenbrauen hoch. „Wessen Verwandtschaft? Unsere?" Er seufzte. „Mum, lass uns diese Liste auf unter hundert Leute reduzieren."

Ihre Kinnlade klappte runter. „Ist das dein Ernst? Denk an die vielen Leute, die beleidigt sein werden, wenn wir sie nicht einla – "

„Die meisten von denen haben garantiert noch nie was von mir gehört", stellte Angelo rundheraus fest. „Und lasse *nicht* zu, dass unsere Hochzeit von Sizilianern eingenommen wird."

„Hier kommt die Mafia", flüsterte Rick. Angelo kniff ihn unter dem Tisch einmal kräftig in den Oberschenkel. Ricks erstickter Aufschrei war niedlich.

„Du redest, als wäre es was Schlimmes, *Siciliano* zu sein." Mums Augen blitzten.

Angelo hielt ihrem Blick stand. „Und du weißt genauso gut wie ich, wie furchterregend *Nonna* sein kann, wenn sie so richtig in Fahrt ist." Als seine Mutter den Mund aufmachte und gleich wieder zuklappte, grinste er. „Siehst du? Du weißt, dass ich recht habe."

„Das würde einen erstklassigen Film abgeben, weißt du?" Rick warf ihm ein spitzbübisches Lächeln zu. „Hochzeit auf Italienisch. *My Big Fat Italian Wedding*"

Angelo neigte sich zu ihm und flüsterte Rick ins Ohr: „Und wenn du so weiter machst, kriegst du nachher zu Hause von mir auf Italienisch deinen blassen, glatten, nackten Hintern voll."

Ricks Augen strahlten. „Versprechungen, Versprechungen." Er deutete mit dem Kopf auf Mum. „Aber, ähm… nicht vor den Kindern, ja?"

Mums Hüsteln erhob Anspruch auf seine Aufmerksamkeit. „Wenn ihr zwei dann soweit wärt…" Sie beugte sich über den Tisch und griff nach der Liste. „Ich werde versuchen, mich nach euren Wünschen zu richten."

„Danke, Mum. Wir wissen das wirklich sehr zu schätzen." Angelo warf Rick einen vielsagenden Blick zu. „Nicht wahr?"

„Oh, aber sicher doch." Rick nickte enthusiastisch.

„Können wir jetzt über die Hochzeitsfeier reden?" Ihr Gesicht erhellte sich. „Mir ist da was eingefallen. Ich würde gern einen Mini-Olivenbaum auf jeden Tisch stellen, mit kleinen Lichtern dran."

Angelo unterdrückte ein Stöhnen. *Vom Regen in die Traufe…*

„Hoffentlich hat der kleine Nathan nichts Ernstes", sagte Rick, während er sich auszog, um ins Bett zu gehen.

„Sie tun das Richtige, wenn sie ihn so bald wie möglich untersuchen lassen." Angelo hoffte von ganzem Herzen, dass es sich als was Einfaches herausstellen würde. Nicht als etwas so Herzzerreißendes wie Taubheit.

„Wenigstens haben wir heute mit deiner Mutter was erreicht", bemerkte Rick. „Wenn sie diese Liste auf überschaubare Größe zusammenstreicht, haben wir eine Sorge weniger."

Oh ja. Seine Mutter. Rick hatte noch was abzubüßen.

Angelo streifte sich Jeans und Unterhose ab und blieb neben dem Bett stehen, gewährte Rick einen guten, langen Blick auf seinen Körper. „Ich glaube, ich schulde dir ein paar auf den Hintern."

Ricks Blick zuckte von Angelos Schwanz, der bereits steif zu werden begann, zu seinem Gesicht. „Ähm, wie bitte?"

Angelo drohte ihm mit dem Finger. „Spiel mir jetzt nicht den Unschuldigen. Diese ganzen gemurmelten Bemerkungen heute Nachmittag. Du kannst froh sein, dass Mum keine davon gehört hat."

„Ach, komm schon." Rick lachte glucksend. „Du musst doch zugeben, selbst du hast diesen Kommentar von wegen ‚nicht wissen, was wer tut' lustig gefunden. Das konnte ich dir am Gesicht ansehen!"

Angelo nickte. „Jau. Will ich gar nicht abstreiten. Aber diese fiesen Witze über meine Frisur? Unsere ‚Hochzeit auf Italienisch'? ‚Hier kommt die Mafia'?" Er grinste. „Oh ja. Das schreit nach einer Tracht Prügel."

Nicht, dass er Rick schon jemals den Hintern versohlt hätte. Das war was für die Pornos, die sie sich manchmal zusammen anschauten.

Vielleicht wird's Zeit, das mal auszuprobieren. Zu sehen, was das ganze Theater soll.

Für einen Moment starrte Rick ihn nur an. „Oh, mein Gott. Das ist dein Ernst. Du... du willst mir den Hintern versohlen?"

Angelo wackelte mit den Augenbrauen. „Wäre vielleicht geil." Die Vorstellung von Rick, ausgestreckt quer über seinem Schoß, sein Arsch fest und rund und reif für Angelos Hand... sein Schwanz richtete sich ruckartig auf.

Und Rick bemerkte das. „Ich seh' schon", sagte er mit

einem angedeuteten Lächeln. Er stand vom Bett auf, machte seine Jeans auf und streifte sie sich von den Hüften, wobei er seine Boxershorts mitnahm. Ein Blick auf seinen steif werdenden Schwanz verriet Angelo, dass er nicht der Einzige war, der den Gedanken geil fand.

Angelo ging ins Bett, stopfte sich Kissen in den Rücken und lehnte sich zurück. Er klopfte sich auf die Schenkel. „Alles an Bord."

Rick kicherte und stieg mit wippendem Schwanz ins Bett. „Machen wir das jetzt wirklich?"

„Warum nicht? Den Typen in den Videos scheint es zu gefallen. Sie machen genug Geschrei drum. Warum gucken wir nicht mal, ob es wirklich so toll ist, wie die immer tun?"

Rick zuckte die Achseln und streckte sich über Angelos Schoß aus. Sein Ständer drückte gegen Angelos Schenkel. Rick drehte den Kopf und sah ihn über die Schulter hinweg an. „Dann…fangen wir… also einfach an?"

Angelo lachte. Es kam ihm schon komisch vor, so was zu machen. Er rieb die festen, fleischigen Halbkugeln, die er vor sich hatte, und lächelte. „Los geht's." Es klatschte laut, als seine Hand auf Ricks Arschbacke landete.

„Autsch!" Rick starrte ihn über die Schulter hinweg an. „Das tut weh!"

„Oooh, armer Schatz." Angelo rieb die Stelle, auf die der Schlag gefallen war, dann versuchte er es noch mal, wobei er diesmal auf einen anderen Fleck zielte. Zu seiner Überraschung kicherte Rick. „War das etwa witzig?"

Rick kicherte immer noch. „Tut mir leid. Mir fällt's nur gerade schwer, das alles hier ernst zu nehmen. Mach weiter, gib mir noch einen."

Angelo schlug erneut zu, härter diesmal, und Rick lachte. Noch ein Schlag, und Rick lachte noch mehr. Angelo hörte auf und starrte ihn an. „Warum lachst du?" Er verpasste ihm zwei weitere Klapse, doch Ricks Gelächter ließ nicht nach. Angelo gab auf. „Okay, das hier ist reine Zeitverschwendung, wenn du's nicht ernst nehmen kannst." Er musste zugeben, dass er das Erlebnis bei Weitem nicht so erotisch fand, wie er erwartet hatte.

Rick setzte sich auf, immer noch kichernd. „Tut mir leid, Babe. Es klang so geil, und im Film sieht es auch immer so geil aus, aber wenn ich ehrlich bin? Ich fühl' mich dabei bloß lächerlich. Vielleicht ist es einfach nichts für uns."

Angelo sackte in die Kissen. „Da muss ich dir zustimmen."

Rick rutschte im Bett hoch, bis er neben ihm lag, den Kopf auf Angelos Brust. „Jetzt bin ich ganz enttäuscht. Wieder mal eine sexy Fantasievorstellung futsch."

Angelo lachte leise. „Sonst noch irgendwelche heißen Fantasien, von denen ich wissen sollte?"

Rick legte den Kopf in den Nacken und blickte zu ihm auf. „Warum? Findest du, dass unser Sexleben etwas mehr Pep vertragen könnte?"

Angelo zuckte die Achseln. „Ein bisschen

Rumexperimentieren schadet nie. Es gibt sicher jede Menge, äh, Schlafzimmer-Aktivitäten, die wir noch nicht ausprobiert haben. Bloß weil Hintern versohlen nicht unser Ding ist, muss ja nicht heißen, dass nicht was anderes mehr nach unserem Geschmack sein könnte."

Ricks Augen funkelten. „Was zum Beispiel?" Er piekte Angelo mit dem Finger in den Bauch. „Red' weiter, du hast damit angefangen. Was hast du gesehen, von dem du denkst, dass es einen Versuch wert sein könnte?"

Angelo rutschte herum, um es sich bequem zu machen. „Das Offensichtlichste wäre es wohl, eine dritte Person mit reinzunehmen. Wolltest du je einen Dreier machen?" Er hatte das noch nie in Betracht gezogen. Aber da er Ricks Vorgeschichte kannte, war er neugierig, was sein Liebster dazu sagen würde.

„Nein." Ricks Antwort kam ohne das geringste Zögern. „Wir brauchen niemand anderen. Nur du und ich."

Die Erklärung wärmte Angelo das Herz. „Okay. Jetzt bist du dran."

Rick kicherte. „Wolltest du schon mal an meinen Zehen lutschen?"

Füße? Angelo schüttelte sich. „Nicht meine erste Wahl, nein." Er suchte nach einem Vorschlag, der eine ähnliche Reaktion bei Rick hervorrufen würde. „Da wäre noch Bondage. Ich könnte dich ans Bett fesseln. Sollen wir uns von Blake und Will ein paar Spielsachen ausleihen?" Ihre Spielzeugkiste war unter ihren engsten Freunden kein Geheimnis.

Rick lachte schallend. „Zum Teufel, nein. *Du* fesselst

mich nicht ans Bett und machst dann schlimme Sachen mit mir."

Angelo kicherte. Er hatte mit Bondage auch nichts am Hut.

„Ooooh!" Rick grinste. „Ich könnte dein Hund sein!"

„Wie bitte?"

Rick ging auf alle Viere und wackelte mit dem Hintern.

„Du weißt schon! Ich könnte mir einen Butt Plug mit Hundeschwanz besorgen, und du könntest mich an die Leine nehmen. Hey, ich könnte eine von diesen Hundemasken tragen, so ein Lederding."

Angelo brach in Gelächter aus. „Wenn ich einen Hund will, hol' ich mir einen vom Züchter oder aus dem Tierheim." Dann kam ihm noch eine Idee, und er grinste. „Dann gäb's da noch Wassersport."

Rick verzog das Gesicht. „Und du kannst deinen Natursekt behalten, verstanden? Igitt."

Angelo lachte laut auf. „Keine Angst, Babe. Definitiv nicht meine Szene." Aber dieses Gespräch machte ihm allmählich richtig Spaß. Er überlegte rasch. „Ooh, wie wär's mit einem Faustfick? Darauf fährt die Sado-Maso-Szene heutzutage ziemlich ab, wie's scheint." Er hob die Hand und wackelte mit den Fingern. „Meinst du, dein enger kleiner Arsch könnte meine Hand wegstecken?"

Rick lächelte zuckersüß und hielt eine Faust hoch.

„Meinst du, deine hübsche Visage könnte meine Faust wegstecken? Weil das nämlich das einzige Fisting ist, was du kriegst, wenn du *das* versuchst, Mister." Er grinste. „Aber wenn wir schon von Sado-Maso reden – ich könnte mir ja so eine Metallsonde besorgen und sie dir in die Harnröhre schieben."

„Okay, jetzt reicht's", blaffte Angelo und erschauerte. „Du hast gerade auf meinem Igittometer die rote Zone erreicht." Rick brüllte vor Lachen und ließ sich neben ihn auf die Matratze fallen. Er seufzte, nahm Rick in die Arme und zog ihn an sich. „Seien wir ehrlich. Für uns bleibt's eben bei Vanille-Sex, ein für alle Mal."

Rick küsste ihn langsam, sog und leckte an seiner Unterlippe. Als er den Kuss unterbrach und Angelo in die Augen sah, waren seine Pupillen dunkel. „An Vanille-Sex gibt's nichts auszusetzen. Ganz viel küssen, lecken, lutschen und berühren. Und was folgt auf ganz viel küssen, lecken, lutschen und berühren?" Seine Stimme war heiser vor Verlangen.

Angelo räusperte sich, da er plötzlich einen Kloß in der Kehle hatte. „Liebe machen. Mit dem Mann, den ich liebe."

Rick lächelte. „Na, das ist mal eine Idee."

Angelo rutschte weiter nach unten, bis Rick auf ihm lag, ein Bein zwischen Angelos Schenkeln. Er blickte zu Rick auf, dessen Gesicht über seinem schwebte, und lächelte. „Ich glaube, du hast was von Küssen gesagt", flüsterte er.

Ricks Augen leuchteten auf. „Oh ja, Küssen muss sein." Ihre Münder trafen einander, und Angelo teilte Ricks Lippen mit der Zunge, während er ihm zärtlich den Rücken streichelte, bis hinunter zur Rundung seines Hinterteils. Angelo spreizte die Beine und wiegte sich sanft, rieb seine Eier an Ricks Oberschenkel. Rick stützte sich auf die Ellbogen und küsste ihn noch inniger, stöhnte leise vor Lust, als Angelo seinen straffen Hintern packte, die Finger in sein Fleisch grub. Angelo behielt die langsame Schaukelbewegung bei, rieb jetzt seine Erektion an Ricks Bauch.

„Ach, guck, was haben wir denn hier?", sagte Rick grinsend, dann rutschte er von Angelo runter und legte sich auf die Seite. Erneut fanden seine Lippen Angelos Mund in einem sinnlichen Kuss. Angelos Schwanz schnellte hoch und klatschte dann mit einem dumpfen Geräusch wieder an seinen Unterleib. Rick kicherte. „Da kann's jemand kaum erwarten." Er fasste gemächlich nach Angelos Penis und hielt ihn an der Basis fest, dann nahm er ihn langsam und bedächtig in den Mund, ganz bis zum Ansatz. Keine Hast, keine Eile, nur dieses langsame, andächtige Lutschen an Angelos Schaft. Angelo lag da und nahm es entgegen; seine Hand streichelte Ricks Schulter, hielt ihre Verbindung aufrecht, während Ricks Hand an der Innenseite seines Schenkels entlang und über seine Hoden glitt, ein Hauch von Haut auf Haut.

Gott, es war himmlisch. Ricks Zunge strich langsam und genüsslich an seinem Schaft entlang, tiefer, tiefer, bis Angelos Eier sanft in feuchte Wärme eingesogen wurden, was ihm ein Stöhnen entrang. Dann ein Aufkeuchen, als Rick sich erneut über ihn schob, als sie sich wieder und wieder küssten, ehe er sich gemächlich wieder nach unten bewegte, eine Spur von Küssen über Angelos Oberkörper bis zu seinem Penis zog. Angelo schloss die Augen und verlor sich im Gefühl von Ricks Lippen und Zunge auf seiner Haut. Als er es nicht mehr aushielt, öffnete er die Augen.

„Ich bin dran", sagte er und leckte sich die Lippen.

Rick richtete sich zum Knien auf. „Was hast du im Sinn?" Er umfasste sein steifes Glied und begann zu reiben.

Angelo lächelte. „Setzt du dich auf mein Gesicht? Ich möchte dich für meinen Schwanz bereit machen."

Rick seufzte vor purer Zufriedenheit. „Ich dachte schon, du fragst nie." Er kniete sich breitbeinig über Angelos Gesicht, um ihm perfekten Zugang zu seiner Rosette zu gewähren. Rick stützte seinen Oberkörper auf den Kissenberg und hielt sich am Kopfteil des Bettes fest, die Knie weit gespreizt in Erwartung von Angelos Zunge.

Angelo hatte nicht vor, ihn lange warten zu lassen.

Er drückte Ricks Arschbacken mit den Händen auseinander und kicherte, als Rick selbst mit anfasste, um ihm zu helfen. Angelo leckte über die heiße Rosette und genoss das Erschauern, das durch Ricks Körper ging und zu einem Zittern wurde, als er mit der Zunge eindrang, als sich der straffe Muskel bei jedem Vorstoß mehr für ihn lockerte.

„Oh ja, das ist es", stöhnte Rick und wiegte sich leicht über ihm.

Angelo hatte es ebenfalls nicht eilig, ganz in Andacht versunken mit Ricks Anus beschäftigt. Als Rick sich zu winden begann, als sein Stöhnen immer häufiger wurde, rollte Angelo sich auf den Bauch, kniete sich hinter ihn und schob seine Erektion in den von seinem Speichel feuchten Spalt. Jedes Mal empfand er von Neuem diese

Freude, diese Erfüllung, wenn sie Liebe machten. Immer noch war da diese Ehrfurcht, dass dieser Mann ihm gehörte, wahrhaftig ihm gehörte, mit Körper, Herz und Seele.

„Gott, ich liebe dich." Die Worte kamen aus seinem Herzen.

„Ich liebe dich auch, aber ich werde dich noch mehr lieben, wenn du ihn mir jetzt sofort reinsteckst", sagte Rick mit zusammengebissenen Zähnen.

Angelo lachte und schnappte sich das Gleitgel, das wie üblich auf seinem Platz auf dem Nachttisch lag. Ein Wischen mit glitschigen Fingern durch Ricks Spalte und über seinen Schwanz, und dann drang er in ihn ein, langsam und beharrlich, bis er ganz drin war.

„Oh." Ricks Atem strömte in einem langen Seufzer aus. „Ja. Gott, ja."

Angelo packte Rick an den Hüften und begann mit dem sinnlichen Rein und Raus, das seinen Körper immer zum Singen brachte, sein Herz heftiger schlagen und das Blut schneller durch seine Adern strömen ließ. Er wiegte sich mit flüssigen gleichmäßigen Bewegungen vor und zurück, genoss die Vertrautheit des Ganzen, wie Rick seinen Stößen begegnete, wie sie beide jetzt schneller atmeten.

„Du fühlst dich immer noch so... fantastisch an... wie beim ersten Mal", presste er hervor, unterbrochen von Stößen. Mit rollenden Hüften glitt er einmal lang, tief und langsam in diesen engen Kanal und tauchte dann wieder schnell und heftig ein. „Gott, du fühlst dich so gut an." Er zog sein Glied ganz heraus und ließ sich rücklings aufs Bett fallen. „Setz dich auf meinen Schwanz."

Rick drehte sich rasch um und setzte sich breitbeinig über ihn, griff hinter sich, um sich Angelos Schaft einzuführen. Es dauerte nicht lange, und er ritt Angelo, klammerte sich an seinen Schultern fest und stöhnte und keuchte ihm laut in den Mund, wenn ihre Lippen in Kuss um Kuss miteinander verschmolzen.

Verschwunden war das Verlangen nach einem langsamen, gemächlichen, genüsslichen Liebesspiel. Angelo rauschte das Blut in den Ohren, seine Haut kribbelte und sein Körper raste dem Höhepunkt entgegen. Rick stützte sich auf die Arme und hielt still, während Angelo von unten in ihn hineinstieß, ihn fickte wie eine Maschine.

„Scheiße, bin so tief in dir", stöhnte Angelo und versuchte, noch tiefer reinzukommen. Das Klatschen von Haut auf Haut wurde lauter.

„Lass mich", forderte Rick, die Hände flach auf Angelos Brust. Er wiegte sich vor und zurück, immer schneller. Angelos Schaft glitt wie ein gut geölter Kolben in ihm ein und aus, und Ricks Schwanz war heiß wie eine Fackel an Angelos Bauch, glitschig vor Lusttropfen. Rick lehnte sich zurück, die Hände jetzt auf Angelos Schenkeln, und wiegte sich schneller, noch schneller. Angelo konnte nichts tun, als ihn machen zu lassen, konnte nur ohnmächtig zu dem schönen Mann aufsehen, der sich mit seinem Schwanz fickte. Als Rick sich vorbeugte, um ihn zu küssen, ergriff Angelo die Gelegenheit, ihn härter zu ficken, und beide wippten auf und ab, während einer dem andern nachgab und ihr Stöhnen und Ächzen mit jedem Stoß in Ricks Arsch lauter wurde.

Nur dass Angelo noch nicht bereit war, den Orgasmus anzunehmen, noch nicht.

Er hob Rick hoch, packte ihn um die Taille und drehte ihn auf den Rücken. Angelo zog sich aus ihm heraus und zerrte ihn an die Bettkante. Rick nickte, die Augen weit aufgerissen, und zog die Knie an die Brust. Langsam, ganz langsam drang Angelo wieder in ihn ein, um sie beide zum Finale zu bringen. Er bückte sich zwischen Ricks Beinen, um ihn zu küssen, eine gemächliche Erkundung mit der Zunge, während er tief in ihn hineinzugleiten begann, bis sein Schwanz ganz in ihm vergraben war.

„Scheiße, du bist immer noch so eng", murmelte er. „Fühlst du mich, tief in dir drin? Wie ich dich langsam ausfülle?"

„Gott, ja", stöhnte Rick.

„Schön langsam", hauchte Angelo. „So tief in dir drin, dass ich fast deinen Herzschlag fühlen kann."

„Oh mein Gott", ächzte Rick. „Ich hab'…verdammt noch mal… nicht das Geringste… gegen Vanille-Sex… wenn er sich… so verdammt gut anfühlt."

Angelo grinste. „Du sagst es." Er wurde allmählich schneller; sein Schwanz glitt in diesem engen Loch ein und aus, Rick stemmte sich ihm entgegen und sie klammerten sich aneinander fest, während sie allmählich in Schwung kamen. Ricks Hände waren auf seinem Rücken, seinen Schultern, seinem Nacken, in seinem Haar, während Angelo ihn fickte, das Gesicht an Ricks Hals vergraben, sich in ihn hineinrammte, dass ihre Körper laut aneinander klatschten.

Angelo griff mit einer Hand zwischen ihre Körper, umfasste Ricks Schwanz und wichste ihn kräftig, bearbeitete den heißen Schaft, während er ihn dem Höhepunkt entgegentrieb. Als Rick sich versteifte und aufschrie, als sein Sperma ihm im hohen Bogen aus dem Schwanz bis zur Schulter schoss, stöhnte Angelo vor Freude auf. Er zog sich heraus, legte sich neben Rick und nahm ihn in die Arme, küsste ihn und streichelte ihm die feuchte Brust und den Bauch, bis sein Orgasmus abgeebbt war. Als Ricks Atmung sich wieder normalisierte, küsste Angelo ihn auf die Lippen.

„Ich liebe es, dir beim Kommen zuzuschauen", raunte er ihm ins Ohr.

Rick lächelte. „Ich liebe dieses Gefühl auch." Er richtete sich auf und krabbelte über die Matratze, bis er über Angelos immer noch steifem Schaft balancierte. Ihre Blicke trafen sich, als Rick sich vorbeugte, Angelos Schwanz zwischen die Lippen nahm und kräftig an der Eichel lutschte.

Die feuchte Hitze reichte, um Angelo in seinen Mund spritzen zu lassen. Am ganzen Körper zitternd wölbte er sich vom Bett hoch, und Rick nahm alles bis zum letzten Tropfen, bis Angelo keuchend zusammenbrach. Rick leckte seinen Schwanz gemächlich sauber und brachte ihn damit zum Erschauern.

Rick wischte ein letztes Mal mit der Zunge über seinen Schwanz und kicherte: „Komisch. Du schmeckst gar nicht nach Vanille."

Angelo breitete die Arme aus und Rick zögerte nicht. Er kroch an Angelos Körper hoch und stieß einen zufriedenen Seufzer aus, als Angelo ihn an sich drückte und sie sich küssten.

Angelo unterbrach den Kuss und sah Rick in die Augen. „Wär's dir denn lieber, wenn ich anders schmecken würde?"

Rick grinste. „Nur, wenn du's irgendwie hinkriegen könntest, dass dein Sperma nach Schokolade schmeckt."

Kapitel 11

Dr. Rollins nahm hinter ihrem Schreibtisch Platz und sah sie an. Ihre Augen waren freundlich. „Ich bin froh, dass Sie zu mir gekommen sind. Es ist immer das Beste, so bald wie möglich medizinischen Rat einzuholen. Ich weiß, Sie haben sich deswegen wahrscheinlich Sorgen gemacht, und das verstehe ich auch vollkommen. Aber der Untersuchung zufolge ist alles in Ordnung."

Will starrte Dr. Rollins an. „Aber das kann doch nicht stimmen." Nathan war in seinen Armen, den Schnuller im Mund, der ihn während der Untersuchung ruhig gehalten hatte. Will streichelte ihm weiter beruhigend den Rücken.

„Wie sind seine Hörschwellen?", fragte Blake. „Sind sie normal?" Blake sah so müde aus, wie Will sich fühlte. Keiner von beiden hatte in der vergangenen Nacht gut geschlafen, und Will konnte die Anspannung in seiner Stimme hören.

Dr. Rollins musterte ihn ruhig. „Dieser Test gibt uns keine Hörschwellen an."

„Was zum Teufel macht er dann?", platzte Will heraus. Blake legte ihm die Hand auf den Schenkel, und er holte einmal tief Luft. „Entschuldigung. Ich hätte nicht so mit Ihnen reden sollen."

Sie lächelte. „Schon okay. Wie gesagt, Sie haben sich eindeutig deswegen Sorgen gemacht. Lassen Sie mich erklären. Was wir hier messen, nennt sich otoakustische Emissionen – OAE – und derselbe Hörtest wurde auch gleich nach Nathans Geburt durchgeführt. Hierbei wird die Funktion der äußeren Haarzellen im Ohr überprüft."

„Und beide Male wurde nichts Auffälliges festgestellt", kommentierte Blake. „Und das alles erklärt nicht, warum er offensichtlich Probleme mit dem Gehör hat." Er schnippte neben Nathans Kopf mit den Fingern. Als Nathan sich nicht nach dem Geräusch umdrehte, wandte Blake seine Aufmerksamkeit wieder der Kinderärztin zu. „Jetzt sagen Sie uns bloß nicht, dass das eine normale Reaktion ist." Sie hatten zugesehen, als sie ähnliche Tests durchführte, und Will war das Herz in die Hose gerutscht, als Nathan auf keins der Geräusche reagierte.

Wir bilden uns das nicht ein.

Sie schaute von Blake zu Will und schließlich zu Nathan. „Normalerweise würde ich empfehlen, dass wir seine Reaktionen überwachen und eine Folgeuntersuchung mit Verhaltensüberprüfung durchführen, wenn er sechs Monate alt ist. Denn unserer Untersuchung zufolge scheinen seine Ohrstrukturen gesund zu sein."

Will richtete sich auf seinem Stuhl auf und starrte sie an. „Sie haben ‚normalerweise' gesagt." Dieses eine Wort gab ihm Hoffnung, dass sie nicht nur rumsitzen und nichts tun würde. *Wozu zahlen wir schließlich für private Gesundheitsfürsorge?*

Sie nickte. „Was mich die Alternative in Betracht ziehen

lässt, ist die Tatsache, dass ich Sie beide kenne. Sophie ist meine Patientin, seit sie drei Monate alt war, und ich weiß, dass Sie beide nicht gleich beim kleinsten Fieber zum Arzt rennen."

„Also, was empfehlen Sie?", fragte Blake mit einem Hauch von Ungeduld in der Stimme.

Dr. Rollins schaute auf den Monitor auf ihrem Schreibtisch und bewegte die Maus übers Mousepad. „Ich würde Sie an einen Hals-Nasen-Ohren-Arzt überweisen und ein ABR-Screening empfehlen." Sie hob den Kopf und schaute sie an. „Der ABR-Test ist die nächste Stufe der Untersuchung. ABR steht für Auditory Brainstem Response; dieser Test misst die Reaktion der Hirnströme auf Geräusche und gibt uns damit ein komplettes Bild von Nathans Hörsystem. Sobald Nathan grünes Licht für die Testung bekommen hat, sollten Sie einen Audiologen aufsuchen." Sie schaute auf den Bildschirm und lächelte. „Es dürfte Sie nicht überraschen, dass es in der Harley Street mindestens fünf davon gibt."

Will wechselte einen Blick mit Blake und zog die Augenbrauen hoch. Private Gesundheitsfürsorge war die eine Sache, aber die *Harley Street*, berühmt für ihre große Anzahl von privatärztlich tätigen Medizinern und Chirurgen? Blake zuckte die Achseln. Will kannte diesen Blick. Das war Blakes „*ist mir egal, was es kostet, wir tun es trotzdem*"- Blick.

Will wandte sich an Dr. Rollins. „Wen sollten wir Ihrer Meinung nach aufsuchen?"

Sie bewegte die Maus. „Ich habe bereits einige Patienten

an Alan Donovan überwiesen. Er ist Audiologe, und er ist gut. Ich habe keine Ahnung, wie lange Sie auf einen Termin warten müssen, daher würde ich so bald wie möglich anrufen. Vielleicht haben Sie Glück und er kann Sie kurzfristig dazwischenschieben." Dr. Rollins wandte ihre Aufmerksamkeit wieder dem Bildschirm zu. „Deborah Michaels ist gut, und Eric Taylor auch." Sie blickte zu ihnen auf. „Auch hier habe ich keine Ahnung, wie lang ihre Wartelisten sind, aber man weiß ja nie. Es gibt immer mal Absagen. Rufen Sie einfach gleich überall an und fragen Sie, ob jemand Sie dazwischenschieben kann." Blake räusperte sich und sie seufzte. „Oder Sie beide könnten Nathan mit raus ins Wartezimmer nehmen, wo es einige Spielsachen gibt, die ihn vielleicht interessieren könnten, während *ich* ein paar Anrufe mache."

Will lächelte. „Danke. Wir wissen das wirklich zu schätzen." Er stand auf und trug Nathan aus dem Sprechzimmer. Blake folgte ihm. Sobald sie hinter geschlossenen Türen allein im Wartezimmer waren, warf Will Blake einen strengen Blick zu.

„Du solltest sie nicht rumkommandieren."

Blake riss die Augen weit auf. „Ich habe sie nicht rumkommandiert! Ich habe doch bloß gehustet."

Will zog die Augenbrauen hoch. „Mm-hmm. Und du hast genau gewusst, wie sie reagieren würde."

Blake zuckte nur die Achseln. „Ich dachte mir, sie hat wahrscheinlich mehr Glück, wenn sie schon andere Patienten dorthin überwiesen hat." Er setzte sich zu Will auf die Couch und griff in die große Spielzeugkiste daneben. Als er einen bunten, weichen Stoffhasen hochhielt, strahlte Nathan und grapschte danach. Blake drückte das Spielzeug, und ein lautes Quietschen ertönte.

Wills Brust schnürte sich zusammen. *Er kann das nicht hören.* „Was stimmt nicht mit ihm, Blake?", fragte er leise. „Der blöde Test ist zweimal normal ausgefallen."

Blake legte Will den Arm um die Schultern. „Dann müssen offensichtlich weitere Tests durchgeführt werden, okay? Es spielt keine Rolle, was beim letzten Test rausgekommen ist. Wir haben gesehen, was passiert ist, als sie mit der Glocke geklingelt und in die Hände geklatscht hat. Nichts." Er beugte sich vor und küsste Will auf die Wange, dann gab er Nathan einen Kuss auf die Stirn. „Wir werden Nathan zu jemandem bringen, der auf so was spezialisiert ist, und wir *werden* der Sache auf den Grund gehen."

Die Tür zum Sprechzimmer öffnete sich. Dr. Rollins kam heraus und trat zu ihnen, ein Blatt Papier in der Hand. „Okay, das war der früheste Termin, den ich für Sie kriegen konnte. Deborah Michaels kann sich Nathan am Donnerstagmorgen ansehen. Hier steht, was Sie vor dem Test alles beachten müssen. Ich empfehle Ihnen, sich strikt an die Anweisungen zu halten, da Nathan sediert werden muss."

Will blinzelte. „Sediert? Warum?" Dieses Wort reichte, um sein Herz wie wild pochen zu lassen.

„Weil der ABR-Test nur dann ordnungsgemäß ablaufen kann, wenn er schläft." Sie warf ihnen ein halbes Lächeln zu. „Keine Sorge. Hier wird genau erklärt, was Sie tun müssen. Besorgen wir Ihnen ein paar Antworten."

Will nickte. „Danke, Dr. Rollins."

Blake stand auf und nahm den Zettel, faltete ihn und steckte ihn in die Jackentasche. Er streckte ihr die Hand entgegen. „Danke, und noch mal vielen Dank, dass Sie angerufen haben."

Sie warf ihm einen schiefen Blick zu. „Sie wussten, dass ich es tun würde, nicht?"

Er lächelte. „Ich hatte so eine Ahnung, ja."

Sie stockte, immer noch mit Blakes Hand in ihrer. „Wenn wir erst mal die Ergebnisse haben, sind wir imstande, die besten Empfehlungen für Nathans Bedürfnisse auszusprechen."

Blake nickte erneut, und Will ebenfalls. Er hatte einen Kloß in der Kehle. An einige Möglichkeiten mochte er nicht einmal denken.

Sie verabschiedeten sich und verließen die Praxis. Auf dem Weg zum Parkplatz schob Will Nathan im Kinderwagen vor sich her. Blake war schweigsam, und Will konnte das verstehen. Falls es in Blakes Kopf genauso aussah wie in seinem, arbeitete sein Verstand gerade auf Hochtouren.

Er seufzte. „Das Letzte, was ich jetzt tun möchte, ist nach Hause gehen und schreiben. Ich hatte in meinem ganzen Leben noch nie so wenig Lust zum Schreiben."

Blake blieb mitten auf dem Bürgersteig stehen. „Dann lass es. Alles, was ich im Moment will, ist Zeit mit dir und den Kindern zu verbringen. Also, wie wär's, wenn wir zum Kindergarten fahren und Sophie abholen würden? Dann könnten wir vier in den Zoo gehen oder in den Park oder so. Und morgen packen wir dann die Koffer und fahren für ein paar Tage weg. Ans Meer vielleicht. Irgendwohin."

Will starrte ihn an. „Du würdest Sophie den Kindergarten schwänzen lassen?"

Blake schnaubte. „Warum nicht? Ist ja nicht so, als ob sie in den zwei Tagen den Unterricht in Gehirnchirurgie verpassen würde, oder? Sie ist noch nicht mal *vier*, um Himmels willen!"

Will zuckte die Achseln. „Ich dachte, Gehirnchirurgie war letzte Woche. *Diese* Woche ist es Kernfusion." Er lächelte. „Allerdings finde ich die Idee großartig." *Wenn wir uns beschäftigt halten, denken wir nämlich nicht an Donnerstag.* So dringend er auch Antworten haben wollte, so sehr fürchtete Will auch, dass sie ihm nicht gefallen würden, wenn er sie erst mal bekam.

31. März

Blakes Herz pochte so heftig, dass er sicher war, dass Will es hören konnte. Sie standen neben der Untersuchungsliege, auf der Nathan schlafend auf einer Decke lag. Der HNO-Arzt hatte Nathan medizinisch untersucht, und Dr. Michaels, die Audiologin, hatte bereits zwei Tests durchgeführt.

Einen, um sicherzugehen, dass Nathans Mittelohr richtig funktionierte und einen zweiten, vertrauteren

Test, bei dem sie versucht hatte, Nathan mit verschiedenen Geräuschen dazu zu bringen, den Kopf zu drehen. Aber es war dieser letzte Test, der ABR, auf den Blake seit ihrem Besuch bei der Kinderärztin gespannt war, obwohl ihm zugleich davor graute.

Nathan am Abend zuvor so lange wie möglich wach zu halten, ihn nach vier Uhr dreißig heute Morgen nicht mehr zu füttern, keine Flüssigkeiten nach sieben Uhr, ihn auf der Fahrt in die Praxis wach zu halten… das war alles sehr beängstigend und Blake wollte, dass es vorbei war.

Vor ein paar Minuten war eine Krankenschwester gekommen und hatte Nathan das Beruhigungsmittel mit einer Pipette in den Mund gegeben, und schon bald darauf war er in Wills Armen eingeschlafen. Dr. Michaels reinigte gerade die Haut auf Nathans Stirn und hinter beiden Ohren. Sie hatte ihnen erklärt, dass dort die Elektroden platziert werden mussten, um Nathans Reaktionen zu messen. Sie brachte an allen Punkten kleine Klebeelektroden an, befestigte die Kabel und schob winzige Ohrhörer in Nathans Gehörgänge.

Sie war bereits mit ihnen durchgegangen, was genau während des Tests passieren und wie lange er dauern würde, daher wussten sie, was sie zu erwarten hatten. Blakes Blick war auf den Bildschirm des Laptops gerichtet, der die Ergebnisse anzeigen würde. Er und Will sahen schweigend zu, wie die Ärztin die Untersuchung durchführte. Die Zeit verstrich unvorstellbar langsam, während Blake zusah, wie sich der Bildschirm mit einer Reihe von Linien füllte. In regelmäßigen Abständen klickte Dr. Michaels etwas auf dem Monitor an, und die Aufzeichnung begann von vorn.

Fast eineinhalb Stunden später wandte Dr. Michaels ihnen das Gesicht zu. „Wir sind fertig."

Blake atmete zittrig aus.

Sie nickte, und er hatte das Gefühl, dass sie an diese Reaktion gewöhnt war. „Okay, machen wir den kleinen Mann mal los, und dann unterhalten wir uns", sagte Dr. Michaels mit sanfter Stimme, während sie die Gehörgangs-Sonden entfernte, die Kabel löste und behutsam die Elektroden von Nathans zarter Haut abzog. Nathan gab einen unzufriedenen Laut von sich, als sie ihm das Gesicht abwischte, und Blake hätte ihn am liebsten hochgenommen und ans Herz gedrückt.

„Ich nehme ihn", sagte Will leise. Er nahm Nathan in die Arme und wickelte ihn in die Decke, die sie aus seinem Bettchen mitgebracht hatten. Will hatte sich gedacht, dass der vertraute Geruch Nathan etwas Trost spenden würde. Sie folgten Dr. Michaels aus dem kleinen Untersuchungsraum ins Sprechzimmer und setzten sich auf die Couch, wo sie zuvor die Untersuchungen besprochen hatten. Die Ärztin nahm wieder auf dem Sessel Platz, einen Tablet-Computer im Schoß.

Will wiegte Nathan in den Armen. Sein Blick huschte zwischen ihm und Dr. Michaels hin und her. Blake schwieg und wartete ab, was jetzt wohl auf sie zukam.

„Also, der ABR ist mit großer Genauigkeit verlaufen, und ich kann Ihnen jetzt eine Diagnose geben." Ihre kühlen blauen Augen richteten sich auf Blake. „Nathan hat eine Hörstörung aus dem Spektrum der auditorischen Neuropathie oder kurz ANSD. Das wurde bei den bisherigen Untersuchungen nicht festgestellt, weil bei der auditorischen Neuropathie die meisten Strukturen des Ohrs gesund sind."

Hier hielt sie inne, und Blake war dankbar für die Atempause. Denn sie hatte gerade eine Bombe platzen lassen, die er kaum begreifen konnte. *Nathan hat eine Hörstörung. Mit seinem Gehör stimmt wirklich was nicht.* Es war nicht so, als ob Blake das nicht gewusst hätte, tief im Innern, doch seine Ängste jetzt bestätigt zu hören, hinterließ einen sauren Geschmack in seinem Mund und einen dumpfen Schmerz in seiner Brust.

In seiner Verzweiflung klammerte er sich an die letzten Worte der Ärztin. „Sie sagten, die meisten."

Sie nickte. „Am einfachsten lässt sich das so beschreiben, dass entweder keine Verbindung zwischen den inneren Haarzellen der Cochlea und dem Hörnerv besteht oder der Nerv insgesamt fehlgebildet ist."

„Wie schlimm ist es?", platzte Will heraus. Blake streckte die Hand aus und legte sie auf Wills Schenkel, da er die Verbindung brauchte.

Dr. Michaels hielt den Blickkontakt aufrecht. „Nathans Fall ist ernst." Sie scrollte auf ihrem Tablet nach unten und hielt es dann hoch, sodass sie den

Bildschirm sehen konnten. „Das hier ist ein Beispiel für einen ABR bei normalem Hörvermögen."

Blake starrte die Linien an, eine Reihe von gezackten Wellen mit spitzen Höhen und Tiefen.

Sie scrollte weiter und zeigte ihnen dann den Bildschirm erneut. „Das hier ist Nathans ABR. Abgesehen von dieser kurzen Reaktion ganz am Anfang, die aus dem Innenohr selbst stammt und die man als cochleäres Mikrophonpotential bezeichnet, sind die Linien im Grunde flach oder bestenfalls leicht wellig, wie Sie sehen können. Das liegt daran, dass es keine Reaktion vom Hörnerv gibt."

Kälte machte sich in Blakes Innerstem breit, schickte ein eisiges Kribbeln durch seinen ganzen Körper. „Er ist taub?"

Sie nickte. Ihr Blick war gütig.

In diesem Moment spielte es für den logischen Teil von Blakes Verstand keine Rolle, dass es sehr wahrscheinlich Lösungen gab, um die Situation zu verbessern. Er konnte nur daran denken, dass sein Sohn nie die Stimmen seiner Väter hören würde.

Blake hätte am liebsten geweint.

Mit dieser einen Feststellung senkte sich ein Gefühl der Betäubung Taubheit auf Will herab, als er sah, wie sich Nathans Leben vor seinen Augen veränderte. Dann ließ das Gefühl nach, und der Kummer brach wie eine Schockwelle über ihn herein. Seine Brust schmerzte und ihm war kalt. *Oh mein Gott. Er ist ein Baby. Er ist noch keine zwei Monate alt, und das hier ändert* alles.

„Jetzt nennen Sie uns Lösungen." Das Beben in Blakes

Stimme verriet, was er eindeutig nicht zu zeigen versuchte. Will war froh, dass wenigstens einer von ihnen seine fünf Sinne beisammen hatte. „Reden wir hier von Hörhilfen?"

Dr. Michaels räusperte sich. „Bei der schweren auditorischen Neuropathie sind wir in unseren Möglichkeiten stärker eingeschränkt als bei anderen Formen von Hörverlust. Zum einen wissen wir, dass traditionelle Hörhilfen nicht besonders effektiv sind. Sie sind dazu da, Geräusche zu verstärken. Aber bei jemandem, der Schall nicht verarbeiten kann, kommt dabei nichts weiter als Lärm heraus – *keine* Kommunikation."

„Und was heißt das nun unterm Strich?", verlangte Blake zu wissen.

Dr. Michaels sprach mit leiser Stimme, strahlte eine Ruhe aus, die Will keineswegs empfand. „Es gäbe die Möglichkeit, ihn Gebärdensprache zu lehren, Cochlea-Implantate einzusetzen oder eine Kombination von beidem."

Will riss die Augen auf. „Implantate? Das würde bedeuten, ihn zu operieren." Sein Blick fiel auf Nathan und er erschauerte. „Er ist doch noch ein Baby." Er wechselte einen Blick mit Blake. *Das ist doch alles nicht wahr.*

Blake setzte zum Sprechen an, aber Dr. Michaels räusperte sich erneut. „Ich weiß, das ist alles schwer zu begreifen, und daher möchte ich Ihnen ein paar Beispiele nennen. Ich habe mehrere Patienten mit auditorischer Neuropathie, die verschiedene

Herangehensweisen nutzen. Bei einem meiner kleinen Patienten haben die Eltern sich sowohl gegen Hörhilfen als auch gegen CI's – Cochlea-Implantate – entschieden, und er kommuniziert mithilfe von Gebärdensprache."

„Was ist mit Patienten wie Nathan?", forschte Will. „Mit einer vergleichbaren Hörschädigung?" Er würde sich später mit der Trauer befassen, denn genau so fühlte es sich an. Blake hatte recht: Im Moment brauchten sie Lösungen.

„Ich habe eine kleine Patientin mit schwerer auditorischer Neuropathie. Sie trägt ein Implantat. Damit kann sie relativ mühelos kommunizieren. Ich will damit nicht sagen, dass sie perfekt hören kann, aber es ist effektiv. Ohne das Gerät ist sie taub."

Da war es erneut, dieses eine Wort, bei dem Will am liebsten geweint hätte.

„Was würden Sie in Nathans Fall vorschlagen?", wollte Blake wissen.

Deborah studierte ihr Tablet für einen Moment. „Wenn er mein kleiner Sohn wäre, würde ich beide Wege einschlagen, ich würde ihm Gebärdensprache beibringen und CI's einsetzen lassen. Ja, die Implantate sind teuer, aber ich würde sie empfehlen, ob ich nun in der Harley Street arbeite oder nicht." Sie sah ihnen in die Augen. „Haben Sie irgendwelche Fragen?"

„Was ist die Ursache? Wieso hat Nathan diese auditorische Neuropathie überhaupt?" Wills Stimme zitterte leicht.

„Das ist eine gute Frage. Doch obwohl im letzten

Jahrzehnt viel darüber geforscht wurde, kennen wir die Ursache immer noch nicht genau."

„Wie können Sie dann sicher sein, dass er es hat?"

Sie blieb unverändert ruhig. „Es gibt eine Reihe von gängigen Ursachen für Hörverlust bei Kleinkindern, von denen jedoch keine bei Nathan in Frage kommt. Er hatte keine Viruserkrankung wie etwa eine Meningitis. Bei ihm liegt keine genetische Störung vor. Und er war keine Frühgeburt, daher können wir Nebenwirkungen von Medikamenten zur Behandlung unreifer Organe ausschließen." Sie legte das Tablet auf den kleinen Tisch neben ihrem Sessel. „Damit wären wir bei der ANSD. Die Ergebnisse des ABR-Screens bestätigen die Diagnose." Sie beugte sich vor, die Ellbogen auf die Knie gestützt. „Möchten Sie mir noch weitere Fragen stellen?"

Will sah Blake an. „Ich… ich muss das einfach erst mal alles begreifen." Es war zu viel. Ihm drehte sich der Kopf, und er wollte nur noch nach Hause, die Tür verbarrikadieren und sich mit Blake und ihren Kindern vor der Welt verstecken.

„Das ist eine normale Reaktion, glauben Sie mir", sagte sie freundlich. „Ich weiß, dass das ein Schock ist, aber in Nathans Interesse müssen wir schnell handeln. Je eher wir ihn mit den Mitteln und Wegen ausstatten, die er brauchen wird, um kommunizieren zu können, desto besser."

Will wusste, dass sie recht hatte, aber er wollte nicht über die Möglichkeiten nachdenken.

In diesem Moment wollte er überhaupt nicht denken.

„Können Sie uns Informationen mitgeben, die uns helfen, das Ganze in Ruhe zu verarbeiten?", fragte Blake. „Ich glaube nämlich nicht, dass wir geistig in der Lage sind, jetzt sofort irgendwelche Entscheidungen zu treffen."

Will schluckte, sah Blake an und nickte zustimmend. Ich verkrafte das jetzt im Moment einfach nicht.

Dr. Michaels nickte ebenfalls. „Ich kann Ihnen Broschüren mitgeben und Links zu einigen Internetseiten, wo Sie mehr in Erfahrung bringen können. Aber ich kann Ihnen nur dringend raten, sich möglichst bald wieder bei mir zu melden. Und anders als bei der Erstuntersuchung brauchen Sie dann nicht lange auf einen Termin zu warten. Wenn Sie mich anrufen und mir sagen, dass Sie bereit sind, Nathans Behandlung zu besprechen, werde ich Sie innerhalb von achtundvierzig Stunden einbestellen. *So* wichtig ist das meiner Ansicht nach." Sie hielt inne. „Es ist ziemlich viel auf einmal, ich weiß. In den Broschüren geht es um das Vorgehen bei der Implantation, und die Links zeigen Beispiele von Kindern, die Implantate bekommen haben." Sie lächelte. „Und wenn sie sich die Videos ansehen, garantiere ich ihnen, dass Sie sich bei der ganzen Sache gleich viel wohler fühlen werden."

Will konzentrierte sich auf Blake. *Ich muss hier raus.* In seinem Kopf überschlugen sich die Gedanken.

Blake nickte, als hätte er die unausgesprochenen Worte gehört. Er widmete seine Aufmerksamkeit Dr. Michaels. „Wir nehmen die Informationen mit und besprechen alles zu Hause. Ich verspreche Ihnen, dass wir nicht zu lange warten werden. Keiner von uns will Nathan mehr als unbedingt nötig leiden sehen."

Will wollte die Möglichkeit nicht in Betracht ziehen, dass Nathan auch nur *eine verdammte Sekunde lang* litt.

Kapitel 12

Will war total neben der Spur.

Schon seit ihrer Ankunft zu Hause gingen seine Emotionen wie wild durcheinander. Zum einen hatte er keinen Appetit, nicht die Spur, und so, wie Blake sein Essen auf dem Teller herumschob, ging es ihm genauso. Will hatte sein Möglichstes getan, um sich seinen Gemütszustand vor Sophie nicht anmerken zu lassen. Aber als sie mit einem ihrer Lieblingsbücher auf ihn zugerannt kam und verlangte, dass er es ihr vorlas, wollten die Worte auf den Seiten einfach nicht stillhalten, und er hatte sich gefühlt, als wäre er einem Nervenzusammenbruch nahe.

Dem Himmel sei Dank für Blake, der einen Blick auf sein Gesicht geworfen hatte und mit ausgebreiteten Armen zur Couch rübergekommen war, wo Will und Sophie saßen. Er hatte sie geknuddelt, und Will hatte ihm einen dankbaren Blick zugeworfen und sich in die Küche geflüchtet. Dort lehnte er sich ans Spülbecken und starrte durchs Fenster hinaus in den Garten.

Es kommt mir immer noch nicht real vor.

Er hatte das Gefühl, als passierte das alles jemand anderem. Nicht ihnen. Ein taubes Kind zu haben, das passierte doch bloß anderen Leuten, verdammte Scheiße!

Als er die Fassung zurückgewonnen hatte, trank er ein Glas Wasser und ging wieder ins Wohnzimmer, um Zeit mit seiner Familie zu verbringen.

Denken konnte warten. Im Moment hatte er seiner Tochter vorzulesen.

Blake hatte keine Ahnung, was ihn geweckt hatte. Er rollte sich herum und warf einen Blick auf den Wecker neben dem Bett – Wills Seite des Bettes, nur dass Will nicht da war. Blake rieb sich die Augen. Es war drei Uhr früh. Dann hatte er ja nicht besonders viel geschlafen; er erinnerte sich, Mitternacht kommen und gehen gesehen zu haben.

Im Grunde nicht allzu überraschend. Er hatte den Kopf viel zu voll, um zu schlafen.

Er schwang die Beine über die Bettkante und griff nach dem Bademantel, den er auf der Bettdecke liegen gelassen hatte. April war eindeutig nicht warm genug, um frühmorgens nackt im Haus rumzulaufen. Er zog den Bademantel an, stand auf und ging zur Badezimmertür. Ein Blick ins Bad zeigte ihm, dass Will nicht dort war. Als er das Schlafzimmer verließ, schaute er kurz in die Zimmer der Kinder. Sophie schlief tief und fest; wie üblich lag sie auf dem Bauch, die Beine angezogen, und ihr hochgestreckter Popo bildete einen kleinen Hügel unter der Decke. Wie sie so schlafen konnte, war Blake ein Rätsel.

Nathan lag auf dem Rücken, immer noch zugedeckt, die Ärmchen über dem Kopf, als hätte er sie im Schlaf protestierend hochgeworfen. Sein Nachtlicht brannte, ein von LEDs erleuchtetes Häschen, das neben seinem Gitterbett stand und ein weiches Licht verströmte. Blake schlich sich ins Zimmer, blieb am Fußende des Gitterbetts stehen und blickte auf seinen kleinen Sohn hinab.

Ich verspreche dir, ich werde tun, was ich kann, um dir den besten Start ins Leben zu ermöglichen.

Er hauchte dem Kleinen einen stummen Kuss zu, dann schlich er sich wieder hinaus und zog die Tür hinter sich zu.

Fehlt nur noch Will.

Blake tappte barfuß die Treppe hinunter und bemerkte das bläuliche Licht, das unter der Tür zu Wills Schreibhöhle hervorschimmerte. Er stieß die Tür auf und steckte den Kopf hinein. Will saß an seinem Schreibtisch, das Gesicht in den Händen vergraben, und die Niedergeschlagenheit, die ihn umgab, war beinahe greifbar. Das Licht kam von seinem Computerbildschirm.

Jesus, schau ihn bloß an. Er sieht aus, wie ich mich fühle.

„Baby?"

Will hob ruckartig den Kopf und blinzelte. „Wieso bist du schon auf?", flüsterte er.

Blake kam ins Zimmer. „Dasselbe könnte ich dich fragen", sagte er leise. „Was schaust du dir an? Wie lange bist du schon hier?"

Will sackte auf dem Drehstuhl zusammen. „Seit einer Stunde oder so. Ich konnte nicht schlafen, hab' mich ständig hin und her gewälzt. Du warst endlich eingenickt und ich wollte dich nicht wecken, also bin ich hier runter gekommen." Er deutete auf die Broschüren auf dem Schreibtisch neben der Tastatur. „Ich hab' mir die noch mal durchgelesen."

Blakes Brust wurde eng. „Oh, Liebster." Sie hatten den ganzen Abend damit zugebracht, die Informationen wieder und wieder zu lesen, und doch kam es Blake so vor, als hätte er nur einen Bruchteil davon behalten. Im Hintergrund lauerte dabei stets das Wissen, dass Dr. Michaels keinen Aufschub wollte, was sie nur noch mehr unter Druck setzte. Ganz zu schweigen von dem Aufruhr in seinem Magen.

„Dann habe ich angefangen, Cochlea-Implantate zu recherchieren." Will schüttelte den Kopf. „Ich fühle mich wie Alice im Wunderland und als wär' ich eben ins Kaninchenloch gefallen."

„Warum? Was hast du gefunden?" Blake kam um den Schreibtisch herum, ging neben Will in die Hocke und schaute auf den hellen Monitor.

„Ich habe eine Menge zu den Risiken der Operation gefunden, aber darüber hatten wir schon gelesen. Nein, was mich so erschüttert hat, waren die Posts in einem Forum." Will deutete mit einem Kopfnicken auf den Stuhl hinter Blake. „Hol dir einen Stuhl. Dafür musst du dich hinsetzen."

Blake hatte das Gefühl, dass ihm nicht gefallen würde, was Will gefunden hatte.

Will fuhr sich mit den Fingern durch die Haare. „Okay, die Debatten über Cochlea-Implantate im Vergleich zu Hörhilfen können wir vergessen, und glaub mir, das ist auch gut so – allein zu diesem Thema gibt es ellenlange Forumsthreads. Ich bin auf ein Forum gestoßen, wo Eltern Fragen zu Implantaten stellen können. Normalerweise sind das Eltern, die gerade erst die Diagnose gekriegt haben und jetzt einen Rat von Leuten wollen, die dasselbe erlebt haben."

„Okay." Blake konnte das verstehen. Nachdem der erste Schock abgeklungen war, hatte er selbst ungefähr drei Millionen Fragen gehabt. *Wer könnte die besser beantworten als jemand, der schon hinter sich hat, was uns jetzt bevorsteht?*

Will klickte den Link an. „Eine Menge Eltern auf dieser Website glauben, dass die Ärzte ihnen die Implantate nur verschrieben haben, weil sie aufs Geld aus sind. Nicht, dass ich das auch nur eine Sekunde lang von Dr. Michaels glauben würde."

„Ganz deiner Meinung." Blake vertraute der Empfehlung von Dr. Rollins.

„Ein paar von den Leuten hier reden darüber, wie hochinvasiv der Eingriff ist, wie groß die Risiken sind und dass die Ärzte die immer runterspielen, und dass die Operation in manchen Fällen überhaupt nichts bringt. Da liegt wahrscheinlich ein Körnchen Wahrheit drin. Dr. Michaels hat ja gesagt, dass es nicht perfekt ist, oder?" Er holte tief Luft. „Aber der Hammer war dann dieses Posting von einer Frau, die gehörlos ist."

Will erschauerte, und Blake griff nach seiner Hand. „Red' weiter."

Der kühle Lichtschein des Bildschirms erleuchtete Wills Gesicht. „Sie hat sich furchtbar darüber
aufgeregt, dass diese Eltern reagiert hätten, als wäre

Taubheit eine Krankheit, was Schlimmes, etwas, worüber sie traurig sein sollten. Sie hat die Art und Weise infrage gestellt, wie sie die Hörminderung ihres Kindes sahen. Im Grunde hat sie geschrieben, dass gehörlos zu sein nichts Schlimmes sei. Schlimm sei nur, dass die Leute Taubheit als unheilbare Krankheit ansehen würden."

„Ich glaube, unheilbare Krankheit ist ein bisschen übertrieben." Blake war aufrichtig verwundert. „Aber ich kann diese Eltern total verstehen. Sie sehen sich mit einer Zukunft konfrontiert, in der sie nicht mit ihren eigenen Kindern kommunizieren können, und in dieser Welt ist Kommunikation lebenswichtig."

Will nickte. „Ihr Argument war, dass Eltern zu schnell auf Implantate zurückgreifen, nur weil sie zu faul sind, Gebärdensprache zu lernen. Sie schreibt, dass Eltern die Taubheit ihres Kindes annehmen sollten, statt sie einfach wegwischen zu wollen." Er schluckte. „Denn sie schreibt, dass das Kind sich daran erinnern wird, wenn er oder sie aufwächst."

Jetzt war es Blake, der tief Luft holen musste. „Darüber haben wir doch gesprochen, oder? Wir werden Gebärdensprache lernen, und wir werden dafür sorgen, dass Nathan sie auch lernt, so bald wie möglich." Er legte den Kopf schräg. „So hatten wir uns doch entschieden, nicht? Die Implantate *und* Gebärdensprache." Als Will nicht antwortete, seufzte Blake. „Okay, du musst mir sagen, was du jetzt gerade denkst."

Will zog seine Hand weg und klickte mit der Maus auf

den Link, um ihn zu schließen. Er drehte sich auf seinem Stuhl und sah Blake an. „Da draußen gibt es eine ganze Gehörlosenkultur, Blake. Manche Leute sind der Ansicht, dass wir, wenn wir über die Diagnose schockiert sind, wenn wir schockiert sind, dass unser ‚perfektes‘ Baby doch nicht so perfekt ist, die Situation bloß nach den Maßstäben beurteilen, an die wir gewohnt sind. Sie behaupten, dass Taubheit nicht schädlich ist und ja, unser Baby ist immer noch perfekt, und dass es unser Job als Eltern ist, unser Kind *spüren* zu lassen, dass es perfekt ist." Er schüttelte den Kopf. „Ich habe heute ein paar neue Wörter gelernt. Audismus. Audistisch. Audistisch zu sein bedeutet, Vorurteile aufgrund der Hörfähigkeit zu haben. Diese Leute behaupten, dass Ärzte die Möglichkeit ignorieren, ein Kind als kulturell gehörlos zu erziehen."

Blake starrte ihn an. „Was?"

Will nickte. „Sie behaupten, dass die Ärzte die Lautsprache für das Nonplusultra halten. Es gab eine Riesendiskussion darüber, dass die Gesellschaft viel zu viel Wert auf das Hören und Sprechen legt, bis hin zu dem Punkt, dass viele Hörende es als die einzig wahre Art der Sprache ansehen. Nehmen wir also mal hörende Eltern, die wenig oder nichts über die Gemeinschaft der Gehörlosen wissen, und die sind in Panik, weil sie befürchten, nie mit ihrem Kind kommunizieren zu können. Die Experten empfehlen Implantate, und die Eltern sind einverstanden, weil sie

sich insgeheim wünschen, die Stimme ihres Kindes zu hören, weil sie sich wünschen, dass das Kind *ihre*

Stimme hören kann."

„Dann sind wir also einfach bloß egoistisch, wenn wir uns für CIs entscheiden?", fragte Blake ungläubig. Will nickte, und Blake schob den Unterkiefer vor. „Na schön. Dann nenn' mich eben egoistisch, aber ich will das. Ich *will*, dass Nathan weiß, wie unsere Stimmen klingen. Ich will, dass er mit Gebärden *und* mit Lautsprache kommunizieren kann." Er rieb sich das Gesicht.

Für einen Moment musterte Will ihn schweigend, dann seufzte er. „Wie wär's, wenn ich uns beiden einen Kakao machen würde? Wir können reden, während der abkühlt, aber vielleicht hilft uns das, ein bisschen zu schlafen." Sein Blick kehrte zum Bildschirm zurück. „Das da macht mir Kopfschmerzen."

„Überrascht mich nicht." In Blakes Kopf ging ebenfalls alles durcheinander, und er hatte viel weniger Zeit gehabt, sich einen Reim auf den ganzen Kram zu machen, durch den Will sich durchgearbeitet hatte. Er konnte absolut verstehen, warum Will davon so betroffen war. *Wer denkt schon gern, dass er aus rein selbstsüchtigen Gründen handelt und vielleicht nur aus Angst und Voreingenommenheit einem Eingriff zustimmt?*

Will stand auf und ging hinaus. Blake lauschte mit halbem Ohr auf die vertrauten Geräusche, als sein Ehemann sich daran machte, Milch in der Mikrowelle warm zu machen. Aus einem spontanen Impuls heraus setzte er sich auf den Stuhl, den Will frei gemacht hatte, und tippte ein paar Worte in den Browser. Er sah die aufgelisteten Beiträge durch und klickte einen Link an.

Er war so vertieft in das, was er las, dass er erschrocken zusammenzuckte, als Will einen Becher vor ihn hinstellte.

„Tut mir leid. Du warst meilenweit weg." Will blieb neben Blakes Stuhl stehen, seinen Becher in den Händen.

Blake deutete auf den Monitor. „Hast du diesen Artikel gelesen? Das war einer von den Links, die Dr. Michaels empfohlen hat."

Will schaute auf den Bildschirm. „Nein. Soweit bin ich gar nicht gekommen. Die Sache mit der Gehörlosen-Gemeinschaft hat mich abgelenkt."

„Dann setz dich hin, denn das hier musst du hören." Er überflog den ersten Absatz. „Hier steht, dass die meisten Kinder ihre Implantate im Alter von zwölf Monaten kriegen, wobei das auch schon früher möglich ist. Aber das war es gar nicht, was mir ins Auge gesprungen ist. Hier steht nämlich auch, dass Babys im Mutterleib schon hören können, um die vierundzwanzigste Schwangerschaftswoche herum. Also, wenn ein zwölf Monate altes Kind ein Implantat kriegt, liegt es in Wirklichkeit achtundsechzig Wochen hinter einem gleichaltrigen, normal hörenden Kind zurück, was das Erkennen von Geräuschen betrifft." Er starrte auf den Bildschirm und las laut vor: „,Das mag vielleicht wenig erscheinen, aber dabei ist zu bedenken, dass das Großhirn für die Entwicklung von allem zuständig ist, von der Lernfähigkeit bis hin zum Umfang des Erinnerungsvermögens'."

„Na bitte, damit wird schon wieder auf die Lautsprache

abgehoben."

Blake schüttelte den Kopf. „Hör dir das an. ‚In den ersten drei Lebensjahren enthält das Gehirn eines Kindes fast doppelt so viele Synapsen' – das sind…"

„Ich weiß, was Synapsen sind", sagte Will rasch. „Verbindungen zwischen Nervenzellen, stimmt's?" Als Blake ihn erstaunt ansah, zuckte Will die Achseln. „Das musste ich mal für ein Buch recherchieren. Lies weiter." Er trank einen Schluck Kakao und verzog das Gesicht.

„Wo war ich? Ach ja, das Gehirn enthält fast doppelt so viele Synapsen wie später im Erwachsenenalter. Während also die DNA den Bauplan für das Gehirn liefert, machen Umwelt und Erfahrungen des Kindes den Aufbau aus. Nun, die Anzahl der gebildeten Synapsen kann durch alle möglichen Ereignisse oder Umstände im Leben eines Kindes beeinflusst werden. Aber der völlige Verlust einer Sinneswahrnehmung? Wenn ein Kind die Fähigkeit verliert, durch Geräusche mit seiner Umwelt in Verbindung zu treten?" Blake schüttelte den Kopf. „Kannst du dir vorstellen, wie viele Synapsen ein gehörloses Kind im Vergleich zu einem hörenden Kind *nicht* ausbilden kann, nur weil es nicht in der Lage ist, über den Klang der Stimme eine emotionale Verbindung zu seinen Eltern aufzubauen?"

Will wurde ganz still, den Blick unverwandt auf Blake geheftet. „Willst du damit sagen, dass wir, wenn wir Nathan nicht die Möglichkeit bieten, über das Hören eine emotionale Verbindung zu uns aufzubauen, sogar seine Entwicklung beeinträchtigen?"

Blake nickte langsam. „Und jetzt verstehe ich auch,

warum Dr. Michaels so darauf gedrängt hat, dass wir mit den Implantaten nicht zu lange zu warten."

Will hatte den Blickkontakt nicht unterbrochen. „Du willst damit auch sagen, dass wir den Implantaten zustimmen müssen, nicht?"

„Ja, Babe. Und ich sage das nicht aus Egoismus. Ich denke dabei an Nathan und wie wir seinen Bedürfnissen am besten gerecht werden. Dr. Michaels hatte nämlich recht. Wir müssen in seinem Interesse handeln."

„Ich *habe* ja an Nathan gedacht", sagte Will leise und stellte seinen Kakao auf den Schreibtisch.

Blake umfasste seine Hände. „Das weiß ich." Er war so müde, dass es schon fast unwirklich war. „Sieh mal, jetzt ist nicht der richtige Moment für diese Diskussion. Wie wär's, wenn wir versuchen würden, ein bisschen zu schlafen? Wir können morgen früh weiter reden, nachdem ich Sophie in den Kindergarten gebracht habe."

Will nickte. „Du hast Recht. Mein Hirn ist ganz benebelt von allem." Er stand auf. „Na, komm. Schalt' alles aus und lass uns den Kakao im Bett austrinken."

Blake fuhr den PC herunter und schaltete den Monitor aus. Er folgte Will aus dem Zimmer, und sie schlichen sich so leise wie möglich wieder nach oben.

Vielleicht macht Schlaf die Dinge klarer.

Denn im Moment waren ‚die Dinge' so klar wie dicke Suppe.

Will rührte sich in Blakes Armen, den Kopf auf der Brust seines Ehemanns, wo er dem tröstenden Pochen seines Herzens gelauscht hatte. „Weißt du, was du eben gesagt hast, unten? Das war nicht ganz richtig."

Blakes Hand strich sanft an seinem Rücken auf und ab. „Hmm? Was denn genau? Und ich dachte, wir wollten jetzt auch das Hirn abschalten."

So einfach war das nicht. „Du hast gesagt, *wir* hätten uns für Implantate und Gebärdensprache entschieden." So hatte Will das nicht im Gedächtnis. Er wusste noch, wie Blake das gesagt hatte, aber er war zu sehr in seiner eigenen Trauer verloren gewesen, um zu antworten.

Trauer.

Will erschauerte. „Die hatten Recht, die Leute in diesem Forum, nicht? Wir trauern. Seit wir erfahren haben, was mit Nathan los ist, trauern wir. Wir haben dieses eine Wort gehört – taub – und nur das Negative gesehen."

„Das ist natürlich", murmelte Blake. „Es gibt immer einen Trauerprozess, wenn sich eine Herausforderung stellt. Es braucht Zeit, das alles zu verdauen und in den Griff zu kriegen. Und *natürlich* haben wir es als negativ empfunden."

„Ja, aber haben diese Leute Recht? Sehen wir es nur deshalb so, weil wir keine Gehörlosen kennen? Weil wir so wenig über Gehörlosigkeit wissen, dass wir sie automatisch in einem negativen Licht sehen?"

Blake rutschte im Bett herum, und gleich darauf blinzelte Will im warmen Licht der Nachttischlampe. Blake lag auf der Seite, den Kopf auf die Hand gestützt.

„Ich verstehe deinen Standpunkt. Diese Kommentare haben dir die Augen geöffnet, und mir auch, wenn ich ehrlich bin." Seine Gesichtszüge spannten sich an. „Unsere ganze Welt hat sich gerade erst verändert, und im Moment haben wir mit einer Flut von Emotionen zu kämpfen." Er holte tief Luft. „Und nur damit das klar ist, ja, ich trauere auch."

Scheiße. Als ob Will das nicht bereits mit jeder Faser seines Herzens gewusst hätte. Das Problem war, Worte würden den Schmerz nicht lindern, den sie offenbar beide empfanden.

Will verdrängte den Schmerz in seinem Innern und legte Blake eine Hand auf die Brust. „Es standen auch positive Sachen auf dieser Website. Da war dieser eine Typ, der gehörlos ist. Er sagte, dass gehörlos zu sein nicht das Ende von allem ist. Er hat in seinem ganzen Leben kein einziges Wort gehört, aber er war auf der Uni, hat seinen Abschluss…" Ihm fiel noch etwas anderes ein, was der Mann geschrieben hatte. „Er hat gemeint, dass jedes gehörlose Kind einzigartig ist."

Blake nickte. „Genau. Und obwohl ich diese Eltern allmählich verstehe, die Gehörlosigkeit nicht als was Negatives ansehen, habe ich jetzt *unsere* Situation vor Augen, *unseren* Sohn. Ich gehe ganz tief in mich, um rauszufinden, was ich hier wirklich tun will, welchen Weg ich einschlagen will." Er sah Will in die Augen. „Welchen Weg *wir* einschlagen wollen. Weil wir uns da einig sein müssen. Diese Entscheidung können nur wir treffen, niemand sonst." Blake streckte die Hand aus und umfasste Wills Wange, und Will schmiegte sich in die Berührung. „Deshalb vergiss mal für den Moment alles, was du gelesen hast, diese ganzen Forumsbeiträge, die dich so aufgewühlt haben, und sag mir nur eins. Was möchtest *du* für Nathan?"

Will schluckte, nahm das flattrige Gefühl in seiner Brust wahr, die Art, wie sein Herzschlag sich beschleunigte.

„Du hast vorhin gesagt, du willst, dass Nathan weiß, wie wir uns anhören. Du wolltest, dass er mit Gebärden *und* mit Lautsprache kommunizieren kann. Du hast auch gesagt, dass dich das egoistisch macht." Wills Augen glitzerten im Lampenschein. „Dann macht es mich wohl auch egoistisch, denn *bei Gott*, ich will das auch." Er rückte näher, da er Blakes Arme um sich spüren musste. „Ist es falsch, dass wir das jetzt tun wollen, wenn er noch zu jung ist, um eigene Entscheidungen zu treffen?"

Blake seufzte. „In dieser Hinsicht sind wir egoistisch. Man könnte argumentieren, dass wir es für uns tun, nicht für Nathan. Aber ich will, dass er zukünftig die besten Erfolgsaussichten hat, und für mich heißt das, so vollständig kommunizieren zu können wie möglich." Er streichelte Wills Arm. „Ich glaube, die

Leute in diesem Forum haben Recht: Taub zu sein ist nicht das Ende der Welt. Andererseits ist unsere Welt für Leute gebaut, die hören können. Ich sehe es nicht als egoistisch an, wenn man es seinem Kind ermöglicht, so gut wie möglich in der Welt der Hörenden zurechtzukommen. Ich möchte sogar fast für das Gegenargument plädieren."

Will runzelte die Stirn. „Red' weiter."

„Man könnte argumentieren, dass es egoistisch ist, seinem Kind das Implantat zu verweigern, nur weil man das Gefühl hat, das würde Taubheit zu etwas Negativem machen. Eigentlich könnte man fast meinen, *nicht* alle verfügbaren Möglichkeiten zu ergreifen wäre so was ähnliches wie Bluttransfusionen zu verweigern oder Impfungen gegen Masern und solche Sachen."

Will machte große Augen. „Oh wow. So hatte ich das noch gar nicht gesehen, und für mich ergibt das Sinn."

Blake zog ihn an sich. „Dann sind wir uns also einig? Wir sagen Dr. Michaels, dass sie alles für das Einsetzen der Implantate in die Wege leiten soll?"

Will nickte an seiner Brust, den Arm um Blakes Taille. „Ja. Und dann schauen wir, wo wir Unterricht in Gebärdensprache nehmen können." Er seufzte. „Es heißt ja, man ist nie zu alt, um was Neues zu lernen. Ich nehme an, wir werden bald merken, ob das stimmt."

„Ja, es wird nicht leicht werden, und ja, wir werden viel Zeit und Energie investieren müssen, aber überleg' doch mal", sagte Blake leise, und seine Lippen streiften dabei Wills Haare. „Wir lernen Gebärdensprache, und dann bringen wir sie Nathan und Sophie bei. Das klingt doch nach einer wunderbaren Art, eine fürsorgliche, positive Beziehung zu unseren Kindern aufzubauen."

Wenn er es so betrachtete, ließ das Engegefühl in Wills Brust ein bisschen nach.

Ein ganz kleines Bisschen.

Kapitel 13

1. April

„Herein", rief Ed, als er das leise Klopfen an der Tür seines Büros hörte. Er strahlte, als Colin den Kopf hereinstreckte. „Hey! Was machst du denn hier? Du müsstest doch eigentlich längst auf dem Weg nach Schottland sein." Sie hatten sich heute Morgen voneinander verabschiedet, bevor Ed zur Arbeit gegangen war, nicht ohne eine gewisse Traurigkeit auf Eds Seite. Seit sie ein Paar geworden waren, hatten sie kaum jemals Zeit getrennt voneinander verbracht. Die Aussicht auf zwei Nächte ohne Colin – ganz abgesehen von einem ganzen Samstag – war ihm nicht willkommen.

Nicht, dass er das Colin je sagen würde.

Er grinste Colin an. „Ich dachte, ich wär' dich los. Hab' mich schon drauf gefreut, mal ein bisschen Zeit für mich zu haben." Er zwinkerte.

Colin kam lächelnd herein. „Mm-hmm. Habe ich deshalb einen Stapel Rugby-DVDs neben dem Fernseher gefunden? *Und* den Flyer von diesem neuen indischen Lieferservice, den du in der Geschirrtuch-Schublade zu verstecken versucht hast?"

Ed riss Mund und Augen auf. „Gott, du kennst aber auch alle Tricks, was?" Er stand auf und ging zu Colin, der seine Reisetasche auf den Boden gestellt hatte. „Besuchst du mich deshalb im Büro? Um mir

Bescheid zu geben, dass du im ganzen Haus Kameras installieren lassen hast?"

Colin schnappte in gespielter Überraschung nach Luft. „Sag's mir nicht – du hast die Broschüre von der Überwachungsfirma gesehen." Er kicherte. „Kannst du's mir verübeln, dass ich die Chance wahrnehmen wollte, dich vor dem Abflug noch mal zu sehen?"

„Darüber werd' ich mich doch nicht beschweren", sagte Ed leise, dann trat er einen Schritt näher und nahm Colin in die Arme. „Noch 'ne Gelegenheit, diesen tollen Mund zu küssen? Her damit." Er liebte es, wie Colin ihn sofort beim Wort nahm und innig küsste, ohne auch nur eine Sekunde lang zu zögern. Als sie sich wieder voneinander lösten, schüttelte Ed den Kopf. „Du weißt, dass ich dich vermissen werde, oder?"

Colin nickte. „Nicht mehr, als ich dich vermissen werde, aber es sind ja bloß zwei Nächte. Bevor du dich's versiehst, ist es Sonntag." Er sah sich um. „Ich krieg' dich nicht oft in deiner Rolle als CEO zu sehen."

Ed ließ ihn los und trat zurück. „Nettes Büro, nicht? Hat mal Blake gehört." Er schaute sich ebenfalls um und kicherte boshaft. „Wenn diese Wände reden könnten. Mein lieber Schwan."

„Wie meinst du das?"

Ed grinste. „Hier geht das Gerücht rum, dass Blake und Will hier drin mal fast mit runtergelassenen Hosen erwischt worden wären." Er nickte in Richtung des Schreibtischs. „Ich wette, *der* hat schon 'ne Menge erlebt."

Colin staunte. „Die haben hier drin gevögelt?"

Ed nickte bedächtig. „Und nach dem, was man so hört, war das bei denen gar nicht anders zu erwarten." Er schnalzte missbilligend mit der Zunge. „Dreckige kleine Ferkel, die zwei."

„Oh, ich weiß nicht." Colin wackelte mit den Augenbrauen. „Ich kann das total verstehen. Der Nervenkitzel, dass jeden Moment jemand reinplatzen könnte…"

Ed prustete. „Dafür gibt's Türschlösser."

Colin starrte ihn an. „Und *du* schließt natürlich *immer* die Tür ab, wenn ich dich in der Mittagspause anrufe, damit wir – "

„Hey!" Ed hielt Colin den Mund zu. „Wände haben vielleicht keine Ohren, aber PAs schon, und meine sitzt gleich da draußen vor der Tür." Langsam nahm er seine Hand wieder weg.

„Dann ist es also okay, wenn sie dich davon reden hört, dass Blake und Will hier auf dem Schreibtisch gevögelt haben, aber nicht, dass wir" – er senkte die Stimme zu einem Flüstern herab – „Telefonsex haben?" Colins Augen funkelten.

Ed lachte. „Du bist echt fies, weißt du das?" Seine Atmung beschleunigte sich, als Colin bedächtig eine Hand an seiner Flanke entlang nach unten gleiten ließ und dann mit den Fingern über Eds Hüfte und schließlich seine Leistengegend strich. „Und wo willst du jetzt hin?"

Colin grinste und neigte sich vor, um Ed direkt unter dem Ohr auf den Hals zu küssen. „Schließ die Türen ab, Ed. Beide."

„Was zum Teufel hast du vor?" Dumme Frage eigentlich, wenn Colin die Konturen seiner aufkeimenden Erektion streichelte.

„Tu mir den Gefallen", sagte Colin leise. „Ich werde zwei Nächte lang von dir getrennt sein. Lass mich was zur Erinnerung mitnehmen, wenn ich oben im kalten Schottland in einem fremden Bett liege."

Jetzt war es Ed, der staunte. „Ist mir schnurzegal, was Will und Blake hier drin gemacht haben, wir bumsen jetzt nicht." Sein Blick huschte zu seiner äußeren Tür. „Ich würd's dem Haufen hier glatt zutrauen, dass sie da draußen die Ohren an die Tür drücken."

Colin riss die Augen auf. „Wer sagt denn was von Bumsen? Ich will bloß mit dem Mund an dich ran." Er leckte sich die Lippen. „An dir lutschen. Dich lecken. Dieses Keuchen hören, das ich verdammt noch mal so liebe, wenn ich dich zum Orgasmus bringe." Eds Schwanz zuckte unter seiner Hand und Colin sah ihm tief in die Augen. „Ed? Schließ. Die. Türen. Ab."

Als ob Ed sich die Chance entgehen lassen würde, seinen Schwanz in Colins Mund zu kriegen.

Er schloss hurtig die Verbindungstür zwischen seinem und Mandys Büro ab, und dann machte er dasselbe noch eiliger mit der Außentür. Als er sich umdrehte, stand Colin bei der Ledercouch neben dem großen Fenster. „Soll ich die Jalousien runterlassen?", fragte er betont unschuldig.

„Und ob du das sollst", knurrte Ed. „Ich will ja nicht, dass Hinz und Kunz hier reinspechten und zugucken können, wie uns einer abgeht." Als er auf Colin zuging, waren seine Finger bereits damit beschäftigt, seine Hose aufzuknöpfen. Die Vorstellung, von Colin im Büro einen geblasen zu bekommen, hatte ihm einen steinharten Ständer beschert.

Colin kicherte. „Du hältst nichts von Zeitverschwendung, was?" Er zog den Lamellenvorhang vor die Glasscheiben.

Ed zuckte die Achseln. „Ich hab' mir gedacht, du musst schließlich deinen Flieger kriegen. Keine Zeit zum lang rummachen." Er schnaubte. „Im wahrsten Sinn des Wortes." Er stand vor Colin, mit offenem Hosenknopf, und umfasste sein bestes Stück mit beiden Händen. „Also, wo waren wir?"

Colin wischte Eds Hände beiseite und presste seine Handfläche gegen den Reißverschluss. „Oh, ich mag es *sehr,* wenn du ungeduldig bist." Er packte Eds Schaft, und Ed konnte das leise Erschauern der Vorfreude nicht unterdrücken, das ihn durchrann. Colin schob die Finger unter die weiche Baumwolle von Eds Unterhose, und als sie in Kontakt mit Haut kamen, erschauerte Ed noch heftiger.

Colins Lippen waren dicht an seinem Ohr. „Das liebe ich an dir. Wie oft haben wir das schon gemacht, und doch geht dein Körper jedes Mal ab, als wär's das erste Mal." Er legte die Finger um den harten Schaft, und Ed stieß in seine Hand. „Du magst es, wenn ich deinen Schwanz in die Hand nehme."

„Was du nich' sagst", presste Ed zwischen zusammengebissenen Zähnen hervor und legte beide Hände auf Colins Schultern. „Ich fänd's noch schöner, wenn du ihn in den Mund nehmen würdest." Er übte Druck aus, drückte Colin stetig nach unten, bis er vor ihm kniete. „Hol ihn raus." Die Worte drangen ihm als heiseres Flüstern über die Lippen.

Colin zog langsam den Reißverschluss runter, packte seine Hose und Unterhose mit festem Griff und zog ihm beides mit einem kräftigen Ruck von den Hüften. Eds Ständer schnellte hoch, prall und dunkel. Colin packte ihn fest am Ansatz und führte die Spitze an seine Lippen, teilte sie, um ihn einzulassen.

Ed war schon nicht mehr in der Lage, langsam zu machen. Er stieß zu, füllte Colins Mund mit seinem Schwanz, der pochte, als Colin ihn mit der Zunge umschlang. Ed umfasste Colins Hinterkopf mit beiden Händen und wiegte sich vor und zurück, glitt ganz tief rein. „Scheiße, ja, das ist es. Benutz deine Zunge. So geil, wenn du mir die Zunge in den Schlitz steckst."

Colin stöhnte und lutschte kräftiger. Eds Schwanz glitt geschmeidig zwischen seinen Lippen ein und aus, als er so richtig in Schwung kam, mit rollenden Hüften noch tiefer eindrang. Er konnte den Blick nicht von Colins Gesicht wenden. Wie seine Lippen sich um den Schaft schlossen und wieder entspannten, wie er die Wangen hohl machte und *Heilige Mutter Gottes*, wie Colin zu ihm aufsah, die normalerweise hellblauen Augen dunkler, mit geweiteten Pupillen.

„Jetzt fick' ich dich in den Hals", knurrte er, und wie immer achtete er dabei auf Colins Gesicht, wartete auf ein Zeichen zum Loslegen. Colin nickte ganz leicht, und das war es. Ed schob seinen Schwanz ganz rein, bis er spürte, wie die Spitze in Colins Kehle hinten anstieß. „Oh Gott, ja!" Sein Schwanz triefte vor Speichel, als er ihn rauszog und wieder reinschob. Er hielt Colins Kopf fest und fickte ihn in den Mund. Als Colin zurückwich, hätte Ed am liebsten geheult vor Frust, bis Colin ihn rücklings auf die Couch schubste. Ed fiel um wie ein Stein, die Hosen um die Knie.

Colin zog ihm die Hose weiter runter, bis sie ihm um die Knöchel hing, dann packte er Eds Knie und spreizte sie weit. Eds Schwanz ragte senkrecht hoch, nass und hart. Colin beugte sich vor und saugte ihn ein, und sein Kopf ging immer schneller hoch und runter.

Oh Shit. Ed fühlte seinen Orgasmus aufblühen und anschwellen, fühlte, wie die Lust sich in ihm ausbreitete und wusste, dass sie ihn gleich überwältigen würde, ohne dass er was dagegen tun konnte. Sein Herz hämmerte und sein Körper zuckte, als er Colins Mund mit seinem Sperma füllte und stöhnend die süßen Laute genoss, die sein Geliebter von sich gab, als er jeden Tropfen schluckte. Ed streichelte Colin den Kopf, hielt ihn weiter fest, als Colin eine Spur von seinen Eiern bis zu seinem Schlitz leckte.

Nach und nach entspannte er sich, nahm Colins Hände auf seinen Schenkeln wahr, die unter sein Hemd glitten und seinen Bauch streichelten, die Finger, die sanft an dem pelzigen Streifen zupften, der zu seinen Schamhaaren führte. Ed sah Colin an. Sein Körper war warm und gesättigt, seine Hand streichelte Colin zärtlich den Kopf.

Colin erwiderte seinen Blick mit einem breiten Lächeln.

„Na, das ist doch mal eine würdige Erinnerung."

Ed setzte sich auf, griff nach ihm und zog ihn hoch zu sich. Colins Lippen pressten sich auf seine, und Ed schmeckte sein Sperma auf Colins Zunge. Als der Kuss endete, sank Ed rückwärts in die Kissen und bedachte Colin mit einem traurigen Blick. „Jetzt bist du gar nicht gekommen."

Colin schüttelte den Kopf. „Macht nichts. Ich fand's toll, dir beim Kommen zuzugucken. Ich hol' mir dann heute Abend einen runter und denk dabei an dich, wie du ausgesehen hast, deinen Geschmack, deinen Geruch." Er grinste. „Vielleicht ruf ich dich dann sogar an."

Ed lachte leise. „Ich verlass' mich drauf."

Der Türgriff klapperte, und beide hoben ruckartig den Kopf.

„Ups", sagte Colin mit einem spitzbübischen Grinsen und stand auf. „Ich glaube, uns ist eben die Zeit ausgegangen."

Ed kam torkelnd auf die Füße und zog seine Hose hoch. Während er sein schlaffes Glied in der Unterhose verstaute, schüttelte er den Kopf. „Du hast'n schlechten Einfluss auf mich, ist dir das klar?"

Colin lachte. „Ja, aber deshalb liebst du mich doch." Als sie beide wieder standen, beugte Colin sich vor und drückte ihm einen langen Kuss auf die Lippen.

Wieder klapperte eine Türklinke, diesmal die von Mandys Büro.

Ed schnaubte. „Ich glaub', die sind uns auf die Schliche gekommen." Mit einem letzten Blick durch sein Büro ging er zur Verbindungstür und schloss sie auf. Rick und Mandy standen draußen, beide grinsend.

Ed legte den Kopf schief. „Ja? Ist was?"

„Ich wollte mir gerade einen Kaffee holen und ich dachte, du möchtest vielleicht auch einen, wo ich schon dabei bin." Rick kicherte. „Aber als ich dich fragen wollte, warst *du* gerade dabei." Neben ihm schlug Mandy sich die Hand vor den Mund und gab ein unterdrücktes Japsen von sich.

Ed durchbohrte Rick mit einem strengen Blick. „Ich hab' keine Ahnung, wovon du redest. Aber ein Kaffee hört sich gut an. Gib mir noch 'ne Minute, damit ich mich von Col verabschieden kann."

Ricks Augen funkelten. „Nur keine Eile, Boss. Sollen wir die Tür wieder abschließen?" Er grinste. „Vielleicht wollt ihr ungestört sein, wenn ihr, äh, miteinander redet."

„Und du willst vielleicht eins hinter die Ohren, also pass bloß auf", warnte Ed, dann machte er den beiden die Tür vor der Nase zu.

Colin hatte bereits wieder seine Reisetasche in der Hand. „Ich gehe jetzt besser. Es ist schon nach Mittag, und ich muss den Gatwick-Express erwischen. Mein Flug geht um 15 Uhr 10." Er krümmte den Finger. „Letzter Kuss."

Ed lachte glucksend, ging zu Colin und nahm ihn in die Arme. „Nee. Wir haben noch' ne Menge Küsse vor uns."

Colin lachte. „Warum klingt alles, was aus deinem Mund kommt, immer so zweideutig?"

Ed schnaubte erneut. „Was meinst du wohl? Weil's normalerweise so gemeint ist." Er beugte sich vor und küsste Colin noch mal. Dann tätschelte er ihm das Hinterteil. „Jetzt mach, dass du hier rauskommst. Je eher du weg bist, desto eher bist du wieder da, wo du hingehörst."

„In London?"

Ed lächelte. „In meinen Armen." Für einen Mann, der übertriebene Sentimentalität immer abgrundtief gehasst hatte, wunderte er sich häufig, wie oft ihm solche Gedanken durch den Kopf schossen, wenn es um Colin ging. *Wegen ihm bin ich ein totales Weichei geworden.* Und das Verrückte war, dass ihm das überhaupt nichts ausmachte.

„Am Sonntag lande ich so gegen halb vier", sagte Colin, als Ed ihn aus dem Büro und den Flur entlang zum Empfangsbereich begleitete.

„Soll ich dich in Gatwick abholen?"

Colin schüttelte den Kopf. „Es reicht, wenn du was Nettes zum Abendessen planst, eine Flasche Wein kühl stellst und mich mit offenen Armen erwartest, wenn ich durch die Haustür komme."

„Geht klar." Ed küsste ihn flüchtig auf die Wange. „Jetzt schaff deinen traumhaften Arsch nach Gatwick." Colin grinste und ließ ihn neben Karens Schreibtisch stehen. Ed sah ihm durch die Glastür nach, als er wegging. Als er ihn nicht mehr sehen konnte, drehte er sich um und stellte fest, dass Karen und Rick ihn beobachteten.

Ed stemmte die Hände in die Seiten und machte ein

finsteres Gesicht. „Und? Habt ihr zwei nichts zu tun? Und was ist jetzt mit diesem Kaffee, von dem du vorhin gelabert hast?"

„Kommt sofort, Boss", sagte Rick und flitzte in Richtung Küche davon. Karen starrte Ed immer noch an, ein rührseliges Lächeln auf dem Gesicht. Als Ed die Arme vor der Brust verschränkte und sich räusperte, senkte sie den Blick und machte sich angelegentlich an den Papieren auf ihrem Schreibtisch zu schaffen.

Ed schüttelte den Kopf und stapfte den Flur entlang zurück in sein Büro. Beim Betreten des Raums schnüffelte er. Verdammt. Er ging in sein privates Badezimmer und schnappte sich die Sprühdose mit dem Lavendel-Lufterfrischer aus dem Schränkchen unter dem Waschbecken. Er sprühte über der Couch und stellte dann die Dose wieder an ihren Platz.

„Dafür ist es ein *bisschen* zu spät", bemerkte Rick, als er mit zwei Bechern Kaffee zur Tür hereinkam. Er warf Ed ein boshaftes Grinsen zu. „Es ist schon im ganzen Büro rum."

Ed bedachte ihn mit einem finsteren Blick. „Dafür hast *du* gesorgt, nehm' ich an." Als Rick seinen Blick mit unschuldiger Miene erwiderte, lachte Ed schallend los. „Und *das* kannst du mal gleich lassen. Ist schon verdammt lang her, seit du unschuldig warst." Er streckte die Hand nach seinem Kaffee aus. „Also, wie wär's, wenn du mal das Thema wechseln und mir sagen würdest, wie's mit deiner Hochzeit vorangeht?" Er setzte sich an seinen Schreibtisch und lehnte sich zurück, beide Hände um seinen Becher gelegt.

Rick hockte sich auf den Stuhl gegenüber von Ed. „Es läuft gut. Angelos Mum, Elena, hat endlich die Liste der Italiener zusammengestrichen, und die Einladungen gehen diese Woche raus. Ich glaube immer noch nicht, dass viele von denen aufkreuzen werden, aber vielleicht irre ich mich ja. Das hoffe ich sogar, um ihretwillen. Anscheinend gab es bei der Hochzeit von Angelos Brüdern ein riesiges italienisches Kontingent. Ich würde sie wirklich ungern enttäuscht sehen, wenn viele von den geladenen Gästen die Einladung ablehnen."

„Die Sache mit dem Schwulsein?", spekulierte Ed.

Rick nickte. „Ich weiß, dass sich ihre Einstellung mit den Jahren geändert hat, aber ich fürchte, sie erwartet ein bisschen viel von sehr traditionellen Sizilianern."

Ed schüttelte den Kopf. „Ich muss zugeben, ich bin kein Fan von großen Familien-Hochzeiten. Ich an deiner Stelle würde das so dezent wie möglich machen, und mit möglichst wenig Tamtam."

Rick beugte sich vor. „Weiß Colin das? Ich meine, ich geh' mal davon aus, dass ihr zwei da schon drüber geredet habt."

Ed trank einen Schluck Kaffee, bevor er weitersprach. „Colin hat nicht viel Familie zum Einladen, und ich hab' ganz den Eindruck, dass die, die er *hat*, nicht scharf drauf wär', zwei Typen beim Heiraten zuzugucken. Also kann ich auch nicht einen Haufen Leute einladen, denn da fühlt er sich dann bloß schlecht." Er grinste. „Miteinander durchzubrennen hat so einiges für sich. Ich sag's bloß."

Rick fasste sich in gespieltem Entsetzen an die Brust.

„Elena würde uns umbringen." Er lehnte sich zurück. „Also, was hast du dieses Wochenende vor? Wenn die Katze aus dem Haus ist und so." Er wackelte mit den Augenbrauen. „Wir könnten bei dir zu Hause einen Männerabend machen. Du, ich und Angelo, Will und Blake. Alkohol, Essen vom Lieferdienst… Pornos."

Ed schnaubte laut. „Wohl kaum." Obwohl er eigentlich vorgehabt hatte, am Samstag einige Zeit mit Will und Blake zu verbringen. Er hatte heute Morgen mit Blake telefoniert, und irgendwas war… komisch. Es war nur so ein Gefühl, aber Blake hatte angespannt geklungen. Doch als Ed den Vorschlag gemacht hatte, hatte Blake gesagt, sie hätten bereits was vor.

Ed war nicht überzeugt, aber er konnte wenig dagegen tun. Wenn sein guter Freund jemanden zum Reden brauchte, wusste er ja, wo Ed zu finden war. Er musste sich eben was anderes suchen, um sich beschäftigt zu halten, um nicht ewig auf die Uhr zu schauen, bis Colin wieder nach Hause kam.

Guck mich an. Er ist für zwei Nächte weg, und mir graut schon vor der Vorstellung, ohne ihn zu sein. Ein weiterer Beweis, als ob er einen gebraucht hätte, dass Colin der Mittelpunkt seiner Welt war. Nicht, dass Ed ihm das oft genug sagte. *Manchmal denke ich, er hat keine Ahnung, wie viel er mir bedeutet, wie sehr ich ihn brauche.*

Vielleicht war es an der Zeit, dass Ed deswegen etwas unternahm.

Er schaute über den Schreibtisch zu Rick, und da traf es ihn. Wie ein Blitz aus heiterem Himmel, wenn es je einen gegeben hatte.

„Rick? Hast du noch einen Moment Zeit zum Reden?"

„Klar." Rick lächelte. „Für dich doch immer, Boss."

Ed nickte mit dem Kopf. „Dann mach die Tür zu."

Kapitel 14

Colin starrte aus dem Taxifenster, und sein erster Gedanke war, dass das die falsche Adresse sein musste. Ray hatte ihm am Telefon gesagt, dass er in einer Dachgeschosswohnung im Zentrum von Edinburgh wohnte, und aus irgendeinem Grund hatte Colin eine Mietskaserne erwartet, vielleicht aus den Sechzigern oder Siebzigern.

Aber nicht das hier. Kein fünfstöckiges, wunderschönes Gebäude aus rotem und grauem Stein, das von außen mehr nach einer ehemaligen Universität aussah als nach einem Wohnhaus.

„Das hier ist Well Court?", fragte Colin den Fahrer, der lachte.

„Schön, nicht?", sagte er lächelnd. „Hätt' selber nix dagegen, in Dean Village zu wohnen. Und das wär'n dann neun Pfund."

Colin bezahlte und stieg dann aus dem Taxi, seine Reisetasche in der einen Hand und seine Jacke über dem Arm. Es war kurz vor Sonnenuntergang, und allmählich bekam er Hunger. Auf dem Weg zum Haupteingang überquerte er einen gepflasterten Vorplatz. Links stand ein hoher, majestätischer Glockenturm, und vor ihm erhob sich der Giebel des Gebäudes in alten Ziegelstufen bis zu seiner Spitze.

Das ist wunderschön.

Er betrat die große Eingangshalle und begann die Treppe zu erklimmen, dankbar für das Rugby, das ihn fit hielt. Nur dass er sich dabei fragte, wie Ray das wohl schaffte; selbst Colin war leicht außer Atem, als er das oberste Stockwerk und Wohnung 29 erreichte.

Er blieb für einen Moment stehen, sowohl um wieder zu Atem zu kommen, als auch, um die Schmetterlinge in seinem Bauch zur Ruhe zu bringen. Er hatte keine Ahnung, was ihn hinter der schweren Eingangstür erwartete, und jetzt, wo er tatsächlich hier war, pochte sein Herz schneller und sein Mund wurde trocken bei dem Gedanken, Ray nach all den Jahren wiederzusehen.

Um Himmels willen, jetzt läute halt einfach.

Dann fiel es ihm auf. *Sogar meine innere Stimme klingt allmählich wie Ed.* Der Gedanke brachte ihn zum Lächeln.

Er hob die Hand und drückte auf den schwarzen Knopf in einem kleinen, weißen Kästchen neben der Tür. Gleich darauf ging die Tür auf, und Colin musste gewaltsam seine spontane Reaktion auf das, was er vor sich sah, unterdrücken.

Ray war alt geworden.

Er sah um einiges älter aus als seine vierundfünfzig Jahre, und sehr viel dünner, als Colin ihn in Erinnerung hatte. Sein kurzes, braunes Haar hatte sich dramatisch gelichtet, und er hatte viel mehr Falten im Gesicht, vor allem um die Augen. Um die Lippen herum hatte er ein paar schmerzhaft aussehende offene Stellen, und ein Hauch von Erschöpfung umgab ihn. Doch trotz der äußerlichen Veränderungen war da noch ein schwacher Schimmer

des Mannes, den Colin vor dreizehn Jahren gekannt

hatte. Rays Lächeln hatte sich kein bisschen verändert, und sein Anblick weckte Erinnerungen, die Colin überspülten wie eine träge Flut. Erinnerungen daran, Ray von ganzem Herzen geliebt zu haben.

„Hey, Fremder." Rays Gesicht erhellte sich und er streckte die Hand aus. „Hast also hergefunden."

Colin ignorierte die ausgestreckte Hand. Er trat in den Flur, ließ seine Reisetasche fallen und schloss Ray behutsam in die Arme. Ray erstarrte und entspannte sich dann in der Umarmung. Colin hielt ihn fest, und es brach ihm ein wenig das Herz, seinen Ex so verändert zu sehen. „Hey", flüsterte er, dann ließ er Ray los und trat einen Schritt zurück.

Ray schloss die Tür hinter ihm. „Hier, gib mir deine Jacke." Er nahm Colin den langen Wollmantel ab, den er auf Eds Drängen hin mitgenommen hatte. Wofür Colin jetzt zutiefst dankbar war. Der April hatte Schottland einen Kälteeinbruch beschert, und er hatte sich beim Aussteigen aus dem Flugzeug eng in seine warmen Schichten gehüllt.

„Hast du Hunger?"

Colin machte den Mund auf, um zu antworten, doch sein Magen kam ihm mit einem lauten Knurren zuvor. Er warf Ray einen verlegenen Blick zu. „Ich glaube, damit wäre die Frage beantwortet."

Ray lachte leise. „Ich habe ein paar Fertiggerichte im Kühlschrank. Es sei denn, du willst die guten alten Zeiten wieder aufleben lassen und Pizza bestellen." Er neigte den Kopf und sein Blick schweifte an Colins athletischer Gestalt auf und ab. „Allerdings siehst du nicht so aus, als würdest du viel Pizza essen." Colin konnte nicht umhin, zu bemerken, wie er dabei um Atem zu ringen schien.

Er schüttelte den Kopf. „Das musstest du jetzt sagen, was? Du musstest mich dazu bringen, an Chicken Supreme-Pizza zu denken."

Rays Augen weiteten sich. „Mein Gott. Das weißt du noch."

Colin schnaubte. „Wie könnte ich das vergessen? Die haben wir jedes Mal bestellt, wenn wir ins Pizza Hut auf ein Date gegangen sind."

„Dann ist es entschieden. Am Raeburn Place gibt's ein Pizza Hut mit Lieferservice." Er grinste. „Kartoffel-Wedges, Knoblauchbrot, Krautsalat und eine Flasche Pepsi dazu?"

Colin lachte. „Und wer hat jetzt das gute Gedächtnis?"

Er bekam nicht allzu oft Pizza zu essen, obwohl Ed ihn jedes Wochenende davon zu überzeugen versuchte, dass Pizza ein Grundnahrungsmittel war. *Was ich nicht alles machen muss, um meinen Mann auf dem Pfad der Tugend zu halten.* Er grinste vor sich hin. Im Moment schaufelte Ed sich wahrscheinlich eine Riesenportion Indisch vom Lieferservice rein und genoss jeden Bissen.

„Was war das denn eben?" Ray machte eine Pause beim Rumscrollen auf seinem Smartphone.

„Was war was?"

„Dieser Blick."

Colin lächelte. „Ich habe gerade an meinen Partner gedacht. Im Moment sitzt er bestimmt in seinem Lieblingssessel mit einem Teller voll Rindercurry

Madras, einem Naan-Brot, Pappadams mit Mango-Chutney und einer Dose Bier und schaut Rugby auf DVD." Er legte Ray eine Hand auf den Arm. „Lass mich das bestellen." Als Ray die Augenbrauen hob, zuckte Colin die Achseln. „Um der alten Zeiten willen. Und als Dankeschön, weil du mich übers Wochenende beherbergst."

Ray lächelte, doch dann verblasste sein Lächeln und er steckte eine Hand in die Tasche seiner Jeans und zog ein gefaltetes Taschentuch heraus. Er hustete hinein; das trockene Husten war laut und rau, und Colin sah erschrocken etwas Rotes aufblitzen, als Ray sich den Mund abwischte.

„Bist du okay?" Kaum hatte Colin die Worte ausgesprochen, machte er sich auch schon Vorwürfe. *Dumme Frage.*

Ray nickte. Seine Atmung war unregelmäßig. „Lass uns… organisieren wir erst mal das Essen, okay? Reden… können wir später."

Colin hatte so das Gefühl, das würde ein langes Gespräch werden.

Während Ray für Colin ein Glas Wein und für sich einen Saft einschenkte, sah Colin sich rasch die Wohnung an. Sie war klein, mit schrägen Wänden auf beiden Seiten und Holzböden, die den Räumen einen warmen Schimmer verliehen. Kleine, quadratische

Fenster waren ins Dach eingelassen. Küche und Wohnzimmer gingen offen ineinander über, und Colin schätzte den kompakten Raum auf ungefähr viereinhalb mal drei Meter. Eine Tür führte ins Schlafzimmer. Das Bad war ganz mit weißen Fliesen ausgelegt, mit einer Dusche über der Badewanne. Obwohl die Wohnung winzig war, wirkte sie hell und geräumig.

„Deine Wohnung gefällt mir echt gut", sagte er, als er wieder ins Wohnzimmer kam. Ray stellte gerade zwei Gläser auf den Kaffeetisch. Er sah Colin an und lächelte.

„Ich wohne hier jetzt schon seit ein paar Jahren. Morgen nehme ich dich mit runter an den Fluss, der hinterm Haus vorbeifließt. Ich geh einmal am Tag dran entlang – das heißt, wenn ich die Energie dazu habe." Ray setzte sich auf das kleine, zweisitzige Sofa und klopfte auf das Polster. „Das ist übrigens heute Nacht dein Bett. Und bevor du fragst, wie ich mir das vorstelle und wie dieser muskelbepackte Körper hier draufpassen soll – es ist zum Ausklappen."

Colin grinste. „Dem Himmel sei Dank. Ich hatte mich schon beim Schlafen die Füße aus dem Fenster strecken sehen." Erneut fielen ihm die wunden Stellen um Rays Mund ins Auge, und er fragte sich unwillkürlich, wie es wohl um seine Gesundheit stand.

Leider fing Ray seinen Blick auf. „Ja, ich weiß, ich hab' schon besser ausgesehen."

„Können wir über deine Gesundheit reden?", fragte Colin zögernd. Er wollte nicht unabsichtlich irgendwelche Grenzen übertreten.

Ray schnaubte. „Gesundheit? Das Wort klingt immer so positiv, finde ich, du nicht auch? Und eigentlich passt es nicht auf diese Situation." In seiner Stimme lag ein bitterer Unterton, bei dem sich Colins Magen zusammenkrampfte. „Wie auch immer, über mich können wir morgen reden. Im Moment will ich alles über dich hören."

Colin fuhr erschrocken zusammen, als ein lautes Summen aus der Nähe der Eingangstür ertönte.

„Und das dürfte die Pizza sein", sagte Ray grinsend. „Du kannst die Tür aufmachen; schließlich zahlst du auch."

„Kein Problem." Colin stand von der Couch auf und zog sein Portemonnaie aus der Hosentasche. Er nahm dem Pizzaboten die große Schachtel und die Plastiktüte ab, bezahlte und gab dem Mann ein Trinkgeld, dann brachte er die Sachen ins Wohnzimmer. Ray hatte bereits Teller und Besteck bereitgelegt.

Der Duft der Pizza ließ Colin das Wasser im Mund zusammenlaufen. Er hatte seit dem Frühstück nichts mehr gegessen. Dann kicherte er innerlich. Na ja, nicht ganz nichts.

Ray schüttelte den Kopf beim Anblick des vielen Essens auf dem Tisch. „Ich hoffe, du hast Hunger. Mein Appetit ist nämlich nicht mehr das, was er mal war."

„Iss einfach, was du kannst", sagte Colin. Er würde bis morgen warten, um sich Antworten zu holen.

„Ein bisschen Knoblauchbrot ist noch übrig."

Colin stöhnte. „Gott, nein. Ich fühl' mich wie dieser eine Typ in dem Monty-Python-Sketch, den der Kellner dazu bringen will, ein hauchdünnes Pfefferminzplätzchen zu essen. Noch ein Bissen, und ich explodiere." Er wusste, dass er sich übernommen hatte, aber das hatte er zum Teil auch deswegen getan, weil er nicht wollte, dass Ray sich schlecht fühlte wegen der mageren Portion, die er selbst gegessen hatte. „Ich kann mich gar nicht mehr erinnern, wann ich das letzte Mal so pappsatt war."

Ray lachte. „Du hast mehr verputzt als damals als Student, das ist mal sicher."

Colin musste zugeben, dass das Essen ihn an alte Zeiten erinnert hatte. „Oh, ich weiß nicht. Kannst du dich noch an das indische Restaurant erinnern, in das du mich mal eingeladen hast, das mit dem Flatrate-Angebot?"

Jetzt war es Ray, der aufstöhnte. „Ach je, ja. Du hast so viel Chicken Korma und Lamm Tikka Masala gegessen, dass es dir zu den Ohren rauskam. Wo hast du das bloß alles hingesteckt?"

Colin schnaubte. „Du hattest eine Theorie, wenn ich mich recht entsinne. Du hast gesagt, ich hätte einen Bandwurm." Es war, als wären die dazwischenliegenden Jahre einfach weggeschmolzen und sie einfach wieder in eine der ungezwungenen

Unterhaltungen geglitten, die sie damals als Liebespaar geführt hatten.

Einiges hatte sich jedoch verändert. Ray hatte kaum was gegessen.

Colin betrachtete die Überreste auf Rays Teller. „Anscheinend war einer von uns hungrig."

Ray seufzte. „Das kommt heutzutage ziemlich oft vor, muss ich leider sagen." Er räusperte sich. „Jedenfalls – genug von mir. Erzähl' mir von deinem Job. Was ich da über diese Auszeichnung gelesen habe, war sehr beeindruckend."

Colin verbrachte die nächsten zehn Minuten damit, ihm von der Firma zu erzählen, von seiner Beförderung und den verschiedenen Projekten, an denen er mitarbeiten durfte. Ray machte es sich auf der Couch gemütlich und hörte zu, wobei Colin mehr als einmal den Eindruck hatte, als fiele es ihm schwer, sich zu konzentrieren. Er sagte nichts, sondern hob sich das für später auf. Noch etwas, wonach er Ray fragen würde, wenn sie endlich dazu kamen, über seine Gesundheit zu sprechen.

„Also… dein Partner, Ed. Wie ist er so?"

Colin lächelte. „Ed? Er ist ein Bär."

Ray kicherte, doch sein Lachen erstarb, als ihn ein weiterer Hustenanfall packte. Als Colin noch mehr Blut auf Rays Taschentuch sah, rann ihm ein Schauer über den Rücken, den er sich zu unterdrücken bemühte.

„Das ergibt Sinn. Du warst immer scharf auf die haarigen Typen, die in die Bars in der Canal Street gekommen sind."

Colin tat, als schnappte er nach Luft. „Ich habe keine Ahnung, wovon du redest. Ich hatte nur Augen für dich." Das stimmte allerdings. Er konnte sich noch lebhaft an die berauschenden Gefühle der ersten Liebe erinnern, als er sich rettungslos in den gut aussehenden Dozenten verknallt hatte und es einfach nicht fassen konnte, dass Ray mit *ihm* ausgehen wollte. Er sah Ray an, innerlich im Widerstreit der Emotionen. Einmal hatte er Ray mit ganzem Herzen geliebt und geglaubt, dass diese Liebe erwidert wurde. Doch Rays plötzliche Abreise hatte Zweifel in ihm geweckt. Hat er mich überhaupt jemals wirklich geliebt?

Colin verdrängte solche Gedanken und schenkte sich ein weiteres Glas Wein ein. „Ich habe Ed kennengelernt, als ich der dortigen Rugby-Mannschaft beigetreten bin. Auch wenn ziemlich lange gar nichts zwischen uns passiert ist, sogar über ein Jahr lang nicht."

„Hat er sich geziert, oder was?", sagte Ray kichernd.

„Nein, eher den Hetero gespielt." Colin lächelte. „Ich war der Auslöser dafür, dass er sich seine verborgenen Wünsche eingestanden hat. Und als er's dann erst mal aufgegeben hat, sich als das eine oder andere kennzeichnen zu wollen, hat er es gern akzeptiert, dass er in einen Mann verliebt war."

„Du bist bis über beide Ohren in ihn verliebt, nicht?"

Rays Stimme war sanft. Als Colin blinzelte, lächelte er. „Das ist offensichtlich, wenn du von ihm sprichst. Ich freue mich darüber, ehrlich."

Colin musterte sein Glas. „Wir sind verlobt. Und eines

Tages tausche ich diesen Ring gegen einen Ehering aus." Vielleicht wurde es langsam Zeit, konkretere Pläne zu machen. *Man weiß nie, was einem noch bevorsteht.* Ray in seinem gegenwärtigen Zustand zu sehen hatte das untermauert.

„Das ist wunderbar." Rays Stimme klang aufrichtig. „Ich freue mich sehr für dich." Er seufzte. „Ich hatte nicht so viel Glück. Andererseits habe ich einige falsche Entscheidungen getroffen, also ist es nicht überraschend, wie die Dinge letztendlich gelaufen sind." Was immer er sonst noch sagen wollte, ging in einem weiteren Hustenanfall unter, der ihn nach Atem ringen ließ. Colin wartete, bis die Farbe in Rays Wangen wieder normal war, ehe er die Unterhaltung weiterzuführen versuchte.

„Vielleicht sollten wir – "

„Hör mal, hättest du was dagegen, wenn wir Feierabend machen würden? Ich bin ziemlich erschöpft, um ehrlich zu sein. Und wir haben ja noch das ganze Wochenende zum Reden, nicht?"

Colin nickte. „Klar. Ich bin auch müde." Es war gelogen, aber das brauchte Ray nicht zu wissen. „Ich wollte vor dem Schlafengehen noch Ed anrufen, aber ich werde leise sein, okay?"

Ray lächelte schwach. „So wie ich in letzter Zeit drauf bin, werde ich schlafen wie ein Murmeltier, sobald mein Kopf das Kissen berührt. Ich glaube nicht, dass ich dich hören werde." Er hielt inne, die Stirn in Falten gelegt. „Eins noch. Ich werde versuchen, dich nicht zu wecken, aber ich muss nachts immer ziemlich oft auf die Toilette."

„Schon okay. Ich habe auch einen festen Schlaf."

Ray stemmte sich behutsam von der Couch hoch. „Dann lass uns hier aufräumen, damit ich den Tisch wegschieben und dein Bett bereit machen kann."

Colin sprang sofort auf. „Das erledige ich schon. Mach du dich einfach bettfertig." Er brachte die Pizzaschachtel und die Styroporbehälter in die Küche und stellte alles auf die Arbeitsfläche. Ray ging in sein Schlafzimmer und kam mit Bettlaken, Kissen und einer gefalteten Decke wieder.

„Die sollten reichen, damit du nicht frierst. Aber um die Wahrheit zu sagen, hier in der Wohnung ist es das ganze Jahr über ziemlich warm." Er deutete auf das Schränkchen über der Spüle. „Da drin sind Wassergläser, und das blaue Handtuch über der Stange im Bad ist deins."

„Danke." Colin nahm das Bettzeug und ging daran, die Sitzpolster wegzunehmen. Bis er die Couch aufgeklappt und das Bett gemacht hatte, war Ray fertig im Bad und stand in seinem Bademantel neben dem Sofa.

„Schlaf gut", sagte er mit einem müden Lächeln. „Und morgen machen wir einen Spaziergang."

Colin nickte. „Schlaf du auch gut." Er wartete, bis Ray im Schlafzimmer war und die Tür hinter sich geschlossen hatte, eher er sein Handy herausholte. Er zog sich rasch aus und ging ins Bad, um sich die Zähne zu putzen. Sobald er unter der Decke lag, rief er Ed an, seine Kopfhörer in den Ohren.

„Hey." Die echte Freude, die in Eds Stimme mitklang,

erfüllte ihn mit Wärme. „Wo bist du?"

Colin lachte leise. „Auf einem Schlafsofa in einer Wohnung in Edinburgh, was hattest du denn gedacht?"

„Holla, du bist schon im Bett?" Colin vernahm ein leises Rascheln von weicher Baumwolle. „Bleib mal eben dran."

Er lächelte vor sich hin, da er genau wusste, was Ed gerade tat. „Bitte, lass dir Zeit."

Er griff in seine Reisetasche, die neben der Couch stand, holte ein sauberes Taschentuch heraus und legte es neben sich auf das Kissen.

„Okay, ich bin im Bett." Ed seufzte. „Wünschte, du wärest bei mir."

„Ich weiß." Sie waren es nicht gewohnt, die Nächte getrennt voneinander zu verbringen.

„Tigger hat sich angewöhnt, auf deiner Seite vom Bett zu schlafen, wenn du nicht da bist." Ed schniefte. „Sogar die Katze vermisst dich." Er stockte kurz. „Und, wie geht's Ray?"

Jetzt war es Colin, der seufzte. „Wir haben noch nicht allzu viel geredet, seit ich da bin, aber das wird sich morgen ändern. Im Moment würde ich aber lieber über was anderes reden." Er lächelte. „Zum Beispiel über das letzte Mal, als ich dich gesehen habe."

„Oh. Komisch, daran hab' ich auch grade gedacht."

„Ach ja?" Colin ließ eine Hand über seine Brust gleiten und zwickte sich in die Brustwarze. „Und woran genau hast du gedacht?"

„Meinen Schwanz in deinem Mund."

Ray war sofort vergessen. Colin griff unter der Decke

nach seinem Schwanz, umfasste ihn und streichelte sich gemächlich. „Ich liebe das, weißt du. Dir einen zu blasen, dich zum Zittern zu bringen." Er sprach mit verhaltener Stimme. Ray brauchte das nicht zu hören.

„Wirst du schon hart?" Colin hörte die Veränderung in Eds Atmung, wie sie sich beschleunigte.

Er zog an seinem steif werdenden Schaft. „Oh ja."

„Verpiss dich, Katze!" Colin hörte, wie Tigger mit einem leisen Plumps auf dem Boden landete. „Tut mir leid, aber da ist bei mir Schluss. Ich lass' mir nicht von der blöden Katze beim Wichsen zugucken."

Colin lachte leise, als er sich vorzustellen versuchte, wie Tigger Ed anstarrte, während er…

Oh ja.

„Woran denkst du grade?"

Colin schloss die Augen. „An das, was ich mit dir machen werde, wenn ich am Sonntag nach Hause komme", flüsterte er.

„Sag's mir", verlangte Ed.

„Nur, wenn du mir sagst, wo deine Finger jetzt gerade sind."

„Scheiße, woher weißt du das? In meinem Arsch."

Colin kicherte. „Ich kenne dich, Baby."

Ed knurrte. „Wie oft muss ich dir das noch sagen? Nenn mich nicht Baby." Er hätte glaubhafter geklungen, wäre er nicht so außer Atem gewesen – was Colin genau sagte, was er gerade machte.

„Du machst mir nichts vor, Ed Fellows. Du magst das doch."

„Einen Scheiß tu' ich." Ein weiteres lautes Knurren.

„Seh' ich aus wie das Baby von irgendwem?"

„Fühlen sich deine Finger gut an, wenn du dich damit fickst?", flüsterte Colin. „Wünschst du dir gerade, meine Finger wären jetzt in dir?"

„Gott, was denkst du denn?", stöhnte Ed. „Ich wünschte, es wär dein Schwanz und du wärst bis zum Anschlag in mir drin."

„Das… kann arrangiert werden", sagte Colin und rieb sich dabei den inzwischen steifen Schwanz. Vor seinem geistigen Auge sah er Ed vor sich, auf dem Rücken liegend, die Beine an die Brust gezogen, die Rosette gedehnt und ihn erwartend. „Ich wollte, ich wäre jetzt bei dir im Bett und könnte mit dir Liebe machen."

„Ja, Scheiße, ja." Eds Atmung beschleunigte sich. „Col, bald."

„Ich hör' dich." Colin rieb fester; er nahm bereits das Kribbeln in seinen Eiern wahr, das seinen Orgasmus ankündigte. „Ich auch. Aber nächstes Mal… komm' ich in dir."

Das laute Stöhnen, das seine Ohren füllte, zeigte Eds Orgasmus an, und es reichte, um Colin den Rest zu geben. Er unterdrückte sein eigenes Stöhnen, als er in das Taschentuch abspritzte und eine Welle von Lust seinen Körper durchrüttelte. „Oh wow."

„Wow ist richtig." Ed kicherte. „So bin ich schon 'ne ganze Weile nicht mehr gekommen. Du musst öfter mal verreisen."

Colin lachte leise, während er sich sauber wischte. „Ich seh' schon. Versuchst mich loszuwerden, was?"

„Nee, aber denk mal an den Willkommenssex, der

daheim auf dich wartet", kicherte Ed.

Colin versuchte, nicht zu stöhnen. „Du bist mir keine große Hilfe", flüsterte er.

„Wir könnten das ja morgen Abend noch mal machen." Ed klang so hoffnungsvoll, dass Colin am liebsten gelacht hätte.

„Du bist echt schlimm."

„Heißt das ja?"

Gott, jetzt hätte Colin am liebsten laut hinausgelacht.

„Es heißt, wir werden sehen. Und jetzt lege ich auf, bevor Ray die Schlafzimmertür aufmacht und wissen will, was zum Teufel ich hier draußen treibe." Er hatte weiß Gott versucht, diskret zu sein.

„Danke", sagte Ed ernst. „Ich hab' dich heute Abend wirklich vermisst. Rufst du mich morgen an? Und wir müssen ja nicht, du weißt schon…"

Colin lachte leise. „Du bist so ein Paradox. In der einen Minute schilderst du mir in allen Einzelheiten, was du willst, und in der nächsten? Bist du schüchtern wie nur was." Er lächelte vor sich hin. „Ich liebe dich."

„Ich lieb' dich auch. Erst heute Morgen hab' ich gedacht, dass ich dir nicht oft genug sage, was ich für dich empfinde. Vielleicht sollte ich das jeden Morgen immer gleich als Erstes sagen, wenn ich neben dir aufwache. Denn ich bin weiß Gott dankbar für jeden verdammten Tag, an dem ich dich in meinem Leben hab'."

Für einen Moment fehlten Colin die Worte. Ed neigte normalerweise nicht dazu, seine Gefühle in Worte zu fassen. Zu hören, wie er hier seine Seele entblößte, trieb

Colin die Tränen in die Augen.

„Das ist höchstwahrscheinlich das Liebste, was du je zu mir gesagt hast."

Ed lachte glucksend. „Ja, naja, gewöhn' dich mal nicht dran. Ich bin keiner von der rührseligen Sorte."

„Nein, aber wenn du aus dem Herzen sprichst, machst du *mich* ganz rührselig." Colin seufzte. „Gute Nacht. Nur noch zweimal schlafen, dann bin ich wieder bei dir."

„Dem Himmel sei Dank dafür. Ich lass dich nie wieder weg", sagte Ed schroff. „Jetzt schlaf." Er legte auf.

Colin nahm seine Kopfhörer raus, immer noch lächelnd. Er starrte hinauf zu dem kleinen Fenster, durch das der Nachthimmel sichtbar war.

Was der Tag morgen wohl bringen wird?

Was ihn beunruhigte, war das mulmige Gefühl, das ihn bei diesem Gedanken beschlich.

Kapitel 15

Colin lehnte sich an das grüne Metallgeländer der Brücke über den Water of Leith. „Das ist atemberaubend." Neben ihnen erhob sich Well Court; die Rückseite der Gebäude war genauso imposant wie die Vorderseite, mit Türmchen, die das Wasser überblickten. „Wann wurde es erbaut?"

„1886, glaube ich." Ray lehnte sich mit den Unterarmen auf das Geländer.

Colin betrachtete ihn aufmerksam. „Bist du sicher, dass es dir nicht zu viel wird?" Ray wirkte nach einer ganzen Nacht Schlaf nicht ausgeruht, und er schien immer noch Probleme mit dem Atmen zu haben.

Ray seufzte. „Glaub' mir, besser wird's nicht." Er wandte Colin das Gesicht zu. „Ich versuche, einmal am Tag hier rauszukommen. Denn irgendwann kommt der Moment – und ich glaube nicht, dass der noch allzu fern ist – wenn ich das nicht mehr tun kann."

Colin erstarrte. „Du... stirbst wirklich?" Ein Teil von ihm hatte immer noch gehofft, Ray hätte übertrieben und es wäre nicht wahr.

Ray schluckte. „Lungenkrebs. Na ja, das ist der Teil, der mich umbringt. Es gibt eine ganze Liste."

„Ich dachte, du hättest AIDS gesagt…"

„Sieh mal, wir können da später drüber reden, okay? Lass uns jetzt erst mal einfach einen Spaziergang am

Fluss entlang machen und die Aussicht genießen." Er begegnete Colins Blick. „Auf dem Thema rumzureiten macht es kein bisschen leichter verdaulich, glaub mir. Ich möchte jetzt einfach nur Zeit mit dir verbringen und nicht drüber nachdenken." Er schnaubte. „Leichter gesagt als getan, ich weiß, aber versuchen wir's mal, okay?"

„Okay", stimmte Colin zu.

Sie verbrachten ungefähr vierzig Minuten damit, den Fußweg am Water of Leith entlang zu schlendern, und Colin musste zugeben, dass hier ein schöner Ort zum Leben war. Sie kamen an alten Stein-Cottages vorbei, komplett mit metallenen Blumenkästen voller Blumen an schmiedeeisernen Geländern. Über den Bäumen, die den Weg säumten, ragte das graue Gemäuer eines Kirchturms auf. Ihr Weg führte sie abwechselnd über Steinpflaster und einen Pfad, der nahe am Ufer entlang verlief, kühl und friedlich, mit Enten, die laut quakend neben ihnen her schwammen. Es war eine sehr beschauliche Szenerie, und doch war ihre Schönheit getrübt durch das, was er von Ray erfahren hatte.

Er stirbt wirklich.

Bis sie schließlich wieder umkehrten, wirkte Ray bleich und ausgezehrt. Er rang mühsam um Atem. Als sie die Treppe hinaufstiegen und Colin ihm einen Arm anbot, schien er zuerst ablehnen zu wollen, doch dann gab er nach und ließ sich stützen. Sie kamen langsam voran, da sie immer wieder stehen blieben, damit Ray verschnaufen konnte. Sobald sie in der Wohnung waren, half Colin ihm auf die Couch.

„Im… Schlafzimmer… Sauerstoffflasche und Maske",
röchelte Ray, dann bekam er einen Hustenanfall.

Colin eilte davon und fand beides neben dem Bett. Er
brachte die Sachen zu Ray, der sich die Maske
überstreifte und den Sauerstoff aufdrehte. Colin setzte
sich neben ihn, ein ungutes Gefühl im Magen, und sah
zu, wie Rays Blässe nachließ. Als er endlich wieder
normal atmete, oder jedenfalls so normal, wie Colin
bisher gesehen hatte, holte Colin ihm ein Glas Wasser.

Ray nippte ein paar Mal behutsam daran, dann stellte er
das Glas auf den Tisch. „Ich nehme an… jetzt wäre ein
guter Moment zum Reden."

Colin nickte; ihm war ganz eng um die Brust.

„In den letzten paar Jahren gab es zahlreiche
Infektionen", bekannte Ray. „Was man so als
,opportunistische Infektionen' bezeichnet."

„Von was für Infektionen reden wir hier?" Colin wurde
das Herz schwer bei dem Gedanken, dass Ray so krank
gewesen war und sich erst jetzt bei ihm gemeldet hatte.

„Herpes simplex, zum einen." Ray deutete auf seinen
Mund. „Wie du sehen kannst. Außerdem hatte ich
Lungenentzündung und TB."

„TB?" Colin erinnerte sich, etwas über die unliebsame
Rückkehr der Tuberkulose nach Großbritannien
gelesen zu haben.

Ray nickte. „Die wurde behandelt. Aber es gibt noch
eine ganze Menge andere ekelhafter Sachen, die jetzt ein
fester Bestandteil meines täglichen Lebens sind."

„Was zum Beispiel?"

Er zuckte die Achseln. „Nachtschweiß. Habe ich

ziemlich oft. Dann wären da noch die schweren Durchfälle." Er schnitt eine Grimasse. „Ich habe ekelhaft gesagt, nicht? Und wegen der Medikamente ist mein Appetit auch nicht mehr wie früher. Als ob ich mit dem, was hier sonst noch so abgeht, überhaupt allzu viel essen könnte." Erneut deutete er auf seinen schmerzhaft aussehenden Mund. „Daher der Gewichtsverlust."

„Wie lange haben sie dir noch gegeben?", fragte Colin, dem das Herz wehtat.

Ray schob den Unterkiefer vor. „Jetzt pass mal auf. Ich habe nicht vor, in Selbstmitleid zu zerfließen, also lass das gefälligst. Mir geht's bisher ganz gut hier in meiner Wohnung. Ich komme zurecht. Und wenn ich das irgendwann nicht mehr kann, suche ich mir ein nettes kleines Hospiz irgendwo." Er lächelte betrübt. „Ich bin kein Idiot. Ich weiß, dass ich irgendwann Palliativpflege brauchen werde. Bloß ist es noch nicht so weit." Er sackte auf der Couch in sich zusammen. „Tut mir leid, aber ich bin ganz platt nach dem Spaziergang. Ich muss ein Nickerchen machen." Ray stieß einen lang gezogenen, lautlosen Seufzer aus. „Das ist noch so eine Sache. Anscheinend schlafe ich mehr."

„Hör mal, wenn dein Körper das von dir verlangt, dann mach das auch." Colin tätschelte Ray das Knie. „Geh und leg' dich eine Weile hin. Ich komm' schon klar. Ich habe mein Handy und mein Tablet, und ich
bin ziemlich sicher, dass ich E-Mails zu beantworten habe. Wenn du dich ausgeruht hast, mache ich uns was zum Mittagessen, okay?"

„Okay." Ray stemmte sich mit wackeligen Beinen vom Sofa hoch. „Könntest du mir einen Gefallen tun und die Sauerstoffflasche reinbringen?"

„Natürlich." Colin nahm den Sauerstofftank und die Maske und folgte Ray ins Schlafzimmer. Er wartete, bis Ray sich hingelegt hatte, und stellte dann die Flasche wieder neben das Kopfende des Bettes, wo er sie gefunden hatte. Er blickte auf seinen Ex hinab. „Jetzt schlaf ein bisschen. Du wirst nicht mal merken, dass ich da bin."

„Obwohl ich froh darüber bin", sagte Ray leise.

Colin entfaltete die Decke am Fußende des Bettes und deckte ihn damit zu. Dann schlich er sich aus dem Zimmer und schloss die Tür hinter sich.

Als er dann wieder auf der Couch saß, beugte Colin sich vor, den Kopf in den Händen, und dachte an den Mann, der Ray einmal gewesen war, an den Liebhaber, der einem schüchternen neunzehnjährigen Jungen gezeigt hatte, was Liebe war. Was auch immer geschah, Ray würde immer ein Teil von Colins Leben sein.

Dann seufzte er. *Er ist noch nicht tot.*

Colin kramte sein Tablet aus der Reisetasche. Er brauchte Ablenkung.

„Also, was möchtest du heute zu Abend essen?", fragte Ray, die Füße auf dem Kaffeetisch. Er grinste. „Indisch vom Lieferservice?"

Colin schnaubte. „Auf keinen Fall. Ich habe gestern Abend mein Jahressoll an Fastfood erfüllt. Wie wär's, wenn ich nachschaue, was im Kühlschrank ist und uns was Gesundes mache?"

Ray seufzte. „Du hörst dich an wie die Schwester, die immer zu mir kommt und meine Kontrolluntersuchungen macht. Sie hat mir ein Merkblatt gegeben, in dem alles über den Nutzen diverser Kräuter und Gewürze für Menschen, die mit HIV/AIDS leben drinsteht."

Colin betrachtete ihn prüfend. „Und hast du dich an ihre Ratschläge gehalten?"

Rays Augenrollen war Antwort genug.

Seit ihrem Gespräch hatte Colin ständig etwas im Hinterkopf, was ihm zu schaffen machte. „Das wollte ich dich noch fragen. Ich dachte immer, wenn jemand als HIV-positiv diagnostiziert wird, könnte es Jahrzehnte dauern, bevor AIDS ausbricht. Wenn überhaupt."

Ray erstarrte. „Worauf willst du hinaus?"

Colin zuckte die Achseln. „Es kommt mir bloß so vor, als wäre das alles so schnell gegangen. Ich meine, seit wann weißt du, dass du HIV-positiv bist?"

Zu seiner Überraschung wich Ray plötzlich seinem Blick aus. „Schon seit einer ganzen Weile."

„Na schön, aber was ist ‚eine Weile'? Fünf Jahre, zehn?"

Als Ray unverwandt in die andere Richtung schaute, stellten sich Colins Nackenhaare auf. „Ray? Was ist los?"

Schweigen, und jetzt bekam er eine Gänsehaut.

Colin holte tief Luft. „Ray? Wann hast du erfahren, dass du HIV-positiv bist?"

Langsam drehte Ray den Kopf und begegnete Colins Blick. „Am achtzehnten März 1992."

Es war, als hätte eine eisige Hand sein Herz gepackt. „Was?" Er blinzelte. Schluckte. Bekam große Augen. „Aber... das würde ja bedeuten..." Colin starrte ihn an, und es fiel ihm schwer, die Fassung zu bewahren. „Du hast gewusst... als wir uns 2000 kennengelernt haben... da hast du gewusst, dass du positiv bist?"

Ray nickte, die Augen weit aufgerissen und auf Colin fixiert. Seine Hand rieb am Bein seiner Jeans.

„Aber du hast nie ein Wort gesagt." Colin konnte es nicht fassen. „Wie konntest du drei Jahre lang mit mir zusammen sein – drei Jahre, Ray! – und verdammt noch mal kein Wort sagen?"

Rays Atem stockte, und ein weiterer Hustenanfall packte ihn. Colin sah ihn an und wartete, bis es vorbei war. In seinem Kopf häuften sich die Fragen. „Ich hab' dich nie Medikamente nehmen sehen. Kein einziges Mal."

„Als ich damals die Diagnose gekriegt habe, hieß es, ich hätte noch sieben Jahre, maximal zehn. Aber dann hieß es, ich bräuchte erst Medikamente zu nehmen, wenn ich krank werde." Ray atmete zittrig aus. „Ich habe mich gesund gefühlt. Erst nachdem ich den Job hier angenommen hatte, traten die ersten Anzeichen der Krankheit auf."

Eine eisige Welle brach über Colin herein. „Scheiße. Oh mein Gott. Diese Party."

Ray errötete. „Welche Party?" Doch er konnte Colin dabei nicht in die Augen sehen.

Colin war übel. „Du weißt verdammt genau welche Party. Die, die deine Freunde in unserem letzten gemeinsamen Jahr organisiert hatten, kurz vor Ende des Semesters. Die, auf der wir uns beide so betrunken haben. Die, nach der wir hinterher zu dir gegangen sind und ich dich, wie du sagtest, ‚ausgenutzt' habe." Er erschauerte. „Die Nacht, in der du mich – zum ersten und einzigen Mal – ohne Kondom gefickt hast." Er kam taumelnd auf die Füße. „Wie? Wie konntest du ungeschützten Sex haben, wenn du HIV-positiv warst, verdammte Scheiße? Von allen verantwortungslosen Dingen –"

„Das war deine Schuld, schon vergessen? Du hast kein ‚nein' als Antwort gelten lassen." Rays Unterkiefer zitterte. „Und ich war nicht nüchtern genug, um dich aufzuhalten."

„Dann hättest du mir die Wahrheit sagen sollen!", schrie Colin ihn an.

„Wie denn? Wie zum Teufel hätte ich es dir sagen sollen?", fragte Ray mit wildem Blick. „Und genau wegen dieser Nacht habe ich ja Schluss gemacht. Ich hätte danach nie mit dir zusammenbleiben können, immer mit dem Gedanken im Hinterkopf, dass ich dich angesteckt haben könnte."

„Deshalb hast du den Job hier angenommen? Weil du einen Grund haben wolltest, um mit mir Schluss zu machen?" Jetzt ergab alles einen Sinn.

Ray nickte unglücklich.

Aber etwas passte immer noch nicht.

„Warum zum Teufel hast du dann den Kontakt gehalten? Wieso hast du mir Weihnachtskarten geschickt? Warum nicht einfach einen klaren Schnitt machen?"

„Weil ich dich verdammt noch mal geliebt habe", brüllte Ray und fing prompt wieder zu husten an, und diesmal kam Blut.

Colin ballte die Fäuste. „Man fickt nicht jemanden ohne Kondom und sagt ihm dann nicht, dass man HIV-positiv ist."

„Ich habe dir Karten geschickt, weil ich ganz sicher gehen wollte, dass dir nichts passiert war", flüsterte Ray. „Nur so konnte ich mich vergewissern, ob du noch gesund bist."

Colin holte ein paar Mal tief Luft und ging dann ins Bad. Er nahm seine Zahnbürste und die Zahnpasta von der Ablage über dem Waschbecken und schmiss beides in den Kulturbeutel, den er neben der Dusche gelassen hatte. Dann marschierte er zurück ins Wohnzimmer, schnappte sich seinen Pullover von der Rückenlehne der Couch und stopfte ihn zusammen mit dem Kulturbeutel in seine Reisetasche.

„Was... was machst du da?" Ray starrte ihn entgeistert an.

„Von hier verschwinden. Ich kann im Moment nicht mit dir zusammen sein", stieß Colin mit zusammengebissenen Zähnen hervor.

„Dein Flug geht doch erst morgen."

„Dann nehm' ich den erstbesten Flug, den ich kriegen

kann." Colin nahm seinen Mantel von dem Kleiderhaken neben der Eingangstür.

„Bitte, Colin. Geh nicht so", flehte Ray.

Colin nahm seine Reisetasche in die Hand und warf sich den Mantel über den Arm. „Ich… ich kann nicht hier bleiben, sonst vergesse ich mich noch. Ich gehe lieber, bevor ich etwas tue, was ich später bereue." Und damit ging er zur Tür, machte sie auf, und trat aus Rays Wohnung und aus seinem Leben.

Als er unten auf der Hauptstraße ankam, zitterte er am ganzen Leib. Er stellte sich an den Randstein und hielt Ausschau nach einem Taxi, immer noch ganz wirr im Kopf von Rays Offenbarung, immer noch schmerzlich ins Herz getroffen von seinem Verrat. Von der Fahrt zum Flughafen blieb ihm nur eine verschwommene Erinnerung an den Verkehr, und als er dort ankam und mechanisch die Formalitäten erledigte, um seinen Flug umzubuchen, war sein Verstand auf Autopilot. Bis zum Abflug waren noch ein paar Stunden totzuschlagen, und Colin zog sich in die Bar zurück.

Er saß am Fenster und starrte hinaus aufs Rollfeld, wo die Flugzeuge sich an ihren jeweiligen Gates aufreihten, doch er sah sie nicht. Er hatte ein großes Glas Weißwein vor sich und trank abwesend daraus, da er sich nach einer Betäubung sehnte, die nicht kam. Er wusste, dass es irgendwann so weit sein würde, aber im Moment waren seine Gefühle zu dicht unter der Oberfläche, zu frisch.

Ich will nur nach Hause. Zu Ed.

Ed machte seufzend den Fernseher aus. Da kam sowieso nichts Sehenswertes, und allmählich wurde es spät. Er warf einen Blick auf die Uhr auf dem Kaminsims. Schon 11 Uhr 30 und immer noch kein Anruf von Colin. Ed hätte anrufen können, doch er wollte nicht stören, falls Colin und Ray gerade mitten in einem ernsthaften Gespräch waren. Er vermutete, dass sie so einige davon im Laufe des Wochenendes führen würden.

Kann genauso gut ins Bett gehen. Wenigstens würde er es bequem haben, wenn Colin anrief, um Gute Nacht zu sagen. Er ging durchs Wohnzimmer und lächelte, als Tigger sich streckte und dann anmutig von der Couch auf den Fußboden sprang. „Ja, schon klar, Mieze. Ist Schlafenszeit für dich." Tigger ignorierte ihn wie üblich und spazierte an ihm vorbei in die Küche, wo sein Körbchen neben dem Kühlschrank stand. Colin scherzte oft, dass er sich diesen Platz ausgesucht hatte, während er plante, opponierende Daumen auszubilden und den Kühlschrank selbst aufzumachen.

Ed knipste Lampen aus und registrierte dabei vage, dass ein Auto vor dem Haus anhielt. Als er den Schlüssel in der Haustür hörte, ging er mit großen Schritten hinaus in den Flur, gerade rechtzeitig, um

Colin das Haus betreten und seine Tasche mit einem müden Seufzer neben der Haustür fallen lassen zu sehen.

„Was zum Teufel machst du hier? Ich hatte erst morgen mit dir gerechnet."

Colin zog die Augenbrauen hoch. „Dann schmeißt du deinen Liebhaber halt raus. Er wird heute Nacht nicht gebraucht." Er zog seinen Mantel aus und legte ihn auf den Stuhl neben dem Beistelltisch im Flur.

Ed lachte schallend los. „Wie bitte? Ich hab' mit dir schon genug am Hals. Wie kommst du denn drauf, dass ich zwei Typen verkraften könnte?" Dann sah er sich Colin genauer an und hörte auf zu lachen. „Hey. Bist du okay?"

„Nicht direkt." Colin breitete die Arme aus. „Komm her. Ich brauch' dich."

Als ob Ed ihm irgendetwas abschlagen könnte.

Er kam in Colins offene Arme und fasste ihn um die Taille. Sein Atem roch ganz leicht nach Alkohol. „Bist du betrunken?"

Colin küsste ihn auf die Wange. „Nein, aber ich wünschte, ich wäre es. Ich habe auf dem Flughafen ein Glas Wein getrunken, und im Flieger dann noch eins."

Das reichte, um Eds Besorgnis zu erregen. „Col? Was hast du?"

Colin ließ ihn los. „Ich bin müde, und ich will ins Bett. Wie wär's, wenn wir dort reden würden?"

Ed nickte. „Geh' ruhig schon mal rauf. Ich hol' mir noch ein Glas Wasser. Willst du auch eins?"

„Ja, bitte." Colin nahm seine Tasche und verschwand in Richtung Treppe.

Ed ging in die Küche und füllte zwei Gläser. Nachdem er sich mit einem letzten Rundblick vergewissert hatte, dass überall abgeschlossen war, stieg er die Treppe hinauf ins Schlafzimmer.

Colin saß voll bekleidet auf der Bettkante und starrte sein Spiegelbild in der verspiegelten Tür des Schlafzimmerschranks an. Er wirkte so niedergeschlagen, dass Ed ein kalter Schauer über den Rücken rann. Er sagte nichts, sondern stellte ein Glas auf jeden Nachttisch und begann dann sich auszuziehen. Als er fertig war und Colin sich immer noch nicht gerührt hatte, tappte Ed barfuß ums Bett herum zu ihm und fasste nach dem Saum seines Pullovers.

„Komm, sehen wir zu, dass du aus diesen Klamotten rauskommst."

Colin blickte zu ihm auf. „Bist du heute fürsorglich drauf?"

Ed hielt inne und beugte sich vor, um ihn sanft auf die Lippen zu küssen. „Bin ich das nicht immer?" Dann machte er weiter, zog den Pullover hoch und Colin über den Kopf. Colin knöpfte sich langsam die Jeans auf; er bewegte sich wie im Traum. Ed kniete vor ihm nieder, zog ihm die Schuhe aus und zerrte dann an seiner Hose und Unterhose, bis er sie runter hatte. Colin schlüpfte unter die Decke und legte den Kopf aufs Kissen, die Arme darunter verschränkt. Ed folgte seinem Beispiel und legte sich auf die Seite, den Kopf in die Hand gestützt.

„Okay", sagte er mit leiser Stimme. „Sag mir, was passiert ist." Er hörte aufmerksam zu, als Colin ihm von Rays körperlichem Zustand erzählte. „Och, der arme

Kerl." Colins Kiefermuskeln spannten sich an, und Ed musterte ihn fragend. Seine Kopfhaut kribbelte. „Was ist?"

Colin sah ihn mit leerem, abwesendem Blick an. Mit monotoner, ausdrucksloser Stimme begann er zu sprechen, und Ed hörte mit Bestürzung und wachsendem Entsetzen zu. Die Konsequenzen trafen ihn wie ein Schlag, und er setzte sich mit einem Ruck im Bett auf, die Hände zu Fäusten geballt.

„Den bring ich um, verdammte Scheiße." Das Blut rauschte ihm in den Ohren, und sein Puls raste.

„Nicht nötig", sagte Colin müde. „Das erledigt die Zeit schon für dich."

Ed starrte ihn mit offenem Mund an. „Wie kannst du da bloß so verdammt *ruhig* sein?" Sein Blick schweifte durch den Raum auf der Suche nach etwas, womit er seinem Zorn Luft machen konnte, und blieb an dem Glas auf dem Nachttisch hängen. Er packte es und schmiss es an den Kleiderschrank, wo es zerschellte. Der Spiegel brach auf halber Länge mittendurch. „Sag's mir! Scheiße, ich raff's einfach nicht!" Er bebte vor ohnmächtiger Wut.

Colin starrte ihn an, die Augen weit aufgerissen. „Hey. Hör mir zu. Du musst dich beruhigen."

Bevor Ed erwidern konnte, dass er sich *verdammt noch mal nicht so bald beruhigen würde, verdammte Scheiße*, legte Colin ihm sanft eine Hand auf den Schenkel. „Ich weiß, wie du dich fühlst. Glaub mir, vor ein paar Stunden ging es mir genauso. Der Unterschied ist bloß, ich hatte inzwischen Zeit zum Nachdenken, zum

Überlegen." Seine Stimme zitterte. „Ich musste dieses Gefühl des Verrats hinter mir lassen, und das Einzige, was mir dabei geholfen hat, war das Wissen, dass es viel schlimmer hätte sein können. Ich bin negativ, Ed. Ja, er hätte mich in dieser Nacht anstecken können, aber das hat er nicht. Ich hatte Glück."

„Glück?" Ed konnte nicht glauben, was er da hörte. „Er hätte dir ein gottverdammtes Todesurteil geben können!"

Colin sagte nichts. Stattdessen richtete er sich zum Knien auf, mit dem Gesicht zu ihm, und seine Arme umfingen Ed, der am ganzen Körper zitterte. „Ed? Babe? Ich brauch' dich. Gott helfe mir, ich brauch' dich wirklich, jetzt sofort."

Der Schmerz und die Qual in Colins Stimme durchdrangen all den Zorn, die ganze Hilflosigkeit, und Ed holte ein paar Mal tief Luft. Colin legte sich wieder hin und streckte die Arme aus, eine Einladung, die Ed nicht ablehnen konnte. Er legte sich zu Colin, streckte sich auf ihm aus, und ihre Münder fanden sich zu einem langen, innigen Kuss. Als sie sich voneinander lösten, sah Colin ihm in die Augen.

„Mach, dass es aufhört. Bitte?"

Ed nickte und drückte seine Knie zwischen Colins Schenkel. Colin schlang ihm die Beine um die Taille und hielt sich an seinen Schultern fest, als Ed sich zu bewegen begann, sich in einem langsamen, sinnlichen Schaukeln an Colins Schwanz rieb.

„Ich hab' dich", sagte Ed mit plötzlich ganz heiserer Stimme. „Und ich kümmer' mich um dich."

Er meinte diese Worte mit jeder Zelle seines Körpers. Die Glasscherben und der zerbrochene Spiegel konnten warten. Im Moment hatte er sich um etwas sehr viel Wichtigeres zu kümmern.

Kapitel 16

Rick puffte Angelo mit dem Ellbogen in die Rippen. „Los jetzt, sie ist gerade allein in der Küche. Das ist der perfekte Moment."

Angelo seufzte. Er wusste, dass Rick Recht hatte. Sie waren wie üblich auch diesen Sonntag zum Mittagessen bei Mum, und irgendwas stimmte nicht mit ihr, das war offensichtlich. Sie war still gewesen, hatte kaum auf Fragen geantwortet, und den Gesichtern seiner Geschwister nach zu schließen war er nicht der Einzige, dem das aufgefallen war.

„Soll ich mitkommen?"

Angelo war schon im Begriff, „Nein" zu sagen, überlegte es sich aber anders. „Ja. Vielleicht brauche ich deine Weisheit."

Rick hob die Augenbrauen. „Wow. Ich bin weise? Seit wann das denn?" Er grinste. „Muss ein Nebenprodukt des Zusammenlebens mit dir sein. Ich war nie weise, bevor wir uns kennengelernt haben."

Angelo lächelte und küsste ihn auf die Lippen, wobei er Luca ignorierte, der sofort Kotzgeräusche von sich gab. Er warf seinem Bruder lediglich über Ricks Schulter hinweg einen zornigen Blick zu.

Rick verdrehte das Genick, um Luca anzusehen. „Du bist bloß neidisch. Rachel küsst dich eindeutig nicht oft genug." Er kicherte, als Luca prompt losprustete.

Angelo zog ihn am Arm. „Ignorier' den Bengel. Gehen wir mit Mum reden." Er stand auf, Rick ebenso, und sie gingen in die Küche.

Mum stand mit dem Rücken zur Tür am Spülbecken. Angelo trat zu ihr und legte ihr den Arm um die Schulter „Können wir was für dich tun?"

Sie schüttelte den Kopf und spülte weiter Geschirr.

„Ich könnte dir beim Abtrocknen helfen", schlug Rick vor und nahm das Geschirrtuch von seinem Haken neben der Besteckschublade. Als sie nicht antwortete, fing er trotzdem an, Teller vom Abtropfgestell zu nehmen und abzutrocknen.

„Mum, was hast du denn?", fragte Angelo mit ruhiger Stimme.

„Was soll ich schon haben? Nichts habe ich", antwortete sie hastig.

Geduldig legte Angelo eine Hand über ihre und hielt sie fest. Er nahm ihr die Spülbürste weg und legte sie an ihren Platz in die Schale neben dem Wasserhahn. Dann reichte er ihr das Handtuch. „Trockne dir die Hände ab und setz dich mit uns an den Tisch."

Ihre blauen Augen richteten sich auf seine. „Angelo, lass mich doch bitte einfach – "

Angelo schüttelte den Kopf. „Nein, das mache ich nicht, denn offensichtlich ist irgendwas. Und keiner von uns verlässt diese Küche, ehe du uns nicht gesagt hast, was los ist."

Mum seufzte tief. „Du bist so stur wie dein Vater, weißt du das?"

Angelo warf ihr ein flüchtiges Lächeln zu. „Eilmeldung. Du bist so *stur*, wie Dad war, also ist es keine Überraschung, dass ich gerade diese Eigenschaft geerbt habe." Er zog den Stuhl heraus und deutete mit einem Kopfnicken darauf. „Jetzt setz dich."

Mum zog die Augenbrauen hoch und warf einen Blick zu Rick. „Kommandiert er dich auch so rum?"

Rick lachte. „Nein, noch schlimmer."

Sie schüttelte den Kopf und setzte sich auf den Stuhl. Rick und Angelo setzten sich zu ihr, und Angelo griff über den Tisch nach ihrer Hand und umschloss sie mit seinen beiden Händen. „In Ordnung, Mum. Wir hören zu."

Für einen Moment sagte sie nichts, sondern starrte nur auf ihre ineinander verschränkten Hände. Dann wurde Angelo ganz schwer ums Herz, als ihr die Tränen kamen und über die Wangen rannen. „Niemand kommt", flüsterte sie.

Angelo tat das Herz weh. „Was meinst du damit?" Rick starrte sie über den Tisch hinweg mit offensichtlicher Bestürzung an.

„Ich – ich hab' diese ganzen Einladungen verschickt, und jetzt kommt niemand." Sie schluckte. „Niemand will zu eurer Hochzeit kommen."

Angelo glaubte das keine Sekunde lang. „Hast du deine Liste noch? Von den ganzen Verwandten, die du eingeladen hast?" Sie nickte trübsinnig. „Könntest du mir die dann bitte holen? Ich würde sie gern sehen."

Mum schniefte, stand auf und verließ die Küche.

„Niemand?" Rick runzelte die Stirn. „Das kann doch nicht sein?"

Angelo stieß einen Seufzer aus. „Das glaube ich erst, wenn ich es sehe. Meiner persönlichen Meinung nach bausht sie das alles maßlos auf, aber warten wir ab." Er verstummte, als Mum wieder in die Küche kam und ihm einen Din-A-4-Notizblock überreichte. Angelo klappte ihn auf und warf einen Blick auf die Liste. „Du hast hundert Einladungen verschickt?"

Sie nickte.

„Dann reden wir hier von zweihundert Gästen, wenn die alle noch jemanden mitbringen."

„Nein, eben *nicht*", sagte sie beleidigt, „weil die alle nicht kommen wollen."

Angelo überflog die Liste. „Also, hier steht, dass meine Cousine Paula und ihr Mann kommen wollen."

Ricks Gesicht erhellte sich. „Paula? Haben wir die nicht auf unserer Reise kennengelernt? Sie war nett."

Angelo nickte, die Aufmerksamkeit wieder auf die Liste gerichtet. „Mum, du hast hier an die zwanzig Zusagen von Leuten notiert, die kommen wollen. Ich verstehe nicht. Wie ist das ‚niemand'?"

Aus ihrer Schürzentasche zog sie ein Bündel Briefumschläge, mit einem Band zusammengehalten. „Das sind ein paar von den Antworten, die ich gekriegt habe."

Angelo streckte die Hand aus. „Darf ich mal sehen?" Nach einem Moment des Zögerns drückte sie ihm das Bündel in die Hand. Angelo machte den ersten Brief auf und las ihn durch. Sein Italienisch war ziemlich eingerostet, reichte aber, um das Wesentliche zu erfassen: Die Worte *omosessuale* und *deviante* sagten schon genug. Angelo legte die Briefe auf den Tisch. „Sind die alle so wie der hier?"

Mum zuckte die Achseln und gab sich gelassen, aber Angelo wusste es besser. Seine Mum war verletzt. „Die meisten, ja."

Rick beobachtete ihn mit gerunzelter Stirn.

Angelo warf ihm ein angespanntes Lächeln zu. „Es ist in etwa so, wie wir es uns schon gedacht hatten."

„Ah." Rick nahm Mums Hand. „Elena, das ist keine Überraschung für uns."

Ihre Augen blitzten. „Für mich schon."

Jetzt verstand Angelo. „Mum", sagte er leise, „du hattest damit gerechnet, dass viel mehr Leute kommen würden, nicht?" Als sie nickte, nahm er das Handtuch und wischte ihr sanft die Tränen weg. „Ich weiß, zwanzig bis vierzig Leute klingt wenig, wenn du eigentlich zweihundert eingeladen hattest, aber das ist wirklich okay."

Sie hob ruckartig den Kopf und sah ihn mit großen Augen an. „Wie kannst du das sagen?"

Angelo suchte nach den richtigen Worten, aber er wusste, dass er es kaum schaffen würde, sich ihr begreiflich zu machen. „Du hast die letzten neun Jahre damit verbracht, deinen schwulen Sohn kennenzulernen. Du akzeptierst mich – uns – so, wie wir sind. Du siehst Schwulsein nicht als was Schlimmes an – oder?"

Ihr blieb der Mund offen stehen. „Nein", sagte sie vehement. „So hat Gott dich eben gemacht. Ich glaube das jetzt."

Angelo nickte. „Aber so sieht der Großteil der Leute unten in Sizilien das nicht. Sie denken wie Dad damals, bevor er mich besser kennengelernt hat. Aber wie gesagt, du hattest neun Jahre Zeit, dich an den Gedanken zu gewöhnen, dass du einen Schwiegersohn statt einer Schwiegertochter haben wirst. Du kannst vom Rest der Familie nicht erwarten, in gerade mal fünf Minuten zu derselben Entscheidung zu kommen."

„Dann..." Sie betrachtete nachdenklich den Notizblock in Angelos Hand. „Du findest also, ich sollte mich über die freuen, die kommen wollen? Selbst wenn es nur so wenige sind?"

Er nickte.

„Und es werden jede Menge Leute bei der Hochzeit sein, die uns lieben, Elena", fügte Rick hinzu. „Leute, die darauf gewartet haben, uns verheiratet zu sehen. Leute, die uns unterstützen, so wie du." Er drückte ihre Hand. „Keine Sorge." Er grinste. „Es wird jemand kommen, Elena. Es *wird* jemand kommen."

Angelo verdrehte die Augen.

Die Küchentür ging auf und Vincente streckte den Kopf herein. „Was muss ein Mann hier eigentlich tun, um einen Kaffee zu kriegen? Ich möchte mit euch beiden keine Wüste durchqueren müssen." Er lachte glucksend. „Jetzt hört auf zu labern und setzt Kaffee auf." Damit verschwand er so plötzlich, wie er gekommen war.

Mum stieß einen tiefen Seufzer aus. „Wie wär's, wenn er seinen fetten Arsch heben und den Kaffee selbst machen würde, statt rumzusitzen und zu warten, bis es jemand für ihn tut, dieser faule so und so?", grummelte sie.

Angelo klappte der Unterkiefer runter. Rick klappte der Unterkiefer runter.

Mum schaute von Rick zu Angelo und zuckte die Achseln. „Na und? Wenn ihr zwei eure Meinung sagen könnt, warum sollte ich das nicht können?" Sie nickte in Richtung Tür. „Außerdem, wenn er noch fetter wird, passt er an Weihnachten nicht mehr in sein Kostüm." Sie unterdrückte ein Lächeln. „Es platzt jetzt schon fast aus den Nähten."

„Mum!" Angelo brach in schallendes Gelächter aus. „Du bist ja richtig boshaft!"

Sie lächelte. „Hast du das nicht gewusst? Das habe ich alles von Rick gelernt." Sie zwinkerte Rick zu.

Angelo hob ihre Hand und drückte einen Kuss auf den Handrücken. „Mum, alles wird gut. Wenn so ungefähr zwanzig Verwandte aus Sizilien kommen, ist das großartig. Es wird eine fantastische Hochzeit." Er warf Rick über den Tisch hinweg einen Blick zu, und sein Herz schwoll vor Liebe. „Denn ich heirate den wunderbarsten Mann auf der ganzen Welt."

Ricks Gesicht strahlte.

„Siehst du? Das ist es, was meine Verwandtschaft nicht sehen kann – die Liebe in deiner Stimme und in deinen Augen, wenn du Rick anschaust." Mum nahm ihre beiden Hände und hielt sie fest. „Aber ich sehe sie, *tesoro*. Und ich werde die stolzeste Frau auf der Welt sein, wenn ich zuschaue, wie ihr euch das Jawort gebt." Sie ließ ihre Hände los. „Und jetzt mach' ich deinem *grassone* von einem Bruder besser mal seinen Kaffee." Sie stand auf und ging zur Kaffeemaschine.

Rick machte sich an Angelo heran. „*Grassone?* Das Wort habe ich noch nie gehört. Was heißt das?"

Angelo erstickte sein Gelächter. „Im Prinzip?" Er senkte seine Stimme zu einem Flüstern herab. „Fettsack."

Ricks erstaunter Blick war geradezu komisch.

7. April

Dr. Michaels lehnte sich zurück und betrachtete Will und Blake mit einem Lächeln. „Ich bin froh, dass Sie diese Entscheidung getroffen haben. Ich werde noch einige Untersuchungen durchführen müssen, bevor wir fortfahren können, aber die sind unproblematisch."

„Also, was passiert jetzt als Nächstes?", fragte Blake und griff über die Armlehne des Stuhls hinweg nach Wills Hand. Will verschränkte ihre Finger miteinander. Sie schob ihre Maus auf dem Mousepad herum und schaute auf den Monitor. „Als Erstes müssen wir ein Datum für den Eingriff festlegen. Bei Kleinkindern werden die Implantate typischerweise um den zwölften Lebensmonat herum eingesetzt."

„Aber... ich habe ein Video auf YouTube gesehen", sagte Will stirnrunzelnd. „Ein kleines Mädchen bei der Aktivierung. Sie war ungefähr acht Monate alt."

Dr. Michaels lächelte. „Sie haben Ihre Hausaufgaben gemacht."

„Heißt das, der Eingriff kann früher durchgeführt werden?", wollte Blake wissen.

„Es gibt einige Fälle von früheren Eingriffen, ja, aber ich muss betonen, dass das nicht die Norm ist." Sie sah Blake an. „Ich nehme an, dass Sie den Eingriff lieber so früh wie möglich durchführen lassen wollen." Er nickte, und sie schaute erneut auf den Bildschirm. „Wir könnten Oktober sagen, wenn alles gut geht. Aber das hängt von den Ergebnissen der Untersuchungen ab."

„Wie lange wird die Operation dauern?" Blake wünschte, er würde sich Notizen machen. Er wollte sich an all das erinnern.

Dr. Michaels bewegte die Maus erneut, und der Drucker hinter ihnen erwachte surrend zum Leben. „Ich drucke Ihnen gerade mein Merkblatt für Eltern aus, in dem alle wichtigen Informationen drinstehen, aber wir können sie jetzt eben durchgehen. Der Eingriff wird unter Vollnarkose durchgeführt und dauert typischerweise drei bis vier Stunden. Danach bleibt Nathan über Nacht im Krankenhaus, damit wir ihn überwachen können." Sie lächelte. „Ich werde jetzt nicht die Operation durchgehen. Die können wir kurz vorher besprechen. Jetzt ist der richtige Moment für Fragen."

Will warf Blake einen Blick zu. „Wir müssen über die Risiken Bescheid wissen."

Sie nickte. „Natürlich." Ihre Stimme war ruhig, und das mehr als alles andere trug viel dazu bei, Blakes eigene Panik zu beruhigen. Er war froh, dass sie die Operation nicht in allen Einzelheiten besprechen würden, denn das hätte er vermutlich nicht ertragen.

Schon allein die Vorstellung von Nathan, betäubt, in einem Operationssaal… dabei rann ihm ein kalter Schauer über den Rücken.

„Wie bei jedem chirurgischen Eingriff gibt es Risiken", fuhr Dr. Michaels fort. „Und ich weiß, dass die sehr furchterregend klingen können, wenn es Ihr kleiner Sohn ist, der sich dem Eingriff unterziehen muss. Aber sie sind größtenteils selten oder vorübergehend, wenn sie überhaupt eintreten."

Blake wappnete sich und nahm wahr, dass Wills Hand seine fester umklammerte. „Dann lassen Sie hören."

„Der Gesichtsnerv verläuft durch das Mittelohr und ist der Stelle sehr nahe, wo der Chirurg arbeitet. Eine Verletzung könnte zu einer teilweisen Schwächung führen. Und natürlich kann die Narkose Nebenwirkungen verursachen, aber das kommt generell nur sehr selten vor. Außerdem kann es zum Austritt von Zerebrospinalflüssigkeit kommen."

Will erstarrte. „Oh Gott."

Dr. Michaels entgegnete mit einem gütigen Lächeln: „Ich kann es nicht beschönigen, aber noch mal, so was kommt nur sehr selten vor. Es gibt auch ein gewisses Meningitisrisiko, aber das betrifft normalerweise nur Hochrisikopatienten, die zusätzlich eine Fehlbildung der Cochlea haben."

„Kann der Eingriff bleibende Schäden hinterlassen?" Wills Stimme war leise.

Dr. Michaels nickte. „Der Geschmacksnerv verläuft ebenfalls durch das Mittelohr und könnte bei der Operation möglicherweise verletzt werden. Dann wären da auch noch ein paar allgemeine Risiken, wie zum Beispiel Tinnitus – ein Klingeln in den Ohren? – Benommenheit, Wundinfektionen und sogar ein Taubheitsgefühl in der Umgebung des Ohrs." Sie faltete die Hände vor sich auf dem Schreibtisch. „Es ist sehr wichtig, hier an die Vorteile zu denken. Sie haben sich entschlossen, diesen Weg einzuschlagen, weil die Vorteile bei weitem die einer Hörhilfe überwiegen. Wir werden nicht einfach Schall verstärken und uns bei der Informationsverarbeitung auf ein defektes System verlassen. Das Implantat wird die gestörten Bereiche umgehen und den Nerven direkt stimulieren. Nathan wird leise, mittellaute und laute Geräusche wahrnehmen können. Er wird verschiedene Arten von Geräuschen unterscheiden und Sprache korrekt als solche erkennen können."

„Er wird wie ein normal hörendes Kind sein?"

Sie zögerte. „Er wird ganz ähnlich wie ein normal hörendes Kind auf Information zugreifen können, aber ich möchte sichergehen, dass Sie verstehen, was realistisch zu erwarten ist und sich dessen auch bewusst sind. Ich habe auch eine Broschüre beigelegt, wo das erklärt ist, und wir werden im weiteren Verlauf auf diese Punkte noch mal im Einzelnen eingehen. Außerdem sollten Sie vielleicht eine beidseitige Implantation in Betracht ziehen."

Blake blinzelte. „Beide Ohren?"

„Ja. Auf beide Ohren zu hören kann das Sprachverständnis bei Umgebungslärm verbessern, denn seien wir doch ehrlich, wie viele Kinder leben schon in einer leisen Welt? Und die Rückmeldungen von bilateralen Patienten deuten darauf hin, dass Lautstärke und Ton besser klingen als mit nur einem Implantat." Sie sah Blake in die Augen. „Würden Sie Mono nehmen, wenn Sie Stereo haben könnten?"

„Wenn Sie es so ausdrücken…" Blake warf einen Blick zu Will, der ganz benommen wirkte.

„Als weiterer wichtiger Punkt wäre dabei zu bedenken, dass Zuhören und Kommunizieren mit einer Hörminderung generell immer anstrengend ist. Bilaterale Prozessoren zu haben mindert die Belastung."

„Wie lange dauert es nach der OP, bis er hören kann?", erkundigte sich Will.

„Aktiviert werden die Implantate typischerweise drei Wochen später, und ich möchte Sie jetzt schon warnen – das wird ein sehr aufregender, aber auch sehr stressiger Tag. Für Nathan wird es verwirrend, Furcht einflößend und komisch sein, wenn er zum ersten Mal Geräusche hört. Nun, es werden einige Sitzungen für die Feineinstellung der Prozessoren nötig sein. Im Prinzip schließen wir die Geräte dabei an unseren Computer an und spielen eine Reihe von Piepstönen ab, die nur Nathan hören wird. Bei Babys ist das schwieriger, weil wir für die Geräuscherkennung auf unsere Beobachtung angewiesen sind. Dann aktivieren wir die Sprachfunktion." Sie grinste.

Zum ersten Mal, seitdem sie das Sprechzimmer betreten hatten, lächelte Will ebenfalls. „Ich habe ein paar von diesen Videos auf YouTube gesehen. Sie waren fantastisch."

Dr. Michaels entspannte sich auf ihrem Stuhl. „Und da beginnt dann die harte Arbeit. Nathan wird an einem Audiotherapie-Programm teilnehmen müssen, entweder bei einem Logopäden oder einem Audiologen. Im Prinzip werden wir ihm das Hören beibringen. Wie er diese ganzen Geräusche, die er plötzlich hört, dazu kriegt, einen Sinn zu ergeben."

Will lächelte betrübt. „Unsere harte Arbeit beginnt jetzt schon." Als sie den Kopf neigte und ihn fragend ansah, drückte er Blakes Hand. „Wir werden anfangen, Gebärdensprache zu lernen."

„Und was wir lernen, geben wir an Sophie weiter."

Dr. Michaels nickte beifällig. „Sie werden staunen, wie viel Sie Nathan bereits über Gesichtsausdruck und Gesten mitteilen können. Innerhalb weniger Monate wird er sich ebenfalls bereits verständlich machen können. Kinder lernen so schnell." Sie grinste. „Sophie wird Gebärdensprache wahrscheinlich besser beherrschen als Sie beide. Nach dem, was Sie mir erzählt haben, ist sie ein aufgewecktes kleines Mädchen."

Blake lachte leise. „So weit waren wir auch schon." Er sah Will an. „Bei uns wird ,Könnt es besser machen' im Zeugnis stehen, während sie Klassenbeste sein wird."

Dr. Michaels stand von ihrem Schreibtisch auf und ging an den Drucker. „Unterschätzen Sie sich nicht, meine Herren. Schließlich kommt sie nach einem von Ihnen beiden." Sie reichte Will die Merkblätter. „Wir werden die Untersuchungen veranlassen und ein Datum für die

Operation festlegen. In der Zwischenzeit machen Sie sich nicht zu viel Stress deswegen, okay? Denn das kriegt Nathan bestimmt mit. Eine letzte Frage noch: Weiß Sophie, dass Nathan gehörlos ist?"

Blake schüttelte den Kopf. „Darüber wollten wir noch mit ihr sprechen." Er hatte gezögert, weil er nicht sicher war, wie Sophie reagieren würde.

Sie nickte. „Dann wäre jetzt ein guter Zeitpunkt."

Will betrachtete ihn mit festem Blick. „Heute Abend."

Blake freute sich kein bisschen auf dieses Gespräch.

Kapitel 17

„Und, was habt ihr heute im Kindergarten gemacht?",
fragte Blake und stellte eine Schale mit Apfelschnitzen
und Weintrauben vor Sophie hin. Er setzte sich an den
Küchentisch zu Sophie auf ihrem Hochstuhl. Will
schenkte gerade zwei Tassen Kaffee und ein Glas Milch
ein. Er hatte für sich und Blake bereits das Abendessen
gemacht, und sobald Sophie im Bett war, würden sie
essen. Nathan schlief schon in seinem Zimmer, und aus
dem Baby-Monitor an der Wand drangen leise
Geräusche.

Sophie konnte sich anscheinend nicht entscheiden, ob
sie lieber einen Apfelschnitz oder eine dicke grüne
Traube essen sollte. „Wir haben ein Lied über eine
Spinne gelernt." Sie erschauerte. „Spinnen haben viele
Beine."

„Ein Lied über eine Spinne?" Blake war fasziniert.
„Kannst du's mir vorsingen?"

Sophie nickte strahlend. Als sie sehr melodisch und
lautstark das Lied von der kleinen Spinne zu singen
begann, musste Blake ebenfalls lächeln, vor allem, da sie
den Text mit Gesten begleitete. Will hielt inne und sah
ihr zu, ein Lächeln auf den Lippen. Als sie zum Ende
kam, applaudierten sie ihr beide, und ihr Gesicht
leuchtete auf.

„Darf ich es Nathan auch vorsingen?", fragte Sophie
und biss dann in einen Apfelschnitz.

Will lachte leise. „Perfektes Timing", murmelte er. Er

brachte Sophie ihr Glas, stellte es neben sie und setzte sich dann Blake gegenüber.

„Nathan schläft, Schatz." Blake deutete auf den Monitor. „Hörst du ihn?"

Sophie unterbrach ihren Angriff auf das Obst und legte den Kopf schief. Sie lächelte. „Er klingt komisch."

Blake lachte. „Als Baby hast du auch Geräusche gemacht." Er deutete auf das Obst. „Kriege ich eine Traube?" Sophie nahm zwei aus der Schüssel und ließ sie in seine aufgehaltene Hand fallen. Blake sah seine großzügige Tochter liebevoll an. „Danke. Ich gebe eine davon Daddy." Er überreichte Will die Traube. „Sophie, Daddy und ich müssen dir was Wichtiges sagen, über Nathan."

Sie runzelte die Stirn. „Geht es ihm gut?"

Will und Blake wechselten einen Blick, und Blake schluckte. „Nathan fehlt nichts, Süße. Wir werden nur auf eine andere Art mit ihm sprechen, das ist alles."

„Warum?"

„Weil Nathan gehörlos ist", sagte Will leise. „Er kann uns nicht hören, wenn wir reden."

Sophie betrachtete ihn mit offensichtlicher Überraschung. Dann lächelte sie selbstsicher. „Aber wenn ich ihm mein Lied vorsinge, ganz laut, dann hört er es schon."

Blake schnürte es die Brust zusammen. *Wenn es nur so wäre.*

„Sophie, es spielt keine Rolle, wie laut du singst. Nathan kann dich nicht hören." Will sah sie eindringlich an. „Weißt du, so wie manchmal, wenn

Papa dir sagt, dass du deine Spielsachen wegräumen sollst, und du dir die Finger in die Ohren steckst. Kannst du dann hören, was Papa sagt?"

Sie kicherte. „Dummer Daddy. Nein."

„Na ja, so ist es für Nathan immer. Seine Ohren funktionieren nicht so wie deine."

„Warum ist Nathan gehörlos?" Ihr sonst so fröhliches Lächeln verschwand, und sie starrte sie an, die Stirn leicht gerunzelt.

„Man kann aus vielen Gründen gehörlos sein. Manchmal werden Babys – wie Nathan – schon so geboren. Manche Leute werden vielleicht krank. Manche verlieren ihr Gehör, wenn sie älter werden."

Sie betrachtete sie für einen Moment prüfend, dann glättete sich ihre Stirn. „Oh. Du meinst, wie wenn du aus der Küche rufst, dass Papa dir was bringen soll, und er mit dieser singenden Stimme ,Ich kann dich nicht hören' sagt?"

Will grinste und streifte Blake mit einem Blick. „Nein. Dann ist Papa nur albern. Papa hört alles."

„Ich weiß. Er hört dich, wenn du in der Küche bist und seine Schokolade isst."

Jetzt war es Blake, der grinste.

Will ignorierte ihn und fuhr fort: „Aber Papa und ich waren bei einer besonderen Ärztin, und sie wird Nathan helfen, uns zu hören."

„Wie?"

Will sah Blake an. „Wo hast du deine Lesebrille?"

Blake verstand, worauf Will hinauswollte. Er stand auf und ging ins Wohnzimmer, um das Brillenetui von dem kleinen Tisch dort zu holen. Als er wieder zu ihnen an den Tisch kam, klappte er das Etui auf und setzte die randlose Brille auf.

„Du weißt doch, dass Papa zum Zeitungslesen eine Brille trägt?", fragte Will.

Sophie biss sich auf die Lippe. „Nicht immer. Manchmal sagt er auch so was wie ‚Mit meinen Augen ist alles in Ordnung' und hält die Zeitung ganz weit weg."

Will sah Blake an, und seine Augen funkelten. „Ja, naja, Papa braucht diese Brille als Hilfe beim Sehen. Und auch wenn es ihm überhaupt nicht gefällt, wie er damit aussieht, ich finde, Papa sieht sehr…" Er stockte. „Sehr hübsch aus, wenn er sie trägt." Sophie kicherte. „Aber ich will damit sagen, so wie die Brille Papa beim Sehen hilft, wird diese Ärztin Nathan was geben, was ihm beim Hören hilft."

„Wie eine Brille?" Sie starrte ihn mit großen Augen an.

„Nicht ganz, Süße. Sie wird ihm was an den Kopf machen, was ihm beim Hören hilft."

„Gut", verkündete Sophie energisch. „Ich will ihm vorsingen."

Blake hatte einen Geistesblitz. „Weißt du, diese ganzen Bewegungen, die du vorhin beim Singen gemacht hast?", fragte er. „Also, Daddy und ich werden lernen, mit unseren Händen mit Nathan zu sprechen."

Sophie brach in Gelächter aus. „Hände können doch nicht reden, Papa."

Blake sah sie an und grinste. „Wirklich? Was meine ich, wenn ich so mache?" Er legte einen Finger an die

Lippen.

„Dass ich leise sein soll."

„Und was bedeutet das hier, was meinst du?" Er rieb sich den Bauch.

Sophie beobachtete ihn für einen Moment, dann nickte sie begeistert. „Du hast Hunger!"

„Sehr gut." Blake lächelte sie strahlend an. „Also, gehörlose Leute reden manchmal mit den Händen. Das nennt man Gebärdensprache. Sie verwenden verschiedene Gebärden für verschiedene Worte. Das eben hieß ‚hungrig'."

„Papa und ich werden Gebärdensprache lernen, damit wir mit Nathan reden können", ergänzte Will.

Sophie hüpfte auf ihrem Hochstuhl herum. „Kann ich es auch lernen?"

„Natürlich kannst du das. So können wir dann alle miteinander reden."

Sophies Gesichtchen strahlte. Sie nahm Mr. Bunny vom Stuhl neben sich. „Ich lerne Gebärdensprache", erzählte sie ihm stolz.

„Es gibt keine Gebärdensprache für dich, wenn du dein Obst nicht aufisst, junge Dame", sagte Blake streng zu ihr.

Sophie legte sofort ihren Hasen weg und machte sich wieder daran, ihre Apfelschnitze und Trauben zu essen. Blake sah Will in die Augen. „Und wenn sie schläft, fangen wir beide an, nach Lernmöglichkeiten zu suchen."

Ehe Will antworten konnte, nickte Sophie. „Wir müssen zusammen lernen. Wir sind eine Familie."

Blake starrte sie an, das Herz voller Liebe. „Ja, Süße, das sind wir."

„Will, komm her. Ich glaube, ich habe was gefunden." Will hörte ihm die Aufregung sofort an. Er hängte das Handtuch über die beheizte Stange und ging ins Schlafzimmer. Blake war bereits im Bett, einen Stapel Kissen in den Rücken gestopft, und balancierte den Laptop auf den Knien. Die Kopfhörer lagen auf seiner Brust. Er blickte auf, als Will eintrat, und seine Augen glänzten.

„Komm, schau dir das mal an."

Will stieg ins Bett und setzte sich neben ihn. „Was hast du gefunden?"

Blake deutete auf den Bildschirm. „Das hier ist die Website des NDCS – National Deaf Children's Society – des Vereins für gehörlose Kinder. Hier steht so viel drin."

„Ich dachte, du wolltest nachschauen, wo man Unterricht in Gebärdensprache nehmen kann."

„Hab' ich auch. Hast du gewusst, dass man ein Diplom in Gebärdensprache machen kann?"

Will seufzte. „Diplome sind mir so was von scheißegal. Ich will nur lernen, mit unserem Sohn zu kommunizieren."

Blake schob den Laptop zur Seite und streckte den Arm aus. „Komm her." Will rückte näher, bis sein

Gesicht an Blakes Hals vergraben war. Er atmete tief ein, sog Blakes warmen Geruch in die Nase. „Ich weiß, Babe." Blakes Stimme war sanft. „Und ich bin nicht darauf aus, dass wir eine Prüfung in Gebärdensprache ablegen. Aber was ich hier gefunden habe, wird uns helfen."

Damit hatte er Wills Aufmerksamkeit. „Oh?" Er schob sein Kissen ans Kopfteil und richtete sich neben Blake auf. „Zeig mal."

Blake nahm den Laptop zur Hand. „Hier gibt es einen Abschnitt ‚Kommunizieren mit Ihrem gehörlosen Kind'. Darin geht es um die verschiedenen Methoden, um Gebärdensprache als Muttersprache" –

„Holla. Moment mal." Will starrte ihn an. *„Muttersprache?"*

Blake nickte. „Im Prinzip werden hier die einzelnen Kommunikationsmethoden in drei Herangehensweisen unterteilt. Einmal Hören und Sprechen, was mit den Implantaten gut funktionieren wird. Dann Gebärdensprache als Muttersprache und gesprochenes Englisch als zweite Sprache." Er schaute Will an. „Verstehst du, was das heißen würde? Zu Hause würden wir alle in Gebärdensprache mit ihm reden, und zwar immer."

„Du hast gesagt, drei Herangehensweisen." Will drehte sich der Kopf. Die Vorstellung, dass Gebärdensprache die Norm werden sollte, war so abwegig, dass sie ihm gar nicht in den Kopf wollte.

Blake nickte. „Schließlich schreiben sie hier noch davon, unterschiedliche Methoden zu kombinieren. Im

Kern geht es dabei um Flexibilität, dass es keine *einzig richtige* Methode gibt, die allen anderen überlegen ist. Es läuft alles darauf hinaus, was bei uns und Nathan am besten klappt. Also würden wir mit Gebärden und mit Sprache arbeiten, mit den Fingern buchstabieren…"

Will kicherte. „Das ist der Teil, wo wir die Schulbank drücken müssen, was?"

„Mm-hmm. Außerdem würden wir Gesten, Mienenspiel und Lippenlesen verwenden. Der Gedanke dahinter ist, dass wir nicht nur auf eine Methode bauen, sondern auf eine Kombination aller Möglichkeiten." Blake scrollte durch die Website. „Hier gibt es auch einen Abschnitt über das Erlernen von Gebärdensprache als Familie. Dabei geht es offenbar nur um die Grundlagen, aber ich dachte mir, dass Sophie mit uns zusammen lernen kann. Und man kann online lernen. Das wäre super für uns." Er klappte den Laptop zu und legte ihn auf den Nachttisch. „Wir könnten mit den Grundlagen anfangen und dann könnten wir beide mit Level eins weitermachen."

„Es gibt verschiedene Level?"

Blake nickte. „Ich sehe das so: Je mehr Nathan kommunizieren kann, auf welche Art auch immer, desto bessere Chancen hat er im Leben." Er seufzte und rutschte im Bett herum, bis sein Kopf auf Wills Brust lag. „Ich weiß, dass es viel Arbeit sein wird, und es wird nicht einfach sein, aber da draußen gibt es jede Menge Hilfe."

Seine Worte hallten in Wills Brust wider und kitzelten ihn. Will schloss die Augen und genoss das Gefühl, an

Blakes warmen Körper geschmiegt dazuliegen, wie Blake ihm sanft den Bauch streichelte, wie sich seine Finger unaufhaltsam auf Wills Schwanz zubewegten, der in freudiger Erwartung zuckte. Die letzten paar Wochen hatten einen Stress mit sich gebracht, der seinen Tribut gefordert hatte.

Aber es sieht allmählich besser aus. Es gibt Licht am Ende des Tunnels.

Will lächelte vor sich hin. Gleich würde alles noch viel besser aussehen…

Er küsste Blake auf die Stirn. „Hey", sagte er leise. Als Blake den Hals streckte, um ihn ansehen zu können, lächelte Will. „Schließ die Tür ab, Blake."

Die Geschwindigkeit, mit der Blake aus dem Bett schoss, war erfreulich. Und schon allein Blakes Schwanz steif werden zu sehen, als er langsam auf Will zukam, wirkte Wunder für seine Libido. Will rollte sich auf den Bauch, streckte den Hintern hoch und bot sich an. Er seufzte vor Wonne, als er Blakes Körper auf sich fühlte, als Blakes Gewicht ihn in die Matratze drückte und sein Schaft heiß und dick zwischen seine Hinterbacken glitt.

Will schloss die Augen und wartete auf das Vergnügen, von dem er wusste, dass es gleich kommen würde.

20. April

Colin räumte den letzten Teller auf und wischte ein

letztes Mal mit dem Lappen über die Spüle.

„Wir passen gut zusammen, weißt du das?", fragte Ed von der Tür her.

Colin sah ihn an und lächelte. „Ach ja?"

Ed nickte mit Nachdruck. „Du bist das Yin zu meinem Yang."

Colin schnaubte. „Damit meinst du wohl, dass ich der Ordnungsfanatiker bin, der deinem inneren Schlamper entgegenwirkt. Nur, dass der manchmal gar nicht so ,inner' ist."

„Hey!" Colin funkelte ihn mit gespieltem Zorn an. „Beleidige gefälligst nicht meinen inneren Schlamper." Er grinste.

Colin faltete den Lappen und legte ihn neben den Wasserhahn. „Und? Musst du heute Abend noch was arbeiten oder habe ich dich ganz für mich?"

Ed kam herein und machte den Kühlschrank auf. „Ich wollte mir gerade ein Bier holen. Willst du auch eins?"

Colin schüttelte den Kopf. „Kommt was Sehenswertes im Fernsehen?" Nicht dass er große Lust gehabt hätte, auf der Couch abzuhängen. Er war… rastlos. „Weißt du was? Vergiss die Frage. Ich glaube, ich geh' lieber laufen."

Ed musterte ihn schweigend, eine Bierdose in der Hand.

„Was?", entgegnete Colin. „Kann ein Mann nicht mal laufen gehen? Bewegung tut dem Körper gut, vor allem, wo wir seit einer Weile kein Spiel mehr gehabt haben." Das Rugby fehlte ihm. Die Mannschaft war im Moment im Umbruch. Einige Spieler hatten wegen anderer Verpflichtungen aufgehört, und da es keine

Ersatzleute gab, hatten sich ihre Reihen stark gelichtet.
Ed trank einen Schluck, dann sagte er: „Ich dachte, wir zwei könnten uns vielleicht mal unterhalten."

„Worüber?" Als wüsste er das nicht. Ray stand im Raum wie dicke Luft, seitdem Colin wieder aus Edinburgh zurück war. Das lag zu einem großen Teil an Colin. Er wollte nicht mal an seinen Ex *denken*, geschweige denn über ihn reden. Jedes Mal, wenn ihm Ray in den Sinn kam, verspürte Colin ein flattriges, leeres Gefühl in der Magengrube. Ray hatte weder angerufen, noch eine E-Mail oder SMS geschickt – nicht, dass das Colin groß überrascht hatte. Aber Ray war immer noch da, ein ständiges, nagendes Etwas in seinem Hinterkopf, das einfach nicht weggehen wollte. Und obwohl er in ihren Gesprächen nicht vorkam, fühlte Colin seine Gegenwart auf andere Weise.

Er und Ed hatten sich seit jener Nacht nicht mehr geliebt. Nicht, weil er bewusst beschlossen hatte, auf Sex zu verzichten – nur das Verlangen war einfach nicht da. Etwas fraß innerlich an ihm, und Colin konnte sich schon denken, was das war.

Er fühlte sich… schuldig. Dass er so gegangen war, dass er keinen Versuch unternommen hatte, Ray zu kontaktieren… Doch jedes Mal, wenn er wieder an Rays Offenbarung, an seinen Verrat dachte, brach eine frische Welle von Groll über ihn herein. Was wiederum zu weiteren Schuldgefühlen führte. Er musste weitergehen, das alles hinter sich lassen, aber Ray konnte das nicht. Rays Vergangenheit brachte ihn langsam um.

„Komm und setz dich mit mir auf die Couch", schlug Ed vor.

Colin betrachtete ihn ein, zwei Sekunden lang, dann griff er in den Kühlschrank. Scheiß drauf. Wenn sie schon über Ray reden musste, würde ein Glas Wein vielleicht dafür sorgen, dass er sich besser fühlte. Er schenkte sich ein Glas ein und folgte Ed ins Wohnzimmer. Tigger saß auf der Fensterbank und starrte hinaus in den Garten. Ist ein bisschen zu dunkel da draußen zum Vögel beobachten, sagte Colin stumm zu der Katze.

Ed setzte sich und klopfte auf das Sitzkissen neben sich. „Park' diesen süßen Arsch hier."

Colin musste lachen. „Ändere dich bloß nie, Ed."

Ed zog die Augenbrauen hoch. „Was sollte ich wohl ändern? Klar, meine Schönheit verblasst irgendwann mal, aber das geht schließlich jedem so. Und die Art, wie ich rede? Pffft. Ich bin jetzt so alt, dass mir das am Arsch vorbeigeht. Mich muss man halt nehmen, wie ich bin. Das heißt nicht, dass ich nicht auch charmant sein kann – mit Speck fängt man Mäuse und so – aber ich seh' keinen Grund, bei denen, die mich kennen, nicht ich selbst zu sein."

Colin stellte sein Glas ab, beugte sich vor und küsste Ed auf die Lippen, eine flüchtige, warme Berührung, die sich gut anfühlte. „Genau. Ich wollte dich gar nicht anders haben."

Ed grinste anzüglich. „Du kannst mich haben, wie du willst." Dann wurde sein Gesicht wieder ernst. „Okay, ich hab' über Ray nachgedacht."

„Und wie kommst du dazu?" Colin griff nach seinem Glas und nahm einen großen Schluck, genoss den frischen, herben Weißwein. „Als wir das letzte Mal über ihn gesprochen haben, hättest du ihn am liebsten umgebracht."

Ed schnaubte. „Ja, na schön, aber ich hab' seither geschlafen. Ich bin ein paar Wochen älter und ich hab' mich beruhigt. Die letzten drei Wochen haben mir Zeit zum Nachdenken gegeben, um die Sache nüchtern zu betrachten."

„Nüchtern?" Colin staunte unverhohlen. „Nichts hat sich geändert. Er hat immer noch– "

„Ja, ja, ich weiß, was er gemacht hat. Und ja, er war ein Arschloch, weil er's dir nicht gesagt hat. Darüber will ich mich gar nicht mit dir streiten." Ed hielt inne. „Aber dass er ein Arschloch ist heißt nicht, dass er nicht ein bisschen Mitgefühl verdient hat."

Colin blinzelte. Das war das Letzte, was er von Ed zu hören erwartet hatte.

Ed trank aus seiner Dose und umfasste sie dann mit beiden Händen. „Wer besucht Ray?"

„Ich verstehe nicht."

„Wer kommt ihn besuchen? Irgendwer?"

Colin zermarterte sich das Gehirn. „Er hat von einer Krankenschwester gesprochen, die nach ihm schaut."

„Hat er Freunde?"

Colin musste kurz überlegen. Ray hatte niemanden erwähnt.

Ed nickte bereits. „Siehst du, das hab' ich gemeint. Hat er irgendwen, der für ihn da ist?"

Das konnte Colin beim besten Willen nicht beantworten.

Ed beugte sich vor, stellte seine Dose auf den Tisch und faltete die Hände, die Ellbogen auf die Knie gestützt. „Ich krieg' ihn einfach nicht aus dem Kopf. Das soll nicht heißen, dass ich nonstop an ihn denke, aber irgendwie ist er einfach… da, wie ein Juckreiz, wo ich mich nicht kratzen kann. Und worauf ich immer wieder zurückkomme, letzten Endes hat Ray nicht mehr lange zu leben, oder? Und das kommt mir nicht richtig vor. Er hat dich in erster Linie kontaktiert, weil er um Verzeihung bitten wollte für die Art, wie er gegangen ist, nicht?"

Colin nickte, sprachlos vor Erstaunen.

„Dann kannst du's nicht einfach dabei belassen." Ed sah ihm in die Augen. „Du musst dir selber eine Frage stellen – kannst du ihm verzeihen?"

Oh Gott. Das *war mal eine Frage.*

Colin fand endlich seine Stimme wieder. „Meinst du, ich sollte?"

Ed zuckte die Achseln. „Steht mir nicht zu, das zu sagen, Col. Nur du kannst das beantworten. Aber in den letzten paar Tagen hab' ich mich dabei ertappt, zu überlegen, wie er sich fühlt. Er wollte Vergebung, und er hat alles bloß noch schlimmer gemacht. Und wenn ich dran denke, dass er seine letzten paar Tage allein verbringt und sich scheiße fühlt, weil er wieder Mist gebaut hat…"

Colin schluckte. Eds Worte beschworen ein unerfreuliches Bild herauf. Damit nicht genug, sie gaben ihm einen klaren Einblick in den Mann, den er liebte. „Du hast ein großes Herz, nicht? Du versteckst es gut unter einer Schicht Derbheit, aber in dir steckt ein weicher Kern, der sich nicht verleugnen lässt."

Ed fixierte ihn mit einem strengen Blick. „Wenn du jetzt überall rumerzählst, dass Ed Fellows 'ne sentimentale Seite hat, gerb' ich dir dermaßen den Arsch, dass du 'ne Woche lang nicht sitzen kannst." Seine Augen funkelten. „Ich hab' zu lang und zu hart an meinem Ruf als Griesgram gearbeitet, um mir den von dir ruinieren zu lassen." Er griff nach Colins Hand. „Und du musst grad reden. Du hast ein Herz so groß wie der Atlantik. Deshalb bist du Ray überhaupt erst mal besuchen gegangen." Er hob den Kopf und sah Colin tief in die Augen. „Und genau deshalb wirst du tun, was richtig ist. Ich kenn' dich." Er beugte sich vor und küsste ihn, langsam und gründlich, und Colin schmolz bei der intimen Geste dahin.

Ed stand auf. „Und jetzt? Ich glaub', ich geh' heute mal früh ins Bett."

Colin warf einen Blick auf die Uhr. „Ähm, Ed? Es ist erst acht. Du kannst doch nicht jetzt schon schla – "

Der Groschen fiel.

Ed grinste. „Wer hat denn was von Schlafen gesagt?"

Colin lachte, und ihm wurde ein wenig leichter ums Herz. „Ich komm' vielleicht mit und schlafe auch nicht." Es war schließlich schon zu lange her, seit er sich in Ed verloren hatte, in der Leidenschaft und Lust, die sie gemeinsam schufen. Er hielt inne. „Ich… ich muss bloß erst noch telefonieren."

Das Atmen fiel leichter, als er die Entscheidung erst mal getroffen hatte.

Ed nickte langsam und anerkennend. „Ich warte im Bett auf dich." Seine Augen glitzerten. „Ich bin der auf allen Vieren mit dem gut geschmierten Arschloch."

Colin fasste sich an die Brust. „Sag doch nicht solche Sachen, nicht, wenn ich noch telefonieren muss. Wie soll ich klar denken können, wenn du mich mit solchen Bildern quälst?"

Ed schlenderte aus dem Wohnzimmer und wackelte dabei mit dem Hintern. „So steht's in meiner Stellenbeschreibung – ‚Col auf Trab halten'."

Colin sah ihm kopfschüttelnd und leise lachend nach. Als alles ruhig war, nahm er sein Handy vom Tisch und scrollte durch die Kontaktliste. Er holte ein paar Mal tief Luft, da er gar nicht so genau wusste, was er sagen sollte.

Als es sechs oder sieben Mal geläutet hatte, war Colin fast bereit, aufzugeben.

„Hallo?" Ray klang benommen, zurückhaltend.

„Hi. Hab' ich dich geweckt?", fragte Colin mit gedämpfter Stimme.

Für einen Moment herrschte Schweigen. „Ja, ich war auf der Couch eingeschlafen." Ray stockte. „Ich hatte nicht damit gerechnet, je wieder von dir zu hören."

„Um ehrlich zu sein? Ich hatte nicht damit gerechnet, dich anzurufen, aber ich habe mit Ed gesprochen. Das hier war seine Idee."

„Dann bin ich ihm wohl was schuldig." Eine Pause. „Es tut mir wirklich leid, weißt du. Es tut mir leid, dass ich's dir nicht gesagt habe, es tut mir leid, dass wir in dieser Nacht zu viel getrunken hatten, es tut" –

„Weißt du was?" Colin war auf den Füßen und ging auf und ab. „Es war dumm, was wir getan haben, ja. Und obwohl ich nie drüber wegkommen werde, dass du *mein* Leben so aufs Spiel gesetzt hast, am Ende hatte ich eben Glück." Er atmete durch. „Deshalb verzeihe ich dir."

„Du… du verzeihst mir?"

„Ich weiß nicht, ob ich das auch sagen würde, *wenn* ich mich angesteckt hätte, aber lassen wir das jetzt mal beiseite. Ich bin noch mal davongekommen. Du hattest nicht so viel Glück."

„Ich… ich weiß nicht, was ich sagen soll."

Colin dachte über Eds Worte nach. „Ed hat mir heute eine Frage gestellt, und die konnte ich nicht beantworten. Er hat gefragt, ob irgendjemand für dich da ist."

In der darauffolgenden Pause hörte er Ray atmen, rau und unregelmäßig. „Nein", sagte Ray schließlich. „Es gibt niemanden."

Das Wissen machte Colin das Herz schwer. „Aber… warum? Du lebst dort seit dreizehn Jahren. Du musst doch Beziehungen gehabt haben, anderen Leuten nahe gekommen sein."

Rays Seufzen klang ihm in den Ohren. „Ich habe einen Entschluss gefasst, als ich hierher gezogen bin. Ich habe beschlossen, nie wieder eine Beziehung zu haben. Ich habe alle auf Distanz gehalten." Er stieß ein ironisches Lachen aus. „Wahrscheinlich sehe ich den Lieferjungen, der mir meine Lebensmittel bringt, öfter als sonst irgendwen. Du warst meine letzte Beziehung, Colin."

„Warum?" Der Gedanke, dass Ray alleine war, sein Leben mit niemandem teilen konnte, in dem Wissen, dass er sterben würde... Colin kämpfte mit den Tränen. „Warum? Ich konnte es nicht riskieren, jemanden, den ich liebe, in Gefahr zu bringen. Und ich *habe* dich geliebt."

Das Wissen linderte den Schmerz in seinem Herzen nicht.

„Dieser Ed, dein Mann. Klingt, als hätte er dich ziemlich gern."

„Er liebt mich." Die schlichte Wahrheit, rein und unverfälscht, wärmte Colin durch und durch. „So wie ich in liebe."

„Dann koste jeden Tag aus, den du mit ihm hast, okay? Das Leben ist verdammt noch mal viel zu kurz." Rays Stimme wurde lauter. „Versprichst du mir das?"

„Versprochen."

Was auch immer Ray sonst noch sagen wollte, ging in einem Hustenanfall unter. Colin wartete, bis er vorbei war. „Bist du okay?"

„Tut mir leid, Colin, aber ich sollte längst im Bett sein. Danke, dass du angerufen hast. Du hast keine Ahnung, wie viel mir das bedeutet. Leb wohl, und viel Glück."

Ein gedämpftes Klicken signalisierte das Ende des Gesprächs.

Colin starrte das Telefon an. *War's das jetzt? Soll ich das jetzt einfach so stehen lassen?*

Dann wurde ihm bewusst, dass Ed oben war und auf ihn wartete, um mit ihm Liebe zu machen.

Die Fragen konnten warten bis morgen. Im Moment hatte er einen Mann zu lieben.

Kapitel 18

5. Mai

Als sein Telefon läutete, war Colin *so* dicht davor, Marion komplett zu ignorieren. Er dachte sogar kurz daran, das Kabel aus der Dose an der Wand zu ziehen. Sein Handy war stumm geschaltet.

Nur, dass er das natürlich nicht tun würde.

Mit einem Seufzer nahm er das Mobilteil ab und drückte auf den blinkenden roten Knopf. „Marion, was kann ich für Sie tun?"

„An der Rezeption ist ein Besucher für Sie."

Er unterdrückte sein Stöhnen. „Nein. Tut mir leid, aber Sie werden ihn bitten müssen, später wieder zu kommen." Colins Mittagspause war heilig. Abgesehen davon, dass er die Pause dringend brauchte, bot sich ihm sonst den ganzen Tag über keine Gelegenheit, Ed anzurufen. Und im Moment hatte er etwas gutzumachen.

„Er ist sehr hartnäckig." Was Colin Rätsel aufgab war die Belustigung, die ihr deutlich anzuhören war. Es folgte eine gedämpfte Unterhaltung, und dann war Marion wieder dran. „Ich soll Ihnen ausrichten, wenn Sie ihn jetzt nicht vorlassen, gibt es heute Abend keine… Fußmassage für Sie." Sie kicherte.

Und mir nichts, dir nichts sah Colins Tag sehr viel rosiger aus. „Schicken Sie ihn bitte rauf, Marion." Er legte auf und blickte sich flüchtig in seinem Büro um.

Das Letzte, was er wollte, war, dass Ed hereinspaziert kam und eine Sauerei vorfand. Das würde er Colin ewig vorhalten.

Als Ed den Kopf durch die Tür steckte, verschwendete Colin keine Zeit. Er zerrte Ed herein, machte die Tür hinter ihm zu und umarmte ihn.

Ed kicherte an seinem Hals. „Da freut sich aber jemand, mich zu sehen."

Colin küsste ihn auf die Lippen. „Wenn es jemand anders gewesen wäre, wäre er nicht an Marion vorbeigekommen."

„Komisch. Für mich hat sie gar nicht wie ein Rottweiler ausgesehen." Ed grinste. „Ist sie ein guter Wachhund?"

Colin lachte und schubste ihn auf den Stuhl vor dem Schreibtisch. „Jetzt sag mir aber, warum du hier bist."

Ed schnappte in gespielter Empörung nach Luft. „Brauch ich einen Grund, um dich zu besuchen? Jaja, da fühlt man sich gleich so richtig geliebt."

Colin warf ihm einen strengen Blick zu. „Ich kann an einer Hand abzählen, wie oft du schon in diesem Büro warst." Sein Mittagessen konnte warten. Das hier war wichtiger.

„Ich hab' drauf gewartet, dass du mir sagst, was los ist. Aber nachdem ich das schon seit zwei Wochen mach', und nichts passiert ist, hab' ich die Sache selber in die Hand genommen." Ed sah ihn eindringlich an. „Also, was geht in deinem Kopf vor, Col?"

Colin stöhnte innerlich auf. *Ich hätte mir denken können, dass ich das nicht verbergen kann.* „Geht's um gestern Abend? Ich wollte dich heute anrufen und mich entschuldigen. Ich war gestern Abend nicht gut drauf, das ist alles." Es war nicht Eds Schuld gewesen.

Ed schnaubte. „Das war nicht zu übersehen. Ich glaube, du hast den ganzen Abend nicht mehr als zehn Wörter am Stück rausgebracht. Aber wie gesagt, es geht nicht um gestern Abend. Du bist schon seit zwei Wochen so." Als Colin ihn anstarrte, ein mulmiges Gefühl im Bauch, sah Ed ihn liebevoll an. „Hast du gedacht, ich merk' das nicht? Du warst nicht du selbst. Du warst still, zerstreut... Vielleicht hätte jemand anders nichts gemerkt, aber ich bin nicht jemand anders. Ich kenn' dich zu gut."

Colins Kehle wurde ganz eng.

Ed legte den Kopf schief. „Ist es wegen Ray?"

„Wie kommst du darauf?" Ray war nicht mehr Gesprächsthema gewesen, seit Colin ihn angerufen hatte.

„Vielleicht, weil er *mir* auch nicht aus dem Kopf geht."

Colin blinzelte. „Oh? In welcher Hinsicht?"

Ed stand auf und trat an Colins Fenster. Er stützte eine Hand an den Fensterrahmen und blickte hinunter auf die verkehrsreiche Londoner Straße. „Ich finde, du solltest ihn noch mal besuchen."

Colin erstickte fast, so abrupt stockte ihm der Atem. Eds Worte spiegelten seine eigenen Gedanken gespenstisch genau wider. „Ich hab' schon daran gedacht, ihm eine E-Mail zu schreiben oder ihn anzurufen." Das stimmte auch.

Ed schüttelte den Kopf. „Nee. In einer E-Mail oder am Telefon kann er lügen wie gedruckt. Das ist schwieriger, wenn man sich Aug in Aug gegenübersteht."

Colin schüttelte den Kopf. „Okay, seit wann kannst du hellsehen?"

„Eh?"

Colin griff über den Schreibtisch nach seinem Handy. „Ich hab' ihm eine E-Mail geschickt, letzte Woche."

„Hat er geantwortet? Was schreibt er?"

Colin scrollte durch seine E-Mails. „Es ist nicht so sehr, was er schreibt, sondern was er nicht schreibt." Er fand die E-Mail und gab Ed das Handy. „Ich hatte geschrieben, dass ich hoffte, er käme immer noch jeden Tag zu seinem Spaziergang."

Ed schaute auf das Handy. „Ziemlich nichtssagende Antwort, was? ‚Danke, dass du dich meldest.'"

„Ja, ist mir auch aufgefallen. Aber schau, wie er auf meine Frage antwortet."

Ed las laut: „‚Diese Tage liegen jetzt hinter mir.' Was zum Teufel soll das heißen?" Er überflog die E-Mail erneut. „Er lässt nicht viel raus, was?"

Colin seufzte. „Genau." Womöglich ging es Ray inzwischen schlechter, aber er wollte das für sich behalten. Bei dem Gedanken tat Colin das Herz weh.

Ed gab ihm das Handy zurück. „Dann geh ihn besuchen. Morgen."

„Einfach so? Soll ich ihm nicht sagen, dass ich komme?"

Ed schüttelte den Kopf. „Nein, sonst versucht er's dir bloß auszureden, nach dieser E-Mail zu urteilen. Kannst du morgen früher Feierabend machen?

Vorausgesetzt, es gibt einen Flug, natürlich."

Colin griff nach der Maus. „Es gibt nur einen Weg, das rauszufinden." Ed stellte sich neben ihn, als er die Website aufrief. Als er sich vorbeugte, um Colin auf den Scheitel zu küssen, hob Colin den Kopf und lächelte. „Wofür war das denn?"

„Dafür, dass du so ein großes Herz hast." Ed schielte nach seinem Schreibtisch. „Wo ist dein Mittagessen?"

„Das wollte ich auslassen, weil du hier bist."

Ed knurrte. „Oh nein, das machst du nicht. Geh und hol dir, was auch immer du essen wolltest. Ich bleib' hier und guck' nach Flügen."

Colin kam etwas in den Sinn. „Warum bist du nicht bei der Arbeit?"

Ed sah ihn mit warmem Blick an. „Ich hab' denen gesagt, ich hätte was Wichtiges zu erledigen, und dass ich ein paar Stunden weg sein würde."

Colin stand auf und küsste ihn. „Dann hol' ich Mittagessen für zwei."

Eds Augen funkelten. „Ist das ein Arbeitsessen? Oder…." Er grinste anzüglich.

Colin schüttelte lachend den Kopf. „Schlag dir das sofort aus dem Kopf. Zum einen gehen so viele Leute in diesem Büro aus und ein, dass, woran immer du gerade denkst, extrem unpraktisch wäre."

Ed schmollte wie ein kleines Kind. „Spielverderber." Dann grinste er. „Na gut, dann geh schon. Setz deinen Hintern in Bewegung. Wir müssen was essen und einen Flug buchen." Er setzte sich auf Colins Stuhl und drehte sich damit herum. „Eigentlich schade. Auf

dem Ding hier könnten wir so einiges anstellen."
Colin lachte immer noch, als er in der Personalküche
ankam.

Allmählich kam er sich vor wie bei einem Déjà-vu.
Colin bezahlte das Taxi, stieg aus und ging über den
Vorplatz auf den Haupteingang von Rays Wohnhaus
zu. Simon Wilson hatte ihm netterweise frei gegeben,
und das ohne bei Colins Bitte auch nur mit der Wimper
zu zucken. Der einzige Unterschied war, dass er vorher
keinen Besuch im Trinity-Verlag bei Ed gemacht hatte
– dafür hatte die Zeit gefehlt.
Er stieg die Treppen hinauf, in Gedanken schon bei der
Frage, was ihn wohl oben erwarten würde. Hoffentlich
würde Ray nicht sauer sein, dass er unangekündigt hier
auftauchte. Aber Ed hatte Recht: Ray hätte Ausflüchte
gemacht.
Colin drückte auf die Türklingel und wartete.
Überraschenderweise öffnete sich die Tür schnell, und
da stand eine junge Frau in hellblauer Uniform. Sie
blinzelte.
„Woll'n Sie zu Ray?", fragte sie mit sanfter Stimme und
schottischem Akzent.
Er nickte. „Komme ich ungelegen?"
Sie schniefte. „Wo bleiben meine Manieren? Kommen
Sie rein." Sie trat beiseite, um ihn eintreten zu lassen,
und machte die Tür leise hinter ihm zu. „Hier, ich

nehm' Ihre Jacke." Sie half ihm beim Ausziehen und hängte die Jacke an einen Haken. „Ray schläft grade."

„Oh."

Sie musterte ihn kurz. „Ich wollt' mir eben 'n Tee machen. Woll'n Sie auch einen?"

„Wenn Sie einen Kaffee draus machen könnten, dann ja, gerne", sagte er lächelnd. „Und ich bin Colin."

Ihre Augen weiteten sich. „Ah. Ich hab' mich schon gefragt. Schön, wenn man ein Gesicht zu dem Namen hat. Ich bin übrigens Kelly."

Sie gingen in die Wohnküche und Kelly füllte den Wasserkocher. „Dann hat Ray also von mir gesprochen?", fragte Colin mit gedämpfter Stimme.

Kelly nickte, mit dem Rücken zu ihm, während sie zwei Tassen bereitstellte. „Er hat mir von ihrem Besuch erzählt, damals im April. Aber als ich ihn gefragt hab', wie's gelaufen ist, hatte ich den Eindruck, ich hätte die falsche Frage gestellt." Sie drehte sich um und lehnte sich an die Spüle. „Was ich traurig fand, wo Sie doch der Einzige sind, den er je erwähnt hat, seit ich bei ihm die Kontrolluntersuchungen mache." Sie legte den Kopf schief. „Außerdem hatte ich den Eindruck, dass Sie ihm wichtig sind."

Colin wurde die Brust eng. „War ich mal, vor langer Zeit." Er streifte die Tür zu Rays Schlafzimmer mit einem Blick. „Wie geht es ihm? Oder dürfen Sie mir das nicht sagen?"

Kellys Blick huschte flüchtig in dieselbe Richtung. „Dazu kann ich mich nicht äußern. Aber eins kann ich Ihnen schon sagen, nämlich dass Ihr nächster Besuch bei ihm wahrscheinlich nicht hier stattfinden wird." Sie presste die Lippen zusammen.

Colin hatte einen Kloß in der Kehle, der ihm das Schlucken schwer machte. Er holte tief Luft. „Palliativpflege." Kelly antwortete nicht, aber das sagte ihm schon alles, was er wissen musste. Seine Augenlider wurden heiß, und seine Sicht verschwamm ein bisschen. Colin rieb sich die Augen. „Wie lange noch, bis er das in Betracht ziehen muss?"

„Wir sind bereits dabei, einen Platz für ihn zu suchen." Ein weiterer Gedanke kam ihm in den Sinn. „Weiß er… weiß er das?"

Sie nickte langsam. „Es könnte ein paar Wochen dauern, oder vielleicht auch ein paar Monate, bis ein Platz frei wird. Aber hier kann er nicht weitermachen. Jetzt nicht mehr." Ein weiterer Blick in Richtung Schlafzimmertür. „Um ehrlich zu sein, falls sein Zustand sich weiter verschlechtert, ist das Krankenhaus unsere nächste Alternative."

Lautes Husten war hinter der geschlossenen Tür zu hören, und Kelly verschwendete keine Zeit. Colin machte sich nützlich, indem er sich um die Getränke kümmerte, in Gedanken bei Ray. Ganz offensichtlich hatte sich sein Zustand seit Anfang April deutlich verschlechtert. Kelly hatte Recht: Eine Wohnung im fünften Stock war indiskutabel.

Sie erschien an der Tür. „Er will Sie sehen." Sie lächelte beim Anblick des Tees. „Ooh, das ist aber nett von Ihnen."

Colin reichte ihr die Tasse und betrat dann das

Schlafzimmer. Ray lag im Bett, den Kopf auf einen Berg von Kissen gestützt, die Sauerstoffmaske vor dem Gesicht. Sein Blick heftete sich auf Colin und er drohte ihm mit dem Finger.

Colin setzte sich neben ihm auf die Bettkante. „Und wofür ist das?", fragte er leise, weil er sich Mühe geben musste, seine Emotionen nicht zu zeigen. Ray hatte noch mehr Gewicht verloren und seine Augen waren von dunklen Ringen umgeben.

Ray zog die Maske ein wenig beiseite. „Hast... mir nicht gesagt... dass du kommst. Hinterhältig." Er stieß röchelnd den Atem aus.

Colin nahm seine Hand. „Hast du das nicht gewusst? Hinterhältig ist mein zweiter Vorname. Und außerdem hättest du sowieso nein gesagt." Er deutete mit einer Kopfbewegung in Richtung Tür. „Kelly scheint nett zu sein."

Ray nickte. „Sie ist... ein kleiner Schatz. Kommt jetzt... dreimal am Tag... her." Er setzte die Maske wieder auf. Eine weitere, wenn auch ziemlich überflüssige, Bestätigung für Rays Gesundheitszustand. Colin rieb mit dem Daumen über Rays Handrücken, und er sah sofort, dass das Streicheln ihn beruhigte.

„Colin?" Er warf einen Blick zur Tür. Kelly hielt ihm seine Tasse hin. „Ich dachte, den hätten Sie vielleicht gern." Sie brachte ihm den Kaffee.

„Danke. Wie lange sind Sie noch hier?"

„Bis ich meinen Tee ausgetrunken hab. Ich schreib' grade meine Notizen für seinen Arzt zusammen. Ich red' noch mit Ihnen, bevor Sie gehen." Sie lächelte und ließ ihn mit Ray allein.

Ray atmete leichter und schlief vor Colins Augen allmählich ein. Colin entzog ihm behutsam seine Hand, dann stand er vorsichtig auf und verließ das Schlafzimmer. Draußen setzte er sich zu Kelly auf die Couch.

Sie musterte ihn eine Zeit lang, beide Hände um ihre Teetasse gelegt. „Als wir das Thema Palliativpflege zum ersten Mal erörtert haben, hat der Doktor ihm gesagt, dass es da drei Möglichkeiten gibt: zu Hause, oder im Krankenhaus, falls es zu Hause nicht geht, oder in einem Hospiz. Er wollte auf gar keinen Fall in ein Krankenhaus. Wir haben ihn damals gefragt, ob es noch jemanden gibt, der noch was zu dem Gespräch beitragen könnte. Er hat gesagt, es gäbe niemanden."

Plötzlich fühlte Colin sich ganz matt. „Ich habe ihn vor ein paar Wochen gefragt, ob es jemanden gibt. Ich hab' dieselbe Antwort gekriegt."

„Wo wohnen Sie?"

„London." Was im Moment eine Million Meilen weit weg zu sein schien.

„Ah, verstehe." Kelly trank einen Schluck von ihrem Tee. „Nicht grade gleich nebenan, was?"

„Nicht unbedingt, nein." Er warf einen Blick zu Rays Schlafzimmertür. „Er sieht schlechter aus als bei meinem letzten Besuch hier."

Sie nickte. „Er ist immer mehr auf den Sauerstoff angewiesen, und inzwischen sind auch noch andere Faktoren zu berücksichtigen. Die Schmerzen werden stärker." Sie biss sich auf die Lippe. „Ich dürfte eigentlich gar nicht über ihn reden, aber außer Ihnen hat ihn noch niemand besucht, und er bedeutet Ihnen offensichtlich was, sonst wären Sie ja nicht hier. Palliativversorgung behandelt den Lungenkrebs nicht, kann aber helfen, Symptome wie den Schmerz und die Erschöpfung zu lindern, und natürlich die emotionalen Probleme." Kelly lächelte. „Anscheinend hat er sich gefreut, Sie zu sehen. Ich nehme an, er hatte keine Ahnung? Sein Gesichtsausdruck, als ich ihm gesagt hab', dass Sie da sind…" Sie trank ihren Tee aus und schaute auf die Uhr, die an ihrer Uniform befestigt war. „Ich muss los. Könnten Sie mir vielleicht Ihre Adresse und Telefonnummer geben? Falls wir uns… mal mit Ihnen in Verbindung setzen müssen, warum auch immer. Es würde helfen, eine Kontaktperson zu haben."

Colin nickte. So viel konnte er tun. Er gab ihr seine Telefonnummer, und Kelly kritzelte sie auf ihren Notizblock. Er trank seinen Kaffee aus, während sie ihre Sachen zusammensuchte. Als sie so weit war, brachte Colin sie zur Tür.

„Sie sagen, es könnte Wochen dauern, bis ein Platz in einem Hospiz frei wird?"

Kelly nickte. „Sollen wir Ihnen Bescheid geben, wenn wir was finden?"

„Bitte." Ray in einem so schlimmen Zustand vorzufinden hatte Colin völlig aus der Bahn geworden, aber allmählich fand er wieder ins Gleichgewicht.

Nachdem er sie hinausgelassen hatte, ging er wieder in die Küche und spülte seine Tasse aus. Er öffnete leise die Schlafzimmertür, um Ray nicht zu stören, doch der schlief tief und fest.

Colin setzte sich auf die Couch und holte sein Handy raus. „Hey, du", sagte er mit gedämpfter Stimme, als Ed sich meldete.

„Col? Bist du okay?"

Beim Klang von Eds Stimme, voller Besorgnis und so vital, überrollte ihn eine Welle von Kummer, und plötzlich fühlte er sich völlig ausgelaugt. „Oh, Gott, Ed."

Kurzes Schweigen. „Ich nehm' mal an, Ray hatte dir nicht mal die Hälfte erzählt."

Colin setzte ihn ins Bild und berichtet, was Kelly ihm gesagt hatte. Ihm tat das Herz weh, als er beschrieb, wie Ray aussah. Ed hörte schweigend zu.

Als Ed nach ein paar Sekunden immer noch nichts gesagt hatte, räusperte Colin sich. „Bist du noch da?"

„Wer sagt eigentlich, dass er sich unbedingt in Edinburgh ein Hospiz suchen muss? Die gibt's doch überall, oder?"

„Äh, ja." Colin war sich nicht sicher, worauf Ed hinauswollte.

„Und in London gibt's doch *ganz bestimmt* Hospize, oder? Wahrscheinlich mehr als da oben."

„Ed? Was willst du damit sagen?"

Eine weitere Pause. „Ich will damit sagen, dass du ihn nicht allein dort lassen sollst. Niemand hat's verdient, allein zu sein, wenn er so drauf ist. Hol ihn nach Hause."

Colins Puls raste. „Okay, sag das noch mal, ganz

langsam.“

Ed seufzte. „Ich finde, du solltest alles Notwendige in einen Koffer packen, und dann telefonierst du bei ein paar Mietwagenagenturen rum und mietest ein Auto. Fahr‘ nach London zurück und bring Ray mit.“

Er hatte ein schweres Gefühl im Magen. „Und was dann?“

„Ray kann bei uns wohnen, bis wir ein Hospiz für ihn gefunden haben. Ich mach‘ ihm das Gästezimmer zurecht, und dann fang‘ ich an zu suchen. Vielleicht frag‘ ich Blake. Der Mann hat so viele Kontakte, es würd‘ mich nicht überraschen, wenn er ein, zwei Stellen wüsste.“

Colin schloss die Augen und dankte Gott für den Tag, an dem er den wunderbaren Mann am anderen Ende seines Telefons getroffen hatte. „Und du sagst, ich hätte ein großes Herz?“

Ed schniefte. „Ich versteck‘ meins bloß besser.“

„Eins verstehe ich aber noch nicht. Warum soll ich zurückfahren? Fliegen ginge doch bestimmt schneller.“

„Nee. Nicht, wenn er Atemprobleme hat. Er würde mit dem Kabinendruck nicht klarkommen. Nein, so ist es besser. Du kannst langsam machen.“ Colin hörte Tasten klappern. „Es wären sieben bis acht Stunden Fahrt ohne Pausen, aber das kannst du nicht machen. Fahr morgen so früh wie möglich los. Lass dir den ganzen Tag Zeit, wenn’s sein muss. Pack Ray auf den Rücksitz, mit Kissen, mach’s ihm so bequem wie nur möglich. Und melde dich regelmäßig bei mir, damit ich immer weiß, wo ihr seid.“ Colins Handy gab einen

Signalton von sich. „Das bin ich. Hab' dir eben die Route geschickt."

„Ich liebe dich." Nichts konnte Colins Gefühle so vollständig wiedergeben wie diese Worte.

„Ich lieb' dich auch. Ich mach' jetzt das Zimmer fertig, und dann geh' ich einkaufen. Und falls ich noch Zeit habe, geh' ich Blake besuchen. Könnte die Sache eigentlich gleich ins Rollen bringen, eh?"

„Gott segne dich."

Ed lachte leise. „Ich bin schon gesegnet, besten Dank auch. Ich hab' dich, schon vergessen? Und hast du schon was gegessen?"

„Nein, noch nicht. Die Schwester ist eben erst gegangen."

„Okay. Dann bestell' dir was vom Lieferservice und iss. Und während du aufs Essen wartest, guckst du dich um, was du einpacken musst. Nimm nur mit, was Ray braucht. Wir können uns ein andermal drum kümmern, was mit der Wohnung passieren soll."

„Und ich muss Ray sagen, was los ist. Das hast du vergessen. Du weißt, dass er nicht einverstanden sein wird."

Ed schnaubte. „Als ob er dazu überhaupt in der Lage wär'. Wir denken nur an das, was das Beste für ihn ist, und dazu gehört *nicht*, einsam und allein in 'ner öden Wohnung rumzuhocken und auf einen Platz zum Sterben zu warten. Tut mir leid, aber das kommt verdammt noch mal nicht in die Tüte."

„Das drücke ich wohl lieber ein bisschen anders aus, wenn ich mit ihm rede." Colin schüttelte den Kopf.

„Du bist erstaunlich."

„Das kannst du mir morgen Abend noch mal sagen, wenn du hier in meinen Armen bist, wo du hingehörst."

„Bist du sicher, dass du weißt, was du uns damit einbrockst?" Colin unternahm einen allerletzten Versuch, praktisch zu sein.

„Wir reden ja nicht von was Längerem, oder?"

Colin hatte keine Ahnung. „Das hängt davon ab, wie schnell ein Platz frei wird."

„Wir schaffen das schon, Col. Wenn wir's an Weihnachten drei Tage lang mit meiner ganzen Familie aushalten können, dann überleben wir's auch, dass Ray bei uns wohnt." Er lachte. „Jedenfalls wird's mit ihm um einiges ruhiger sein, das ist mal sicher."

Colin hustete. „Aber die Regeln sind dieselben." Er wartete, bis der Groschen fiel.

„Oh. Ach ja." Ed seufzte. „Na schön. Dann kauf' ich eben einen Knebel."

Colin lachte so heftig, dass er schon Angst hatte, ihm könnte was platzen.

Kapitel 19

Blake stand im Eingang zum Wohnzimmer, und bei dem Anblick, der sich ihm bot, schwoll ihm das Herz vor Liebe. Will und Nathan waren auf dem Fußboden, Nathan auf der bunten Steppdecke, die Lizzie ihnen geschenkt hatte. Will hielt ein Spielzeug hoch, das aus ineinander verschlungenen, bunten Ringen zu bestehen schien, und Nathan lag auf dem Rücken und streckte die Hände danach aus. Seine Beinchen waren ebenfalls in der Luft.

„Greift er mit den Fingern oder mit den Zehen danach?", fragte Blake, als er ins Zimmer kam.

Will lachte. „Du kommst gerade rechtzeitig. Ich wollte dich eben rufen."

Blake blickte sich um. „Wo ist Sophie?"

„In ihrem Zimmer. Sie sagt, sie hätte eine Überraschung für uns, und an der arbeitet sie gerade." Will grinste. „Ich habe den strikten Befehl, mich aus ihrem Zimmer fernzuhalten."

Blake lachte und hockte sich zu Will und Nathan auf den Boden. „Also, warum wolltest du mich rufen?"

Will bückte sich und drückte Nathan einen Kuss auf den Bauch, und Blake freute sich über das Lächeln, das Nathans Gesicht erhellte. „Weil wir eine Überraschung für Papa haben, nicht wahr, mein Hübscher?" Behutsam schob er einen Arm unter Nathan und drehte ihn auf den Bauch, dann nahm er Nathans Teddy und setzte ihn ein kleines Stück entfernt vor ihn hin. Nathan machte Greifbewegungen und versuchte, das Spielzeug zu erreichen.

Will drehte ihn auf den Rücken und dann wieder auf den Bauch. Nachdem er das drei oder vier Mal wiederholt hatte, ließ er Nathan auf dem Rücken liegen und brachte den Teddy außer seiner Reichweite. „Wollen wir Papa mal zum Staunen bringen?" Er hielt den Teddy hoch und ließ ihn tanzen. „Na komm schon, du willst Big Ted doch haben. Das schaffst du."

Blake sah fasziniert zu, wie Nathan ein Patschhändchen ausstreckte, aber nicht ganz rankam. „Gott, ich weiß noch, wie ich das mit Sophie gemacht habe. Als sie erst mal losgelegt hat, war sie so schnell!"

Will lachte leise. „Eins sag' ich dir, der Kleine hier würde sie wahrscheinlich schlagen. Oh mein Gott, wenn er erst mal zu krabbeln anfängt, passen wir lieber auf."

Nathan hatte es inzwischen eindeutig satt, seinen Lieblings-Teddy nicht erreichen zu können. Als beide Hände zu benutzen auch zu nichts führte, rollte er sich erst auf die Seite und dann schließlich auf den Bauch, bis er Big Teds Hinterpfoten mit beiden Händen packen konnte.

Will nahm ihn hoch und knuddelte ihn. „Juhu! Du hast es geschafft!" Er sah Blake in die Augen. „Und eines Tages wird er mich das sagen hören."

Blake nickte und schluckte. Dann schlug er sich die Hand vors Gesicht. „Verflixt. Ich hätte auf Video aufnehmen sollen, wie er sich zum ersten Mal umgedreht hat."

Will lächelte. „Ich glaube, das wird er noch öfter machen. Du kriegst schon noch die Gelegenheit dazu." Er lächelte für Nathan noch breiter. „Ja, wer ist ein kluger Junge?"

Blake wusste genau, was er da tat. Sie hatten im Internet gelesen, wie wichtig es war, Stimmungen mit Hilfe der Mimik zu zeigen.

„Papa! Daddy!"

Blake zog die Augenbrauen hoch. „Ihre Hoheit ruft uns in ihre Gemächer." Lachend ging er aus dem Zimmer und die Treppe rauf. Will folgte ihm mit Nathan auf den Armen. Sophies Tür war nur angelehnt. „Dürfen wir jetzt reinkommen?"

„Ja."

Als sie eintraten, saß Sophie an ihrem kleinen Schreibtisch vor dem Fenster und strahlte übers ganze Gesicht. Sie hatte einen Stapel Karten vor sich, und Blake konnte auf der obersten eine Zeichnung erkennen, die ein Auto darstellte.

„Setzt euch", befahl Sophie.

„Gott, sie kommt ganz nach dir", flüsterte Will. Er ließ sich behutsam auf dem Teppich nieder, Nathan zwischen seinen gekreuzten Beinen, an ihn gelehnt, sodass sein Köpfchen gestützt war.

Blake lachte leise. „Mit diesen Haaren? Sie ist eindeutig deine Tochter." Sophies langes Haar hatte fast genau denselben Braunton wie das von Will.

Will senkte die Stimme. „Bestreite ich ja gar nicht. Aber deine Tochter ist sie auch, kein Zweifel. Das ist diese rechthaberische Davis-Art."

„Okay, jetzt müsst ihr aber still sein." Sophie fixierte sie mit einem strengen Blick.

Solchermaßen gerügt richtete Blake sich auf und machte ein ernstes Gesicht. „Okay, wir sind ganz Ohr."

Sophie beugte sich vor, nahm die Karten und breitete sie vor sich auf dem Tisch aus. „Letzte Woche habe ich meiner Kindergärtnerin erzählt, dass Nathan gehörlos ist."

„Wirklich?", fragte Will überrascht. Dann weiteten sich seine Augen. „Ach, das erklärt die mitfühlenden Blicke, als ich Sophie abgeholt habe."

„Meine Kindergärtnerin hat uns was im Fernsehen gezeigt. Über Gebärdensprache."

Blake schüttelte lächelnd den Kopf. „Das ist toll. Was habt ihr gesehen?"

Sophie lächelte ebenfalls. „Wir haben die ganze Woche über gelernt, wie man Wörter in Gebärdensprache sagt."

Will spähte nach den Karten. „Hast du die gemacht?"

Sie nickte stolz. „Immer, wenn wir ein neues Wort gelernt haben, habe ich eine Karte dafür gemacht, damit ich üben kann. Und dann, wenn Nathan größer ist, kann ich's ihm auch beibringen."

Blake starrte sie an. Er war völlig baff. *Unser kleines Mädchen ist wirklich erstaunlich.*

Sophie deutete auf die Karten. „Daddy, such' dir eine Karte aus. Ich muss die Gebärde dafür machen."

Blake warf einen Blick auf die Karten. „Ah, es ging um Fortbewegung? Wie viele Gebärden habt ihr gelernt?"

„Sieben. Jetzt such' dir eine Karte aus, Daddy."

Will musterte die Karten und deutete dann auf eine mit zwei Füßen darauf. „Heißt das ‚zu Fuß gehen‘?"

Sophie nickte. Sie drehte eine Hand mit der Handfläche nach oben und strich mit zwei Fingern der anderen Hand zweimal drüber.

„Das ist großartig. Noch eine", verlangte Blake.

Will deutete auf das Auto. „Wie wär's damit?"

Sophie streckte die Hände aus, als ob sie ein Lenkrad halten würde, und mimte das Drehen des Lenkrads. Eine nach der anderen gingen sie die Karten durch, und jedes Mal klatschten Will und Blake Beifall.

Am Ende runzelte Sophie die Stirn. „Das geht aber anders. Die Kindergärtnerin hat's uns gezeigt." Sie klatschte zweimal in die Hände, dann streckte sie sie in die Luft und winkte mit beiden. Dann hob sie einen Zeigefinger und legte ihn ans Ohr. „So sagt man ‚gehörlos‘ in Gebärdensprache." Sie grinste. „Welche Wörter habt ihr gelernt?"

Blake lachte. „Wir haben eine andere Art von Handzeichen gelernt." Sie hatten sich Videos über das Buchstabieren mit den Fingern angeschaut, und es war Wills Idee gewesen, einen Wettstreit daraus zu machen.

Ja, das war vielleicht kein so guter Schritt.

Sophie hüpfte aufgeregt auf ihrem Stuhl herum. „Zeigt's mir!", verlangte sie.

Das Zuschlagen einer Autotür veranlasste Blake zum Aufstehen. „Das geht jetzt grade nicht, weil wir Besuch haben."

„Besuch?", fragte Will verblüfft.

„Ich wollte dir vorhin Bescheid sagen, aber du hast

mich mit Nathan abgelenkt." Blake lächelte, dann zwinkerte er Sophie zu. „Onkel Ed ist hier."

„Juhu!" Sophie sprang auf, und ehe einer von ihnen noch ein weiteres Wort sagen konnte, war sie bereits an ihnen vorbei und sauste die Treppe runter.

„Warte auf uns!", rief Will laut. „Du kennst die Regeln." Sophie durfte die Haustür nicht aufmachen.

„Dann beeil dich, Daddy!"

Blake folgte Will in sehr viel gemäßigterem Tempo als ihre Tochter nach unten. „So herrschsüchtig bin ich nicht", grummelte er vor sich hin.

„Spar dir das für jemanden, der dich nicht so gut kennt wie ich", sagte Will, als er an der Haustür ankam, wo Sophie immer noch aufgeregt herumhopste. Er ließ Ed herein, Nathan auf dem Arm. Ed lächelte, als er das Baby sah. Doch bevor er Will begrüßen konnte, hatte Sophie schon die Arme ausgestreckt und verlangte lautstark nach einer Umarmung. Ed nahm sie hoch und knuddelte sie.

„Hey, Prinzessin. Wie geht's meinem Lieblingsmädel?" Blake kicherte. „Eines Tages sagst du das mal in Hörweite von deinen *anderen* Lieblingen, und dann gibt's Zoff."

„Nee." Ed küsste Sophie auf die Wange. „Die kleine Madame hier wird immer mein Lieblingsmädel sein. Ich war im Krankenhaus dabei, als du auf die Welt gekommen bist", sagte er zu ihr.

Sophie zog die Nase kraus. „Ja, und Papa sagt, dass du ganz dreckig warst."

Ed warf Blake einen scharfen Blick zu. „Ach was, das

hat er gesagt?"

Sophie nickte. „Und Onkel Colin auch." Ed ließ sie runter, und sie zog ihn an der Hand hinter sich her in Richtung Wohnzimmer. „Weißt du, dass Nathan gehörlos ist?"

Ed nickte, und der Humor verschwand aus seinem Gesicht. „Ja, das weiß ich, Prinzessin. Deine Daddys haben's mir und Onkel Colin erzählt." Er wechselte einen Blick mit Blake und nickte ihm kurz zu.

„Warum zeigst du Onkel Ed nicht die Gebärden, die du im Kindergarten gelernt hast?", schlug Blake vor.

Ed machte große Augen. „Lernt ihr da heutzutage Gebärdensprache? Potz Blitz. Da hat sich aber seit meiner Zeit einiges geändert. Damals war's Deutsch oder Französisch."

„Wenn man drüber nachdenkt", sagte Will, als er Ed und Sophie ins Wohnzimmer folgte, „ist es doch viel wahrscheinlicher, dass man in diesem Land jemanden trifft, der hörbehindert oder taub ist als jemanden, der deutsch oder französisch spricht. Ist sehr viel sinnvoller."

„Möchtest du etwas trinken?", fragte Blake. Ed saß bereits auf der Couch und schaute sich Sophies Gebärden an.

„Ein Kaffee wär' nicht schlecht, wenn du grade einen da hast." Ed wandte seine Aufmerksamkeit wieder Sophie zu. „Das ist ein Flugzeug, oder?" Sophies begeistertes Quietschen war entzückend.

Blake lächelte vor sich hin, als er in die Küche ging, um Kaffee aufzusetzen. Er konnte sich lebhaft vorstellen, wie Sophie jedem, den sie kannte, Gebärdensprache beibrachte. Dann dachte er darüber nach. Bisher hatten alle ihre Freunde zu Sophies Leben gehört, und folglich würden sie auch zu Nathans Leben gehören. Er glaubte keine Minute daran, dass sie sich dagegen sperren würden, ein paar Gebärden zu lernen. *Mit so was hätten wir nie gerechnet, aber wir passen uns an unsere neue Realität an.* Das mussten sie, wenn Nathan in Zukunft die bestmöglichen Chancen im Leben haben sollte.

Als der Kaffee fertig war, brachte er die Tassen ins Wohnzimmer. Ed saß vorgebeugt da und ahmte Sophie nach, die ihm ihre Gebärden zeigte. Will saß auf einem der Sessel und hatte Nathan auf dem Schoß, der seinen Teddybären umklammerte.

„Also, was verschafft uns dieses unerwartete Vergnügen an einem Samstagmorgen?" Blake setzte sich auf eine Armlehne von Wills Sessel und streichelte Nathan zärtlich den Kopf. „Du hast am Telefon nichts gesagt."

„Wollte Colin nicht mitkommen?", erkundigte sich Will.

„Col ist im Moment in Edinburgh, aber vermutlich mietet er jetzt grade ein Auto für die Rückfahrt. Ich bin hier, um mir bei dir 'n paar Ideen zu holen, Blake." Er hörte auf zu reden, als sein Handy klingelte. „Wenn man vom Teufel spricht…", sagte er grinsend, ging ran und lehnte sich gemütlich zurück. „Morgen, mein Schöner." Er runzelte die Stirn. „Okay, sag das noch mal."

Blake bekam Gänsehaut auf den Armen, als Eds Gesicht noch finsterer wurde und auf einmal hoch konzentriert wirkte.

„Was zum Teufel? Du machst Witze. Wann hast du mit ihm geredet?" Eine Pause. „Was, auf gar keinen Fall?" Ed seufzte tief. „Na, Scheiße aber auch. Was willst du jetzt machen?"

Will setzte sich auf, und sein Blick huschte zu Blake.

„Ja, na ja, ist wohl so. Also, wann kommst du nach Hause…? Gut. Ich mach' dir dann was zu essen… Ja, ich liebe dich auch." Er legte auf, und dann saß er nur da und starrte ausdruckslos auf sein Handy.

Sophie kicherte. „Onkel Ed hat ein schlimmes Wort gesagt."

Ed blinzelte, dann wurde er blass. „Weia. Ich hab' vergessen, wo ich bin. Tut mir leid, Leute."

Will wandte sich an Sophie. „Schatz, Papa und ich müssen mit Onkel Ed reden. Kannst du in dein Zimmer gehen und noch ein paar Gebärdensprache-Karten für uns machen? Wir kommen gleich rauf und schauen sie uns an."

Sophie strahlte. „Ja!" Sie krabbelte eilig vom Sofa und flitzte hinaus, wobei sie rief: „Komm bald, Daddy!"

Blake wartete einen Moment, bis alles still war, dann räusperte er sich. „Ed? Ist alles in Ordnung?"

Ed betrachtete ihn blinzelnd. „Tut mir leid, Leute. Ich bin mit einem festen Vorsatz hergekommen, aber mit dem Anruf eben hat sich das sozusagen erledigt." Er trank einen Schluck Kaffee, ehe er weitersprach. „Okay, ich fang' am besten ganz am Anfang an. Cols Ex, Ray, hat sich bei ihm gemeldet. Um's kurz zu machen, Ray hat Lungenkrebs und sonst noch so einiges, weil er AIDS hat. Col ist ihn zweimal in Edinburgh besuchen gegangen, aber jetzt beim zweiten Mal war's offensichtlich, dass Ray ganz schlecht dran ist. Statt ihn da oben nach einem Hospiz suchen zu lassen hab' ich vorgeschlagen, dass Col ihn mitbringt nach London und dass er bei uns wohnen kann, bis irgendwo was frei wird. Ich wollte Blake fragen, ob er ein Hospiz empfehlen kann. Justin war doch in einem, oder?"

Blake nickte. Sein Vater hatte nach seinem Schlaganfall einige Zeit in einem Hospiz verbracht.

„Aber aus meinem Plan wird anscheinend nichts. Colin war heute Morgen bei Rays Arzt, um ihn zu fragen, welche Medikamente Ray braucht. Und der Arzt hat ihm kategorisch gesagt, dass Ray in seinem Zustand nicht reisefähig ist, nicht mal in 'nem Krankenwagen."

„Verflixt." Will starrte Ed an. „Und was jetzt?"

Ed schnaufte. „Col sagt, dass er morgen nach Hause kommt. Danach will er versuchen, alle paar Wochen mal da rauf zu fahren. Es ist nicht ideal, aber bei der Entfernung, was kann er sonst machen?" Er trank einen weiteren Schluck aus seinem Becher. „Wie auch immer, genug von mir geredet. Was gibt's bei euch Neues?"

„Wenn du darüber reden willst, kannst du das tun, weißt du?", sagte Blake sanft.

Ed lächelte ihn halbherzig an. „Nee. Das ändert auch nichts. Es ist eine beschissene Situation, und ich glaube, wir wissen alle, wie das enden wird, nicht? Ich kann nur für Colin da sein, wenn er mich braucht. Mehr können wir eigentlich alle nicht tun." Er sah Will an, der Nathans Teddybären hochhielt und für ihn tanzen ließ. Nathan lächelte und versuchte nach dem Spielzeug zu greifen. „Zurück zu euch. Lernt ihr auch Gebärdensprache?"

Blake wusste, dass Ed es vermeiden wollte, über die Situation nachzudenken. Was er ihm nicht verübeln konnte. *Ich wollte auch schon mehr als einmal vor unsere Situation weglaufen.* Nur dass er das natürlich nie tun würde.

Will lächelte. „Wir lernen das Buchstabieren mit den Fingern und außerdem jeden Tag ein paar neue Gebärden. Blake fand, dass wir das Ganze auch gut ein bisschen... interessanter gestalten könnten."

Ed grinste. „Was du nicht sagst."

Blake schnaubte. „Ich habe bloß gesagt, dass wir jeden Tag miteinander gebärden müssen. Wenn ich was gebärde und Will mich versteht, kriege ich einen Punkt. Aber wenn er mich nicht versteht, weil meine Gebärde nicht deutlich genug war, kriegt er den Punkt und umgekehrt."

„Hab's kapiert. Kleiner Wettbewerb, hm?" Ed schaute von Blake zu Will. „Wer gewinnt?"

Blake seufzte. „Er."

Will zog die Augenbrauen hoch. „Wir stehen noch ganz am Anfang, oder? Du kriegst den Dreh schon noch raus." Seine Augen funkelten. „Ich meine, du bist ja schon besser geworden, seit du –"

„Sag's nicht", warnte Blake. Als ob Will darauf hören würde.

Ed lachte gackernd. „Na los, einer von euch erzählt's mir sowieso."

„Wir waren gerade bei einigen grundlegenden Gebärden", erklärte Will. „Und Blake hat so gemacht." Er formte mit Daumen und Zeigefinger einen rechten Winkel und legte die Hand ans Kinn.

„Ja? Was heißt das?"

Will sah Blake an, und in seinem warmen, schokoladenbraunen Augen lag Mitgefühl. „Das kann man wirklich leicht falsch machen. Er hätte ‚Polizist' gebärden sollen."

Ed weitete die Augen. „Hätte?"

Will lachte leise. „Bloß ein kleines Problem." Er legte sein Kinn in die Ecke des L's, das seine Finger bildeten. „*Das* heißt ‚Polizist'." Er veränderte den Winkel leicht und hielt seine Hand wieder so wie vorhin. „*Das hier* heißt ‚Lesbe'."

Ed schaute ihn für einen Moment erstaunt an, dann brach er in Gelächter aus. „Unbezahlbar. Ja, bringt wirklich nichts, wenn man bei den zwei Wörtern durcheinanderkommt."

Blake hatte gewusst, dass Will solche Munition nicht für sich behalten konnte. „Okay, okay. Genug auf meine Kosten gelacht, finde ich." Er warf Will einen *BLICK* zu, der Vergeltung versprach, wenn ihr Gast erst mal wieder gegangen war. Tatsächlich war er schwer in Versuchung, sich seine Rache aufzuheben, bis Will nackt und gefesselt war.

Handschellen waren eine wunderbare Erfindung.

„Du schmollst doch nicht etwa immer noch, oder?", fragte Will, während er sich fürs Zubettgehen auszog. Blake lag bereits unter der Decke, mit dem Rücken zu Will.

„Wer sagt denn, dass ich schmolle?"

Will wäre überzeugter gewesen, hätte Blake diese Worte nicht an den Schrank gerichtet. „Denk bloß nicht, ich wüsste nicht, was los ist. Du bist sauer auf mich, weil ich Ed von deiner kleinen Gebärdenpanne erzählt habe." Als Blake nicht antwortete, hob Will das Laken, schlüpfte zu ihm ins Bett und schmiegte sich an seinen Rücken. Seine Hand schlängelte sich um Blakes Taille, rieb ihm den Bauch. Er küsste ihn auf die Schulter. „Hey", sagte er leise. „Du kannst nicht in allem gut sein."

Blake neigte den Kopf. „Schadet nichts, es zu versuchen."

Will drückte ihm das Gesicht an den Hals. „Das ist mein Ernst. Weißt du, was du für ein toller Mann bist? Ich kann an einer Hand abzählen, wie oft du in deinem Leben etwas in Angriff genommen und es nicht hingekriegt hast. Deshalb hält dich dein Personal ja für Superman, das *weißt* du doch, oder? Du bringst alles in Ordnung."

„Nicht alles kann so einfach in Ordnung gebracht werden."

Will küsste ihn erneut auf die Schulter. „Kann sein, aber

du versuchst es wenigstens, und das verdammt gut."

Blake lächelte ihn liebevoll an, und Wills Anspannung ließ nach – bis er spürte, wie etwas Kaltes, Hartes um sein Handgelenk zuschnappte. „Blake, was machst du da?"

Blakes Lächeln verwandelte sich in ein boshaftes Grinsen. „Rache ist süß." Bevor Will reagieren konnte, rollte Blake sich herum, zog ihm den rechten Arm über den Kopf und machte die zweite Handschelle am Kopfteil des Bettes fest. Dann schubste er Will auf den Bauch und setzte sich rittlings auf ihn, drückte ihn mit seinem Gewicht in die Matratze. Unter Blakes Kopfkissen hervor kam ein weiteres Paar Handschellen zum Vorschein.

Wills Herzschlag beschleunigte sich. Er liebte es, wenn Blake zum Dom wurde. „Hilfe, Hilfe", flüsterte er.

Blake schnaubte. „Oh, bitte. Wir wissen doch beide, dass du gerade übers ganze Gesicht lächelst."

Dazu hatte Will nichts zu sagen.

Als Blake seine beiden Hände am Bett festgemacht hatte, rutschte er weiter nach unten, packte Wills Arschbacken und spreizte sie.

„Oh, Scheiße, ja!", stöhnte Will ins Kissen, als Blakes Zunge seinen Anus berührte. Er zog die Beine an, stützte die Brust auf die Knie und streckte den Hintern hoch, begierig nach mehr. Blake kicherte in seine Ritze und leckte gleich darauf wieder so *verdammt langsam* an seiner Rosette, obwohl Will sich ihm entgegen stemmte und ihm deutlich zu verstehen gab, wo genau er Blakes Zunge haben wollte.

Blake hatte offenbar nicht dasselbe Skript gelesen, denn er machte mit dem sinnlichen Zungenbad weiter, ohne auch nur einmal fester gegen den straffen Ring zu drücken – obwohl Will das Gefühl hatte, als würde sein ganzer Körper Blake anbrüllen, ihn einfach zu *nehmen*.

Als Blake schließlich nicht mit der Zunge, sondern mit zwei glitschigen Fingern tief in ihn eindrang, wusste Will, dass die Botschaft angekommen war.

Gleich würde er gründlich durchgebumst werden.

Ein heißer, nackter Schwanz glitt in ihn hinein, und er bäumte sich auf und stöhnte über das köstliche, lustvolle Gefühl. Wie gerne hätte er jetzt nach seinem eigenen Schwanz gefasst, doch das stand außer Frage. Er konnte nur nehmen, was Blake ihm gab. Er packte das Kopfteil des Bettes, verhakte die Finger zwischen den geschnitzten Weinreben und Blättern und wartete, den Körper um Blakes dicken Schaft herum angespannt, der ihn bis an die Grenzen des Möglichen ausfüllte.

Blake beugte sich über ihn; sein heißer Atem streifte Wills Schultern. „Was meinst du, wie lange werde ich brauchen, um dir die Wichse rauszuficken?" Blakes Stimme war heiser, rau vor Begehren. Er zog sich behutsam aus Will zurück, bis nur noch die Spitze in ihm steckte. „Was meinst du, wie lange kannst du durchhalten, ehe du das ganze Bett vollspritzt? Fünf Minuten? Weniger?" Blake packte ihn an den Schultern. Seine Hände waren fest und warm.

„Hör auf zu reden und fick mich", stieß Will mit zusammengebissenen Zähnen hervor. Er sehnte sich verzweifelt danach, von diesem langen Schaft wieder und wieder gefüllt zu werden. Als Blake sich nicht bewegte, verrenkte er den Hals, um ihn anzustarren. „Blake, komm schon."

Blake beugte sich erneut über ihn, drückte sich an seinen Körper. „Ich bin vielleicht nicht in allem gut", flüsterte er, „aber in manchen Dingen bin ich sehr, sehr gut." Und damit rammte er sich wieder in Will hinein, schnell und tief, und Will stöhnte auf. „Und eins von diesen Dingen ist…" Blake zog sich erneut zurück, nur um Will mit einem langen, heißen Stoß wieder aufzuspießen. „…dass ich weiß, was deinen Körper für mich singen lässt." Ein weiterer quälend langsamer Rückzug. „Was dich meinen Namen schreien lässt, weil ich es für dich so schön mache." Blake füllte ihn, und beide atmeten aus. „Wie sehr du es liebst, wenn ich meinen Schwanz tief in dir vergrabe. Dass ich dir den Atem rauben kann, wenn du mich ganz in dich aufnimmst." Blake bewegte sich immer schneller, glitt ein und aus, die Hände fest an Wills Schultern verankert. „Gott, es fühlt sich so gut an, dich zu ficken." „Bitte", flehte Will. „Mach langsam. Ich will, dass es lange dauert." Doch er ahnte die Wahrheit bei jedem langen, gleitenden Stoß. Die Handschellen schnitten in seine Handgelenke, was den Wirbel der Lust und Leidenschaft nur noch heißer machte. Die Kanten der Holzschnitzereien gruben sich in seine Finger. Blake nahm ihn härter ran; das wuchtige Vorschnellen seiner Hüften rüttelte Wills Körper durch, als Blake das Tempo steigerte. Jeder einzelne Stoß brachte ihn dem

Abgrund gefährlich nahe.

Als Blake Wills Schwanz umfasste und ein, zwei, dreimal kräftig daran zog, reichte das, und Wills warmes Sperma ergoss sich über seine Hand. Will erschauerte, schloss die Augen und genoss das sinnliche, pulsierende Glücksgefühl, mit dem sein Orgasmus ihn durchströmte. Blake war immer noch in ihm, und als der letzte Rest von Wills Höhepunkt verebbte, begann er sich wieder zu bewegen und fand schnell wieder in seinen Rhythmus von vorhin.

„Lass mich dich spüren", flüsterte Will. „Komm schon, Liebster."

Blake stieß einen leisen Schrei aus, und Will freute sich, als er das Beben fühlte, das durch Blakes Schwanz ging, das verräterische Pulsieren, das ihm sagte, dass Blake gekommen war. Blake hielt ihn fest in den Armen, breitete einen Teppich aus zärtlichen Küssen über seine Schulterblätter, und der stürmische, ungeduldige Liebhaber wurde wieder zum sanften, zärtlichen Geliebten. Behutsam nahm er Will die Handschellen ab und rieb ihm die Handgelenke, wobei er immer noch in ihm blieb. Schließlich glitt er langsam aus Will heraus und drehte ihn auf den Rücken. Will breitete die Arme aus, und Blake füllte sie. Sie lagen aneinandergeschmiegt da, verschwitzt und glitschig von Sperma, und küssten sich, während ihre Hände immer noch tasteten, erkundeten, zärtlich streichelten. Will wollte den Moment nicht loslassen.

Als Blake schließlich still neben ihm lag, nahm Will seine Hand, hob sie an die Lippen und küsste Blakes

Finger. Dann drückte er sie auf sein Herz und bedeckte sie mit seiner eigenen Hand.

„Ich stimme dir voll und ganz zu."

Blake hob den Kopf und sah ihn fragend an.

Will lächelte. „In manchen Dingen bist du sehr, sehr gut."

Kapitel 20

„Ist das schön hier!", rief Elena, als sie über die hölzerne Brücke auf Hever Castle zugingen. Die Morgensonne spiegelte sich in den stillen Wassern des Burggrabens. Vor ihnen war das Fallgatter, und hinter einem Torbogen lag das Haupttor. Als sie näherkamen, erblickte Rick einen hochgewachsenen, schlanken Mann im dunkelblauen Anzug.

„Das muss Francos Freund Anthony sein", flüsterte er Angelo zu. „Verdammt."

Angelo sah ihn an. „Und was soll das heißen?"

Rick erwiderte seinen Blick mit großen Augen. „Dass er echt heiß ist." Er streichelte Angelo den Rücken. „Gucken darf ich doch noch, oder?"

Angelo lachte leise. „Natürlich. Gucken ist erlaubt. Und du hast nicht ganz Unrecht. Franco hat Geschmack, was seine Freunde betrifft."

Anthony lächelte und kam ihnen entgegen. „Willkommen auf Hever Castle. Ich bin Anthony Calderfield, und ich bin hier für die Buchungen zuständig. Das hat Franco euch wahrscheinlich schon gesagt."

„Hat er, ja." Angelo deutete auf Elena. „Das ist meine Mutter, Mrs. Tarallo. Ich bin Angelo, und das ist Rick."

Anthony streckte Elena die Hand entgegen, und als sie ihm ihre reichte, hauchte er ihr einen Kuss auf den

Handrücken. Elena errötete.

„Bitte, nennen Sie mich Elena."

Anthony lächelte, als er sich aufrichtete. „Also, meine erste Frage lautet: Kennt ihr unsere Veranstaltungsorte bereits, und wisst ihr schon, wo genau ihr eure Hochzeit feiern wollt?"

„Wir haben auf der Website geschaut", teilte Angelo ihm mit. „Der Astor Wing und das Schloss sind wirklich prachtvoll, aber ich glaube, uns beiden hat der italienische Garten am besten gefallen." Er grinste. „Um nicht *zu* stereotypisch zu sein, wohlgemerkt."

Anthony lachte. „Um ehrlich zu sein – wenn ich im August heiraten würde? Dann wäre das auch meine Wahl." Er zwinkerte. „Und vielleicht habe ich euch deswegen bereits für genau diese Location vorgemerkt. Also dann, sollen wir mal einen Blick darauf werfen?"

Angelo nickte und nahm Ricks Hand. Sie kehrten um und überquerten die Brücke erneut, Elena an ihrer Seite.

„Wie ich euch bereits am Telefon gesagt habe, habe ich mir die Freiheit genommen, als Teil eures Besuchs hier eine Verkostungs-Session zu organisieren. Es gibt die Canapés, die beim Empfang vor der Trauung zu den Drinks serviert werden, dann die verschiedenen Menüs für das Hochzeitsfrühstück und schließlich eine Auswahl von Gerichten für den Abend. Könnt ihr schon annähernd sagen, mit wie vielen Gästen wir rechnen dürfen?"

Angelo nickte. „Im Moment sind wir bei an die hundert, aber sehr viel mehr dürften es nicht werden."

„Das ist großartig. Die Obergrenze für Hochzeiten im

italienischen Garten liegt bei hundertachtzig Personen."
Rick blickte über die Gartenanlagen. „Das ist wirklich ein wunderschöner Ort für eine Hochzeit", bemerkte er und drückte Angelos Hand. „Wir sind ja so froh, dass du uns das ermöglichen konntest."

Anthony lächelte. „Als Franco mir von euch beiden erzählt hat, war es offensichtlich, dass ihr ihm wichtig seid. Ich habe mich gefreut, dass ich helfen konnte." Er deutete auf eine ausgedehnte Wasserfläche. „Das ist der See, und eure Hochzeitsfeier findet gleich daneben statt."

Rick starrte die steinernen Bögen der Loggia an, die er online gesehen hatte. „Da drüben?" Das in warmen Farben gehaltene Mauerwerk reflektierte die Sonnenstrahlen, was das Ganze sehr friedlich wirken ließ.

Anthony nickte. „Wir würden die Piazza für den Sektempfang nutzen, sodass eure Gäste auf den See und die Fontäne hinausschauen können." Er führte sie durch die Loggia und hinunter zum Seeufer.

„Hier ist es so schön", sagte Elena leise. „Deinem Vater hätte es hier bestimmt gut gefallen."

Angelo fasste Ricks Hand fester. „Ganz bestimmt."

Sie gingen durch einen Rosengarten. Anthony sprach mit Elena über die Geschichte der Anlage, während Rick die umwerfend schöne Umgebung in sich aufnahm. Der Duft war herrlich.

„Glücklich?", fragte Angelo mit verhaltener Stimme.

Rick nickte. „Ich kann's immer noch nicht fassen, dass es endlich wahr wird."

Angelo lachte leise. „Noch ist es nicht so weit. Klopf auf Holz."

Rick machte sich keine Sorgen. Nach allem, was sie bisher durchgemacht hatten, müsste schon eine Naturkatastrophe kommen und ganz Kent auslöschen, um diese Hochzeit zu verhindern. Dann überlegte er noch mal und schickte ein stilles Gebet zum Himmel. *Sieh zu, dass Du für neunzehnten August nichts geplant hast, okay? Denn Du weißt ja, dass ich nichts gegen Dich persönlich habe, oder? Ich finde, Du hast deine Sache toll gemacht, vor allem, wenn ich mich jetzt grade hier umschaue. Es gibt bloß Arschlöcher, die das alles versaut haben, und das normalerweise in Deinem Namen.*

Er musste über sich selbst lächeln. *Ich unterhalte mich hier gerade mit Gott und bitte Ihn, dafür zu sorgen, dass unsere Hochzeit von Katastrophen verschont bleibt.*

Anthony führte sie in ein palladianistisches Gebäude mit Gewölbedecken und bodentiefen Bogenfenstern. Die Atmosphäre im Innern war hell und luftig, und der See und die Gärten waren durch die Fenster zu sehen.

„Das hier ist der Guthrie Pavillon", sagte Anthony. „Hier würde euer Hochzeitsfrühstück stattfinden."

Der Raum war bereits für eine Hochzeit ausgestattet, mit schneeweißen Tischdecken über runden Tischen, in deren Mitte jeweils ein Gesteck aus cremefarbenen, duftenden Blumen stand.

Elena musterte den Tischschmuck. „Die Blumen werdet ihr nicht brauchen", verkündete sie energisch.

Rick hatte das bange Gefühl, zu wissen, was jetzt kam, doch er verzog keine Miene. „Ach?"

Sie nickte und lächelte breit. „Ich habe die Mini-Olivenbäume schon vor Monaten bestellt."

Anthony blinzelte. „Olivenbäume?"

„Ja. Eine spezielle Züchtung. In jedem Baum werden kleine weiße Lichter sein."

Rick warf verstohlen einen Blick zu Angelo, der seine Mutter anstarrte. „Ich dachte, das war nur so eine Idee."

Elena sah ihn mit geweiteten Augen an. „Eine sehr gute Idee. Deshalb bin ich damals gleich ins Gartencenter gegangen und habe mit denen gesprochen. Sie sollten rechtzeitig zur Hochzeit fertig sein."

Oh verflixt.

Anthony nickte langsam. „Ich verstehe. Nun, das ist jedenfalls mal was anderes. Ist das ein italienischer Brauch?"

Elena strahlte. „Nein, aber ich habe so was auf Pinterest gesehen."

Sowohl Angelo als auch Rick rissen Mund und Augen auf.

„Seit wann gehst du denn auf Pinterest?", wollte Angelo wissen.

„Seit Paolo es mir auf seinem Laptop gezeigt hat. Damit ich mir ein paar Ideen für die Feier holen kann."

„Das kann ich mir vorstellen", brummte Rick. Angelo gab ihm einen leichten Klaps auf den Popo. Rick sah ihn unschuldig an. „Was?"

„Benimm dich", flüsterte Angelo. Er wandte seine Aufmerksamkeit wieder Elena zu. „Das klingt nach einer reizenden Idee."

„Könnten Sie mir die Kontaktdaten des Gartencenters

geben?", fragte Anthony. „So kann ich mich wegen der Lieferung und des Aufbaus direkt mit denen in Verbindung setzen."

„Natürlich." Elenas Gesicht strahlte. „Das wird so hübsch aussehen."

Ein Blick auf ihre begeisterte Miene, und Rick wusste, dass Angelo nicht widersprechen würde.

„Also, wenn ihr mit dem Pavillon zufrieden seid, lasst uns ins Schloss gehen, wo ich das Testessen arrangiert habe. Es sollte inzwischen alles für uns bereit sein." Angelo bot Elena den Arm an, und sie hakte sich bei ihm unter, immer noch lächelnd. Sie gingen in gleichmäßigem Tempo vor Rick und Angelo her. Angelo neigte sich ihr zu und sprach mit ihr, und Elena nickte und hörte aufmerksam zu.

„Er ist ein sehr charmanter Mann, nicht?", sagte Rick leise. „Elena schnurrt ja geradezu."

„Das ist sein Job, oder? Er hat ständig mit Publikum zu tun, da sollte er auch gut mit Menschen umgehen können." Angelo grinste. „Als Ehemann wäre er bestimmt wunderbar. Er könnte einen Mann sehr glücklich machen."

Rick tat schockiert. „Ich hasse es, wenn du meine Gedanken liest. Wie machst du das?" Anthonys Anzug und die Art, wie er sich an die Konturen seines Körpers anschmiegte, seine Sprechweise, das Selbstvertrauen, das in seinen Worten lag... Rick konnte Anthony problemlos als schwul sehen.

Er schüttelte sich. „Ich muss das wirklich bleiben lassen. Nicht jeder gut aussehende Mann ist schwul.

Und so weit ich weiß könnte er sogar schwer beleidigt sein, dass ich ihn dafür halte."

Angelo drückte seine Hand. „Ich verrate es ihm nicht, wenn du's auch nicht tust." Er neigte sich zu ihm. „Was meinst du, wie stehen die Chancen, dass Mum italienisches Essen auf der Speisekarte haben will?"

Diese Wette würde Rick bestimmt nicht annehmen. Er hatte so ein Gefühl, dass Elena ihrer Hochzeit traditionelles italienisches Flair verleihen wollte. Das ließ ihn stutzig werden.

Was trägt eigentlich ein italienischer Bräutigam?

Es war offiziell. Angelo war im Küchenhimmel.

„Oh mein Gott, die sind köstlich!" Er nahm einen Bissen von einem weiteren Canapé. Diesmal war es ein Stück würziges Naan-Brot, bestrichen mit geräucherter Hühnchen-Mousse, die delikat nach Koriander schmeckte.

Rick musterte ihn belustigt. „Musst du beim Essen so stöhnen?"

Angelo drückte ihm den Rest des Canapés in die Hand, und Rick aß es mit einem Bissen. Er verdrehte die Augen und stieß ein leises Stöhnen aus, das sich exakt genauso anhörte wie das von Angelo vorhin. „Oh mein Gott!"

Angelo nickte begeistert. „Siehst du?" Er wandte sich an Angelo. „Und die können alle bereitgestellt werden?"

„Ja. Ihr braucht nur zu bestimmen, wie viele Canapés ihr pro Person anbieten wollt – vier, sechs oder acht."

Angelo schnaubte. „Na, das ist einfach. Vierzig Italiener plus Ricks Familie und alle unsere Freunde? Mach besser acht draus."

Rick gab ihm einen kräftigen Klaps auf den Hintern. „Ich sag' Maggie, dass du das gesagt hast!"

Angelo verdrehte die Augen. „Ach komm schon. Weihnachten bei deinen Eltern? Ein einziges Fressgelage. Ich kann mich noch lebhaft erinnern, dass ich mich letztes Jahr mit Maggie um die letzten Bratkartoffeln praktisch prügeln musste."

Anthony lachte. „Das klingt, als würde es eine sehr interessante Hochzeit werden." Er reichte Angelo die Liste der Canapés. „Da sind alle drauf, auch die warmen." Es gab verschiedene Beläge, von Ente über Lachs bis Roast Beef, und zwei, drei vegetarische Optionen. „Wir brauchen eure endgültige Liste spätestens eine Woche vor der Hochzeit. Sollen wir zum Hochzeitsfrühstück und zu den Abendmenüs weitergehen?" Er führte sie zu einem weiteren Tisch, wo zugedeckte Speisen auf sie warteten.

„Wir suchen uns eine Vorspeise, ein Hauptgericht und ein Dessert aus, richtig?", fragte Rick.

Anthony nickte. „Und eine vegetarische Alternative. Aber um ehrlich zu sein, es gibt fünf oder sechs Auswahlmöglichkeiten für jeden Gang, also sollte es nicht zu schwierig sein, etwas auszusuchen."

Mum las die Liste durch. „Auf dieser Liste gibt es keine Suppe", erklärte sie. „Angelo, ihr braucht Suppe."

Er seufzte. „Mum, ich glaube nicht, dass es hier italienische Hochzeitssuppe gibt."

„Hochzeitssuppe?" Anthony legte den Kopf schräg.

„Eine Suppe mit grünem Gemüse und Fleisch, meistens Fleischbällchen", erklärte Angelo. Er und Rick hatten sie bei einer Hochzeit in Sizilien probiert, als sie seine Familie besucht hatten. Er lächelte seine Mutter an. „Wie wär's mit der Hühnchen-Terrine? Huhn ist normalerweise eine gute Wahl. Und der Kirschtomatensalat für die Vegetarier."

Sie schürzte die Lippen. „Wenn du meinst."

Angelo unterdrückte sein Stöhnen. Bisher war alles glatt gelaufen. Er hätte vermutlich damit rechnen sollen, dass es irgendwann haken würde.

„Oh wow, es gibt Roastbeef und Yorkshire Pudding." Rick sabberte praktisch.

Offensichtlich kam das nicht gut an.

Mum weitete die Augen. „Geht es vielleicht *noch* britischer?"

Angelo musterte die Liste der einzelnen Gänge. „Die Desserts sind eher europäisch." Es gab Käsekuchen, Sorbet, Fruchtsalat mit Sommerbeeren und... Er lächelte. „Mum, da gibt es eine Frangipane-Tarte."

Sie schniefte. „Das ist schon besser, nehme ich an."

Angelo konnte es nicht entgehen, wie Ricks Miene sich anspannte. Sie hatten gewusst, dass es Probleme mit der Feier geben könnte, aber Angelo hatte die Daumen gedrückt, dass Mum mit ihrer Menüwahl einverstanden sein würde.

„Es steht Pasta auf der Abendkarte", sagte Anthony

lächelnd.

Mum hob ruckartig den Kopf und sah ihn an. „Pasta?"
Er nickte. „Spinat-Ricotta-Tortellini mit Knoblauch-
Sahne-Soße. Außerdem gibt es Wolfsbarsch."

Angelo hätte ihn umarmen können. Mum lächelte
wieder, als Anthony den Deckel von einer Servierschale
abnahm, um sie die Pasta probieren zu lassen. Sie
wandte sich an ihn und Rick und strahlte. „Die Pasta ist
wirklich gut. Ihr müsst sie probieren." Sie wandte sich
wieder dem Verkosten der Tortellini zu.

Angelo fing Anthonys Blick ein und formte *Dankeschön*
mit den Lippen. Der Mann war ein Geschenk des
Himmels.

Nachdem sie eine Weile hin und her überlegt hatten,
trafen Angelo und Rick die endgültige Auswahl und
Anthony machte Notizen. Dann schaute er auf die Uhr.
„Was ich jetzt noch von euch brauche, ist eine
Entscheidung, in welchem Zimmer ihr nach der
Hochzeit übernachten wollt. Bei Hochzeiten im
italienischen Garten empfehle ich den Anne-Boleyn-
Flügel." Seine Augen funkelten. „Genau genommen
habe ich sogar das perfekte Zimmer für euch beide,
glaube ich." Er wandte sich an Mum. „Ich werde mir
Angelo und Rick für einen Moment ausleihen und
ihnen das Zimmer zeigen. Wir brauchen bestimmt nicht
lange. Bitte, kosten Sie doch einige von den anderen
Gerichten."

Mum sah Angelo an. „Kann ich auch mitkommen?"
Rick biss sich auf die Lippe, sagte aber nichts.
Angelo räusperte sich. „Mum, du brauchst dir unser

Zimmer wirklich nicht anzuschauen, oder? Warum bleibst du nicht hier und probierst noch ein paar andere Sachen?" Anthony nickte zustimmend.

„Wenn du meinst." Sie schaute sich die Gerichte an. „Ich esse vielleicht noch ein wenig Pasta."

Angelo küsste sie auf die Wange. „Lass noch Platz fürs Mittagessen", sagte er. „Wir müssen heute Nachmittag unsere Anzüge anprobieren, denk dran. Und um vier haben wir einen Termin mit der Bäckerei."

Sie ließen sie im Schloss zurück und Anthony führte sie durch die Gärten zum Anne-Boleyn-Flügel.

„Deine Mutter scheint eine charakterstarke Persönlichkeit zu sein", bemerkte er.

Angelo kicherte. „Taktvoll ausgedrückt. Es tut mir leid, aber ich musste irgendwo die Grenze ziehen. Ich will nicht, dass sie sieht, wo Rick und ich unsere erste Nacht als Ehepaar verbringen." Er starrte das Gebäude an, vor dem sie standen. „Ist es das? Wow. Das sieht... alt aus." Die Bleiglasfenster waren wunderschön.

„Ehrlich gesagt hatte ich zuerst an die Edward-VII-Suite gedacht. Da steht ein zwei-Meter-zehn-Bett drin." Anthony lächelte. „Auf jeden Fall ein Zimmer, das eines Königs würdig ist. Aber dann ist mir was anderes eingefallen." Er öffnete die breite Holztür und führte sie in einen großen Flur mit Eichenparkett-Böden und holzvertäfelten Wänden. Vor einer weiteren Tür blieb Anthony stehen. „Schauen wir mal, was ihr davon haltet."

Er öffnete die Tür und sie betraten eine Suite. Das Badezimmer lag links und der Hauptraum wurde von einem breiten Bett dominiert. Eine Wand bestand fast komplett aus Fenstern. Die sonstige Ausstattung war modern, wirkte aber trotzdem irgendwie passend. Eichenbalken verliefen an der Decke entlang, und die freistehende Badewanne im Badezimmer war groß genug für zwei.

Angelo konnte nicht aufhören zu lächeln. „Das ist perfekt." Ricks Hand fand seine, und sie blickten sich in dem luxuriösen Raum um. „Und diese Badewanne. Wäre das nicht wundervoll – ein ausgiebiges Bad nach einem solchen Tag, der sehr lang zu werden verspricht?"

„Es wird auch Champagner auf euch warten", fügte Anthony hinzu. „Der ist dann von mir." Er zwinkerte. „Franco hat gesagt, ich soll mich besonders gut um euch kümmern."

Nach allem, was sie bisher gesehen hatten, kam Angelo zu dem Schluss, dass sie Franco etwas schuldig waren – ziemlich viel sogar.

Es war offiziell. Rick war in der Hochzeitsanzug-Hölle und Angelo ebenfalls. Er starrte die Reihen über Reihen von Anzügen an, die sich im Obergeschoss an den Wänden entlang zogen. Elena hatte sie zu dem Herrenausstatter gebracht, den mehrere Familienmitglieder empfohlen hatten. Und nach der Auswahl hier zu schließen hatten manche Italiener keinerlei Geschmack, was Kleidung betraf.

Rick neigte sich zu Angelo und flüsterte: „Sie macht Witze, oder? Sag mir, dass das nicht ihr ernst ist."

Angelo erschauerte. „Ich kriege allmählich ein ganz mieses Gefühl bei der Sache."

Elena ging die Reihen entlang, zog einzelne Jacken heraus und gab begeisterte Kommentare zu ihnen ab.

„Was haben deine Brüder getragen?", wollte Rick wissen. Er konnte sich Luca in keiner von den schreienden Farben hier vorstellen.

„Vincente hat einen königsblauen Anzug getragen", sagte Angelo mit verhaltener Stimme. „Der von Paolo war salbeigrün, glaube ich."

Salbeigrün? Rick hätte am liebsten gekotzt. „Sag mir, dass du nicht von mir verlangen wirst, so was zu tragen, und ich werde dich für immer lieben."

Angelo lachte leise. „Ich dachte, das wäre selbstverständlich."

Rick zog ein Jackett in Hellblau heraus und erschauerte. „Igitt. Nein. Einfach nur… nein."

„Angelo!" Elena hielt einen glänzenden silbergrauen Anzug hoch. Sie strahlte. „Wie findest du den?"

„*Sag was!*", zischte Rick. „Bitte. Wenn du mich liebst."

Angelo lachte leise. „Na, na. Würde ich zulassen, dass du mich in einem glänzenden Silberanzug heiratest? Hmm?" Er bedachte Elena mit einem geduldigen Lächeln. „Ich weiß nicht, ob der wirklich zu mir passt, Mum."

„Ach ja?", brummte Rick.

Elena funkelte ihn zornig an. „Es wäre hilfreicher, wenn

ihr euch Anzüge aussuchen würdet, die euch gefallen, statt nur Kommentare abzugeben."

Angelo stieß Rick mit dem Ellbogen in die Rippen, und Rick hustete. „Tut mir leid, Elena. Ich weiß, hier gibt's eine Menge Anzüge. Aber bisher hab ich noch keinen gesehen, bei dem ich sagen würde: ‚Ja! Der ist es'."

„Dann dürfte ich vielleicht einige Vorschläge machen?" Rick warf über Elenas Schulter einen Blick auf den großen, schlanken Mann, der sie hierher geführt hatte. Er trat zu ihnen und musterte sowohl ihn als auch Angelo von Kopf bis Fuß.

Elenas Gesicht erhellte sich. „Vielen Dank. Das wäre sehr freundlich."

Der Verkäufer studierte Angelo für einen Moment. „Zu Ihrem Teint würde entweder ein sehr dunkler Anzug passen oder ein sehr heller, zum Beispiel in cremefarben."

Rick schnaubte. „Babe, ich kann dich mir nicht in einem weißen Anzug vorstellen. Ich mein' ja nur."

Der Verkäufer schürzte die Lippen und schaute Angelo scharf an. „Vertrauen Sie mir?"

Angelo lächelte. „Ich kenne Sie nicht mal. Aber ja, ich vertraue Ihnen."

„Ich bin Harry, und ich werde Sie gleich fantastisch aussehen lassen." Er grinste Rick an. „Und dann sind Sie dran." Er winkte Angelo mit einem gekrümmten Finger zu sich. „Kommen Sie mit in die Anprobe."

Angelo warf Rick ein flüchtiges Lächeln zu, dann verschwand er mit Harry im Umkleideraum. Rick starrte die Tür an. Angelo vertraute Harry vielleicht, aber Rick vertraute seinem Schwulenradar. Und das schrillte gerade wie verrückt.

Ich vertraue Angelo. Harry? Nicht so sehr.

„Harry scheint ein sympathischer junger Mann zu sein", bemerkte Elena. Sie sah Rick aufmerksam an. „Darf ich dich was fragen? Meinst du, er könnte… schwul sein?"

Rick lachte und umarmte sie impulsiv. „Hey, dein Schwulenradar funktioniert ja!"

Auf ihrer Stirn bildeten sich Falten. „Mein was?" Doch sie ließ ihn nicht los. Ihre Stirn glättete sich und sie erwiderte seine Umarmung. „Du machst Angelo sehr glücklich. Deshalb liebe ich dich wie einen eigenen Sohn."

Ricks Brust wurde eng. Das war wahrscheinlich das Netteste, was sie je zu ihm gesagt hatte. Er küsste sie auf die Wange. „Ich liebe dich auch, Elena." Es war die Wahrheit. Während Vittorio eine Weile gebraucht hatte, um sich für Rick als Teil der Familie zu erwärmen, hatte Elena ihn sehr viel schneller akzeptiert.

„Und…was meinst du?"

Rick drehte ruckartig den Kopf in Richtung Umkleideraum – und staunte.

Angelo trug einen dreiteiligen Anzug in einem satten Elfenbein/ Cremeton. Die Weste schmiegte sich an seine schlanke Gestalt, und das weiße Hemd und die goldene Krawatte passten perfekt zu seiner olivfarbenen Haut. Der Kontrast zwischen dem hellen Anzug und den dunklen Locken war so markant, dass Rick die Worte fehlten.

„Du siehst… schön aus", sagte er schlicht.

Angelos Gesicht glühte, und Harry strahlte neben ihm. Elena stockte der Atem. „Oh, Angelo. Du siehst wundervoll aus."

Rick ging langsam auf Angelo zu und fasste ihn an beiden Händen. „Wie zum Teufel soll ich mich an mein Ehegelübde erinnern, wenn ich dort vor dir stehe und dich anschaue?"

Angelo lächelte, beugte sich vor und küsste ihn. „Das kann ich dir mit einem Wort beantworten. Dito."

Harry räusperte sich. „Warten Sie nur, bis Sie sehen, was ich mit *Ihnen* vorhabe. Wenn ich fertig bin, wird das GT-Magazin eine Bildreportage über Ihre Hochzeit bringen wollen."

Angelo stöhnte auf. „Bringen Sie meine Mutter *nicht* auf Ideen, okay?" Er tätschelte Rick das Hinterteil. „Na los, lass Harry zaubern."

Rick lächelte und folgte Harry in den Umkleideraum. Als Harry die Tür aufstieß, bekam Rick Elenas Flüstern mit.

„Was ist… GT-Magazin?"

Die Luft war erfüllt vom süßen Duft nach Kuchen, Schokolade und anderen köstlichen Dingen. Angelo starrte die ausgestellten Hochzeitstorten an. „Mir war nicht klar, dass die Wahl so schwierig sein würde."

„Ich weiß", murmelte Rick. „Entscheiden wir uns für traditionell, modern oder was ganz anderes?"

Elena schniefte. „Darum habe ich mich schon gekümmert."

Angelo blinzelte. „Wirklich? Aber ich dachte, wir wären hier, um uns eine Torte auszusuchen."

Mum lächelte ihn an. „Ich habe Patricia das Rezept für eure Torte schon vor Wochen gemailt. Wir sind hier, um dafür zu sorgen, dass auch alles rechtzeitig fertig wird."

Rick wechselte einen Blick mit Angelo. „Ich habe dasselbe gedacht wie du."

Die Tür im Hintergrund des Ladens öffnete sich und eine junge Frau erschien. „Mrs. Tarallo? Schön, Sie endlich kennenzulernen." Sie begrüßte Angelo und Rick mit einem Lächeln. „Und Sie beide müssen das künftige Brautpaar sein. Ich bin Patricia Merton. Mir gehört die Bäckerei. Würden Sie bitte alle mitkommen?"

Sie folgten ihr in ein mit Stühlen ausgestattetes Büro. „Bitte, nehmen Sie Platz", sagte sie, dann setzte sie sich an den Schreibtisch und griff nach einem Skizzenblock. „Danke, dass Sie heute gekommen sind. Anhand der Informationen, die Mrs. Tarallo mir gegeben hat, habe ich einen Entwurf für Ihre Torte erstellt."

Elena runzelte die Stirn. „Haben Sie meine E-Mail nicht bekommen?"

Patricia lächelte sie freundlich an. „Doch, und vielen Dank dafür. Ich hatte noch kein Rezept für eine italienische Hochzeitstorte gesehen."

Angelo stöhnte innerlich auf. *Das hätte ich mir denken können.*

„Ist das die, die wir in Italien probiert haben?", fragte

Rick. „Mit gehackter Ananas und Nüssen drin und mit Frischkäse überzogen?"

Angelo nickte.

„Allerdings verwende ich für meine Torten normalerweise keine Rezepte, die Nüsse enthalten. Zu viele Leute haben Allergien. Und so köstlich sich das Rezept auch angehört hat, es war sehr… unpersönlich für eine Hochzeitstorte. Also habe ich mir die Freiheit genommen, eine zu entwerfen, die Sie beide widerspiegelt." Sie klappte den Block auf und reichte ihn Angelo.

Rick beugte sich vor, um besser sehen zu können. „Oh, wow."

Angelo schluckte. „Sehr schön." Die Skizze zeigte einen großen, runden Kuchen mit dickem Boden und einem gemaserten Überzug, der wie Holz aussah. An einer Stelle war ein Teil davon in geringelten Spänen abgelöst, und daneben lag ein Meißel. Das Ganze sah aus, als wäre ein Teil des Überzugs weggeschnitzt worden. Der obere Teil des Kuchens war als großes, aufgeschlagenes Buch gestaltet, auf dessen linker Seite in Goldbuchstaben ihre Namen und das Datum ihrer Hochzeit standen. Und auf der rechten…

Er musste lächeln. „Ich wollte schon fragen, ob wir so was haben könnten", sagte er und deutete auf die zwei Figürchen in schwarzen Anzügen, die nebeneinander standen.

„Ihre Mutter hat gefragt, ob wir das machen können."

Elena seufzte. „Ich war verärgert, dass Sie nicht die Torte machen wollten, um die ich gebeten hatte. Aber jetzt, wo ich das hier sehe?" Sie sah Angelo an. „Es ist perfekt."

Patricia strahlte. „Es sollte etwas sein, was Ihrer beider Leben widerspiegelt."

Rick lehnte sich an Angelo. „Und das tut es."

Angelo legte den Arm um ihn. „Ist bald August?"

Der Tag konnte nicht schnell genug kommen.

Kapitel 21

Colin schüttelte die Kissen auf und Ray lehnte sich zurück, die Sauerstoffmaske vor dem Gesicht. Er atmete mühsamer als zuvor während des Tages, und Colin tat sein Bestes, um es ihm bequem zu machen. In den letzten sechs Wochen hatte er zwei Besuche geschafft, und es war deprimierend zu sehen, wie Ray sich veränderte. Die Atemnot drohte ein ernstes Problem zu werden, und Colin ahnte bereits, dass bald ein weiteres medizinisches Eingreifen nötig werden würde.

„Falls ich's… vergesse… ich danke dir." Die Maske dämpfte Rays Worte, aber Colin verstand sie trotzdem.

„Wofür? Für's Kommen?" Colin rang sich ein Lächeln ab, entschlossen, so optimistisch wie möglich zu sein. „Dafür brauchst du mir nicht zu danken."

Ray zog die Maske beiseite. „Und, was… hast du so… gemacht… seit deinem letzten… Besuch?"

Colin schob die Maske sanft wieder über Mund und Nase. „Nicht so viel reden, bitte. Ich rede genug für uns beide." Er setzte sich mit dem Gesicht zu Ray aufs Bett. „Ich habe ein neues Projekt zusammengestellt. Die Firma sollte einen Entwurf für ein neues Regierungsgebäude einreichen, und darüber sind wir total begeistert. In London gibt es jede Menge innovative Designer, und wir wollen was ganz

Besonderes machen."

Ray lächelte. „Bin stolz auf dich."

Colin ergriff Rays Hand. „Weißt du noch, als wir zusammen waren? Ich hab' dich zu so vielen Gebäuden mitgeschleift, und du bist immer einfach mitgegangen. Du hattest eine Engelsgeduld."

Ray lachte leise. „Ich erinnere mich… an deine Reaktion… als du das Lowry… gesehen hast… und das… Militärmuseum in Trafford."

Colin nickte. „Die sind toll!" Er und Ray waren zur Eröffnung des Theaters und der Galerie gegangen, keine zwei Monate nach ihrem ersten Date. Dann machte er ein finsteres Gesicht. „Wie konnten sie nur die Hacienda abreißen? Ich meine, die war eine verdammte *Ikone*, um Himmels willen!"

Ray röchelte ein weiteres Lachen. „Redest du… immer noch davon?… Das war vor… über vierzehn Jahren… hör doch auf."

„Du musst zugeben, die Architektur in Manchester ist ziemlich wechselhaft."

Ray grinste. „Da ist immer noch… Urbis." Er schloss die Augen.

Colin seufzte. „Stimmt." Das Glasgebäude, errichtet 1996 nach den Bombenanschlägen der IRA, gehörte immer noch zu seinen Favoriten.

Erst nach einigen Momenten fiel ihm auf, dass Rays Atmung sich verändert hatte, und er warf rasch einen Blick auf Rays Brust, um nachzusehen, ob sie sich hob und senkte. Als ihm klar wurde, dass Ray eingeschlafen war, legte er Rays Hand sanft aufs Bett und stand so behutsam wie möglich auf. Er blieb neben dem Bett stehen und blickte mit schwerem Herzen auf die schlafende Gestalt hinab.

Colin wusste, was kommen würde, obwohl er sich alle Mühe gab, nicht zu weit vorauszudenken. Die letzten beiden Male, als er nach Edinburgh geflogen war, hatte er sich die ganze Zeit über... bleiern gefühlt. Was dieses Gefühl vertrieb, war die offensichtliche Freude in Rays Augen, wenn er die Wohnung betrat. Diese kurze Atempause war getrübt von dem Wissen, dass Colin jetzt einen Schlüssel hatte; Ray konnte nicht mehr einfach aufstehen und ihn hereinlassen.

Es war Zeit, ihn woanders unterzubringen.

„Hey."

Rays Flüstern holte ihn wieder in die Gegenwart zurück, in eine Welt, wo es wehtat, sich anzuschauen, was aus dem Mann geworden war, den er einmal geliebt hatte.

„Brauchst du was?", fragte er Ray leise.

Zu seiner Überraschung blinzelte Ray Tränen weg, und Colin kniete sich neben das Bett. „Hey, was hast du denn?"

Ray zog die Maske ein ganz kleines Stück beiseite. „Würdest... würdest du mich mal... für einen Moment... in die Arme nehmen?"

Heiße Tränen brannten ihm selbst in den Augen, und Colin wischte sie weg. „Natürlich." Er stieg vorsichtig zu Ray ins Bett, der auf einen Ellbogen gestützt wartete, bis Colin sich hingesetzt hatte. Ans Kopfteil gestützt breitete Colin die Arme aus. Ray lehnte sich an ihn, den Kopf auf Colins Schulter. Colin umarmte ihn sanft, nahm seine Atmung wahr, wie viel Gewicht er verloren hatte, und verglich es unbewusst mit dem letzten Mal, als sie einander in den Armen gehalten hatten, vor all den Jahren. Damals war es Ray gewesen, der ihn in den Armen gehalten, sein Gewicht getragen hatte.

Colin schloss die Augen und erinnerte sich an die Tage, als der Mann in seinen Armen ihm alles bedeutet hatte. *Lass mich ihn halten, solange ich kann.*

Er erkannte das Muster, dem seine Gedanken folgten. *Ich bereite mich innerlich auf seinen Tod vor.* Er versuchte, seinen Verstand beschäftigt zu halten, indem er auflistete, was alles zu tun war. Seine Kehle wurde eng, als ihm klar wurde, dass die Vorbereitung für Rays letzte Reise ganz oben auf der Liste stand.

Da werden wohl einige Gespräche stattfinden müssen.

Er wusste, dass es sonst niemanden gab. Rays Eltern waren tot, und er hatte keine Geschwister. Es bereitete ihm großen Kummer, dass so wenige Menschen um ihn trauern würden.

Wenn Ray starb, würde es einen Menschen geben, der weinte.

Colin ging durch die Glastür und betrat die Ankunftshalle des Flughafens Gatwick, müde und niedergeschlagen. Es half auch nichts, dass rundum freudestrahlende Mitreisende die begrüßten, die sie erwarteten. Was würde er jetzt darum geben, Eds schönes Gesicht zu sehen, dieses vertraute Lächeln...

Genau dieses vertraute Lächeln von dem bärenhaften Mann, der neben dem Coffee-Shop stand, zwei große Becher in den Händen...

Colin widerstand dem Drang, einfach zu Ed zu gehen und ihn lang und innig zu küssen, aber Gott helfe ihm, die Entscheidung fiel ihm verdammt schwer. Er trat zu Ed und konnte nicht aufhören zu lächeln. „Was machst du denn hier?"

Eds Lächeln war so voller Liebe, dass ihm das Herz wehtat. „Keine Ahnung. Irgendwas hat mir gesteckt, dass du jetzt ein freundliches Gesicht brauchen könntest."

Scheiß drauf. Colin ignorierte den Kaffee, umfasste Eds Gesicht mit beiden Händen und küsste ihn, nahm ihn begierig in sich auf. Ed zuckte nicht mit der Wimper, sondern schloss nur die Augen und seufzte. Als Colin den Kuss unterbrach, murmelte Ed: „Na, wenn das nich' für Gerede sorgt, dann weiß ich auch nicht." Er grinste.

Colin lachte, und Gott, fühlte sich das gut an. „Meinst du, wir sind ein paar empfindsamen Gemütern auf den Schlips getreten?"

Ed schnaubte. „Die können mich mal. Und außerdem machen wir uns nichts vor – heutzutage gibt's Leute genug, denen einer abgeht, wenn sie zwei Typen knutschen sehen." Er wackelte mit den Augenbrauen.

„Dem Himmel sei Dank für Torchwood, eh?" Er reichte Colin einen von den Bechern. „Jetzt kipp' das runter, weil du's auf dem Weg nach Hause nicht trinken können wirst."

Es dauerte einen Moment, bis Colin begriff, was Ed damit sagen wollte. Er staunte. „Du bist mit der Harley da?"

Ed grinste. „Wann hast du zum letzten Mal auf meinem Bike gesessen?" Er warf ihm einen lüsternen Blick zu. „Anstatt auf mir, natürlich." Er schaute Colins Tasche an. „Die quetschen wir in den Koffer, wenn ich erst mal deinen Helm rausgenommen habe." Er beugte sich vor und küsste Colin auf die Lippen. „Lieb' dich. Schön, dass du wieder da bist. Und wenn wir zu Hause sind, hab' ich eine nette Überraschung für dich."

„Wenn auch eine Runde Kuscheln mit dir drin ist, bin ich dabei." Im Moment klang die Vorstellung wunderbar.

Ed lächelte. „Ein bisschen Kuscheln könnte schon drin sein. Jetzt trink aus."

Colin salutierte spöttisch. „Ja, Sir."

Während sie durch den Flughafen auf den Ausgang zugingen, schlürfte Colin seinen Kaffee. Die Aussicht auf eine Fahrt auf dem Rücksitz der Harley, die Arme um Eds Taille, war höchst willkommen. Gespräche würde es nicht geben, aber das war ihm nur recht. Er hatte keine Lust zum Reden, aber vielleicht würde sich das ändern, wenn sie erst mal zu Hause in Sutton waren. Der Gedanke jagte ihm einen Schauer über den Rücken.

Ich habe Ed. Ray hat niemanden.

Ja, das war kein schöner Gedanke.

„Hast du Hunger?" Ed machte den Kühlschrank auf und schaute hinein. „Ich war mir nicht sicher, ob du im Flugzeug was gekriegt hast."

Colin schnaubte. „Du machst Witze, oder? Hast du gesehen, was im Angebot ist? Aber um deine Frage zu beantworten, nein, ich habe eigentlich keinen Hunger."

„Wie wär's mit 'nem Bier?" Ed steckte den Kopf um die Tür herum. „Wein?"

Colin kicherte. „Wie, Mr. Fellows, wollen Sie mich etwa betrunken machen?"

Ed lachte gackernd. „Nee, du bist leicht rumzukriegen. Brauch' keinen Alkohol, wenn ich dir an die Wäsche will." Colin schnappte gespielt nach Luft, und Ed starrte ihn an. „Was – willst du das abstreiten?"

„Ach, hör schon auf. Ich nehme ein Glas Wein."

Ed holte eine Flasche Wein heraus, machte den Kühlschrank zu und musterte Colin für einen Moment. „Und, wie geht's ihm?" Er nahm zwei Gläser aus dem Schrank.

„Erwartungsgemäß."

Ed brauchte Colin nicht anzuschauen, um zu wissen, dass sich sein Verhalten geändert hatte. Er konnte es an seiner Stimme hören. Er schenkte den Wein ein und stellte die Flasche wieder in den Kühlschrank. „Hat er sich seit dem letzten Besuch sehr verändert?" Ed reichte Colin ein Glas.

Colin nickte. „Er ist mehr und mehr auf den Sauerstoff

angewiesen, aber ich glaube, die Schmerzen sind auch stärker geworden. Da lagen ein paar starke Schmerzmittel rum."

„Wann willst du wieder hin?"

Colin trank einen großen Schluck Wein, ehe er antwortete. „Vielleicht in zwei Wochen." Seine Augen hatten diesen fernen Blick, den Ed nicht allzu oft zu sehen bekam. Es war ein Blick, der ihm nicht besonders gefiel.

Er stellte sein Glas weg und nahm Colin seins ab. „Ich glaube, du musst mal für 'ne Weile abschalten."

Colin seufzte. „Leichter gesagt als getan unter diesen Umständen." Er sah Ed in die Augen. „Vermutlich tu ich mich schwer, mich damit abzufinden, dass er vor Ende des Jahres tot sein wird."

Das reichte. Ed konnte es nicht ertragen, Colin leiden zu sehen.

„Komm mit." Er nahm Colin an der Hand und führte ihn aus der Küche und die Treppe hinauf.

„Bisschen früh fürs Bett, oder?", kommentierte Colin trocken.

Ed drückte seine Hand. „Zeit für deine Überraschung."

Er stieß die Schlafzimmertür auf, ging rein und trat beiseite, sodass Colin das Bett sehen konnte, das mit Handtüchern ausgelegt war, die Flasche Massageöl in einer Schüssel mit warmem Wasser und die Duftlampe, die auf dem Nachttisch stand.

Colin schnüffelte. „Okay, du hältst mich bestimmt für verrückt, aber… riecht's hier nach Vanillepudding?"

Ed kicherte. „*Das* ist Ylang-Ylang, und ich sag das

wahrscheinlich ganz falsch, aber ich will's riechen, nicht aussprechen. Das Mädel im Laden hat gesagt, dass es gut für die Entspannung ist." Er schnupperte. „Da ist auch ein Hauch Rose dabei."

Colin stutzte. „Du bist das einkaufen gegangen… für mich?"

Ed kicherte. „Ja, und *das* mach' ich so schnell nicht wieder. Paar Leute haben mich ganz schön komisch angeguckt. Man könnte meinen, die hätten noch nie einen Mann Aromatherapie-Öle kaufen sehen."

„Vielleicht keinen, der so gebaut ist wie du", meinte Colin lächelnd. Seine Augen glänzten.

Dieser Anflug eines Lächelns war die ganzen belustigten Blicke wert, die ihn getroffen hatten.

„Okay, du, Klamotten runter." Ed beugte und streckte die Hände. „Und ich mach' mal die magischen Fingerchen fertig."

Das brachte ihm mehr ein als ein flüchtiges Lächeln. Colin schnaubte. „Hat mir schon immer gefallen, was du mit deinen Fingern machst."

Ed sah ihn gespielt böse an. „Ey. Nicht gleich an schweinische Sachen denken, wenn's recht ist. Du kriegst gleich die professionellste Massage, die ich drauf habe."

Colin schaute angemessen verlegen drein. „Sofort, Mr. Masseur." Er knöpfte sein hellblaues Hemd bis zur Taille auf und zog es dann aus der Hose, um es vollends aufzumachen. Ed kam ihm zur Hilfe, machte ihm die Hose auf und kniete sich hin, um sie ihm zusammen mit den Socken auszuziehen.

Er deutete auf Colins Unterhose. „Die auch. Dann leg dich Gesicht nach unten aufs Bett und mach's dir bequem."

Colin gehorchte. „Wann hast du das Öl bereitgestellt?", fragte er, während er aufs Bett kletterte und sich auf die ausgebreiteten Handtücher legte.

„Während du mit Ray telefoniert hast." Ed ließ ebenfalls die Hüllen fallen, und Colin zog die Augenbrauen hoch. Ed schniefte. „Was – willst du, dass ich Öl auf die Klamotten kriege? Ich mag diese Jeans." Er wartete, bis Colins Kopf auf dem Kissen ruhte, dann kniete er sich rittlings über Colins Hintern. Er hatte das Öl in Reichweite, und Colin lag still unter ihm. Ed beugte sich vor und küsste Colins Schulterblätter. „Jetzt will ich, dass du einfach mal für eine Weile dein Hirn abschaltest. Morgen ist noch Zeit genug zum Nachdenken, und übermorgen, und über-übermorgen. Jetzt ist es Zeit, dass du mich deine Sorgen wegmassieren lässt, wenn auch nur für eine kleine Weile." Ein weiterer sanfter Kuss, diesmal auf Colins Genick. „Bereit?"

„Bereit." Das Kissen dämpfte das Wort.

Ed öffnete die Flasche und goss sich eine Portion Öl in die hohle Hand. Nachdem er die Flasche wieder in die Schüssel gestellt hatte, rieb er die Hände aneinander und verteilte das Öl dann behutsam über Colins oberen Rücken und Schultern, mit langsamen, gleichmäßigen Bewegungen. Er grub die Daumen in das warme Fleisch, bewegte sie kreisförmig und wurde mit einem leisen, genussvollen Stöhnen belohnt.

„So ist's gut", gurrte er. „Fühlt sich gut an, nicht?"

„Du hast ja keine Ahnung", seufzte Colin. „Ich liebe deine magischen Finger."

Ed kicherte. „Und dabei hab' ich grade erst angefangen." Er bearbeitete Colins Schulterblätter, knetete das Fleisch und gab Acht, nicht zu viel Druck auszuüben, als er sich weiter nach unten schob. Colin schien auf der Matratze dahinzuschmelzen, und das war Ed nur recht. Er drückte kräftig gegen die festen Muskeln oberhalb der Rundung von Colins Hintern, benutzte erneut die Daumen, um das Gewebe zu verschieben und zu lockern.

„Gott ja, da", stöhnte Colin. „So steif dort."

„Das hast du davon, wenn du so viel im Flugzeug hockst." Ed trug noch ein bisschen mehr Öl auf und arbeitete härter, rutschte weiter nach hinten, um die Finger in die festen Hinterbacken zu graben. „Rugby Spielen ist eindeutig gut für deinen Arsch."

Colin drehte den Kopf zur Seite und lachte leise. „Du bist voreingenommen. Du stehst auf meinen Arsch. Spar' dir die Mühe, das abzustreiten."

Ed beugte sich über ihn und strich mit den Lippen über Colins Ohr. „Hab' noch keine Beschwerden von dir gehört", flüsterte er.

Colin kniff die Arschbacken zusammen, presste sich in die Matratze, und Ed lachte leise. „Hast du ein Problem?"

„Du machst mich geil", flüsterte Colin.

Ed stieg von ihm runter und kniete sich neben ihn. „Dreh' dich um und zeig's mir." Sein Glied wurde auch bereits steif. Colin wälzte sich langsam auf den Rücken. Sein Schwanz ragte in die Luft, dick und schwer. Colin hob den Kopf vom Kissen und starrte an sich herunter, dann blickte er zu Ed auf.

„Dann sitz nicht bloß da rum. Tu was."

Ed lachte leise, dann legte er seine öligen Finger um den steifen Schaft und bewegte sie langsam auf und ab, genoss das Gefühl von seidiger Haut, die über einen harten, festen Kern glitt. Colin ließ mit einem tief empfundenen Stöhnen den Kopf wieder aufs Kissen sinken und Ed bewegte seine Hand ein bisschen schneller, lauschte auf die Veränderung in Colins Atmen. Sein eigener Schwanz bog sich nach oben, hart und gierig, und er zog daran, verschmierte Lusttropfen über die Spitze, wo die Haut straff und glänzend gespannt war.

„Wie taugt dieses Öl als Gleitmittel?", fragte Colin, den Blick auf Eds Gesicht geheftet.

Ed stockte der Atem. „Warum finden wir's nicht raus?" Er setzte sich rittlings über Colins Unterleib, streckte die Hand nach hinten, um die Finger an diesem glitschigen Schaft auf und ab gleiten zu lassen. Die andere Hand schob er zwischen seine

Hinterbacken, verteilte etwas Öl um seinen Anus. Es war eine Woche her, seit sie sich geliebt hatten, und er machte sich auf das Brennen gefasst. Behutsam brachte er Colins Schwanz in Position, bis er die Wärme an seiner Rosette spürte.

Colin sah ihm fest in die Augen. „Setz dich drauf. Will bis zu den Eiern in dir sein."

Ed nickte und fühlte, wie die stumpfe Spitze gegen seinen Ringmuskel drückte, wie sie ihn dehnte, als sein Anus Colin einließ, als er ganz nach unten sank, bis Colins Wärme ihn bis zum Anschlag füllte. „Oh Gott", stöhnte er auf und genoss das Gefühl des Erfülltseins. Er wurde still und wartete, bis das Brennen nachließ und er Colin ein Zeichen geben konnte, dass er bereit war.

Colins Blick war nicht von ihm gewichen. „Sag mir, dass ich mich bewegen kann. Sag mir, wenn du so weit bist", bat er atemlos.

Ed atmete schneller und sein Puls raste. Er beugte sich vor, bis sein Gesicht nur noch Zentimeter von Colins Gesicht entfernt war. Ihre Lippen trafen sich in einem sanften Kuss, der das drängende Verlangen Lügen strafte, das sich langsam in ihm aufbaute. „Lieb' dich", flüsterte er.

Colin hob die Hand und streichelte seine Wange. „Lieb' dich auch." Er begann sich zu bewegen, beugte die Hüften, um in Eds Körper ein und aus zu gleiten. Es war eine langsame Bewegung, so verdammt sanft, dass sich Ed schon beschweren wollte, von Colin verlangen wollte, ihn zu ficken – bis ihm klar wurde, was hier gerade geschah.

Das hier war kein Blitzfick, keine wilde, fieberhafte Vereinigung, kein Wettrennen zum Orgasmus.

Hier machte sein Geliebter, sein schöner Mann, Liebe mit ihm.

„Oh ja", seufzte Ed, setzte sich auf und lehnte sich zurück, auf die Arme gestützt, stemmte sich hoch, dann sank er wieder runter und erschauerte, als Colins langer, dicker Schwanz ihn füllte. Er berührte ihn mit der Hand, als er in ihn hineinglitt und fühlte, wie straff seine Öffnung um den Schaft gespannt war. Er tastete sich weiter vor und umfasste Colins Eier, drückte sie sanft. Colins leise Schreie verrieten, wie gut ihm das gefiel.

Ed beugte sich über ihn und küsste seine behaarte Brust, dann zog er eine Spur aus Küssen zu seinen Achselhöhlen, grub die Nase rein und sog Colins Duft in die Nüstern. „Verdammt, riechst du gut." Colins Hände waren auf seinem Kopf, seinem Rücken, streichelten ihn. Die ganze Zeit bewegte sich sein harter Schwanz ein und aus, da Ed sich vor und zurück wiegte. Colin fasste ihn im Genick und zog ihn in einen Kuss, wobei er ihn immer noch streichelte. Seine eine Hand glitt an Eds Körper entlang nach unten und drückte seinen Arsch.

Ihre Stirnen berührten sich und Colin schloss die Augen. „Ich liebe das Gefühl, in dir zu sein, mich mit dir vollkommen verbunden zu fühlen."

„Wir sind verbunden." Ed setzte sich auf, die Hände auf Colins Brust, und wiegte sich ein bisschen

schneller. „Du bist in mir, und ich red' nicht von deinem Schwanz." Er legte sich eine Hand aufs Herz. „Du bist hier drin." Er berührte seine Schläfe. „Und hier. Egal, wohin ich gehe, ich käme nie von dir weg, weil du mich nie verlässt. Und anders wollte ich's verdammt noch mal auch gar nicht haben."

Colin setzte sich auf, wobei sein Schwanz aus Eds Körper herausrutschte, und küsste ihn auf die Brust, während er seine Hände über Eds Hintern gleiten ließ. Er hielt inne und sah Ed tief in die Augen. „Ich sag' dir nicht oft genug, wie sehr ich dich liebe. Wie froh ich bin, dass du in meinem Leben bist. Wie glücklich es mich macht, zu wissen, dass du mal mein Ehemann sein wirst."

„Und das macht es dann umso schöner, *wenn* du's mir mal sagst." Ed umfasste Colins Gesicht mit beiden Händen. „Du brauchst mir nicht ständig zu sagen, dass du mich liebst. Das weiß ich auch so." Er hob die linke Hand, wo Colins Ring an seinem Finger glänzte. „Das hier sagt's mir. Jeden Tag."

Das brachte ihm einen Kuss ein, der langsam und zärtlich begann. Doch dann stieß Colin ihm die Zunge tief in den Mund und Ed stöhnte in den Kuss. Colin löste sich von ihm und lächelte. „Auf den Bauch."

Ed reagierte sofort, senkte sich auf die Matratze und hielt sich an der Bettkante fest. Er spreizte die Beine weit und Colin legte sich dazwischen, führte seinen Schwanz zwischen Eds Arschbacken und drang erneut in ihn ein. Colin schob die Arme unter Eds Körper, um sich zu verankern, und begann ihn zu ficken. Er fing langsam an, doch dann kam er immer mehr in Fahrt, bis er sie beide zum Stöhnen brachte. Nur ihr gemeinsames Atmen war zu hören, laut und rau, als Colin in ihn hineinstieß, seinen Schwanz tief in Eds Hintern trieb.

„Gott, ja." Ed drängte sich ihm entgegen, bewegte sich gemeinsam mit ihm im Gleichtakt. Colin versenkte sich ganz in ihm und Ed bäumte sich unter ihm auf, begegnete jedem einzelnen Stoß, bis sich seine Eier zusammenzogen und er wusste, dass sie am Ziel waren. Colin packte ihn an der Taille und zog ihn mit hoch, als er sich auf die Knie erhob, den Schwanz immer noch fest in Ed verkeilt. Er stöhnte auf, als Colin um ihn herum nach seinem Schwanz griff, daran zog, ihn bearbeitete. Mit der anderen Hand hielt er Eds Hüfte gepackt und glitt immer weiter in ihm ein und aus.

„Jetzt", keuchte Ed und kam. Er zitterte am ganzen Körper, während Fäden von cremigem Sperma aus seinem Schwanz auf das Laken spritzten. Colin küsste seinen Nacken; seine Hüften bewegten sich immer noch, wenn auch immer unregelmäßiger. „Komm schon, Col. Will spüren, wie du kommst."

Colin gab ein raues Stöhnen von sich und stieß tief hinein. Seine Finger gruben sich in den fleischigen Teil von Eds Hüfte. Er erschauerte, fest an Ed gepresst, sodass jede einzelne Welle seiner Erregung gut wahrnehmbar war.

Sie knieten noch eine ganze Weile so da, mit Colins Armen um Eds Brust und Taille, eng ineinander verschlungen, während bei beiden der Orgasmus allmählich dahinschmolz. Ed drehte den Kopf, denn er wusste, dass ihn ein Kuss erwartete, und Colins Lippen begegneten seinen, warm und weich. „Wie gut, dass du mich festhältst", sagte er schmunzelnd. „Ich bin schlapp wie ein feuchter Lappen."

Colin küsste seinen Nacken und fuhr mit den Fingern über Eds Nippel, brachte ihn zum Erschauern. „Und ich bin hungrig."

Ed lachte. „Na ja, du kriegst aber nichts zu essen, wenn du deinen Schwanz nicht aus meinem Arsch nimmst."

Colin glitt behutsam aus ihm raus, und wie immer spürte Ed den Verlust sofort, als wäre ein Teil von ihm nicht mehr da. Er rutschte auf dem Bett herum, bis sie mit den Gesichtern zueinander dalagen, nahm Colin in die Arme und drückte ihn fest an sich.

„Wir können uns noch die ganze Nacht lang in den Armen halten", flüsterte Colin. Das laute Knurren seines Magens war ein witziger Nachtrag zu der Feststellung.

Ed gab ihm einen letzten Kuss auf die Lippen. „Ich nehm' dich beim Wort."

Eine Nacht lang auf der Couch zu kuscheln klang perfekt. Genau das, was sie beide brauchten.

Kapitel 22

„Hey, Zeit für eine Pause", rief Blake aus der Küche. „Mittagessen ist gleich fertig."

Will speicherte seine Arbeit ab und streckte die Arme hoch über den Kopf. Das Buch machte gute Fortschritte – jedenfalls sagte Blake ihm das. So sehr Will seinen Ehemann auch liebte, er neigte eher dazu, seinen Betalesern zu glauben, die es ebenfalls Kapitel für Kapitel lasen. Er wusste, wenn irgendwas total mies war, würde Blake ihm das immer sagen, aber er neigte manchmal eben dazu, ein bisschen blind zu sein. Wills Betaleser schossen immer aus der Hüfte. Sie liebten seine Bücher, aber sie sagten ihm, was er hören musste und nicht unbedingt, was er hören wollte. Will hatte nichts übrig für Leser, die alles, was er schrieb, ,entzückend' fanden; er wollte Leser, die ehrlich zu ihm sein konnten, selbst wenn die Wahrheit wehtat.

Er schloss die Datei und stand von seinem Schreibtisch auf. „Willst du's noch mal versuchen?" Vor zwei Tagen hatten sie Nathan zu ersten Mal püriertes Gemüse gemischt mit ein bisschen Babybrei zu kosten gegeben. Seinen Gesichtsausdruck nach zu schließen war Nathan nicht begeistert gewesen.

Als Will in die Küche kam, saß Nathan bereits in seinem Hochstuhl und fuchtelte mit den Ärmchen nach Blake, der gerade in einer kleinen Schüssel rührte.

Will setzte sich neben Nathan an den Tisch und küsste ihn auf den Kopf. „Und? Was kriegt er diesmal?"

„Pürierte Süßkartoffeln." Blake füllte den kleinen Plastiklöffel, dann hielt er ihn hoch und zeigte ihn Nathan. „Das schmeckt dir bestimmt, Schatz." Er aß das Püree und lächelte dabei die ganze Zeit. „Eigentlich schmeckt das sogar richtig gut. Es erinnert mich an diese Suppe aus gerösteten Süßkartoffeln, die du immer machst – du weißt schon, die so dick ist, dass der Löffel drin stehen bleibt?" Blake grinste, dann aß er einen weiteren Löffel voll.

„Hey, das ist Nathans Mittagessen, was du da gerade isst", protestierte Will.

„Ist genug davon da. Und außerdem – schau ihn an, wenn ich esse."

Will beobachtete, wie Nathans Augen jeder Bewegung von Blake folgten.

„Siehst du das?" Blake betrachtete ihren kleinen Sohn mit warmem Blick. „Weißt du noch, wie Sophie immer versucht hat, uns den Löffel wegzunehmen, wenn wir das gemacht haben?"

„Vor allem, wenn es püriertes Obst war", fügte Will lächelnd hinzu. Nach zwei oder drei weiteren Bissen deutete Nathan auf den Löffel, die Stirn in Falten gelegt.

„Gib ihm besser auch was, Blake." Als Nathan mit den Händen auf das Plastiktablett patschte, das er vor sich hatte, lachte Will. „Ich glaube, das war Nathan-Sprache für ,Ich will auch was, Papa!'" Eine Welle von Kummer überwältigte ihn, und seine Kehle wurde eng.

„Babe? Was ist denn?"

Er hätte wissen müssen, dass Blakes Augen nichts entging.

Will stand auf, ging zur Spüle und schenkte sich ein Glas Wasser ein. Er trank einen großen Schluck, ehe er sich wieder zu Blake umdrehte, wobei er sich Mühe gab, normal zu wirken. „Nichts." Er rang sich ein Lächeln ab. „Jetzt gib unserem ausgehungerten kleinen Jungen was zu essen."

Blake zog die Augenbrauen hoch. „Erstens ist er wohl kaum ausgehungert, und zweitens – und das ist meiner Ansicht nach sehr viel wichtiger – warum lügst du mich an?" Er hielt Nathan den Löffel an die Lippen, und ein schwaches Lächeln huschte über sein Gesicht, als Nathan ihn in den Mund saugte und ein niedliches leises Geräusch von sich gab. „Ich glaube, Süßkartoffeln kriegen grünes Licht." Er hob den Kopf und sah Will an. „Ich habe für uns eine Quiche in den Ofen gestellt. Wenn du noch schnell einen Salat machen könntest, wäre das gut."

Will nickte, erleichtert, was zu tun zu haben, womit er sich beschäftigen konnte. „Klar." Er ging zum Kühlschrank und holte die Zutaten heraus. Während er Salatblätter abrupfte und in eine Glasschüssel gab, versuchte er, seine Überlegung von vorhin beiseite zu schieben. Hoffentlich würde Blake vergessen, was auch immer er in Wills Gesicht gesehen zu haben glaubte.

Ja, klar.

„Also, sagst du mir jetzt, was los ist?", fragte Blake ruhig.

Will schloss die Augen, die Finger um den Messergriff.

Der Schmerz in seinem Herzen war immer noch da, so sehr er sich auch bemühte, der Realität zu entkommen. „Manchmal vergesse ich es", sagte er leise.

Blake blieb für einen Moment still. Nur das Brummen des elektrischen Backofens und die leisen, zufriedenen Summlaute, die Nathan beim Essen machte, waren zu hören. „Hör nicht auf", drängte Blake schließlich.

Will schluckte. „An manchen Tagen wache ich morgens auf und gehe in Nathans Zimmer. Dann stehe ich da und starre ihn an, während er schläft, und er ist so verdammt schön, dass mir innerlich alles wehtut. Ich sehe das Mobile, das über seinem Bettchen hängt und ich strecke die Hand aus, um es anzuschalten, damit es diese kleine Melodie spielt. Weil ich vergessen habe, dass Nathan sie nicht hören kann." Er öffnete die Augen und starrte aus dem Fenster hinaus in den Garten. „Wie kann ich das vergessen? Und dann strömt alles wieder auf mich ein und mir fällt wieder ein, dass ich lächeln und ihn mein Gesicht sehen lassen muss. Ich denke an die kommenden Monate und dass ich anfangen muss, die Gebärden für Sachen wie Milch und essen und schlafen zu verwenden, und dann…" Er verstummte abrupt, da er kein weiteres Wort mehr herausbrachte.

Blakes leiser Seufzer holte ihn wieder in die Küche zurück, in die Gegenwart.

„Es ist nicht leicht, nicht? Ihn als normal anzusehen? Ich weiß, Babe, glaub mir."

Langsam drehte Will sich zu ihm um und sah bestürzt, dass Blakes Augen feucht schimmerten.

Blake schaute von Will zu Nathan. „Manchmal will ich nur noch vergessen, was kommt und einfach die Zeit mit ihm als Baby genießen."

Erleichterung brach über Will herein und er nickte mit großen Augen. „Ja. Oh Gott, ganz genau." Er ging mit großen Schritten durch die Küche und blieb hinter Blakes Stuhl stehen, beugte sich vor und schlang die Arme um ihn, kreuzte sie über seiner Brust, das Gesicht an Blakes Hals vergraben. „Ich habe bloß immer das Gefühl, ich sollte jeden Tag was tun, um mich bereit zu machen – sei es Gebärdensprache zu lernen oder nachzulesen, wie man mit einem gehörlosen Kind kommuniziert oder Experten zuzuhören... einfach... irgendwas."

Blakes Hand legte sich über seine. „Und nächstes Mal, wenn du dich so fühlst, sagst du's mir, okay? Denn wir stecken da *beide* drin – zusammen. Und dann ist da noch Sophie, Ed und Colin, Rick und Angelo, Lizzie und Dave, Peter... verdammt, wir haben so viele Freunde, die alle ein Teil vom Leben dieses kleinen Jungen sein wollen." Blake umfasste Wills Hand und hob sie an die Lippen, küsste seine Finger. „Wir schaffen das, Will. Hast du verstanden? Wir *können* das schaffen, aber nur, wenn wir zusammenarbeiten." Er sah Will fest in die Augen. „Du bist meine Kraft, Liebster. Du bist mein Heiligtum, mein Zufluchtsort, aber das gilt auch umgekehrt. Ich bin all das und noch mehr – für dich."

Nathan gab ein Gurgeln von sich, das sie zusammenfahren ließ. Blake lachte und wischte sich die Augen. „Und *das* war Nathan-Sprache für ‚Warum kommt kein Essen mehr, Papa und Daddy?‘“

„Lässt du mich ihn füttern?“, bat Will. „Du kannst den Salat fertig machen.“

„Okay.“ Blake reichte ihm den Löffel und überließ ihm seinen Stuhl. Will setzte sich und nahm etwas von dem Püree auf den Löffel. Während er ihn auf Nathan zu tuckern ließ wie einen kleinen Eisenbahnzug machte Will den Mund weit auf und versuchte, nicht zu lachen, als Nathan ihn nachahmte. „So ist's brav“, lobte er, als Nathan den Löffel leer machte. Er lächelte breit, und Nathan ebenso.

Will sah Blake an, der dastand und sie beobachtete. „Er wird mal ein schneller Lerner.“

Blake nickte langsam. „Und wir werden für ihn bereit sein.“

Daran hatte er plötzlich keinerlei Zweifel mehr.

„Dann läuft also alles wie geschmiert?“ Franco schenkte sich ein weiteres Glas Wasser ein. „Veranstaltungsort organisiert, Kuchen bestellt, Anzüge gekauft, Ringe besorgt…“

„Ach du Scheiße“, sagte Rick schwach. Er starrte Angelo über den Esstisch hinweg an. „Ich wusste doch, dass wir was…“

„Entspannst du dich mal?“ Angelo verdrehte die Augen. „Sie sind bestellt. Brauchen nur noch abgeholt zu werden. Weißt du nicht mehr? Ich hab' dir doch gesagt, dass ich das erledige."

„Hast du das?" Rick schüttelte den Kopf. „Diese Hochzeit macht mich ganz konfus."

Franco schmunzelte. „So lange du dran denkst, am richtigen Tag aufzukreuzen, ist alles in Ordnung."

Angelo lachte. „Da dieser ganze Quatsch von wegen ‚den Bräutigam vor der Hochzeit nicht sehen, das bringt Unglück‘ wegfällt, werde ich dafür schon sorgen."

Franco schnalzte missbilligend mit der Zunge. „Oh je, das kann ich aber nicht gutheißen. Schließlich seid ihr beide noch unberührt, oder?" Er sah sie mit Unschuldsmiene an und brach dann in Gelächter aus, als sie ihn anstarrten. „Entspannt euch, ihr zwei. Bei euch mache ich mir da keine Illusionen."

Rick schnaubte und Angelo schoss ihm einen warnenden Blick zu. „So würdest du nicht reagieren, wenn Mum hier wäre. Du bist unberührt, ich bin unberührt, schon vergessen?"

Franco machte große Augen. „Das kann sie doch nicht ernsthaft glauben. Ich meine, ihr seid fast vierzig. Was glaubt sie denn – dass ihr getrennte Schlafzimmer habt? Dass ihr keinen Sex habt?"

Angelo schniefte. „Um ehrlich zu sein habe ich keine Ahnung, was sie glaubt, und ich habe auch nicht das Bedürfnis, das rauszufinden." Er erschauerte. „Ich meine, komm schon. Hast du mit *deiner* Mutter etwa gern über Sex geredet?"

Franco wurde still. „Ich habe das Thema tatsächlich mal zur Sprache gebracht. Keine meiner besseren Ideen, wie sich herausgestellt hat." Er zuckte die Achseln. „Aber das ist schon lange her." Dann grinste er. „Und die Narben hab' ich immer noch." Er schüttelte sich übertrieben und Angelo lachte.

„Es muss doch manchmal schwierig sein, deinen Job zu machen", warf Rick ein. Als Franco ihm einen fragenden Blick zuwarf, fuhr er fort. „Du hörst doch bestimmt viele Gefangene über alles Mögliche reden, und ich bin mir ziemlich sicher, dass Sex dabei auch auf der Liste steht."

„Warum sollte das schwierig sein?", fragte Franco mit einem leichten Stirnrunzeln.

„Na ja, wegen deines Zölibats."

Franco schmunzelte. „Ich mag vielleicht zölibatär leben, aber das heißt nicht, dass ich ein totales Unschuldslamm bin." Als Rick ihn erstaunt ansah, lachte er. „Was denn, Rick? Passt es nicht in dein Weltbild, dass ein Ex-Priester auch ein sexuelles Wesen sein kann?"

Rick wurde rot. „Tut mir leid. Ich sollte wohl keine Mutmaßungen anstellen."

Francos Lächeln war nachsichtig. „Brauchst dich nicht zu entschuldigen. Du bist nicht der Erste, der das tut, und ich glaube kaum, dass du der Letzte sein wirst. Und um die Frage zu beantworten, die du mir nicht stellen konntest, ja, die Männer, mit denen ich arbeite, reden oft und viel über Sex. Manchmal glaube ich, dass sie mich zu schockieren versuchen, für andere ist es einfach eine Befreiung. Ich sitze da, höre ihnen zu und versuche, nicht zu reagieren. Aber manchmal ist das schon schwierig, das gebe ich zu." Er räusperte sich.

„Genug von mir. Läuft alles gut?"

„Ja, schon", versicherte Angelo. Endlich fing er an, das Licht am Ende des Tunnels zu sehen. „Und wir müssen dir echt dafür danken, dass du uns mit Anthony zusammengebracht hast. Der Mann ist ein Geschenk des Himmels." Die Bezeichnung kam ihm plötzlich unangebracht vor. „Wenn du verstehst, was ich meine", fügte er hastig hinzu.

Francos nachsichtiges Lächeln verblasste nicht. „Im Gegenteil. Ich finde, das ist der perfekte Ausdruck für ihn. Obwohl ich mich gelegentlich schon frage, was genau Gott damit bezweckt, indem er zugelassen hat, dass sich unsere Wege nach so vielen Jahren wieder kreuzen."

„Gibt Gott dieses pikante Detail etwa nicht preis?", neckte Rick.

Zu Angelos Überraschung geriet Francos Lächeln ins Wanken. „Sagen wir einfach, darüber schweigt er sich gerade aus."

Angelo wusste nicht genau, was er von dieser rätselhaften Antwort halten sollte. „Na ja, meine Mutter hat er jedenfalls bezaubert. Sie hat ihn bei ihren letzten paar Anrufen immer mindestens zweimal erwähnt."

Rick kicherte. „Wenn die Tatsache nicht wäre, dass du mich in" – er zog sein Handy zu Rate –

„achtundvierzig Tagen heiraten wirst, würde ich mir vielleicht Sorgen machen, dass sie dich mit ihm verkuppeln will." Er warf Angelo einen gespielt bösen Blick zu. „Also komm mir nicht auf dumme Gedanken, okay? Er ist vielleicht ein heißer Typ, aber du gehörst mir."

Angelo lachte. „Ich glaube, du bist außer Gefahr. Du reichst mir voll und ganz." Er warf Franco einen entschuldigenden Blick zu. „Tut mir leid. Ricks erster Eindruck von Anthony war definitiv nicht jugendfrei."

Franco zog die Augenbrauen hoch. „Das gebe ich bestimmt weiter. Aber Rick wird sich hinten anstellen müssen. Es gibt da so einige Männer, die an Mr. Calderfield interessiert sind."

Rick stieß einen leisen Pfiff aus. „Verdammt. Mein Schwulenradar funktioniert anscheinend perfekt."

„Und schon sind wir wieder vom Thema abgekommen." Franco sah sie mit strenger Miene an. „Lasst ihr zwei euch denn immer durch Sex ablenken?"

Angelo schnaubte. „Nur vierundzwanzig Stunden am Tag." Dann seufzte er. „Entschuldige. Du bist zum Abendessen gekommen, damit wir die Zeremonie vollends ausarbeiten können. Und wir haben dich bisher nur abgelenkt."

„Noch mal, keine Entschuldigung nötig." Franco streifte sie mit einem belustigten Blick. „Obwohl ich sagen muss, dass ihr als Gastgeber sehr zu wünschen übrig lasst. Es war doch von Kaffee die Rede, glaube ich?" Er zwinkerte und schaute demonstrativ auf die Uhr. „Das war erst vor einer halben Stunde."

„Uups." Rick stand vom Tisch auf. „Ihr zwei redet über die Zeremonie. Ich geh' Kaffee machen." Als er hinter Angelos Stuhl vorbeikam, küsste er ihn auf den Kopf. „Nicht mehr unseren Gast ablenken, du." Er brachte sich außer Reichweite, ehe Angelo ihm einen Klaps geben konnte.

Franco lachte. „Ich komme immer gern hierher. Ihr zwei seid ein sehr unterhaltsames Paar."

Angelo war froh über die Gelegenheit, mit ihm allein sein zu können. „Ich werde dich nicht mehr ablenken, versprochen. Aber um ehrlich zu sein glaube ich, dass du schon in diesem Zustand hier angekommen bist. Und wenn ich so darüber nachdenke, warst du bei deinem letzten Besuch auch schon so. Ist alles okay?" Franco war ein wirklich netter Kerl, und Angelo bekam den Eindruck, dass er etwas auf dem Herzen hatte. „Ich meine, falls du dir was von der Seele reden willst, wir sind gute Zuhörer."

Franco senkte für einen Moment den Kopf und Angelo war bestürzt über die Aura von Traurigkeit, die ihn zu umgeben schien. Als er jedoch wieder aufblickte, war seine Miene ruhig. „Du bist ein guter Mensch, Angelo. Ich bin so froh, dass wir uns kennengelernt haben. Und noch mehr freue ich mich darüber, dass ich dazu beitragen konnte, dich und Rick zusammenzubringen. Und ich verspreche dir, falls ich jemals deinen Rat brauche, werde ich mich an dich wenden." Dann lächelte er. „Also, habt ihr euch schon überlegt, welche Musik ihr beim Einzug gespielt haben wollt? Was ist mit Trauzeugen? Ich nehme doch an, ihr wollt beide einen haben?"

„Gut, dass du das ansprichst", sagte Rick, als er wieder hereinkam, ein Tablett mit Kaffeekanne, Milchkännchen, Zuckerdose, Tassen und einem Teller *Biscotti* in den Händen. „Genau darüber haben wir bereits geredet."

Angelo lächelte. „Rick möchte seinen Freund Will fragen. Ich kann mir nicht vorstellen, dass er nein sagt, da er, sein Mann und ihre beiden Kinder sowieso bei der Hochzeit sein werden. Aber meine Wahl ist ein bisschen… anders."

Francos Augen funkelten. „Ich bin sicher, Maria wird sofort ja sagen."

Angelo staunte. „Woher weißt du, dass ich an meine Schwester gedacht habe?"

Franco lachte. „So nahe, wie ihr beide euch steht? Es lag auf der Hand." Er verschränkte die Arme vor seiner breiten Brust. „Na, das war ja einfach. Was ist mit der Musik? Wir müssen über Kirchenlieder nachdenken. Die gehören traditionell zum Gottesdienst."

„Keine Kirchenlieder", sagte Rick mit fester Stimme. Angelo warf ihm einen Blick zu und Rick schüttelte den Kopf. „Und guck mich nicht so an. Es ist mir egal, ob Elena sich deswegen aufregt. Ich lasse mich nicht umstimmen."

„Hey, ich bin da ganz deiner Meinung, schon vergessen?" Angelo sprach in beruhigendem Tonfall. „Aber ich fände es schon schön, während der Zeremonie ein bisschen Musik zu haben."

„Na schön", sagte Rick energisch. „Dann suchen wir uns eben unter unseren Freunden jemanden, der singen kann, geben demjenigen ein paar Lieder, die uns wirklich was bedeuten und voilà. Das wäre mir viel lieber, als dass alle bloß der Form halber irgendwas mitsingen."

„Ihr heiratet nicht in einer Kirche", rief Franco ihnen in Erinnerung. „Die Zeremonie ist so ziemlich das, was ihr daraus macht. Solange die gesetzlichen Vorgaben erfüllt sind, könnt ihr machen, was immer ihr wollt." Er grinste. „In angemessenem Rahmen."

Angelo lachte laut auf. „Schau nicht so besorgt drein. Wir würden nie was tun, was meiner Mutter peinlich wäre – nicht, nachdem sie sich so viel Mühe gegeben hat, diese Hochzeit perfekt zu machen."

„Da gibt es noch was, worüber wir mit dir reden müssen", sagte Rick. „Aber das kann warten bis nach dem Kaffee."

„Das klingt mysteriös." Franco musterte ihn fragend. „Etwas Wichtiges?"

„Sagen wir einfach, es gibt noch eine Kleinigkeit, von der wir dir erzählen müssen", sagte Angelo lächelnd. Er sah Rick an. „Achtundvierzig Tage? Wirklich?"

„Ich habe eine Countdown-App auf meinem Handy." Rick stand auf, ging zu Angelo und setzte sich auf seinen Schoß, die Arme um seinen Hals geschlungen. „Der neunzehnte August kommt, ehe wir's uns versehen."

Angelo küsste ihn und legte ihm die Arme um die Taille. „Dann sehen wir besser zu, dass wir bereit sind." Er sah Rick in die Augen. „Bist du immer noch sicher, dass du mich heiraten willst?", scherzte er. „Du hast Zeit genug, es dir anders zu überlegen. Schließlich wäre da noch Anthony." Er wackelte mit den Augenbrauen.

Rick lachte leise. „Ich glaube, ich riskiere es mit dir. Außerdem habe ich schon etliche Jahre investiert, um dich so abzurichten, wie ich dich haben will. Meinst du, das schmeiß' ich alles weg, bloß wegen eines heißen Typen?"

Angelo sah ihn gespielt böse an. „Mich *abzurichten*?"

Rick rutschte von seinem Schoß und flüchtete in die Küche. „Franco, sag ihm, wie schlecht es aussieht, wenn ich bei meiner eigenen Hochzeit an Krücken daherkomme!", rief er.

Franco lachte. „Ich halt' mich da raus."

Angelo stimmte in sein Lachen mit ein. „Ich hab' schon immer gesagt, dass du ein weiser Mann bist." Er nahm die Kaffeekanne und hob sie hoch. „Kaffee?"

Franco streckte ihm seine Tasse entgegen. „Willst du dich nicht rächen?"

Angelo kicherte. „Das kommt schon noch. Schließlich weiß ich, wo er schläft."

Kapitel 23

Colin trennte die Verbindung und legte sein Handy auf den Kaffeetisch. *Verbindung unterbrochen. Ein passender Ausdruck dafür, wie ich mich im Moment fühle.* Er hatte natürlich gewusst, dass es so kommen würde, aber ein Ereignis vorauszuahnen war etwas ganz anderes als zu erleben, wie es tatsächlich passierte. Er fühlte sich irgendwie losgelöst, wie ein unbeteiligter Zuschauer, der alles von weiten beobachtete.

„Col?"

Er zuckte zusammen. „Jesus."

Ed setzte sich neben ihn. „Ich hab' dir einen Kaffee gebracht", sagte er und deutete auf die Tasse. „War mich nicht sicher, ob du mich reinkommen gehört hast. Du hast ausgesehen, als wärst du meilenweit weg."

„Wahrscheinlich war ich das auch", gab Colin zu. Er sackte gegen die Rückenlehne. „Ich habe gerade mit Kelly telefoniert, Rays Pflegerin."

„Oh Gott. Ist er…?"

Colin schüttelte den Kopf. „Noch nicht. Sie hat angerufen, um mir Bescheid zu geben, dass er jetzt in einem Hospiz ist. Sie haben ihn heute Morgen verlegt."

Er griff nach seiner Tasse, froh, seine Hände mit etwas beschäftigen zu können. Dieses Gefühl des Losgelöstseins war immer noch da.

„In Edinburgh?"

Colin nickte. „Er ist in einem Marie-Curie-Hospiz. Laut Kelly ist es nicht groß, es gibt dort nur fünfundzwanzig Betten. Sie hat auch gesagt, dass die Besuchszeiten flexibel sind." Sein Handy meldete mit einem „Ping" den Empfang einer SMS. „Die ist wahrscheinlich von ihr. Sie wollte mir die Kontaktdaten schicken." Er trank einen Schluck Kaffee und ging dabei in Gedanken bereits Flugzeiten durch. Die geistige Ablenkung war jetzt ein Segen. Alles, um nicht über Ray nachdenken zu müssen…

Er brauchte einen Moment, um zu merken, dass Ed nicht mehr neben ihm saß.

Zum Teufel. Abgelenkt war eine Sache – *völlig abwesend* war was ganz anderes, verdammt noch mal.

Zu seiner Erleichterung kam Ed bereits wieder ins Wohnzimmer zurück, Colins Laptop-Tasche in den Händen. Er reichte sie ihm und Colin sah ihn fragend an.

Ed verdrehte die Augen. „Ich bin doch nicht blöd. Du willst einen Flug buchen, oder? Ich geh' nämlich davon aus, dass du ihn besuchen willst." Er ließ sich auf die Couch plumpsen und griff nach seinem Kaffee.

Colin legte die Tasche beiseite und stoppte ihn mitten in der Bewegung. Er küsste Ed auf den Mund und wünschte, der einfache Kuss könnte vermitteln, wie sehr er diesen Mann liebte. Ed gab ein leises Geräusch von sich, dann rückte er näher, hielt Colin am Hinterkopf fest und machte den Kuss noch inniger. Als sie sich trennten, ließ Ed nicht los.

„Hör zu", sagte er ruhig. „Ich weiß, das bringt dir im

Moment wahrscheinlich einen Scheiß, aber du musst da nicht alleine durch."

Colin küsste ihn auf die Stirn. „Ich bin froh, dass ich dich habe und wieder zu dir nach Hause kommen kann."

Ed richtete sich auf und ließ seine Hand in den Schoß fallen. „Siehst du, darüber wollte ich mit dir reden." Er sah Colin in die Augen. „Lass mich mitkommen."

„Was?" Colin runzelte die Stirn. „Warum willst du dir das antun?"

Ed riss die Augen auf. „Oh, dann ist es also in Ordnung, wenn *du* alle paar Wochen von hier nach *Schottland* und zurück jettest, aber nicht, wenn ich ein verdammtes Mal mitkomme?"

Colin holte tief Luft. „Du hast Ray nie getroffen. Das wirst du auch nicht, unter diesen Umständen. Und falls doch, wirst du jemanden sehen – "

„Der dich geliebt hat", unterbrach Ed. „Du hast Ray was bedeutet. Dafür hat er einen Besuch verdient, oder? Und außerdem wäre ich lieber an deiner Seite, würde dich unterstützen und dir Halt geben, falls du welchen brauchst, als hier zu warten und mich zu fragen, was zum Teufel du grade durchmachst." Er legte den Kopf schief. „Willst du mir eine Abfuhr erteilen oder das Angebot ausschlagen?"

Eine Welle der Erschöpfung überrollte Colin und er sackte erneut zurück. „Das klingt, als wär' ich bescheuert, wenn ich ablehnen würde, nicht?"

Ed beugte sich vor. Sein warmer Blick war auf Colin gerichtet. „Wie gesagt, keiner verlangt von dir, das alles allein zu machen. Und ich will das tun, Col. Schließ mich nicht aus, bitte."

Colins Kehle wurde eng und er schluckte, doch sein Mund war trocken. Hastig trank er einen Schluck Kaffee, dankbar für die Flüssigkeit. Er konnte Eds Bitte nicht ignorieren.

„Wir werden auch ein Hotel buchen müssen. Ich will nicht an einem Tag hin und gleich wieder zurück."

Ed nickte. „Dann fliegen wir am Samstag rauf und kommen am Sonntag wieder zurück. Ich buche uns was in der Nähe vom Hospiz, ja?"

Colin schüttelte den Kopf. „Wenn wir das machen wollen, such' uns was in der Stadtmitte. Wo es laut ist, und wo es Lichter gibt und – "

„Und Ablenkung", beendete Ed den Satz für ihn. „Ich versteh' schon."

In diesem Moment wusste Colin, dass Ed ihn wirklich verstand. Er klappte seinen Laptop auf und schaltete ihn an. „Dann kümmere ich mich mal um die Flüge."

Ed zog sein Handy hervor. „Und ich such' uns ein Hotel."

Colin legte Ed eine Hand auf den Arm. „Danke. Es tut mir nur leid, dass du ihn unter diesen Umständen kennenlernen musst."

„Ich hab' mir gedacht, es tut ihm vielleicht gut, noch ein freundliches Gesicht zu sehen." Ed lächelte. „Und ich werd' ihm bestimmt jede Menge Stories über dich erzählen."

„Oh Gott", stöhnte Colin. Doch während er noch überlegte, was in aller Welt Ed für Ray ausgraben würde, konnte er nur dankbar sein, ihn dort an seiner Seite zu haben.

Weil ich ihn jetzt wirklich brauche.

„Wann haben Sie Ray zum letzten Mal gesehen?", fragte Julie, die Stationsschwester. Sie saßen zu dritt in ihrem kleinen Büro, durch dessen Tür leises Stimmengewirr hereindrang. Sie hatte sich am Empfang mit Ed und Colin getroffen.

Colin rechnete im Kopf rasch nach und merkte zu seinem Schrecken, dass er länger weggeblieben war als beabsichtigt. „Vor fast vier Wochen."

Sie nickte mit freundlicher Miene. „Ich frage das, weil ich Sie vorbereiten muss, falls der Besuch schon länger zurückliegt. Seit er vor zwei Tagen hier ankam, mussten wir medizinisch eingreifen."

Colin bemerkte, dass Eds Hand auf seinem unteren Rücken lag. Die Berührung war tröstlich.

„Was bedeutete das?", fragte Ed.

„Wir mussten einen Schlauch in seinen Brustkorb legen, um die überschüssige Flüssigkeit abzuleiten, die der Grund für seine Atembeschwerden war. Falls wir keine signifikante Verbesserung sehen, müssen wir vielleicht über eine Laserbehandlung nachdenken, um seine blockierten Atemwege zu erweitern." Sie machte eine kurze Pause und musterte Colins Gesicht. „Rays Atembeschwerden und seine Schmerzen zu lindern ist der erste Schritt, den wir bei Patienten mit Lungenkrebs oft unternehmen, doch es gibt auch noch andere Dinge, die wir angehen müssen. Wir müssen seine Angststörung und seine Übelkeit behandeln. Außerdem sind weitere körperliche Symptome der AIDS-Erkrankung aufgetreten, die ebenfalls in Betracht gezogen werden müssen."

„Hat er große Schmerzen?" Colins Brust wurde eng, da ihm eine eiserne Hand das Herz zusammenquetschte. Es hörte sich an, als hätte Rays Zustand sich erheblich verschlechtert.

„Seine Schmerztherapie umfasst sowohl antientzündliche Medikamente als auch Opiate. Wir versuchen unsere Patienten immer dazu anzuhalten, die Dosierung ihrer Schmerzmedikamente mitzubestimmen. Denn die zur Schmerzblockade notwendige Dosis kann von Tag zu Tag variieren."

„Ist er wach?", fragte Ed.

Sie zögerte. „Ja, obwohl wir ihm schlaffördernde Medikamente gegeben haben. Das ist in diesem Stadium normal. Der Schlafmangel, kombiniert mit Angstzuständen, führt oft zu Depressionen, und das ist bei Ray der Fall. Wir behandeln auch das."

„Sie sagten was von anderen körperlichen Symptomen." Colin wollte nicht, dass Ray seine und Eds Reaktion sah, falls sie überrascht oder schockiert über sein Aussehen waren.

Sie nickte. „Er hat einige Läsionen im Gesicht und am Hals. Er hat Kaposi-Sarkome entwickelt, was sich ebenfalls häufig bei AIDS-Patienten im Endstadium zeigt. Und er hat jetzt einen Katheter." Eine weitere Pause, und diesmal beugte sie sich vor und sprach mit sanfter Stimme. „Er weiß, dass Sie hier sind. Wir haben ihm Bescheid gesagt, als Sie angerufen haben. Doch worauf Sie sich gefasst machen müssen, ist Rays veränderter psychischer Zustand."

Die Hand um Colins Herz wurde wie Eis. „Okay", sagte er langsam.

„Ray zeigt erste Anzeichen für Denkstörungen und Konzentrationsprobleme. Und Sie könnten Hinweise auf Stimmungsschwankungen sehen."

„Wie lange hat er noch?", forschte Ed.

Gerade jetzt war Colin dankbar für die Berührung von Eds Hand.

Julie schwieg für einen Moment. „Vielleicht drei Wochen, oder auch bis zu sechs. Aber länger nicht." Sie wandte sich an Colin. „Sollen wir Sie anrufen, wenn sein Zustand sich verschlechtert? Wir würden es verstehen, wenn Sie nicht hier sein könnten, da Sie so weit weg leben. Aber falls wir es für möglich halten, dass Sie es rechtzeitig schaffen könnten – möchten Sie, dass wir Ihnen Bescheid geben?"

Colins Gesicht kribbelte und der Kloß, den er in der Kehle hatte, machte ihm das Schlucken schwer. Er wollte *nein* sagen, dass er nicht dabei sein wolle, wenn Ray das Zeitliche segnete, aber das konnte er nicht. Nicht, wenn er ohne jeden Zweifel wusste, dass Ray niemanden hatte.

„Rufen Sie mich an", sagte er schließlich.

Julie nickte. Ihre Augen waren warm und sehr gütig.

„Dann vermerke ich das so. Möchten Sie Ray jetzt sehen?"

Da war sie wieder, diese reflexartige Reaktion zu fliehen, nein zu sagen, nicht sehen zu wollen, worauf die letzten vier Wochen Ray reduziert hatten. Er holte ein paar Mal tief Luft, um sich zu beruhigen, ehe er Julie ansah. „Ja, bitte."

„Wir wollen ihn *beide* sehen", bestätigte Ed. Seine Hand schloss sich um Colins.

Julie lächelte. „Es wird ihm gut tun, ein paar freundliche Gesichter zu sehen. So weit ich weiß, war er viel allein." Sie stand auf. Ed und Colin taten es ihr nach, und dann führte sie sie aus dem Büro und einen langen Flur entlang. „Ray hat ein Zimmer mit Blick auf den Garten", sagte sie unterwegs zu ihnen. „Es ist ein friedlicher Ort, und manchmal sind Eichhörnchen in den Bäumen." Sie blieb vor einer Tür stehen. „Ich komme mit rein und schaue, ob er etwas braucht, dann lasse ich Sie allein. Möchten Sie einen Tee? Ich kann Ihnen welchen bringen lassen."

„Wenn Sie Kaffee hätten, das wäre toll." Ed lächelte sie dankbar an.

„Ja, gern." Sie stieß die Tür auf und betrat das Zimmer, gefolgt von Ed und Colin.

Bei dem Anblick, der sich ihm bot, kämpfte Colin mit den Tränen. Ray lag mit hochgelagertem Oberkörper im Bett, eine Atemmaske über Nase und Mund. Diverse Schläuche kamen unter seinem Nachthemd hervor. Ein Infusionsständer stand neben dem Bett,
und auf einem kleinen Tisch stand ein Herzmonitor

neben einer grauen Konsole mit einem langen Kabel, das in einem dicken Stecker mit einem Knopf oben drauf endete. Das Kästchen war mit einem Plastikbehälter verbunden, und Colin vermutete, dass das die Infusionspumpe für Rays Schmerzmedikamente war. Der Stecker lag griffbereit auf Rays Bett.

Ray drehte behutsam den Kopf, als sie sich näherten. Sein mattes Lächeln heiterte Colin ein wenig auf. „Hey", sagte er schwach, gedämpft durch die Maske. Seine Stirn legte sich in Falten, als er Ed sah. „Kennen... kennen wir uns?"

Ed trat vor und ergriff Rays Hand, die auf der Decke lag. „Nee, Kumpel. Ich bin Ed, Colins andere Hälfte." Er zwinkerte Colin zu. „Seine bessere Hälfte."

Als Ray ein leises Kichern von sich gab, dankte Colin Gott für Ed. *Ich sollte seinen Instinkten mehr vertrauen.*

Er trat neben Ed und drückte Rays Schulter. „Ich lass' dich fünf Minuten lang allein und du gehst her und besorgst dir ein Zimmer mit Aussicht auf Eichhörnchen."

Ray lächelte. „Die kleinen Mistviecher rennen dauernd da draußen rum." Er hörte sich besser an, weniger außer Atem. „Also... wie habt ihr zwei euch kennengelernt?" Er deutete mit einem Finger auf Colin. „Er hier hat mir ein bisschen was erzählt, aber ich fand, er war eher sparsam im Umgang mit der Wahrheit."

Ed setzte sich aufs Bett und Colin nahm den hochlehnigen Sessel daneben. Ed grinste. „Na, das überrascht mich nicht. Er hat mich ausgenutzt, nachdem er mich mit literweise Alkohol abgefüllt hatte."

Colin schnappte dramatisch nach Luft. „Das ist eine Lüge!"

Ed fixierte ihn mit strengem Blick. „Das warst doch du, oder, auf meiner Couch? Ich sag' dazu nur eins – Lederschnürsenkel." Er grinste Colin boshaft an.

Ray lachte glucksend. „Oh mein Gott, das übersteigt jedes Vorstellungsvermögen." Er sah Colin lächelnd an. „Ich mag ihn."

Colin warf Ed einen liebevollen Blick zu. „Ich habe ihn auch ganz gern."

Sie blieben etwa eine Stunde lang bei Ray und unterhielten sich mit ihm, obwohl Colin und Ed zum Großteil das Reden besorgten. Ray schien sich zu konzentrieren, und darüber war Colin froh. Sie tranken Kaffee und halfen Ray, sein Wasser durch einen Strohhalm zu trinken. Als Ray sie fragte, welcher Tag heute war, war das der erste Hinweis darauf, dass er müde wurde.

Julie kam auf einem ihrer Kontrollgänge herein. „Warum gehen Sie beide nicht was essen, während Ray ein Nickerchen macht? Das Stable Bar Pub ist gleich um die Ecke, und dort gibt es gutes Essen." Sie lächelte. „Sie brauchen auch eine Pause."

Ed tätschelte Colins Arm. „Klingt gut. Los komm, ich zahle."

Julie schmunzelte. „Besser geht's nicht, oder? Machen Sie schnell, bevor er sich's anders überlegt. Meine bessere Hälfte schafft es immer, ihr Portemonnaie zu Hause zu lassen. Das ist offenbar eine Gabe." Sie ließ sie allein, nachdem sie Rays Urinbeutel gewechselt hatte. Ray war bereits in einen leichten Schlaf gefallen.

Sobald sie draußen vor dem Hospiz waren, holte Colin tief Luft und Ed legte den Arm um ihn.

„Sie hat Recht. Du brauchst 'ne Pause. Wir sind heute Morgen beide verdammt früh aufgestanden, um rechtzeitig am Flughafen zu sein. Lass uns dieses Pub suchen gehen und was essen, und danach können wir Ray dann noch mal besuchen." Er sah Colin in die Augen. „Jetzt bin ich mal an der Reihe, mich um dich zu kümmern."

Er sieht hundemüde aus.

Ed wusste, dass es nicht nur der frühe Start war. Rays Zustand lastete eindeutig schwer auf Colin. Ed brauchte ihn nur anzuschauen, wie er da am Tisch saß, mit abwesendem Blick, und schon wollte er ihn nur noch so weit wie möglich von Edinburgh und allem, was er damit verband, wegbringen.

Colin stand auf. „Ich muss mal auf die Toilette." Er schob seinen Stuhl zurück und machte sich auf die Suche.

Ed stützte den Kopf in die Hände, die Ellbogen auf dem Tisch. Er hatte sein Bestes getan, um positiv zu bleiben, weil es das war, was Colin jetzt gerade brauchte. Aber verdammt, er war müde. Er hatte letzte Nacht schlecht geschlafen und alles, was er wollte, war eine lange, heiße Dusche, vorzugsweise mit Colin zusammen. Er würde Colins Anspannung mit einer schönen Massage wegkneten.

Ed zog sein Handy heraus. Nachdem er sich vergewissert hatte, dass Colin noch nicht auf dem Rückweg war, scrollte er zu Ricks Nummer durch. „Hey. Hast du mal 'ne Minute?"

„Ja, klar. Ich mache nur gerade die Wäsche. Angelo ist in seiner Werkstatt. Was gibt's?"

„Ich hab' nur 'ne Sekunde. Wollte bloß checken, ob alles in Ordnung ist." Die ganze Zeit über hielt er die Augen offen.

Rick lachte leise. „Keine Panik. Alles ist bestens. Ich habe dir eine E-Mail mit den Einzelheiten geschickt, okay? Jetzt genieß' du mal weiter dein Wochenende."

Ed seufzte. „Schön wär's. Nicht die Art von Wochenende."

Es gab eine Pause. „Bist du okay?"

„Nicht direkt, aber das ist eine lange Geschichte. Wasch du mal weiter deine Unterhosen."

„Siehst du, deshalb lieben wir dich alle", kicherte Rick. „Weil du so gut mit Worten umgehen kannst. Also dann, bis Montag." Er legte auf.

Es war perfektes Timing. Colin kam in Sicht und Ed stopfte hastig das Handy wieder in die Tasche seiner Jeans.

„Hast du schon bestellt?", fragte Colin.

„Nee, ich wollte auf dich warten." Er reichte Colin die laminierte Speisekarte. „Guck' mal, worauf du Lust hast. Und sag bloß nicht, dass du keinen Hunger hast, weil essen wirst du trotzdem."

Colin schüttelte den Kopf. „Du hast das ernst gemeint, dass du dich um mich kümmern willst."

„Immer." Ed zwang sich zu einem Lächeln. „Also, was macht dich an?" Er musterte Colin, während sein Geliebter die Speisekarte studierte. *Ich würde alles tun, um dir das abzunehmen.* Doch im Moment konnte er nichts weiter tun, als für Colin da zu sein.

„Ist das besser?", fragte Ed, als sie einander mitten auf einem extrem bequemen Kingsize-Bett in den Armen hielten.

„Viel besser." Colin schwirrte immer noch der Kopf von dem Wein, den er zum Abendessen getrunken hatte. Aber er ahnte, dass das alles zu Eds Plan gehörte, Colin ein Gefühl entspannter Gelöstheit zu verschaffen. Die Dusche war das erste Indiz gewesen. Colin war massiert und bearbeitet worden, bis alle Anspannung von ihm abgeflossen und mit dem wirbelnden Wasser im Abfluss verschwunden war. Das Gefühl, von Eds Körper umfangen zu sein, den Rücken an diese breite, haarige Brust zu schmiegen, von diesen starken Armen gehalten, gestützt zu werden… pure Seligkeit.

Und dann war da noch die Magie von Eds Zunge, die dafür gesorgt hatte, dass mehr als nur ein paar Lustschreie durchs Badezimmer hallten.

Das Abendessen war köstlich gewesen, aber hierauf hatte er sich schon den ganzen Tag über gefreut – auf den Moment, wenn die Welt draußen vor ihrer Schlafzimmertür war, der Riegel vorgelegt, und sie miteinander allein waren.

Er schloss die Augen, und es überraschte ihn nicht, dass ihm sofort Ray in den Sinn kam. Die zweite Hälfte ihres Besuchs hatte einen Blick auf die Realität gewährt.

„Du denkst grade an ihn, nicht?"

Colin seufzte. Es hatte wenig Sinn, das verheimlichen zu wollen. Ed kannte ihn zu gut. Nicht dass Colin das hätte ändern wollen, um nichts in der Welt. Es tröstete ihn, dass er in den Armen eines Mannes lag, der ihn wirklich kannte, der ihn verstand, vom Scheitel bis zur Sohle.

„Ich habe gerade daran gedacht, als wir nach dem Mittagessen wieder hingegangen sind. Er wusste nicht, wo er war. Und für einen Moment hatte ich den Eindruck, dass er mich nicht erkannt hat."

Eds Arme schlossen sich enger um ihn. „Julie hat das ja erwähnt. Sie hat gesagt, er könnte manchmal verwirrt sein."

Colin seufzte erneut. „Das kannst du laut sagen. Er wusste nicht, ob er auf dieser Erde ist oder auf Fuller."

Ed zog die Augenbrauen hoch. „Was zum Teufel soll das heißen?"

Colin kicherte. „Oh je. Ich habe vergessen, dass ich mit einem Cockney-Spatz rede. Meine Großmutter hat das immer gesagt, als ich noch klein war. Sie war aus Yorkshire, glaube ich. Jedenfalls… Fuller-Erde ist eine

Art Lehm, mit dem man früher die Fußböden ausgelegt hat, um Öl und Fett zu absorbieren. Zum Beispiel im Umfeld von Garagen und so."

„Ah." Ed nickte. „Ein kluger Mann würde also wissen, auf welcher Erde er grade steht." Er musterte Colin. „Du redest nicht wie einer aus dem Norden. Ich meine, ich weiß, dass du da herkommst, aber du hast keine Spur von einem Akzent."

Colin lachte. „Dankeschön. Das würde meiner Mutter sehr gefallen. Sie hat mich genau zu diesem Zweck ins Gymnasium gesteckt."

Ed streichelte ihm den Arm, ein träges, einschläferndes Auf und Ab, das ihn in einen Zustand warmer Zufriedenheit wiegte. „Weißt du, wie oft wir in den letzten vier Jahren über deine Familie geredet haben?"

Colin schnaubte. „*Nie*, würde ich meinen." Zu Beginn ihrer Beziehung hatte Ed ihm die üblichen Fragen gestellt, aber Colin hatte nicht viel preisgegeben. Irgendwann war die Botschaft bei Ed angekommen: *Frag Colin nicht nach seiner Familie.*

Als Ed verstummte, wurde Colin klar, dass er ihn nicht für immer im Dunkeln lassen konnte. Das war nicht fair, nicht, wenn sie heiraten wollten. Denn *Hochzeit* beinhaltete *Familie*.

„Da gibt's nicht viel zu erzählen. Nur die übliche Geschichte von Eltern, die mit der Lebensführung ihres Sohnes nicht einverstanden waren. Lassen wir's dabei." Er wollte nicht an sie denken. Solche Gedanken hinterließen immer einen bitteren Nachgeschmack.

Ein weiterer Moment des Schweigens. „Wissen sie, dass

du verlobt bist? Ich komm' mir dumm vor bei der Frage, um ehrlich zu sein, weil ich das Gefühl hab', dass ich so was über den Mann wissen sollte, mit dem ich mein Leben teile."

Colin hörte den leisen Vorwurf in Eds Worten, und sein Magen zog sich zusammen. Ed hatte nicht ganz Unrecht.

Er holte tief Luft. „Tut mir leid. Du hast natürlich Recht. Ich hätte dir das alles schon längst mal erzählen sollen. Schließlich weiß ich alles über deine Familie."

Jetzt war es Ed, der schnaubte. „Bloß, weil ich wie ein offenes Buch bin. Ich halte mit nichts hinterm Berg. Ich kann über jeden Furz haarklein reden."

Trotz seines schweren Herzens musste Colin schmunzeln „Und du sagst, *ich* komme immer mit komischen Redensarten daher?"

„Lenk' nicht vom Thema ab."

Colin schniefte. „Ich habe ihnen einen Brief geschrieben und ihnen alles erzählt. Ich wollte nicht, dass sie es irgendwie rausfinden und als Ausrede für noch mehr Widerwärtigkeiten benutzen."

„Was haben sie gesagt?"

Colin rutschte herum, bis er auf Ed lag und auf ihn hinabschaute. „Keine Ahnung, weil sie nie geantwortet haben. Können wir *jetzt* das Thema wechseln?" Er drückte Ed einen langen Kuss auf den Mund.

Ed hob die Hand und streichelte seine Wange. „Würdest du gern über was Bestimmtes reden?"

Colin schmiegte sich in seine Berührung. „Ich will nicht über Ray reden, denn das ist für mich im Moment... ein zu wunder Punkt. Ich will einfach nur, dass die ganzen Gedanken in meinem Kopf mal eine Nacht lang ihre blöde Klappe halten."

Ed nickte. „Da kann ich helfen." Er schlang die Arme um Colins Körper und rollte sie behutsam herum, bis Colin unter ihm lag.

Colin atmete tief und lange auf. „Ja. Lass uns Liebe machen."

Dann waren Eds Lippen erneut auf seinen, und das war einfach perfekt.

Kapitel 24

6. August.

„Mannomann, das sieht anders aus!" Ed staunte den Garten an und strahlte. „Wie habt ihr die Zeit gefunden, zu schreiben *und* das alles zu machen?" Er blickte sich auf der Veranda um. Sie war mit warmen Terrakotta-Fliesen ausgelegt, die die Sonne aufzusaugen schienen. Der Tisch mit sechs Stühlen war perfekt für lange Sommertage.

Blake musste zugeben, dass der Garten gut aussah. Der Rasen war ordentlich gemäht und die Luft war durchdrungen von den zarten Düften der Blumen, die die Beete um die Grasfläche herum füllten. Aus einer Ecke kam das melodische Plätschern von Wasser, und hier und da verstreut gab es diverse Orte zum Sitzen, Schauen und Nachdenken.

Er hatte in letzter Zeit viel nachgedacht.

Will schnaubte. „Da gibt's diese tolle neue Erfindung namens Internet. Und wenn du ‚Gärtner in meiner Nähe' eintippst, tauchen auf einmal diese ganzen Namen auf dem Bildschirm auf."

Blake boxte ihn auf den Arm. „Eigentlich solltest du doch lügen und sagen, dass das alles unsere eigene harte Arbeit war. Hast du denn in all den Jahren *überhaupt* nichts von mir gelernt?" Er grinste.

„Das ist echt niedlich", sagte Angelo und deutete auf den Rasen, wo Nathan unter einem dunkelgrünen

Baldachin, der zwischen vier Pfosten aufgespannt war, auf einer Decke saß – zusammen mit Rick und allen möglichen Spielsachen. Nach dem Gelächter zu schließen, das über das Gras driftete, war Rick damit beschäftigt, Nathan zu unterhalten.

„Habt ihr's gemerkt?", fragte Will stolz. „Er kann alleine sitzen."

Blake schmunzelte. „Ich sage dir das ja nur ungern, aber dass ein Baby zum ersten Mal alleine sitzen kann ist für Leute, die keine Kinder haben, nicht so spannend wie du vielleicht denkst." Angelo kicherte. Blake schaute sich suchend nach Sophie um und entdeckte sie am hinteren Ende des Gartens, wo sie zusammen mit Colin herumspazierte und mit ihrer kleinen grünen, mit Marienkäfern verzierten Gießkanne die Blumen goss. Sie schien das Reden ganz allein zu besorgen.

„Wie geht's Colin?" Bei seiner Ankunft mit Ed vorhin hatte er schweigsam gewirkt.

Ed folgte Blakes Blick dorthin, wo Colin stand. „Nicht besonders." Sein Gesicht spannte sich an.

Will schenkte ein Glas Punsch ein und reichte es Ed. „Ist mit euch beiden alles okay?"

Ed antwortete nicht gleich, sondern trank erst einen Schluck. „Der ist gut." Er lehnte sich entspannt auf seinem Stuhl zurück. „Um ehrlich zu sein, als ihr angerufen und uns zum Mittagessen eingeladen habt – ich glaube, da wollte er erst gar nicht mitkommen. Aber ich hab' ihm gesagt, dass das genau das ist, was er braucht. Ein paar Stunden mit Freunden, wo er nicht dran denken muss…" Er seufzte tief. „Ich weiß, was los ist. Wenn er bei der Arbeit ist, hat sein Verstand was zu tun, aber wenn er heimkommt, ist das was anderes." Er sah die drei anderen nachdenklich an. „Wir warten grade jeden Tag auf einen Anruf mit der Nachricht, dass Ray entweder nicht mehr lange hat oder dass er schon gestorben ist. Ich glaube, wenn das erst mal passiert, wird alles wieder normal." Sein Blick huschte erneut zu Colin. „Dann kann er's hinter sich lassen."

„Ist das Hospiz schön?" Will verstummte kurz. „Das klingt nicht richtig, aber du weißt, was ich meine."

Ed nickte. „Die Leute dort scheinen alle nett zu sein und es ist gut, dass Ray nicht mehr alleine ist." Er räusperte sich und trank dann einen weiteren Schluck. „Wie auch immer. Genug trübsinniges Gerede." Er schaute Angelo prüfend an. „Keine zwei Wochen mehr, Kumpel. Bist du bereit, dich festnageln zu lassen?" Er zwinkerte.

Angelo lachte. „Lass das bloß nicht Rick hören."

„Was soll ich nicht hören?" Rick kam auf den Tisch zu, Nathan in den Armen. Er streckte ihn Will mit spitzen Fingern entgegen. „Ich glaube, du solltest dich mal um den jungen Mann hier kümmern", sagte er und rümpfte die Nase.

Will lachte gackernd. Nathan streckte die Arme nach ihm aus und Will nahm ihn mit einem breiten Lächeln entgegen. „Oooh. Willst du ihm nicht die Windeln wechseln?"

Rick machte große Augen. „Nee, also echt nicht." Er schüttelte sich. „Igitt. Babykacke. Das Zeug ist teils

Giftmüll, teils Klettband – klebt an allem."

Angelo und Blake lachten schallend los.

„Bin gleich wieder da", sagte Will und ging mit Nathan in den Armen auf die Glastüren zu.

„Habt ihr zwei schon mal über Kinder geredet? Für mich klingt das nämlich nicht so, als wäre Rick allzu scharf drauf." Blake grinste.

Rick wechselte einen Blick mit Angelo, der die Achseln zuckte. „Mach nur."

Rick setzte sich zu ihnen an den Tisch und nahm sich ein Glas Punsch. „Wie's der Zufall will haben wir tatsächlich schon darüber geredet. Wir würden gern adoptieren. Und es ist uns egal, ob es ein Baby ist oder ein Kleinkind. Solange wir ihm ein glückliches Zuhause geben können, ist das alles, was wir wollen."

Blake nickte. „Ich finde das wundervoll. Es gibt weiß Gott genug Kinder in diesem Land, die eine Familie brauchen. Jedes Kind, das euch beide kriegt, kann sich glücklich schätzen."

„Papa!" Sophie kam durch den Garten gerannt und fuchtelte mit ihrer Gießkanne herum. Colin folgte ihr in gemäßigterem Tempo. „Wir haben eine Schlange gefunden, ich und Onkel Colin!"

Colin lächelte. „Nicht direkt. Es ist eine Blindschleiche." Er streckte die Hände aus und bückte sich, sodass Sophie sie sehen konnte. „Ich glaube, die hier ist ein Mädchen, Sophie. Siehst du den dunklen Streifen auf ihrem Rücken?" Er hielt das Tier sanft, ließ es sich über seine Finger schlängeln. „Sie wird sich bald auf den Winterschlaf vorbereiten. Ist sie nicht hübsch?"

„Kann ich sie anfassen?", bettelte Sophie.

„Okay, aber streichle sie ganz vorsichtig mit einem Finger." Sophie gehorchte, den Blick fest auf die glatthäutige, grau-goldene Echse geheftet. Sie wandte sich mit staunend geweiteten Augen an Blake. „Sie ist gar nicht schleimig, Papa."

Colin lachte. „Echsen sind nicht schleimig. Schlangen auch nicht." Er hob den Kopf und sah Blake an. „Sie hat sich auf dem Holzstoß da hinten in der Ecke gesonnt. Ich nehme an, den hast du absichtlich da hingelegt, als Teil des Biotops?"

Blake nickte. „Woher weißt du so viel über Blindschleichen?"

Colin warf ihm ein trauriges Lächeln zu. „Ein Freund von mir stand total auf Natur und hatte aus seinem Garten ein Paradies für alle möglichen Wildtiere gemacht."

Blake wagte eine Vermutung. „Ray?"

Colin blinzelte. „Ja. Er hatte früher mal Frösche, die in seinem Teich gelaicht haben und Igel, die in so einer Kiste lebten, aus der er ihnen ein Haus gebaut hatte." Er lächelte. „Ich weiß noch, wie wir eines Abends spät zu ihm nach Hause gekommen sind, und da kam so ein seltsames Schnüffelgeräusch aus dem Garten. Es waren zwei Igel. Das war echt komisch. Das Weibchen stand still und das Männchen ist immer um sie rumgelaufen, wieder und wieder. Es war offenbar ein Paarungsritual."

„Was ist... Paarung?" Sophie blickte zu Colin auf, die Augenbrauen zusammengezogen.

„Das machen Tiere, wenn sie Babys haben wollen", erklärte Blake. „Der Igeljunge wollte das Igelmädchen dazu bringen, dass sie ihn beachtet. Und dann, wenn sie ihn mag, machen sie Babys."

Blake wappnete sich für die Fragen, die jetzt sicher kommen würden, doch Sophie nickte nur und machte sich wieder daran, die Blindschleiche zu streicheln. Colin wechselte einen Blick mit ihm und sie verkniffen sich beide ein Lächeln.

„Ich glaube, ich bringe die Blindschleiche mal wieder dahin, wo sie hingehört", sagte Colin und richtete sich auf.

Sophie sagte zu seiner Hand: „Tschüss! Lass dich nicht fressen!" Die anderen lachten und Colin umschloss die Blindschleiche behutsam mit den Händen und ging weg. Sophie sah ihm nach, dann wandte sie sich zu den anderen. „Wo ist Daddy?"

„Er wechselt Nathan die Windeln." Blake sah sich ihr Gesicht genau an. „Und du, junge Dame, hast Sonne abgekriegt. Wo ist deine Kappe?" Ihre Wangen und ihre Stirn waren rosa.

„Ich hab' sie in meinem Zimmer gelassen."

„Dann geh' sie holen. Und wenn du wieder da bist, schmiere ich dich noch mal mit Sonnencreme ein."

„Ja, Papa." Sophie rannte ins Haus, wobei sie fast über die Stufe stolperte.

Blake schüttelte den Kopf. „Eines Tages bleibt sie noch mit dem Fuß hängen und fällt hin."

„Dann fällt sie eben hin", sagte Ed praktisch. „Du kannst sie nicht in Watte packen, Blake. Kinder lernen aus Fehlern. Mann, wie oft ich als Kind hingefallen bin, das geht auf keine Kuhhaut. Und wenn sie erst mal über ihre eigenen Füße gefallen ist, weiß sie, dass sie nächstes Mal besser aufpassen muss. Stimmt's?"

„Du hast Recht", stimmte Blake zu. Das hieß nicht, dass er froh darüber war. Wenn es nach ihm ginge, würde Sophie nie erfahren, wie Schmerz sich anfühlte.

„Und das vorhin war echt knapp", fügte Ed grinsend hinzu. „Ich hab' voll drauf gewartet, dass sie dich fragt, ob du und Will euch gepaart habt, um sie und Nathan zu kriegen." Er zwinkerte. „Ich kann mir dich und Will lebhaft vorstellen, wie ihr versucht, ihr die Sachen mit den Bienchen und den Blümchen zu erklären."

Angelo und Rick lachten, aber Blake machte ein finsteres Gesicht. „Ich möchte, dass sie so lange wie möglich ein kleines Mädchen bleibt. Bei einigen von den Sachen, die sie von den anderen Kindern im Kindergarten so hört, graust es mir." Er seufzte. „Versteht mich nicht falsch, wenn sie Fragen stellt, versuchen wir die immer so ehrlich wie möglich zu beantworten. Ich meine, um Himmels , sie weiß bereits, was ein Penis ist!"

„Du hast das super gemacht vorhin", sagte Rick ernst. „Sie war neugierig und du hast ihre Neugierde gestillt. Hätte sie mehr wissen wollen, hätte sie gefragt. Und nach dem, was du uns bereits gesagt hast, behandelt ihr das Thema offensichtlich wie eine ganz normale, alltägliche Sache." Er hielt inne. „Hat sie schon gefragt, warum sie zwei Papas hat und nicht eine Mama und einen Papa wie die anderen Kinder?"

„Nein, aber andererseits ist das für sie etwas Normales. Mindestens vier von den anderen Kindern haben auch gleichgeschlechtliche Eltern." Blake lächelte. „Glücklicherweise haben die Zeiten sich geändert."

Will kam durch die Fenstertüren. Er schob Nathans Kinderwagen vor sich her und Sophie war an seiner Seite. „Ich glaube, er sollte jetzt ein bisschen schlafen. Ich wollte ihn in den Schatten stellen, während wir essen. Er hat schon etwas gekriegt."

„Ich hab' Nathan sein Fläschchen gegeben", verkündete Sophie strahlend.

„Weil du eine ganz tolle große Schwester bist", sagte Blake und breitete einladend die Arme aus. Sophie rannte zu ihm und er hob sie auf sein Knie und drückte einen Kuss auf ihre Kappe. „So ist's recht. Daddy und ich wären unglücklich, wenn du Sonnenbrand kriegen würdest."

„Hier, bitte." Will gab ihm die Flasche mit der Kinder-Sonnenmilch, dann schob er den Kinderwagen an die Wand, wo er gut zu sehen war.

Blake gab sich Sonnenmilch in die hohle Hand und verteilte sie auf Sophies Gesicht. Sie kniff die Augen zu und presste die Lippen fest aufeinander. Er achtete darauf, ihren Nacken und alle anderen Stellen, die der Sonne ausgesetzt waren, gut einzucremen. Dann rutschte sie von seinem Schoß, ging zu Angelo und fasste ihn an der Hand. „Komm, Onkel Angelo, ich will dir den Löwen zeigen."

Lachend ließ Angelo sich in den hinteren Teil des Gartens ziehen. „Hoffentlich frisst er mich nicht", sagte er über die Schulter zu Rick und grinste dabei.

„Ein Löwe?" Ed schnaubte. „Ich weiß nicht. Schlangen, Löwen… das wird ja hier so langsam die reinste Menagerie."

„Die fragliche Katze ist ein steinerner Löwenkopf, der Wasser speit", sagte Blake zu ihm. Er sah Colin an, der gerade auf sie zukam und längst nicht mehr so gut gelaunt wirkte wie vorhin. Er starrte in den Garten hinaus. Ed folgte Blakes Blick und streckte Colin die Hand entgegen. „Bist du okay, Col?"

Colin ergriff seine Hand kurz und ließ sie dann wieder los. Er setzte sich auf den freien Stuhl neben Ed. „Tut mir leid. Es kommt mir bloß so… surreal vor. Ich sitze hier, umgeben von Freunden, und wir reden über belanglose Dinge wie Blindschleichen und Wildtiere, während Ray…" Er schluckte. „Es fällt mir einfach schwer, so zu tun, als wäre alles normal, wenn es das in Wirklichkeit gar nicht ist."

Blakes Kehle wurde eng. „Oh, glaub mir, ich weiß genau, was du meinst." Er sah Will an, der zu ihm kam, hinter ihm stehen blieb und ihm mit einer Hand die Schulter drückte. „Wir wissen beide genau, was du meinst. Du machst einfach… dein Ding weiter, kümmerst dich um die Kleinigkeiten des täglichen Lebens, die dein Hirn beschäftigt halten. Denn sobald du damit aufhörst, kehrt dein Verstand automatisch zu anderen Dingen zurück. Nicht, dass die je wirklich weggehen würden. Sie lauern immer im Hintergrund."

„Deshalb sind wir so dankbar, dass ihr alle die Einladung angenommen habt", ergänzte Will. „In eurem Leben läuft im Moment auch so einiges ab." Er sah Rick an. „Ziemlich viel, genau genommen. Aber euch hier zu haben… Wir brauchen jetzt unsere Freunde, und zwar dringender als je zuvor."

„Daran muss man sich wahrscheinlich erst mal gewöhnen", sinnierte Colin. „Zu wissen, dass Nathan taub ist."

Blake legte seine Hand über Wills. „Stimmt schon, das Erste, was einem durch den Kopf geht, ist ‚Oh, mein Gott, wie furchtbar!' Aber dann fängt man an, die Dinge anders zu sehen. Für uns ging es darum, das nicht als Behinderung zu betrachten, sondern einfach als Nathans Realität. Wir werden tun, was wir können, um ihm zu einem guten Start ins Leben zu verhelfen. Daher die Implantate, die Gebärdensprache, was auch immer nötig ist."

„Das heißt nicht, dass wir uns keine Sorgen machen", fügte Will hinzu. „Wir schauen auf den Kalender und zählen die Wochen bis Oktober."

„Diese Operation", begann Ed zögernd, „ist die gefährlich? Ich meine, ich weiß, dass viele Leute solche Implantate kriegen, aber trotzdem. Nathan ist noch ein Baby."

Blake schaute sich rasch im Garten um. Sophie war immer noch in Sicht; Angelo kauerte neben ihr. „Wir erzählen euch, was damit verbunden ist, aber nicht jetzt. Kleine Ohren, Leute. Wir wollen nicht, dass sie mithört."

„Könnt ihr zum Abendessen bleiben?", fragte Will. „Ich weiß nicht, ob ihr heute Abend schon was vorhabt, aber ihr könnt sehr gern mit uns essen. Wir können reden, wenn Sophie im Bett ist."

„Angelo und ich haben nichts geplant. Wir sind morgen Mittag bei Elena zum Sonntagsessen. Ich bin sicher, dass Angelo nichts dagegen hat."

Ed sah Colin an. „Willst du bleiben?"

Colin lächelte. „Eigentlich finde ich die Idee sogar richtig gut."

„Es hilft, mit anderen zusammen zu sein, nicht?", sagte Blake leise.

Colin nickte, und für Blakes Begriffe entspannte er sich ein bisschen.

„Ähm, von wegen Abendessen." Ed warf Will einen gespielt finsteren Blick zu. „Bisher hatten wir noch nicht mal 'nen Krümel zu Mittag." Er nickte mit dem Kopf in Nathans Richtung. „*Er* hat wenigstens ein Fläschchen gekriegt."

Will lachte. „Das Essen ist fertig. Und wenn du so hungrig bist, kannst du mir ja beim Rausbringen helfen."

Ed stand auf und folgte Will ins Haus, wobei er vor sich hin grummelte: „Woran ist dein letzter Sklave gestorben?"

Blake schüttelte leise lächelnd den Kopf. *Wenn Ed da ist, wird es nie langweilig. Gott sei Dank.*

„Okay, wie geht die Gebärde für das da?", fragte Ed und deutete dabei auf Sophies Glas Milch. Sie ahmte das

Melken einer Kuh nach und er lachte. „Echt jetzt?"

„Ja, das stimmt", sagte Blake und stand von der Couch auf, „und unsere kleine Gebärdensprachen-Lehrerin muss jetzt ins Bett."

„Ich will mit dir und Daddy aufbleiben", schmollte Sophie. „Darf ich nicht aufbleiben?"

Blake warf ihr einen strengen Blick zu. „Und seit wann widersprichst du? Du willst doch lange aufbleiben, wenn wir zu Ricks und Angelos Hochzeit gehen, oder?"

„Ja, Papa, aber…"

Blake sagte nichts, sondern sah sie nur unverwandt und ohne zu blinzeln an.

Sophie stand auf. „Ja, Papa."

Will lächelte über dieses Wechselspiel. „Braves Mädchen. Jetzt sag Gute Nacht." Sie ging zu jedem ihrer Freunde, die Arme weit ausgebreitet. Will hatte ihr mindestens eine halbe Stunde lang dabei zugesehen, wie sie ihnen alle Gebärden beibrachte, die sie gelernt hatte. Es war schön zu sehen, wie ernst sie sie nahmen.

Er umarmte sie fest und küsste sie auf die Wange. „Schlaf gut, mein Schatz."

„Gute Nacht, Daddy. Hab' dich lieb."

„Ich hab' dich auch lieb."

Blake nahm sie auf den Arm und hob sie auf seine Schultern. Will musste lächeln. Sophie liebte es, wenn er das machte. Er hörte sie kichern, als Blake mit ihr die Treppe rauf ging. Nathan schlief bereits in seinem Bettchen und das Babyfon war an. Will schloss die Tür zum Flur und seufzte.

„Okay, wer trinkt noch ein Glas Wein mit, oder

vielleicht was Stärkeres?"

„Hast du Brandy da?", forschte Ed.

Will nickte und ging an den Barschrank. „Sonst noch wer einen Brandy? Wenn ich's mir recht überlege, bringe ich euch am besten einfach die Flasche und ein paar Gläser."

„Für mich was Alkoholfreies", sagte Angelo. „Ich fahre."

Will kümmerte sich um die Gäste und setzte sich dann auf die Couch, ein Glas in der Hand.

„Hast du deine Rede schon geschrieben?", fragte Ed mit einem frechen Lächeln.

Will lachte. „Kein einziges Wort." Er zwinkerte Rick zu. „Du machst dir doch nicht etwa Sorgen, was ich alles ausplaudern werde?"

Rick schnaubte. „Sagen wir mal so: Ich glaube, ich habe da bei dir weniger Grund zur Sorge als Angelo bei Maria." Er rieb sich schadenfroh die Hände. „Ich kann's kaum erwarten, die ganzen Stories aus seiner Kindheit zu hören."

Angelo starrte ihn an. „Sie würde mich doch nicht blamieren – oder?" Rick zog lediglich die Augenbrauen hoch und er stöhnte auf. „Natürlich würde sie das tun." Die anderen lachten.

„Wie geht's Lizzie?", fragte Will. „Sie muss ja inzwischen im Mutterschutz sein. Kommt sie trotzdem zur Hochzeit? Da hat sie doch dann bald auch ihren Entbindungstermin."

„Der ist Anfang September", antwortete Ed. „Sie ist seit Ende Juni im Mutterschutz." Er schmunzelte. „Als ich das letzte Mal mit ihr geredet habe, hat sie sich über Dave beschwert. Anscheinend schafft er's nicht, das Babyzimmer rechtzeitig fertig zu kriegen."

„Wissen sie schon, was es wird?", fragte Will. Er verspürte einen Anfall von schlechtem Gewissen, weil er sich schon seit einer Weile nicht mehr bei ihr und Dave gemeldet hatte. Was er sich dann damit erklärte, dass in seinem und Blakes Leben in letzter Zeit auch ziemlich viel los war.

„Ja. Es ist ein Mädchen. Und Lizzie wollte, dass Dave das Zimmer neu streicht, da er für Justin ein Rennauto auf die Wand gemalt hatte." Er kicherte. „Die Kleine hat sie ziemlich überrascht."

Blake steckte den Kopf durch die Tür. „Sie schlafen beide." Er schielte nach dem Kaffeetisch. „Soll ich noch was zum Knabbern bringen?"

Will lächelte. „Danke, Babe. Großartige Idee." Blake zog sich wieder zurück und Will stand auf, um die Lautstärke am Babyfon zu überprüfen. Aus Nathans Zimmer kam kein Mucks. Er setzte sich wieder hin und griff nach seinem Glas.

„Also, dann erzähl uns mal von der OP", sagte Ed ruhig. „Muss Nathan über Nacht dort bleiben?"

Will nickte. „Der Eingriff dauert normalerweise drei bis vier Stunden." Blake kam mit Schalen voller Chips und Knabberzeug herein und stellte sie auf den Tisch. Er setzte sich neben Will und nahm das Glas Brandy, das Will für ihn eingeschenkt hatte. Blake lehnte sich zurück, griff nach Wills Hand, die auf seinem Oberschenkel lag, und verschränkte ihre Finger miteinander.

Will tippte auf eine Stelle hinter seinem Ohr. „Hier gehen sie rein. Der Knochen ist wie eine Honigwabe, voller Lufttaschen, und die bohren sie auf, um tiefer reinzukommen."

Blake seufzte. „Wir haben so viel darüber gelesen und so viele Videos angeschaut, dass wir Schritt für Schritt genau wissen, wie der Eingriff abläuft." Will fasste Blakes Hand fester und Blake warf ihm einen dankbaren Blick zu. „Die Kurzversion ist: Sie machen ein eineinhalb Millimeter großes Loch durch den Knochen der Cochlea, und da werden dann die Elektroden eingesetzt."

„Elektroden." Rick schüttelte sich und sah Blake dann entschuldigend an. „Tut mir leid. Es fällt mir nur schwer, dieses Wort mit dem kleinen Jungen in Verbindung zu bringen, mit dem ich im Garten gespielt habe."

Will schniefte. „Dann kannst du ja ungefähr nachfühlen, wie's uns geht. Ich sage mir ständig, dass das Endergebnis es wert sein wird, denn Nathan hat eine viel bessere Chance zu kommunizieren, wenn er erst mal die Implantate hat." Er begegnete den Blicken der anderen. „Er kriegt zwei Implantate. Wir haben das mit Dr. Michaels besprochen und uns für diese Vorgehensweise entschieden."

„Gibt's da nicht auch so einen Empfängerteil, der auf die Elektrode passt?", fragte Colin.

Blake nickte. „Sie machen weiter hinten eine kleine Vertiefung in den Schädelknochen, und da sitzt dann der CI-Audioprozessor am Ende der Operation. Dann wird die Wunde zugenäht und dann kommen die Verbände drauf."

„Und drei Wochen später wird angeschaltet", schloss Will. Er wechselte einen Blick mit Blake. „Dann beginnt die schwere Arbeit erst wirklich."

Blake nickte. „Und wir werden dafür bereit sein."

„Wenn ihr irgendwas braucht, ganz egal was, braucht ihr's nur zu sagen. Das wisst ihr doch, oder?", sagte Ed in ernstem Ton. Neben ihm nickte Colin.

„Und das gilt auch für uns", ergänzte Rick. „Babysitten, Einkaufen, was auch immer. Wenn wir irgendwas tun können, um euch das alles leichter zu machen, sagt es einfach."

„Eins können wir alle tun", sagte Colin plötzlich. „Ihr könnt uns den Link für diese Online-Lektionen in Gebärdensprache mailen. Sophie heute Abend zu beobachten war schon eine kleine Offenbarung. Sie kennt so viele Gebärden, und dabei ist sie erst vier." Er lächelte. „Wir vier sind ein Teil ihres Lebens, und ich wüsste nicht, warum wir das für Nathan nicht auch sein sollten. Also heißt das, dass wir mit ihm kommunizieren müssen."

Wills Kehle wurde eng und er drehte den Kopf, um Blake anzuschauen. „Dir ist schon klar, dass wir jetzt ein Problem haben?"

Blake blinzelte. „Was für ein Problem?"

Will deutete auf ihre vier Freunde. „Wie zum Teufel sollen wir entscheiden, wer von ihnen Nathans Pate werden soll?" Sie scherzten oft miteinander, dass

Sophie zwar nicht kirchlich getauft war, es aber etliche Leute gab, die sich als ihre Paten ehrenhalber betrachteten.

Blake grinste. „Das ist einfach. Sie alle.“

Kapitel 25

11. August

Colin legte den Hörer auf und machte ein paar Notizen in der Datei auf seinem Monitor. Die schieren Dimensionen dieses Projekts waren beeindruckend, doch er genoss die Herausforderung. Wenn das neue Gebäude fertig war, würde es ein Blickfang sein und vielleicht sogar ein bisschen kontrovers, aber seiner Meinung nach sprengten Innovationen immer Grenzen.

Das Telefon summte. „Möchten Sie jetzt einen Kaffee?", fragte Marion.

Colin schaute auf die Uhr. Halb elf, und bereits jetzt deutete einiges darauf hin, dass der Tag lang und produktiv werden würde. „Ich glaube, eine Kaffeepause kann ich unterbringen."

„Geben Sie mir fünf Minuten."

Er streckte sich, dass seine Wirbelsäule knackte. Draußen stiegen die Temperaturen, aber die Klimaanlage hielt die Temperatur in seinem Büro erträglich. Er schaute in den strahlend blauen Himmel über den Häuserreihen, den kein Wölkchen trübte, und das Erste, was ihm in den Sinn kam, war Ed letzten Sommer an diesem Strand, bäuchlings auf einem Handtuch, während Colin ihm genüsslich den Rücken und die Beine mit Sonnencreme einrieb.

Ich glaube, ich brauche Urlaub.

Nicht, dass das im Moment eine Option gewesen wäre. Nicht, während Ray…

Colin stützte die Ellbogen auf seinen Schreibtisch und vergrub den Kopf in den Händen. Gestern Abend hatte Ed mit Rick telefoniert. Sie hatten über die Hochzeit geredet, und Colin hatte mit halbem Ohr zugehört, ohne wirklich etwas aufzunehmen. Er konnte keine große Begeisterung für die Feier aufbringen, aber das schrieb er den aktuellen Ereignissen zu. Hoffentlich war er in besserer seelischer Verfassung, wenn der große Tag kam. Denn wenn es ihm dann immer noch so ging wie im Moment, tendierte er fast dazu, nicht hinzugehen. Rick und Angelo brauchten sich schließlich von ihm und seiner schlechten Laune nicht ihre Hochzeit verderben zu lassen.

Als sein eigenes Handy klingelte, ließ ein Blick auf das Display ihm das Herz in die Hose rutschen. Es war das Hospiz. Colin streckte die Hand nach dem Gerät aus, aber es war, als würde er durch Sirup greifen, einen dicken Schlamm, der ihm jede Bewegung erschwerte. Die Verbindung kam zustande und er erkannte Julies ruhige, melodische Stimme.

„Colin? Hi, hier spricht Julie, die Stationsschwester aus dem Hospiz. Passt es Ihnen gerade?"

Da es nur zwei Richtungen gab, in die sich dieses Gespräch bewegen konnte, widerstand er dem Drang, ihr zu sagen, dass es ihm eigentlich *nie* passte. Er wappnete sich für das Unvermeidliche. „Schon okay. Wie geht es ihm?" Zu seiner eigenen Überraschung wollte er, dass Ray noch am Leben war und sie ein letztes Gespräch miteinander führen konnten.

„Wie schnell können Sie hier sein?"

Mist. Anscheinend ging es dem Ende zu.

„Heute Nachmittag, wenn ich meine schnellen Schuhe anziehe." *Und falls mein Chef bereit ist, mir ein paar Tage frei zu geben…*

„Ich glaube, das wäre eine sehr gute Idee. Ray hat vermutlich nicht mehr lange zu leben, und er fragt nach ihnen."

„Dann werde ich mein Bestes tun." Er verabschiedete sich und legte auf, wobei er bereits überlegte, mit wem er als Nächstes reden sollte – mit seinem Chef oder mit seinem Verlobten. Erst die praktischen Dinge erledigen. *Ich kann Ed später anrufen, wenn ich unterwegs bin.*

Zwei Minuten später spähte er durch die Tür ins Vorzimmer von Simons Büro. „Ist er beschäftigt?"

Trish, Simons Sekretärin, lächelte: „Sie haben Glück. Er hat eben eine Telefonkonferenz beendet. Gehen Sie einfach rein."

Colin stieß die Tür auf und trat in Simons helles, luftiges Büro, das eine Ecke ihres Gebäudes einnahm. Hinter seinem Schreibtisch war eine hohe Vitrine, die all ihre Auszeichnungen und Presseveröffentlichungen enthielt. Simon blickte von seinem Schreibtisch auf und lächelte. „Guten Morgen." Dann verblasste das Lächeln. „Alles in Ordnung mit Ihnen?" Er deutete auf den tiefen Sessel gegenüber von seinem Schreibtisch. „Setzen Sie sich."

Colin gehorchte. „Ich will direkt zum Punkt kommen. Sie wissen ja, dass ich in den letzten paar Monaten einige Wochenenden in Schottland verbracht habe."

Simon nickte. „Bei einem kranken Freund, wie Sie, glaube ich, einmal erwähnt haben."

„Übrigens vielen Dank, dass ich manchmal früher Feierabend machen konnte, wenn ich einen Flug erwischen musste."

Simons Lächeln tauchte kurz wieder auf. „Keine Ursache. Ich betrachte jeden, der hier arbeitet, als Teil einer Familie. Und tut man das nicht in einer Familie? Einander helfen, wenn es nötig ist?"

Das passte zu Colins bisherigen Erfahrungen in der Firma. „Ja, aber nicht jeder behandelt seine Angestellten so wie Sie." Er hielt inne. „Ray ist mein Ex. Ich habe ihn besucht, weil ich kürzlich erfahren habe, dass er Lungenkrebs hat."

Simon sog scharf den Atem ein. „Oh, das tut mir sehr leid. Ihrem Gesichtsausdruck nach zu schließen nehme ich an, dass es nicht gut aussieht?"

Atmen, sprechen – beides war im Moment sehr mühselig.

„Ich habe eben einen Anruf aus dem Hospiz bekommen, wo er…"

Simon hob die Hand. „Sie brauchen kein Wort mehr zu sagen. Ich habe alles gehört, was ich wissen muss. Möchten Sie Urlaub nehmen?"

Colins Kehle drohte sich zu verkrampfen und er hustete. Er bekam wieder Luft. „Ich brauche bestimmt nur ein paar Tage."

Simon schüttelte den Kopf. „Sie nehmen sich die Zeit, die Sie brauchen, okay? Und wenn ich irgendwas tun kann, bitte zögern Sie nicht zu fragen."

Colin stand auf und streckte Simon über den Schreibtisch hinweg die Hand entgegen. „Danke", sagte er und drückte Simon fest die Hand. Er ließ sie los und trat zurück. „Ich gehe mir gleich einen Flug organisieren."

Simon nickte. „Meine Gedanken sind bei Ihnen."

Colin lächelte ihn dankbar an und eilte aus dem Büro. Als er wieder an seinem Schreibtisch saß, nahm er sich einen Moment Zeit, um seine Fassung wieder zu erlangen, dann rief er Ed an.

„Gutes Timing", verkündete Ed. „Ich mach' grade Kaffeepause."

„Julie hat angerufen", sagte Colin schnell.

Eds Tonfall änderte sich augenblicklich. „Wann willst du los?"

„Mit dem ersten Flieger, in dem ich einen Platz kriege", erwiderte Colin. „Gegen halb zwei geht einer, glaube ich."

„Stimmt. Du hast keine Zeit, erst noch nach Hause zu gehen, also geh, wie du bist. Toilettenartikel kannst du am Flughafen kaufen. Schaff deinen Arsch nach Gatwick und wir treffen uns dort. Überlass die Tickets mir. Hast du deinen Reisepass dabei?"

„Der ist in meiner Laptop-Tasche. Moment mal – *du* kommst mit?" In seinem Kopf drehte sich alles.

Ed seufzte. „Du hast doch nicht etwa gedacht, ich lass dich da alleine hingehen, oder? Ich hab' mir gedacht, du brauchst mich vielleicht." Er verstummte. „Hatte ich Recht?"

Gott segne Ed. „Als ob du erst fragen müsstest. Danke." Erst da wurde ihm bewusst, wie sehr ihm vor dieser höchstwahrscheinlich letzten Reise nach Edinburgh gegraut hatte.

„Du kannst dich bedanken, wenn wir uns sehen. Wir verschwenden hier Zeit. Wir treffen uns vor dem North Terminal, okay? Ich schick' dir eine SMS, wenn ich die Flugzeiten habe. Komm einfach da hin, so schnell du kannst." Er legte auf, bevor Colin noch ein weiteres Wort sagen konnte.

Eds forsche Art riss ihn aus seiner Benommenheit. Colin packte seinen Laptop zusammen, schnappte sich seine Jacke und verließ das Büro, wobei er versuchte, nicht an das zu denken, was ihn am Ende seiner Reise erwartete.

Die Geschwindigkeit, mit der Julie sie zu Rays Zimmer führte, reichte, um Colins Herz rasen zu lassen. Sie hatte sie am Eingang begrüßt, als sie aus dem Taxi gestiegen waren, und ein paar Worte mit ihnen gewechselt.

„Wir haben ihm gesagt, dass Sie kommen", sagte sie, während sie durch die Flure hasteten. „Ich komme kurz mit rein, aber dann gehe ich wieder. Sie können mich mit der Glocke rufen, wenn Sie mich brauchen."

Sie blieb vor der Tür stehen. „Nur damit Sie Bescheid wissen — er hat heute Morgen eine Erklärung unterschrieben, dass er nicht wiederbelebt werden will.

Er sagt, er ist so weit." Sie tätschelte Colin den Arm. „Es wird jetzt nicht mehr lange dauern." Julie hielt ihnen die Tür auf und Colin ging langsam zum Bett.

Ray atmete mühsam; die Atemmaske war beschlagen. Seine Augen waren geschlossen. Man hörte nur das Piepen des Monitors neben dem Bett und das gequälte Rasseln seines Atmens. Colin starrte auf ihn herab. Er spürte Eds tröstende Gegenwart in der Hand, die auf seinem Rücken ruhte.

„Hey, du", sagte er leise.

Rays Augen öffneten sich flatternd und er lächelte. „Du bist hier."

Colin setzte sich aufs Bett und nahm Rays Hand in seine. „Du hast gewusst, dass ich komme, oder?"

Ray griff nach der Atemmaske und zog sie beiseite. „Ich muss… muss dir was sagen…heute Morgen… war ein Anwalt hier."

„Bitte setz die Maske wieder auf", bat Colin.

Ray schüttelte leicht den Kopf. „Wichtig. Du kriegst demnächst… einen Brief… hab' dich… als Testamentsvollstrecker…"

„Du möchtest, dass ich mich für dich um alles kümmere?"

Ray nickte langsam. „Hab nicht viel… bloß die Wohnung. Verkauf sie. Erlös geht… an eine AIDS-Stiftung… Vertrau dir…. Wirst die richtige aussuchen…steht alles… im Brief."

Colin blinzelte gegen die Tränen an. „Wird gemacht."

„Ich will… dass du hingehst… Geh…meine Sachen durch. Such… dir was aus… als Erinnerung an mich."

Colin wischte sich die Augen. „Als ob ich dich je vergessen könnte."

Ray setzte die Maske wieder auf; seine Augen wurden ebenfalls feucht. Colin hielt sanft seine Hand, streichelte den Handrücken. Ray sah Ed an. „Du hast…hier einen guten Mann."

„Ja, ich weiß."

„So müde", murmelte Ray. „Vielleicht… sollte ich schlafen." Er schloss die Augen.

„Schlaf nur, wenn du das brauchst." Colin behielt das sanfte Streicheln bei, in der Hoffnung, ihn damit zu beruhigen.

Plötzlich riss Ray die Augen auf. „Hab' dich geliebt…" Bevor Colin antworten konnte, schloss Ray die Augen wieder und seine Atmung veränderte sich. Sein Gesicht entspannte sich und all die Falten verschwanden. Nur das anhaltende leise Jaulen des Herzmonitors verriet Colin, dass er tot war.

Colin umklammerte immer noch Rays Hand. „Er ist so schnell gestorben."

Ed rieb ihm die Schulter. „Wie Julie gesagt hat. Er war bereit." Er beugte sich vor. „Ich geh' mal kurz raus, ja?"

Colin drehte sich zu ihm um, und Ed streichelte ihm die Wange. „Hab' gedacht, du willst dich vielleicht lieber alleine verabschieden." Er tätschelte Colins Schulter und verließ dann das Zimmer.

Colin starrte die stille Gestalt seiner ersten Liebe an.

So viele Erinnerungen vernebelten ihm den Kopf, strömten von allen Seiten auf ihn ein. Er stand auf und beugte sich über Ray, umfasste sein Gesicht. Vorsichtig, ganz, ganz vorsichtig, nahm er die Atemmaske ab und legte sie neben Rays Kopf auf das Kissen.

„Adieu", flüsterte er, dann streifte er Rays Lippen mit seinen. Er richtete sich auf, kehrte dem Bett den Rücken und ging auf die Tür zu, hinter der Ed auf ihn wartete.

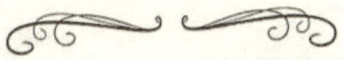

„Hübsche kleine Wohnung", bemerkte Ed und blickte sich im Wohnbereich um. „Ich kann verstehen, warum Ray gern hier gelebt hat."

Colin lächelte. „Der Grund, warum Ray diese Wohnung geliebt hat, ist da unten", sagte er und deutete auf das Fenster. „Seine Spaziergänge am Flussufer waren ihm wichtig." Er hatte die Wohnung noch einmal sehen wollen, da er höchstwahrscheinlich jemanden anstellen würde, um Rays Habseligkeiten zusammenzupacken und dann alles in die Hände eines Immobilienmaklers zu geben.

„Willst du dir was aussuchen, wie Ray gesagt hat?"

Darüber hatte Colin bereits nachgedacht, doch es fiel ihm beim besten Willen nichts ein.

„Ich mach' dir einen Vorschlag", sagte Ed schließlich. „Ich setz mal Wasser auf, und du guckst dich so lange um, was meinst du?"

„Würdest du es verstehen, wenn ich sagen würde, dass es mir komisch vorkommt, in seinen Sachen rumzukramen? Dass ich immer noch das Gefühl habe, er könnte jeden Moment durch die Tür da kommen?"

Ed seufzte. „Das versteh ich besser, als du glaubst. Ich weiß noch, als mein Dad gestorben ist. Ich hab' dauernd gedacht, es wär' alles bloß ein Witz, dass er eigentlich gar nicht tot ist, dass er sich bloß irgendwo in einem Schrank versteckt hat und nur drauf wartet, bis er rausspringen und uns alle zu Tode erschrecken kann."

„Ja", hauchte Colin. „Genau."

„Und du wühlst ja nicht in seinen Sachen rum, weil du die verdammten Kronjuwelen suchst, oder?" Ed legte den Kopf schräg. „Wolltest du heute hier übernachten?"

Colin schüttelte den Kopf. „Das könnte ich nicht. Kann eigentlich nicht erklären, warum."

Eds Lächeln war freundlich. „Kein Problem. Ich ruf in dem Hotel an, in dem wir letztes Mal waren, und frag' mal, ob sie noch ein Zimmer haben."

„Eigentlich…" Colin schaute die kleine Wohnung an, und ihm wurde eng um die Brust. „Können wir gehen? Lass uns das morgen machen, bevor wir zum Flughafen fahren."

Ed nickte. „Machen wir, dass wir hier raus kommen. Du hast Recht. Es ist zu kurz nach seinem Tod."

Seine Worte spiegelten präzise Colins Gedanken wider. Rays Geruch durchdrang die Wohnung, aber darunter lag ein schwacher, medizinischer Geruch, der an noch nicht lange zurückliegende Ereignisse erinnerte.

„Wir müssen das nicht mal gleich morgen machen." Ed lehnte sich an die Küchenzeile und betrachtete Colin aufmerksam. „Warten wir doch, bis wir was von Rays

Anwalt hören. Wir können immer noch ein andermal wiederkommen, wenn das alles nicht mehr so frisch ist wie jetzt."

Colin atmete zittrig aus. „Ich weiß, hierher zu kommen war meine Idee, aber du hast Recht. Ich schaff' das jetzt nicht."

Ed winkte ihn mit einem Finger zu sich. „Komm her."

Colin ging zu ihm und Ed nahm ihn in die Arme. „Mach einfach mal kurz Pause. Atme."

Colin lehnte sich an ihn, das Gesicht an Eds Hals vergraben.

„So ist's gut. Nimm dir einfach mal einen Moment Zeit zum Stillhalten. Du hast nicht Halt gemacht, seit du das Büro verlassen hast, stimmt's? Bist zum Flughafen gehetzt, hast es grade noch bis zehn Minuten vor dem Abflug geschafft, bist zum Gate gerannt... hast im Flugzeug bloß deshalb still gesessen, weil du keine andere Wahl hattest. Dann das Taxi..." Ed drückte ihn an sich. „Alles vorbei jetzt. Du warst rechtzeitig da, hast dich verabschiedet. Und jetzt musst du das alles loslassen."

Colin atmete langsam ein, nahm Ed in sich auf. „Wie machst du das bloß?", fragte er leise.

„Wie mach' ich was?"

„Genau das sein, was ich brauche, genau dann, wenn ich es brauche."

Ed lachte leise. „Ich nehm' mal an, das gehört fest mit dazu, wenn man jemanden liebt. Du hast mich oft genug zusammengehalten. Jetzt bin ich mal dran, dir Halt zu geben. Bloß, dass du gar nicht auseinanderfällst, nicht? Du hältst durch, weil du stark bist." Er rieb Colin kräftig den Rücken. „Und du *weißt*, dass Ray jetzt keine Schmerzen mehr hat, oder?"

Colin nickte. Das war das Einzige, was ihm das Herz leichter machte.

„Dann gucken wir mal in den Kühlschrank, dass da nichts Ekliges lauert. Obwohl ich glaube, dass wir das inzwischen gemerkt hätten – hier würde sonst alles zum Himmel stinken. Jemand muss den Kühlschrank ausgeräumt haben, bevor Ray ins Hospiz gekommen ist. Vielleicht Kelly."

„Das ist möglich."

„Und dann machen wir uns auf den Weg." Ed zog sein Handy aus der Tasche und scrollte durch.

Colin hörte geistesabwesend zu, als Ed ihnen ein Hotelzimmer buchte. Vielleicht war ein ruhiges Abendessen mit Ed und früh ins Bett zu gehen genau das, was er brauchte. Er glaubte nur nicht, dass es so einfach sein würde.

Er hatte so das Gefühl, dass es eine Weile dauern würde, bevor der Schmerz in seinem Herzen nachzulassen begann.

Kapitel 26

19. August – der große Tag

„Du hast doch die Ringe, oder?"
Will starrte Angelo finster an. „Das hast du mich schon dreimal gefragt. Noch mal, und ich dampfe beleidigt ab." Dann grinste er. „Entspann dich. Alles ist perfekt."
Angelo stöhnte auf. „Oh Gott, sag das nicht. Jetzt geht mit Sicherheit alles schief."
Rick gab ihm einen raschen Klaps aufs Hinterteil. „Bloß, wenn du weiter solche Sachen sagst." Er fühlte sich bemerkenswert ruhig, was wahrscheinlich gut war, angesichts des Zustands von Angelos Nerven. Elena war genauso schlimm. Sie regte sich über alles Mögliche auf: Wegen der Blumen, wegen Angelos Cousine Paula, die singen sollte, aber unter leichtem Husten litt, ob auch genug Stühle da waren…
Ich bin anscheinend der einzige normale Mensch hier.
Das stimmte nicht ganz. Will war auch ziemlich entspannt. Er, Blake und die Kinder waren gleich nach Angelo, Rick und Elena angekommen. Sophie drehte sich ständig in ihrem neuen Kleid, bis ihr schließlich schwindlig wurde und Blake sie dazu brachte, sich auf einen Stuhl zu setzen und dort zu bleiben. Nathan war sicher in seinem Buggy festgeschnallt und döste hin und wieder ein.
Die Stühle füllten sich allmählich, langsam aber sicher, obwohl die Zeremonie erst in einer Stunde anfangen

sollte. Franco, im schwarzen Anzug mit Krawatte, war auch schon da. Er wirkte ebenfalls ruhig, aber jedes Mal, wenn Rick einen Blick auf ihn erhaschte, war er mit Anthony ins Gespräch vertieft.

Rick musste lächeln. Anthony hatte ein weiteres Mal gezeigt, was für ein Geschenk des Himmels er war, indem er Elena unter seine Fittiche genommen und sie ihnen vom Leib gehalten hatte, während er und Angelo sich umzogen.

Blake kam auf ihn zu, gefolgt von einem großen, dünnen Mann mit einem Aktenkoffer in der Hand. „Rick, das ist Mr. Newton, der Standesbeamte."

Rick streckte die Hand aus. „Mr. Newton, der das alles legal macht."

Mr. Newton lächelte und schüttelte ihm die Hand. „Ich habe die Lizenzen. Ich muss sie nur vor der Zeremonie noch überprüfen." Er blickte sich um. „Ich nehme mal an, der Tisch da drüben ist für mich?" Rick nickte. „Wunderbar. Wenn Sie und Mr. Tarallo dann in ungefähr fünf Minuten zu mir kommen könnten? Dann können wir die Papiere durchgehen."

Rick schaute sich um. Angelo unterhielt sich gerade mit Will, der glücklicherweise einen beruhigenden Einfluss auf ihn hatte. Gott sei Dank. Rick hatte schon genug zu erledigen.

„Sind Ed und Colin schon da?" Blake trat zu Rick und warf einen suchenden Blick über die versammelten Gäste.

Rick schüttelte den Kopf. „Noch keine Spur von ihnen." Er war jedoch nicht besorgt. Falls es ein

Problem gab, hätte einer der beiden angerufen.

Blake schaute über die Schulter und lächelte. „Lizzie und Dave sind gerade gekommen."

Rick drehte sich um, gerade als ein kleines Geschoss in Form von Justin mit ihm zusammenprallte. „Hey, hey, langsam!"

Justin sah grinsend zu ihm auf. „Onkel Rick! Du heiratest heute!"

Rick ging in die Hocke. „Das habe ich vor. Was bist du aber schick!"

Justin machte ein finsteres Gesicht und zerrte an seinem Hemdkragen. „Dad hat mich gezwungen, das anzuziehen."

Dave tauchte hinter ihm auf, Molly an der Hand. Er verdrehte die Augen. „Ich habe Justin erklärt, dass sein Batman-Kostüm dir und Angelo nicht so gut gefallen würde."

Rick biss sich auf die Lippe. „Ja, aber stell dir bloß Angelos Gesicht vor, wenn er das gemacht hätte."

„Justin ist eingeschnappt", verkündete Molly mit einem Ausdruck von Überlegenheit.

Rick schnaubte. „Und du warst natürlich noch nie eingeschnappt."

Molly riss Mund und Augen auf, doch bevor sie etwas sagen konnte, beugte Dave sich vor. „Weißt du noch, was passiert, wenn du Lügen erzählst?"

Molly verdeckte sofort ihre Nase mit beiden Händen und Rick lachte schallend los. „Ich sehe was, was du nicht siehst… Jemanden, der Pinocchio geguckt hat!"

Lizzie kicherte. „Gestern, um genau zu sein."

Er schüttelte den Kopf, als Lizzie näher kam. „Soll ich dir ein bisschen helfen?"

Lizzie funkelte ihn wütend an. „Ich weiß, ich weiß. Ich bin fett wie eine Tonne und dabei habe ich noch ein paar Wochen vor mir."

Rick nahm ihren Arm und half ihr zu einem Stuhl, auf den sie mit einem Seufzer der Erleichterung niedersank. „Diese Reihe ist für euch." Er musterte Lizzie genau. „Hey, alles okay mit dir?" Sie war ein wenig rot im Gesicht.

Sie schniefte. „Ich hatte nur keine gute Nacht, das ist alles." Dann lächelte sie. „Aber du hast Wichtigeres zu tun. Wie zum Beispiel Angelo einen ehrenwerten Mann aus dir machen zu lassen." Sie zwinkerte. Rick spielte den Entrüsteten, doch Lizzie lachte ihn aus. „Jaja, als ob ich noch auf diesen Blick reinfallen würde."

Er küsste sie auf die Wange. „Ich freue mich, dass du hier bist." Rick ließ sie allen, damit sie sich häuslich einrichten konnten.

„Rick!" Angelo deutete auf etwas hinter ihm. „Deine Familie ist da."

Rick drehte sich um und lächelte seinen Eltern entgegen, die winkend auf die Loggia zukamen. Er grinste beim Anblick von Maggie in einem langen, hellblauen Kleid. „Wow. Du hast dich ja ganz schön in Schale geworfen."

Maggie machte ein finsteres Gesicht und seine Mum zog die Augenbrauen hoch. „Du hast sie dazu gekriegt, ein Kleid anzuziehen. Lass es nicht drauf ankommen."

Rick schnaubte. Maggie hasste es, sich fein machen zu

müssen. Er umarmte sie und flüsterte ihr ins Ohr: „Du siehst wunderschön aus, Mags."

Sie schlang die Arme fester um ihn. „Du hast noch nie so gut ausgesehen. Dunkelgrün steht dir wirklich gut." Dann kicherte sie. „Aber oh je. Könnte Angelo noch italienischer aussehen?"

Rick ließ sie los und richtete den Blick auf Angelo in seinem prächtigen hellen Anzug. „Ich finde, er sieht fantastisch aus." Er wandte sich wieder an Maggie und zwinkerte. „Aber ich bin auch ein bisschen voreingenommen."

Maggie starrte ihn mit glänzenden Augen an. „Ich liebe die Art, wie du ihn anschaust, als wäre er…"

„Das Beste, was mir je passiert ist?", beendete Rick den Satz für sie. „Vielleicht kommt das daher, weil er's ist."

Sein Dad umarmte ihn kurz und fest. „Du siehst sehr schick aus."

„Nicht wahr?" Mum strahlte übers ganze Gesicht.

Rick war Komplimente nicht gewohnt. „Kommt, eure Plätze sind in der ersten Reihe." Er führte sie dorthin, wo sie sitzen sollten.

Mum winkte Elena zu. „Ich muss kurz rübergehen und Hallo sagen."

„Rick!" Angelo winkte ihn zu sich.

„Sorry", entschuldigte er sich bei seinem Vater und seiner Schwester.

Dad kicherte. „Das wird ein langer, anstrengender Tag für dich." Er stockte. „Darf ich dir einen Rat geben, mein Sohn?"

Rick hielt inne. „Klar doch." Er fragte sich, was jetzt

kam. Dad hielt nichts von dem ganzen „von-Mann-zu Mann"- Kram.

„Ich weiß, es wird viel passieren, aber heute ist ein Tag, den du nie vergessen willst. Also denk' nicht ständig dran, was als Nächstes kommt, wer was macht – mach hin und wieder mal eine Pause, tritt zurück und nimm dir einen Moment Zeit zum Durchatmen, um alles in dich aufzunehmen." Er lächelte. „Dein Opa hat das bei meiner Hochzeit zu mir gesagt, und es war ein guter Rat. Ich kann mich immer noch an diesen Tag erinnern, als wär's erst gestern gewesen."

Ricks Kehle wurde eng und er umarmte seinen Dad stürmisch. „Danke." Er warf Angelo einen entschuldigenden Blick zu. „Und jetzt schaue ich besser mal, was mein Zukünftiger von mir will."

Er ging zu Angelo. „Was ist?"

Angelo zog die Augenbrauen hoch. „Nichts Wichtiges, bloß unsere Lizenzen. Mr. Newton, schon vergessen?"

Rick schmunzelte. „Ach, ist das alles?" Er wich Angelos Hand aus, die sich auf seinen Hintern zu bewegte. „Na dann, komm schon. Überzeugen wir uns davon, dass alles legal abläuft."

Er kam sich vor wie ein kleines Kind an Weihnachten. *Keine schlechte Sache, wenn man sich bei seiner Hochzeit so fühlt.*

„Tut mir leid, dass wir jetzt meinetwegen zu spät kommen", flüsterte Colin, als sie mit raschen Schritten auf die Loggia zu strebten. Eine warme Brise trieb ihnen Gelächter und Stimmengewirr zu, die sich mit Geigenklängen zu einer schönen Harmonie verwoben.

Ed fasste ihn an der Hand. „Ist schon okay. Jetzt sind wir ja da." Er hatte die ganze Fahrt zum Schloss gebraucht, um sich zu beruhigen. Als Colin verkündete, dass er eigentlich keine große Lust hatte, zu der Hochzeit zu gehen, hatte Ed alles aufbieten müssen, um nicht zu reagieren. Er hatte den Unbeteiligten gespielt, obwohl er wusste, dass das genau das war, was Colin brauchte – einen Tag unter Freunden, die ihn liebten, einen Tag, an dem die Vergangenheit gegenwärtig sein durfte, aber der Schwerpunkt auf der Zukunft lag. Ricks fröhliche SMS mit der Nachricht, wie sehr er sich darauf freute, sie zu sehen, hatte den Ausschlag gegeben.

Dafür bin ich Rick was schuldig. Sein Timing hätte nicht günstiger sein können.

Colin blickte sich um. „Wow. Was für ein perfekter Ort für eine Hochzeit."

„Da bin ich ganz deiner Meinung." Ed hatte die Fotos im Internet gesehen, aber sie wurden der Realität nicht gerecht, seiner Meinung nach. „Und Gott sei Dank spielt auch das Wetter mit." Es war ein herrlich sonniger Tag, und die Art, wie die Steinsäulen der Loggia das Licht einfingen und reflektierten, war einfach schön.

Sie traten in den kühlen Schatten der Bögen, und Angelo kam auf sie zu. „Wir dachten schon, ihr kommt nicht mehr."

„Solltest du jetzt nicht da vorne stehen und dich bereit

machen?", fragte Ed mit einem Grinsen, nachdem er ihn umarmt hatte.

Colin runzelte die Stirn. „Da geht irgendwas vor." Aufgeregte Stimmen wurden laut.

Angelo ließ sie stehen und eilte dorthin, wo sich an einer Seite der Stuhlreihen ein Gedränge gebildet hatte.

„Was ist da los?"

Blake tauchte aus der Menschenmenge auf und kam mit großen Schritten auf sie zu. „Es gibt ein Problem. Die Hochzeit muss vielleicht noch ein bisschen warten."

Ed schaute an ihm vorbei zu Angelo und Dave, die Lizzie stützten, die Arme um sie gelegt. „Oh Gott", stöhnte er. „Sag' jetzt nicht...."

„Ihre Fruchtblase ist vor ungefähr drei Minuten geplatzt. Dave hat einen Krankenwagen gerufen." Blake gab Will einen Wink, der herbeigehastet kam. „Sag Dave Bescheid, dass wir auf Molly und Justin aufpassen, okay?"

Will nickte. „Peter fährt mit ihnen. Anthony hat ihm die Schlüssel für den Golf-Buggy gegeben, den er sonst hier auf dem Gelände benutzt." Er schüttelte den Kopf. „Das nenn' ich mal Timing."

Rick gesellte sich zu ihnen und sie sahen zu, wie Dave seine Frau in den wartenden Golf-Buggy half, wobei er ihre Hand fest umklammerte. Lizzies Gesicht war angespannt, doch als der Buggy schlingernd losfuhr, warf sie Rick und Angelo eine Kusshand zu.

Ein hochgewachsener Mann im grauen Anzug sprach das Hochzeitspaar an. „Meine Herren, wenn wir jetzt alle Gäste wieder auf ihre Plätze kriegen, können wir anfangen."

„Danke, Anthony." Rick zog an Angelos Arm. „Lizzie kommt schon klar, und Dave wird uns auf dem Laufenden halten."

„Ihr geht und stellt euch dahin, wo ihr hingehört", sagte Ed. „Ich treibe die Schafe zusammen." Er grinste.

Rick deutete auf die letzten zwei Stühle in der zweiten Reihe, die als „reserviert" gekennzeichnet waren. „Die sind für euch." Er wechselte einen Blick mit Ed. „Ihr könnt den ganzen Rummel aus der Vogelperspektive überblicken. Und von wegen Schafe – Angelos Brüder fungieren als Saalordner. Lass sie ihre Jobs machen."

Ed deutete mit einem Kopfnicken nach vorn, von wo ein sehr gut aussehender Mann in Schwarz demonstrativ zu ihnen rüber starrte. „Ich glaube, der heiße Typ in Schwarz will was von euch. War da nicht was mit heute heiraten?"

Jetzt war es Angelo, der an Rick zog. „Komm schon. Alle sind da."

Rick lächelte und ging Seite an Seite mit Angelo nach vorn, wo Will und Maria standen und sie anschauten.

Ed setzte sich neben Colin, nahm automatisch seine Hand und verschränkte ihre Finger miteinander. „Hochzeiten, eh?"

Colin lächelte halb. „Um ehrlich zu sein war ich noch nicht auf vielen Hochzeiten, und das hier ist meine erste zwischen zwei Männern. Ich kann mir nicht vorstellen, dass das so viel anders ist."

Ed schnaubte. „So, wie man die Zwei da kennt? Alles ist möglich." Er lehnte sich an Colins Arm. „Alles in

Ordnung mit dir, Col?"

Als Colin nicht sofort antwortete, wusste Ed, dass dem nicht so war.

„Es war nicht so, dass ich sie nicht heiraten sehen wollte, weißt du?", sagte Colin leise. „Ich war bloß ein bisschen schlecht drauf, und ich wollte ihnen nicht den Tag verderben." Er schaute zu Rick und Angelo, die bei Franco standen. Die drei Männer redeten leise miteinander. „Aber du hattest Recht. Es tut gut, hier zu sein." Diesmal erreichte sein Lächeln auch seine Augen. „Und jeder Tag, an dem man zusehen darf, wie zwei Verliebte eine feste Bindung miteinander eingehen, muss gefeiert werden."

Ed war ganz seiner Meinung.

Irgendwo rechts von ihnen erklang Musik, und Ed brauchte einen Moment, um das Stück zu erkennen. Er kicherte. „Wie typisch – zwei Schwule, die als Auftakt zu ihrer Hochzeit Bette Midlers ‚Wind Beneath My Wings' singen lassen."

Dann vergaß er die Musik völlig, als Rick und Angelo sich einander zuwandten und sich tief in die Augen sahen, während sie sich an den Händen fassten.

Ed erkannte Liebe, wenn er sie sah. Es war dieselbe Liebe, die er jeden Tag in Colins Augen sah.

Colin hörte mit gespannter Aufmerksamkeit zu, als Rick und Angelo sich das Eheversprechen gaben.

„Danke, dass du buchstäblich mein Held bist", sagte Rick. „Ich werde nie vergessen, wie du mich gerettet hast, nicht nur vor jemandes unerwünschter Aufmerksamkeit, sondern auch vor einem Leben, in dem etwas sehr Wichtiges gefehlt hat. Du."

Colins Brust schnürte sich zusammen bei der Liebe in Ricks Stimme, als er versprach, Angelo für den Rest ihres gemeinsamen Lebens zu lieben und zu ehren. Vor ihm schluchzten Ricks Mutter und Schwester bereits in weiße Taschentücher. Ed neben ihm hielt seine Hand, anscheinend völlig verloren in diesem ganzen Erlebnis.

Colin konnte diese Reaktion verstehen. Es war ein perfekter Sommertag; Vogelgezwitscher erfüllte die Luft, in der auch ein süßer Blumenduft lag. Die warmen Farben der steinernen Bögen reflektierten das Sonnenlicht, was allem ein sanftes Leuchten verlieh. Die Worte von Rick und Angelo waren mühelos zu verstehen, da ihre Stimmen im Raum widerhallten.

Alles war still, als sie die Ringe tauschten. Will und Maria schauten zu, als Angelo den Weißgoldring auf Ricks Finger steckte und dann seine Hand an die Lippen hob, um sie zu küssen. Leise Seufzer gingen durch die Menge, als Rick es ihm nachtat.

Als Franco ihnen die Hände auf die Köpfe legte und sie segnete, stockte Colin der Atem. Es war ein zerbrechlicher Moment, wunderschön und rührend. Dann flüsterte Franco ihnen etwas zu, und Rick und Angelo wandten sich den Freunden und Verwandten zu, die die Stuhlreihen füllten.

„Meine Damen und Herren, es ist mir eine Ehre und

eine Freude, der Erste zu sein, der Ihnen Rick und Angelo Tarallo vorstellt." Er sah die beiden Männer an, die vor ihm standen. „Und jetzt der Moment, auf den alle gewartet haben. Möchten die Frischvermählten sich einen Kuss geben?"

Angelo grinste. „Wir dachten schon, du fragst nie." Einen Herzschlag später lag Rick in seinen Armen und sie küssten und umarmten sich lange, während Applaus ausbrach und immer lauter anschwoll, da der Kuss nicht enden zu wollen schien.

„Hey, Bruderherz, hol' mal Luft", rief einer von Angelos Brüdern grinsend.

Schließlich beendeten sie den Kuss und wandten sich ihrem Publikum zu, beide mit einem breiten Lächeln.

„Rick und Angelo werden sich jetzt ins Register eintragen", verkündete Franco. „Aber bleiben Sie bitte auf ihren Plätzen, denn wir sind noch nicht fertig."

Zu Colins Überraschung kam Franco auf ihn und Ed zu, beugte sich vor und fasste sie an den Händen. „Kommt mit", sagte er.

Colin blinzelte. „Was?"

Ed zuckte die Achseln. „Mach' einfach mit. Wir erfahren noch früh genug, was Rick und Angelo in petto haben."

„Okay", stimmte Colin zu, stand auf und folgte Ed und Franco nach vorn, wo Rick und Angelo vorhin gestanden hatten. Jetzt standen sie neben dem Tisch des Standesbeamten und grinsten beide wie die Idioten.

Colin warf Rick einen strengen Blick zu. „Was hast du vor?"

Rick riss die Augen weit auf. „Ich? Ich bin unschuldig, ehrlich." Das rief unter den Gästen einiges an Prusten und Gekicher hervor.

Franco nahm seine vorherige Position wieder ein. „Heute dreht sich alles um Liebe und um das Eingehen von Bindungen, sowie darum, diese Liebe und Verbundenheit mit denen zu teilen, die euch wichtig sind." Sein Blick huschte zu Ed. „Ist das nicht so, Ed?" Franco lächelte.

Als Ed sich Colin zuwandte und ihn an den Händen fasste, ging ihm allmählich ein Licht auf.

Nein. Er hat doch nicht etwa...

Colin holte tief Luft und musterte Ed. Er wagte kaum, sich zu bewegen. „Werden wir... jetzt heiraten?"

Ed schmunzelte. „Wie hast du das bloß erraten?"

Logik gewann die Oberhand. „Aber... man braucht eine Lizenz."

Ed deutete zu dem Tisch, neben dem Rick und Angelo standen. „Oh, du meinst eine wie die, mit der der Mann da drüben grade rumwedelt?"

Der Standesbeamte winkte tatsächlich mit einem langen, schmalen Umschlag.

Colin blinzelte erneut. „Aber wir können nicht heiraten. Aus deiner Familie wäre keiner dabei. Und seien wir mal ehrlich. Wenn wir heiraten, ohne deiner Mum Bescheid zu sagen, reißt sie dir den Kopf ab."

Ed grinste. „Col? Guck mal hinter dich."

Er drehte sich um und sah Eds Mum, seine Geschwister samt ihren Partnern und Eds Neffen und Nichten vor sich. Sie standen alle in der letzten Reihe, ganz eindeutig für eine Hochzeit gekleidet, und winkten ihm zu.

Wann hat er sie hier reingeschmuggelt?

Langsam drehte Colin sich wieder zu Ed um. „Haben etwa *alle d*avon gewusst außer mir?"

Gelächter brach unter ihren Freunden aus. Will und Blake schüttelten die Köpfe, beide offensichtlich genauso überrascht wie Colin.

„Nee. Nur Rick, Angelo, Franco und der Standesbeamte waren eingeweiht." Ed nahm Colins Hände und seine Miene wurde ernster. „Ich weiß, dass du das auch willst."

Colin konnte das nicht abstreiten. „Aber… wir haben keine Ringe."

Rick kam auf sie zu, einen kleinen, schwarzen Samtbeutel in der Hand. „Was ist dann mit denen hier?" Er reichte die Ringe an Blake weiter. „Wir dachten, du möchtest vielleicht Trauzeuge sein."

Blake trat zu ihnen und stellte sich neben Ed. „Ist mir eine Ehre." Seine Stimme überschlug sich ein wenig.

„Danke, Kumpel." Ed lächelte Blake kurz an und wandte seine Aufmerksamkeit dann wieder Colin zu. „Ich weiß, die letzten paar Monate waren schwierig für dich. Aber ich hoffe, du weißt, dass ich für dich da war." Er seufzte. „Ich hab' gemerkt, was du getan hast. Du hast mich abzuschirmen versucht, oder? Du hast so viel von deinen Gefühlen für dich behalten. Vielleicht, weil du gedacht hast, dass du mich damit ein Stück weit beschützt." Er sah Colin fest in die Augen. „Aber das musst du nicht. Ich will, dass wir alles teilen. Die guten *und* die schlechten Tage. Weil wir das sind, Col, du und ich, gemeinsam. Wenn du leidest, dann leide ich auch. Aber ich will auch der sein, der dich hält, bis es vorbei ist. Du würdest dasselbe für mich tun, oder?"

„Das weißt du doch", flüsterte Colin, das Herz voller Liebe für diesen wunderbaren Mann.

Ed wandte sich an Franco. „Dann wollen wir mal. Kein Eheversprechen geschrieben, also werden wir's auf die altmodische Art machen müssen."

Franco lächelte. „Ich glaube, jeder hier hat soeben dein Eheversprechen gehört, Ed." Er wandte sich an die Gäste. „Meine Damen und Herren, wir sind hier, um zu bezeugen, wie diese beiden wunderschönen Männer den Bund der Ehe eingehen." Seine Augen schimmerten. „Denn verliebte Männer sind immer wunderschön."

Colin fasste Eds Hände fester und formte lautlos mit den Lippen: *Ich liebe dich.*

Eds langsames Lächeln erhellte sein Gesicht. *Lieb' dich auch.*

Kapitel 27

Rick lehnte sich mit einem zufriedenen Seufzer an Angelos Brust. „Das ist himmlisch."

Angelo war ganz seiner Meinung. Die Badewanne war bei Weitem groß genug für zwei, und das heiße, duftende Wasser war sehr beruhigend. Rick saß zwischen seinen Beinen eingeklemmt, während Angelo ihm genüsslich mit einem weichen Waschlappen die Brust streichelte. Ricks Kopf ruhte an Angelos Schulter; er drehte ihn hin und wieder, um einen Kuss zu geben oder zu empfangen.

Rick griff nach dem Schemel neben der Wanne, auf dem zwei Champagnerflöten standen. Er nahm eine und trank einen Schluck, dann stellte er sie wieder ab und lehnte sich erneut an Angelos warmen, festen Körper. „Es fühlt sich nicht real an, oder?", murmelte er. „Nach all den Jahren, nach so viel Planung... sind wir endlich verheiratet." Rick kicherte. „Obwohl sich nichts geändert hat, stimmt's?"

Angelo hob Ricks linke Hand, an der ein Weißgoldring in den Lichtern über ihnen glänzte. „Nun ja, zum einen ist der hier neu." Er näherte seine Lippen Ricks Ohr. „Und keine Diskussionen mehr. Keine Anproben. Keine verrückten Vorschläge mehr für die Hochzeitsfeier", flüsterte er.

Rick lachte. „Ja, das stimmt allerdings. Obwohl du zugeben musst, diese Olivenbäume waren wunderhübsch. Die ganzen funkelnden weißen

Lichter…“

„Meine Familie hat dich doch nicht zu sehr genervt, oder?“, fragte Angelo.

„Hmm. Ja, Mr. Tarallo, ich habe ein Hühnchen mit dir zu rupfen.“ Rick drehte den Kopf, um Angelo anzustarren. „Wann genau wolltest du mir sagen, dass deine gesamte sizilianische Verwandtschaft eine gewisse italienische Sitte bei unserer Hochzeitsfeier einführen würde?“ Er machte es sich wieder an Angelos Brust gemütlich, wobei er ihm auf eine gemächliche Art die Oberschenkel streichelte, die Angelos Haut kribbeln und seinen Schwanz steif werden ließ.

Angelo rutschte ein bisschen herum. „Ich weiß. Ich hätte etwas sagen sollen. Ich dachte, bei der Hochzeit in Italien hätte dir das gefallen.“ Der Brauch bestand darin, dass ein Gast mit dem Messer an sein Glas klopfte und immer wieder laut „Ba-cio!“ rief, bis weitere Gäste einstimmten und ebenfalls einen Kuss von den Frischvermählten verlangten. Die Sache war die: Jedes Mal, wenn das geschah, hatte das Paar sich zu küssen.

Angelos Familie war sehr, *sehr* erpicht darauf gewesen, zu sehen, wie er und Rick sich küssten. Wieder und wieder.

„Meinst du, es war der Reiz des Neuen? Zu sehen, wie zwei Männer sich küssen?“ Rick grinste. „Die Gesichter von Ed und Colin, als Elena verlangt hat, dass sie sich auch küssen.“ Er kicherte. „Ed ist dann aber so richtig in Stimmung gekommen, nicht?“

Angelo lachte. „Das hatte vielleicht was mit der Menge Champagner zu tun, die er getrunken hat.“ Ed war den ganzen Abend über bester Laune gewesen und Angelo hatte Colin noch nie so entspannt gesehen. Selbst einige von Angelos weltoffensten Verwandten hatten amüsiert gewirkt beim Anblick der beiden großen Männer, die einander in den Armen hielten, langsam tanzten und gelegentlich stehen blieben, um sich zu küssen. „Ed ist beim Tanzen auf mich zugekommen. Er wollte die Hälfte der Kosten für die Feier übernehmen."

„Ooh. Das war nett von ihm. Was hast du zu ihm gesagt?"

„Ich habe nein gesagt. Wir hätten sowieso geheiratet. Was er arrangiert hat, hat die Sache für uns nicht viel teurer gemacht, bis auf die Kosten für seine Familie." Angelo sah ihn an. „Ist das okay für dich? Ich fand nur, die beiden haben in den letzten paar Monaten schon genug durchgemacht. Ich wollte nicht, dass er sich heute mit Finanzen befassen muss."

„Da stimme ich dir völlig zu, Babe."

Angelo hatte nicht ernsthaft geglaubt, dass Rick etwas dagegen haben würde. „Außerdem habe ich zu ihm gesagt, falls er wirklich was bezahlen will, soll er doch das Geld nehmen, das er uns geben wollte, und es stattdessen für einen wohltätigen Zweck spenden." Er lächelte. „Der Vorschlag hat ihm gefallen. Er hat mir gesagt, dass er es dem Hospiz spenden wird, das sich um Ray gekümmert hat."

„Das ist eine großartige Idee." Rick setzte sich auf und griff hinter sich. „Und da wir gerade von großartigen Ideen reden…"

Angelo stieß ein leises Stöhnen aus, als Ricks Finger

seinen Schwanz liebkosten und ihn zu voller Härte streichelten. „Was hast du vor?"

Als Rick einen Blick über die Schulter warf, ihn angrinste und Angelos Erektion zu seinem Anus lotste, seufzte Angelo zufrieden. „Wieso hatten wir eigentlich noch nie Sex in einer Badewanne?"

Rick kicherte. „Weil es in unsere Wohnung nur eine Dusche gibt? Jetzt wird nicht mehr geredet. Mach' Liebe mit mir, Ehemann." Er senkte sich auf Angelos Schaft herab und erschauerte am ganzen Körper.

Angelo hatte kein Problem damit, Befehle zu befolgen. „Ja, Mr. Tarallo. Was auch immer du sagst."

„Ich hätte nie gedacht, dass du so hinterhältig bist", bemerkte Colin, während sie durch den Rosengarten schlenderten. Alle Gäste waren bereits gegangen, und sie hatten den Pavillon als letzte verlassen.

Ed schmunzelte. „Gehört zu meinem Charme, die Fähigkeit, gelegentlich mal wen reinzulegen. Muss dich doch auf Trab halten, oder?"

Colin drückte seine Hand. „Du hast es geschafft, das *viereinhalb Monate* lang für dich zu behalten? Ich bin ganz von den Socken. Du kannst doch sonst nie was geheim halten."

Ed zog die Augenbrauen hoch. „Na ja, das zeigt bloß, dass du mich nicht so gut kennst, wie du denkst." Sein Handy summte und er zog es aus der Tasche. Er lächelte, als er die SMS öffnete. „Helena Jane Thurston ist um zehn Uhr achtundzwanzig auf die Welt gekommen. Sie wiegt 4139 Gramm. Mutter und Kind sind wohlauf."

„Ooh, das ist großartig."

Ed steckte sein Handy weg und nahm wieder Colins Hand. Sie gingen weiter, bis Colin ein paar Minuten später erneut wie angewurzelt stehen blieb. „Kannst du mir mal sagen, wo wir eigentlich hin wollen? Ich bin nämlich ziemlich sicher, dass der Parkplatz rechts von uns ist, und wir gehen gerade in die andere Richtung."

Ed lachte leise. „Ooh. Soll das heißen, dass du keine Lust auf einen kleinen Abendspaziergang im Mondlicht mit deinem frischgebackenen Ehemann hast?"

Colin lachte. „*Dieses* Wort hätte ich nicht zu hören erwartet, als ich heute Morgen aufgewacht bin." Er heftete den Blick auf Ed. „Also, Mr. Hinterhältig? Wohin bringst du mich?"

Ed antwortete nicht, sondern hielt Colins Hand weiter fest, während er ihn durch die Gärten zu ihrem Ziel führte. Vor einem alten Fachwerk-Gebäude blieb er stehen. „Hier." Er zog einen Schlüssel aus der Tasche und schloss die Holztür auf.

Colin folgte ihm hinein. „Wo sind wir hier?"

Ed ging durch den mit Eichendielen ausgelegten Flur voraus zu einer weiteren Tür, die er öffnete. „Heute ist unsere Hochzeitsnacht." Er trat beiseite und ließ Colin eintreten. Er hatte das Zimmer bereits gesehen, als er es während einer von Colins Reisen nach Edinburgh gebucht hatte.

Er erkannte an Colins leisem Luftschnappen, dass er das über zwei Meter breite Bett entdeckt hatte. „Und? Wie findest du's?"

Colin schüttelte lächelnd den Kopf. „Das ist wundervoll." Er kam in Eds Arme und küsste ihn auf die Lippen. „Danke. Für alles, für die Hochzeit, dieses tolle Zimmer… dafür, dass du es die letzten paar Monate mit mir ausgehalten hast."

Ed prustete. „Mit dir ausgehalten? Ich liebe dich." Er legte den Kopf schräg. „Bist du sicher, dass du okay bist? Ich weiß, dass der Brief heute Morgen von diesem Rechtsanwalt dich ganz schön bedrückt hat."

Colin lächelte traurig. „Der hat mich nur wieder mal daran erinnert, dass er wirklich tot ist. Ich weiß, dass es mir noch mal schlecht gehen wird, wenn wir nach Edinburgh fahren und seine Sachen zusammenpacken, bevor die Wohnung verkauft wird. Und noch mal, wenn wir seinen ganzen Kram durchgehen. Ich muss darauf vertrauen, dass der Schmerz vergehen wird, nach und nach."

„Hast du dir schon mal Gedanken gemacht, was du von seinen Sachen vielleicht behalten willst?"

Colin nickte. „Irgendwo in der Wohnung gibt es Fotos. Ich glaube nämlich keine Sekunde lang, dass Ray sie je weggeschmissen hätte."

„Fotos von euch beiden?"

Colin lächelte. „In viel glücklicheren Zeiten, als ich kaum älter als zwanzig war und Hals über Kopf verliebt."

Ed wurde still. „Die würde ich unheimlich gern sehen."

Dann stöhnte er auf. „Scheiße! Fotos. Ich hab' kein Einziges von uns beiden von heute."

Colin lachte. „Ich glaube, unsere Freunde und Verwandten haben jede Menge Fotos gemacht. Wir werden genug Erinnerungen an heute haben." Er warf einen Blick auf das riesige Bett. „Ich kann's immer noch nicht fassen, dass du das alles organisiert hast."

„Du hast doch wohl nicht wirklich geglaubt, dass ich einfach so mit dir nach Hause gehe, ausgerechnet heute?" Ed kicherte. „Außerdem kann keiner von uns mehr fahren, nach dem vielen Champagner, den wir getrunken haben."

Colin ging langsam zu ihm und begann ihm das Hemd aufzuknöpfen. „Ich hoffe, du hast nicht *zu* viel getrunken, Mr. Fellows. Ich möchte nicht in meiner Hochzeitsnacht enttäuscht werden."

Ed fasste ihn am Handgelenk und führte Colins Hand langsam nach unten zu seinem Schritt, wo sein Ständer gegen den Stoff drückte. „Ich rechne da nicht mit Problemen", sagte er mit einem hoffentlich verruchten Lächeln.

Als Colin auf die Knie sank, seufzte Ed zufrieden. „Überhaupt keine Probleme."

Epilog

„Kann er schon hören?"

Will seufzte innerlich. Sophie zappelte vor lauter Aufregung, seit sie in Dr. Michaels Büro angekommen waren. „Noch nicht, Süße."

Nathan saß auf seinem Knie und hielt einen knallbunten Ring umklammert, den sie extra für diese besondere Gelegenheit gekauft hatten.

Wenn heute alles gut geht, wird dieses Spielzeug eine ziemliche Überraschung liefern.

„Sophie, komm doch mal her." Dr, Michaels winkte sie zu sich.

Als sie Will fragend ansah, nickte er. Sophie ging zu Dr. Michaels, die auf den Laptop auf ihrem Schreibtisch deutete.

„Siehst du das hier? Es spielt gleich ein paar Töne in Nathans neuen Prozessoren ab, die nur er hören kann. Ist das nicht cool?"

„Aber woher können wir wissen, ob er sie hört?"

Blake schmunzelte. „Stell dir vor, du würdest zum ersten Mal Töne hören. Wärst du da nicht überrascht?"

Sophie nickte. „Dann brauchst du, glaube ich, nur Nathans Gesicht zu beobachten." Er sah Will an. „Zeit, unser eigenes Aktivierungstag-Video zu drehen."

Dr. Michaels lächelte. „An solchen Tagen habe ich immer eine Kamera bereit." Sie stand auf. „Ich bin gleich wieder da, und dann fangen wir an." Sie ging hinaus.

Blake streckte die Arme nach Nathan aus und Will reichte ihn weiter. Die letzten drei Wochen waren besser verlaufen als erwartet, aber die Erinnerung an den Tag von Nathans Operation war im Gedächtnis haften geblieben. Die Stunden waren quälend langsam verstrichen, während sie im Warteraum saßen und versuchten, nicht auf die Uhr zu schauen und bloß nicht an ihren kleinen Sohn zu denken, und an Bohrer und an die Narkose…

Als Dr. Michaels und die Chirurgen herausgekommen waren und ihnen gesagt hatten, dass alles gut verlaufen war und sie nach Nathan sehen konnten, hatte Will gegen den Drang angekämpft, vor Erleichterung zu weinen. Erschreckenderweise hatte er dabei gleich an seinen eigenen Vater denken müssen, der ihm gesagt hatte, dass Jungs nicht weinten, dass Männer, die weinten, keine echten Männer waren…

Gott, ich bin so dankbar, dass Nathan ihn nie kennenlernen muss.

Sophie hüpfte zu Nathan, kniete vor ihm nieder und hielt ein Buch hoch. „Guck mal, die Tiere, Nathan!" Sie deutete auf das Schwein und machte die Gebärde dafür, indem sie ihre Nase nach oben drückte. Nathans Blick fiel auf die bunten Bilder von Bauernhoftieren. Er beugte sich vor und grapschte nach den Bildern, als wollte er sie aus dem Buch holen.

Will strich mit den Fingern sanft über den Wulst, wo Nathans linkes Implantat unter der Haut lag, und ein

Schauer der Vorfreude überlief ihn. Das Warten hatte ein Ende und sie waren endlich bereit, nachdem sie eine Stunde damit verbracht hatten, die Logistik durchzusprechen. Dr. Michaels hatte gescherzt, dass sie das zuerst tun müssten. Denn sobald die Prozessoren aktiviert waren, würden sie wahrscheinlich höchstens noch zehn Prozent von dem, was sie ihnen erklärte, im Gedächtnis behalten.

Will hatte das Gefühl, dass hier die Stimme der Erfahrung sprach. Sie hatte ihnen die Batterien erklärt, die einzelnen Teile der Prozessoren, die Kabel und Kopfstücke und wie das Ganze gewartet werden musste.

Dr. Michaels kam zurück ins Büro, begleitet von einem weiteren Mitarbeiter, der eine kleine Videokamera und ein Stativ trug. Der Mitarbeiter baute die Kamera in einer Ecke des Zimmers auf und Dr. Michaels schaute zu, wie Sophie herumhüpfte und plapperte.

„Kinder sind solche Energiebündel, nicht?" Sie lächelte über die Possen, die Sophie trieb.

Will kicherte. „Sie hat sich ihren Spitznamen redlich verdient." Als Dr. Michaels ihn fragend ansah, lächelte er. „Wirbelsturm Sophie."

Sie lachte. „Sophie, warum setzt du dich nicht bei deinem Daddy auf den Schoß, während wir das hier machen?"

Will fing Sophie, als sie auf ihn zu schoss. Ihr vertrautes Gewicht auf seinem Schoß war ein Trost,
und er legte die Arme um sie. Sie legte den Kopf in den Nacken und gab ihm einen Kuss.

Jetzt war er bereit.

„Okay, meine Herren, dann wollen wir den kleinen Mann mal verkabeln und sehen, wie alles funktioniert." Dr. Michaels grinste sie an. „Das macht immer am meisten Spaß."

Sie schloss die Prozessoren an die Programmierschnittstelle an und las sie dann in die Software ein. Nathan drehte ständig den Kopf, während Dr. Michaels die Prozessoren über den Magneten im Kopfstück mit dem Implantat verband. Will verstand jetzt, warum Stirnbänder empfohlen wurden, um bei einem lebhaften Baby alles an Ort und Stelle zu halten.

„Also dann. Als Erstes werden wir ein paar Töne abspielen, bis wir eine Reaktion sehen. Wir wollen für die einzelnen Frequenzen des Spektrums die jeweils angenehmste Lautstärke für ihn finden, um sein erstes individuelles Hörprogramm oder MAP erstellen zu können. Man darf dabei nicht vergessen, dass nur Nathan die Töne hören kann. Da er uns die Töne, die er hört, nicht beschreiben kann, bin ich stark auf Vermutungen angewiesen. Und vergessen Sie bitte auch nicht, dass das, was wir in den nächsten paar Minuten und insgesamt bei diesem Termin machen, nur ein Ausgangspunkt ist. Der Prozess besteht nicht nur aus dem Umlegen des Schalters." Sie wandte sich dem Laptop zu.

Will sah sie nicht mehr an. Er war auf Nathan konzentriert.

Plötzlich riss Nathan die Augen auf, und sein Mund öffnete sich zum breitesten Grinsen, das sie je gesehen hatten.

Blake stockte der Atem. „Oh wow. Diese Reaktion ist eindeutig, oder?"

Will konnte sich nicht bewegen. Er sah wie gebannt zu, denn er war sich bewusst, dass Nathan auf jeden neuen Ton, den Dr. Michaels abspielte, genauso reagierte wie erhofft. Besser sogar. Nach einigen Minuten lehnte Dr. Michaels sich zurück und lächelte.

Sie sah Sophie an. „Es war lieb von dir, dass du so still warst. Möchtest du jetzt mit deinem kleinen Bruder reden?"

Sophie nickte und hüpfte so heftig auf Wills Schoß herum, dass er sie fast fallen lassen hätte, aber er konnte absolut nachvollziehen, wie es ihr ging.

„Ich möchte Sie noch mal daran erinnern… Kinder reagieren unterschiedlich, wenn sie zum ersten Mal eine Stimme hören. Machen Sie sich keine Sorgen, wenn er weint. Für Nathan ist das hier enorm."

Blake nickte. „Okay." Er umarmte Nathan fest und beugte sich vor, um ihn auf den Kopf zu küssen.

Wills Blick konzentrierte sich für einen Moment auf Blake, und er sah in ihm dieselbe Begeisterung, dasselbe Hochgefühl.

„Los geht's", sagte Dr. Michaels, dann bedeutete sie ihnen mit einem Wink, dass die Mikrofone aktiviert waren.

Will beugte sich vor. „Hey, mein Hübscher", sagte er mit leicht zittriger Stimme.

Nathan spielte einfach nur weiter mit seinem Fuß, und Will schaute verblüfft zu Dr. Michaels. *Funktioniert es?*

Sophie schüttelte Nathans Spielzeug und die Perlen klapperten laut. Nathans Augen weiteten sich und er stürzte sich auf den Ring, grapschte mit seinen Patschhändchen danach.

Sophie lachte vor Begeisterung laut auf. „Das hat er gehört!"

Nathan schaute seine Schwester an, immer noch mit weit aufgerissenen Augen, und brach prompt in Tränen aus. Will blinzelte; seine Kehle war ganz eng. Er war noch nie glücklicher gewesen, Nathan weinen zu hören. Neben ihm gab Blake ein Krächzen von sich und Will griff nach seiner Hand. Sie nahmen sich einen Moment Zeit, um Nathan tröstend den Rücken zu reiben. Als er sich wieder beruhigt hatte, sah Will Dr. Michaels an.

„Versuchen Sie's noch mal", sagte sie leise. Sie hob das Spielzeug auf, das auf den Boden gefallen war, und reichte es Blake.

Will ertappte sich dabei, den Atem anzuhalten.

Blake nahm ihr das Spielzeug ab und schüttelte es. Diesmal brach ihr kleiner Sohn in explosives Gekicher aus.

„Oh Gott", sagte Blake.

Nathan drehte den Kopf in Richtung der Stimme, die Augen groß und rund.

Blake konnte seine Emotionen keinen Moment länger in Schach halten. Er beugte sich vor, bis er Nathan ins

Gesicht sehen konnte. „Hey, Nathan."

Nathan kicherte und patschte nach Blakes Mund. Es war mehr, als Blake ertragen konnte. Tränen rannen ihm über die Wangen, und als er zu Will schaute, war der in einem ähnlichen Zustand.

Sophie rutschte von Wills Schoß und kniete erneut vor ihrem Bruder nieder. „Nathan!", schrie sie.

Nathan erschauerte, als hätte er einen elektrischen Schlag bekommen und brach dann in Tränen aus.

Will wischte sich die Augen. „Das war vielleicht ein bisschen zu laut", meinte er.

Sophie wurde rot. „Entschuldigung." Sie ergriff Nathans Hand. „Nathan? Ich bin Sophie." Ihre Stimme war leiser.

Nathan konzentrierte sich auf sie, lächelte und griff nach ihrem Gesicht.

Will umfasste Nathans Gesicht mit den Händen. „Hey, mein Schöner. Wir lieben dich."

Nathan starrte ihn an und lachte, ein fröhlicher, natürlicher Laut.

Sophie sah Nathan an und rieb dann zweimal ihre Handflächen aneinander.

Blake erkannte Gebärdensprache, wenn er sie sah. „Was heißt das, Süße?"

Sophie blickte mit feuchten Augen zu ihm auf. „Es heißt glücklich, Papa."

Blake hätte sich keine passendere Gebärde denken können.

Ende

Über die Autorin

K.C. Wells lebt auf einer Insel vor der Südküste Englands, umgeben von der Schönheit der Natur. Sie schreibt über Männer, die Männer lieben und kann sich ein Leben ohne Schriftstellerei gar nicht mehr vorstellen.

Das Tattoo einer regebogenfarbenen Rose auf ihrem Rücken mit den Worten "Love is Love" und "Love Wins" ist ihre Art, Flagge zu zeigen. Sie hat vor, noch sehr lange über die Liebe zwischen Männern in all ihrer Vielfalt - romantisch und zärtlich, leidenschaftlich oder im Kontext von BDSM - zu schreiben.

Mehr von K.C. Wells

Schuld
Schritt für Schritt

Dreamspun Desires
Der Verlobte des Senators
Als die Einsamkeit wich
My Fair Brady

Zum Ersten Mal Liebe
Gestern, Jetzt und Auf Ewig
Mehr als ein Sommer mit Rylan

Mord in Merrychurch
Lugen haben kurze Beine

Maine Men
Finns Fantasie
Bens Boss
Sebs Sommer

Salvation
Gebändigt

Collars & Cuffs
Herz Ohne Fesseln
Vertrauen in Thomas

Persönlich
Persönliche Entscheidungen
Persönliche Veränderungen
Mehr als Persönliche
Persönliche Geheimnisse

Streng Persönlich
Persönliche Herausforderungen

Persönlich - Die Komplette Serie

Jasons Befreiung
Mein Weihnachtsgeist
Ein Weihnachtsversprechen
Das Gesetz der Wunder
Verliebt in Santa Claus
Santas Geheimnisse

Southern Boys
Truth & Betrayal
Pride & Protection
Desire & Denial

Unverhoffte Liebesgeschichten
Lehre Mich
Vertrau Mir
Sieh Mich
Liebe Mich
Unverhoffte Liebesgeschichten Vol 1

A Material World
Spitze
Satin
Seide
Jeans
A Material World Vol 1 (#1-#3)

Sonne und Schatten
Kels Hüter
Sexting mit dem Boss

Damon & Pete: Spiel mit dem Feur
Der Schöne im Zug
Bären im Wald
Sieh zu und lerne
Holy hell – Wenn Engel und Dämonen Lieben
Sein verwöhnter Prinz
Für dich da

www.ingramcontent.com/pod-product-compliance
Lightning Source LLC
Chambersburg PA
CBHW020502020726
47493CB00001B/142